思想文化的摆渡者
CENTRAL COMPILATION & TRANSLATION PRESS
中央编译出版社

当代中国学术文库
Contemporary China Academic Library

唐宋诗词述要

黄昭寅◎著

中央编译出版社
CCTP
Central Compilation & Translation Press

图书在版编目（CIP）数据

唐宋诗词述要 / 黄昭寅著．—北京：中央编译出版社，2012．12

ISBN 978－7－5117－1559－3

Ⅰ．①唐… Ⅱ．①黄… Ⅲ．①古典诗歌—诗词研究—中国—唐宋时期 Ⅳ．①I207．2

中国版本图书馆 CIP 数据核字（2012）第 319247 号

唐宋诗词述要

出 版 人：刘明清
出版统筹：谭 洁
著 者：黄昭寅
责任编辑：崔建刚
责任印制：尹 珺
出版发行：中央编译出版社
地 址：北京西城区车公庄大街乙 5 号鸿儒大厦 B 座 邮编：100044
电 话：（010）52612345（总编室） （010）52612363（编辑室）
（010）66161011（团购部） （010）52612332（网络销售）
（010）66130345（发行部） （010）66509618（读者服务部）
网 址：www. cctpbook. com
经 销：全国新华书店
印 刷：北京天正元印务有限公司
开 本：710 毫米×1000 毫米 1/16
字 数：288 千字
印 张：16
版 次：2013 年 1 月第 1 版第 1 次印刷
定 价：48.00 元

本社常年法律顾问：北京市吴栾赵阎律师事务所律师 闫军 梁勤
凡有印装质量问题，本社负责调换。电话：（010）66509618

目 录
CONTENTS

第一编　从积淀到超越

——唐代诗词述要 …… 1

第一章　概　说 / 3

第一节　唐代文学创作繁荣的社会原因 / 3

第二节　唐代文学的特点与成就 / 7

第三节　唐诗与魏晋南北朝诗歌的关系 / 11

第二章　初唐诗歌

——唐诗的开创期 / 13

第一节　卓尔不群的王绩 / 13

第二节　初唐宫廷诗人与律诗的完成 / 14

第三节　初唐四杰的崛起 / 18

第四节　陈子昂 / 27

第五节　张若虚与《春江花月夜》 / 31

第三章　盛唐诗歌 / 35

第一节　孟浩然、王维与山水田园诗派 / 35

第二节　高适、岑参与边塞诗派 / 43

第四章　李　白 / 51

第一节　李白的生平与思想 / 51

第二节　李白诗歌的思想内容 / 53

第三节　李白诗歌的艺术成就 / 57

第五章　杜　甫 / 61

第一节　生平和思想 / 61

第二节　杜甫诗歌的思想内容　/63
第三节　杜甫诗歌的艺术成就　/68
第六章　中唐诗歌　/72
第一节　中唐前期诗人　/72
第二节　中唐后期诗人　/76
第七章　白居易与新乐府运动　/89
第一节　白居易的生平和诗歌理论　/90
第二节　白居易的诗歌创作　/93
第三节　白居易诗歌的艺术特色　/98
第八章　晚唐诗歌　/100
第一节　杜牧与晚唐怀古咏史诗　/100
第二节　李商隐及晚唐主要诗歌潮流　/104
第三节　晚唐其他诗人　/110
第九章　唐五代词　/112
第一节　词的起源和发展　/112
第二节　晚唐词　/115
第三节　五代词　/117

第二编　从浪漫到理性
——宋代诗词述要 ………………………………………………… 121
第一章　概　说　/123
第一节　宋代文学的总体特点及其成因　/123
第二节　宋词概说　/127
第三节　宋诗概说　/131
第二章　北宋前期诗
——唐五代诗风的延续　/136
第一节　白体和晚唐体　/136
第二节　西昆派　/140
第三章　北宋中期诗歌　/143
第一节　梅尧臣与苏舜钦　/143
第二节　欧阳修和北宋诗文革新运动　/145
第三节　王安石的诗　/152

第四章　北宋前中期词
——宋词的初起　/ 157
第一节　晏殊　/ 157
第二节　晏几道　/ 159
第三节　张先　/ 161
第四节　柳永的词　/ 163
第五节　范仲淹和王安石的词　/ 169
第五章　才华横溢的文学家苏轼
——代表了北宋中期诗词革新的最高成就　/ 172
第一节　苏轼的生平和思想性格　/ 172
第二节　苏轼的诗　/ 178
第三节　苏轼的词　/ 182
第六章　北宋后期诗词
——江西诗派与词的格律化　/ 186
第一节　黄庭坚和江西诗派　/ 186
第二节　秦观和贺铸的词　/ 191
第三节　周邦彦的词　/ 195
第七章　南宋前期诗词
——爱国文学的高涨与诗词演进　/ 199
第一节　陈与义及南渡初期诗人　/ 199
第二节　南渡初期词坛　/ 203
第三节　杰出的女词人李清照　/ 206
第八章　陆游与中兴四大诗人
——南宋诗歌的高峰　/ 214
第一节　陆游的生平和创作道路　/ 214
第二节　陆游诗的思想内容和艺术特色　/ 215
第三节　范成大、杨万里和尤袤的诗　/ 220
第九章　爱国词人辛弃疾
——爱国词的高峰　/ 225
第一节　辛弃疾的生平　/ 225
第二节　辛弃疾的词　/ 226
第十章　南宋后期诗词
——诗向唐诗复归与词的清雅化　/ 230

第一节 姜夔的词 / 231
第二节 格律派词人 / 234
第三节 四灵诗派与江湖诗派 / 241
第四节 文天祥与汪元量 / 244

参考书目 …… 246

第一编 01

从积淀到超越

——唐代诗词述要

第一章　概　说

第一节　唐代文学创作繁荣的社会原因

唐代文学的繁荣，与唐代社会的发展有密切的关系。公元618年，李渊称帝，建立唐王朝。隋王朝的迅速崩溃，给予唐王朝以极深的教训。作为开国君主的李世民，是中国历史上一位心胸开阔、具有雄才大略的皇帝。他执政以后，“以史为鉴”，以谨慎而又果敢的态度，采取了各种措施以恢复和发展生产，很快调整了社会各利益集团的关系，改善了广大农民的处境。其后经过高宗、武则天时代直到玄宗前期，唐立国一百年的时间里，大体保持着上升的势头，出现了太宗时期的“贞观之治”、玄宗时期的“开元之治”。贞观时有“斗米仅值三四钱”的记录。开元时，杜甫在《忆昔》中写道：“忆昔开元全盛日，小邑犹藏万家室。稻米流脂粟米白，公私仓廪具丰实。”这些都反映了农业的发展情况。其他如手工业、印刷技术也比魏晋南北朝时期更加发达。

一、南北文化、国内各民族文化、中外文化的交流和融合

南北文化：晋室南迁，经南朝开发，江南成为全国最繁荣富庶的地区，经济文化发达；中原北方地区军事政治占优势；“漕运”成为联系南北的纽带，南方文化也以有力的势头北上，最显著的一点就是南朝文学成为隋唐五代文学的主要基础。

国内各民族文化：在西晋争夺皇权的“八王之乱”后晋室士族南迁，大量少数民族入住中原，尽管保留有本民族的传统，但汉化程度很深，这样为建立起多民族的融合统治奠定了一定的基础。李渊的皇后独孤氏、李世民的皇后长孙氏均是鲜卑人。唐朝的立国者，对外来文化采取兼容的政策：去华夷之防，容纳外来的思想与文化；打破“夷夏之别”，李世民被尊为“天可

汗”。唐太宗说过：“自古皆贵中华，贱夷狄，朕独爱之如一。”（《资治通鉴》贞观二十一年五月条）这样，从生活方式到国家政权，都体现了这种华夷如一的思想。

中外文化交流：气势恢宏的唐代社会也表现出高度的自信心和开放性。一方面，唐帝国作为当时世界先进的大国，它的文化通过大量涌入的各国使者、留学生、商人传播到境外，并且在中国周边形成了一个更大的汉文化圈，日本、韩国就是例证。

一方面，唐人也通过这些外来者，通过本国从事国际贸易的商人、远出取经的高僧，大量吸收异域文化。

不但佛教有新的发展，袄教、摩尼教、回教也进入中土。

中国传统的音乐、绘画、舞蹈、雕塑乃至日常服饰、饮食，都因为接受异族文化的影响而发生了重大的变化。

唐代妇女有较高的社会地位，男女平等。妇女在行为上也不受约束。中外文化交融所形成的这种开放的风气，对于文学题材的开拓、文学趣味、文学风格的多样化都有重要的意义。

唐代士人对人生持积极进取的态度。国力日渐强大，也为士人展开了一条宽阔的人生道路。唐代之前，无论是北方还是南方，豪门大族的势力都很强大。隋文帝企图把选用官吏的权力收归朝廷，废除“九品中正制”，结果引起士族的强烈不满。唐人柳芳甚至认为这是导致隋灭亡的重要原因（见柳芳《氏族论》）。

唐太宗执政不久，即下令修改《氏族志》，这是全国统一后各利益集团关系的调整。经太宗授意，皇族、外戚在《氏族志》中被列为最高地位，而后是山东大姓崔、卢，江南大姓王、谢等。同时还把原非士族的功臣以及一些新起的族姓列入谱内。这既承认了原有士族的社会地位，同时也强调了皇家的尊贵，扩大了权力基础。唐代是由贵族社会到官僚社会发展的过渡时期，这种过渡性特征在武则天时期更为明显，不但旧贵族受到压抑，而且唐朝统治者赖以起家的关陇贵族也受到打击。尽管旧门阀在唐代受到压抑，但其政治影响依然存在，如唐朝宰相369人中，出于崔姓的有23人，就可见一斑。

唐人入仕，与前代相比有更多途径。唐沿隋制，开科取士，得到更加成熟的发展。唐代开科，分常选与制举。常选有秀才、明经等12科，其中明经又分为七；制举的确切数目已很难了解，但据唐宋人的记载，当有八九十种之多。科举之外，还有多种入仕途径，如入地方节镇幕府等。入仕的多途径，为寒门士人提供了更多的机会。一批来自社会下层接触广阔社会生活的寒门士人进入文坛，使文学离开宫廷的狭窄圈子，走向市井，走向关山与塞漠，这对文学的发展有重大意义。由于国力强大，唐代士人有着恢宏的胸怀、气度、抱负和强烈的进取精神。他们中的不少人，往往集自信与狂傲于一身。唐代士人功名心很重，“安史之乱”后虽然有所变化（到晚唐而逐渐衰弱），但积极入世的总趋势并未改变。这种积极进取的精神反映到文学上来，便是文学（特别是诗）中的昂扬情调。

思想统治相对宽松。唐王朝作为一个强大的帝国，始终没有建立起单一的思想统治，这在中国历史上有些特别。一般地说，儒家思想在唐代是公认的正统思想，儒家经典是士人必读的书籍，在进士科、明经科的科举考试中，也都要考经书。而且唐立国之后，一些文人要求重兴儒学的呼声此起彼伏，从未停止。这些都证明儒学的地位在唐代比魏晋南北朝有所提高。

但是，儒学没有获得真正的统治地位，道教和佛教，无论在统治集团还是整个社会中，受重视的程度并不亚于它。在某些年代里，由于最高统治者的偏爱，道和佛往往被排在儒学之上。儒学也没有获得真正的复兴。科举考试的“帖经”，只是简单记诵默写，而不是对思想的阐发；唐代对儒学的学术研究，甚至还不及南朝；唐代以昌兴儒学为己任的韩愈等人，在宋代一些学者（特别是理学家）看来仍然是驳杂不纯的。

这种情况，也反映了唐代的社会特征。一方面，魏晋南北朝数百年的儒学积弱，多种思想并存，不是短时期可以改变的。另一方面，唐代社会的民族、文化总体上不是单一的，政治上也存在着地主阶级各利益集团，要建立单一的思想统治缺乏必要的社会基础，所以唐代思想显得较为活跃。

衰弱年代的社会经济文化。发生于天宝十四年的“安史之乱”，标志着唐帝国由盛转衰。这是一场争夺最高权力的叛乱，历时八年之久，不仅使社会遭到了巨大的破坏，也使唐朝元气大伤。“安史之乱”结束后，出现了中央不能控制的藩镇割据局面。虽然宪宗的“中兴”使中央政权有所加强，但这种局面没有从根本上得到改变，而一直延续到唐亡。

唐中后期另一个重大的政治困境就是“宦官专权”。任用宦官，在太宗时期就已经兆萌，只是未失去控制而已。中唐之后，皇帝既不能相信在外的军事将领，又不能充分信任朝廷中的官僚，只能循汉代的老路，把权力甚至兵权托付给作为家奴的宦官。其结果，发生了中国历史上最严重的宦官之乱，连皇帝的生死废立之权，几乎都落到了宦官手里。

而在官僚集团中，晚唐又出现了党派之争，最著名的就是所谓“牛李党争”。在多重危机中，这个辉煌一时的帝国，终于走向衰颓，经过黄巢起义的打击，它的崩溃已经不可避免。

值得注意的是，在相对衰弱的中晚唐，社会经济文化并没完全停顿下来。东南一带的经济、文化，仍然在局部的安宁中发展着，扬州、苏州、杭州以及广州、成都等城市，由于受战乱影响较小，甚至比初盛唐还要繁荣。由于社会面临复杂的问题，迫使人们进行更多的思考，社会思想、文化在动乱和危机中得以保持着活跃的生机。

唐人恢宏的胸怀气度与对待不同文化的兼容心态，创造了有利于文化繁荣的环境。

二、史学、书法、绘画、雕塑、音乐、舞蹈都有很大的发展

唐初设立史馆，出于以史为鉴的目的，修八史。刘知几的《史通》，广泛地论述史学问题，反映了一种求实的思想倾向。这种思想倾向，与文学潮流的发展同步。初唐的文学潮流逐步向着反伪饰、求真情的方向发展，并从此一步步地摆脱南朝文风的影响。史学上的求实与文学上的求真，同是崇实思潮的产物。史家对于文学问题的论述，各史中作家传论的精彩都有见解，与初唐诗风朝着合南北文学之两长，旨深、调远、辞巧，声律风骨兼备的方向发展不无关系。

唐代绘画、书法、雕塑的繁荣，也影响到文学。书法中的自由纵恣的气象，与盛唐诗人特别是李白歌诗的精神风貌甚为相似。唐代绘画，在我国绘画史上也进入了一个新时期。书法、绘画、雕塑的高度成就，也影响着文学的发展，我们从唐诗中可以明显地看到这一点。唐人咏画、题画诗，《全唐诗》录有189首。许多重要诗人如李白、杜甫、王昌龄、岑参、高适、王维都有题画、咏画诗。在唐代，诗画的融通有了更大的发展。画论诗论交融渗透、相互影响，绘画不仅成为诗的题材，也影响诗的艺术表现技巧。唐诗中色彩表现的丰富细腻，意境的画意，传神的技巧，都与绘画艺术的高度发达有着这样那样的关系。

音乐和舞蹈的繁荣，与文学发展也有着密切的关系。在唐代，燕乐的发展产生了一种诗歌的新形式——词。燕乐用诗作词歌唱，从绝句开始，后来才因调填词。其实，古体诗当时也可用于歌唱。诗与乐，向来关系密切，而这种关系，在唐代进一步发展。有人统计，《乐府诗集》中2239首乐府诗，合乐的1754首。《唐诗纪事》所记1150诗家中，诗作与音乐有关的达200家。《全唐文》中有关音乐的作品有241篇（见杨旻玮《唐代音乐文化之研究》)。《全唐诗》中涉及乐舞的就更多了。这些作品对声乐与舞容的精妙描写，充分说明唐代乐舞的高度繁荣并拓展了唐诗表现领域。

第二节　唐代文学的特点与成就

唐文学的繁荣，表现在诗、文、小说、词的全面发展上。诗的发展最早，在唐代文学中也占有最重要的地位。当诗发展到高峰时，散文开始了文体文风改革；就文体文风改革的规模和影响来说，此前还没有任何一个时期可以与它相比。小说也开始走向繁荣。而当散文、小说、诗相继进入低潮时，诗的另一种体式——词，又登上文坛，焕发光彩。终有唐一代，几乎找不到一个文学沉寂的时期。

唐代文学的繁荣，还表现在作者、大师辈出上。《全唐文》收作者3035人，《全唐诗》收作者二千二百余人，据不完全统计，唐人小说今天可以找到的还有二百二三十种。唐代出现的杰出诗人数量之多，为我国诗歌史上所仅见。

一、唐诗的发展

（一）唐诗的特点

诗人辈出，佳作如林。诗人队伍的扩大和主导力量的变化。

魏晋南北朝是一个士族社会，诗歌创作主要产生在宫廷和高级士族两个圈子。虽然也出现了一些出身低微的诗人，但他们往往依附于前者，影响也有限。

唐代的情况则不相同，诗歌的作者群非常广大。仅举《全唐诗》《全唐诗外编》所录，就有诗人三千多家，诗篇五万五千多首。这些诗歌作者包括帝王将相、朝士布衣、僧道巫医、童子妇女以及少数民族诗人，诗歌创作的普及程度是空前的。

这些诗人中有李白、杜甫这样具有世界意义的伟大诗人，也有陈子昂、孟浩然、王维、高适、岑参、白居易、韩愈、孟郊、李贺、杜牧、李商隐等一大批各具特色的诗人，他们的作品汇成了唐诗的精华。

唐代诗歌，题材广泛。前代诗歌，尤其是南北朝的诗歌，一个显著的缺陷就是与下层社会生活相脱离，并且有意回避尖锐的政治矛盾，所表现的大抵是个人日常生活的喜怒哀乐。

而唐代诗人，本身来自社会各阶层，并且有不少人来自社会的中下层。他们对社会各方面的情况较前人有更深刻的认识和体验，自身经历（例如唐代诗人的漫游）也丰富曲折，加上时代的变化，使他们具有干与社会、干与政治的信心和勇气，因此唐诗所反映的生活面就显著扩展了。

诗人对各种社会现象、社会问题的观察与思考，诗人自身不同的人生观和人生理想，都在诗歌中得以充分表现出来，这就造成了唐诗丰富多彩的面貌。

艺术风格与流派多样化。诗歌的审美特征，在魏晋南北朝时期受到高度的重视，这是中国文学的重大进步。

但正如我们所指出的是，自建安时代起，以曹植为标志，诗歌的审美趣味逐渐偏向华丽。华丽并没有什么不好，包括前人说的“绮靡”“纤巧”等等，也构不成文学的罪名。

问题在于，在很长一个时期，文学单纯以华丽为美（尽管华丽之中也有区别），而排斥其他的风格，这必然造成审美趣味的褊狭，妨害文学的繁荣与发展。唐诗从整体上来讲，也注重修辞之美、注重华丽，这是对前人的继承。但唐诗就华丽一面来说，已经多有歧义，掺杂了各种不同的因素在里面，富于变化；某些前人不大可能承认的“美”的风格，如险怪、粗犷、诡谲等等，也诸相纷呈，各放异彩，这表明唐朝诗人对美的理解更加宽泛了。

人们习惯上把唐诗分为初盛中晚四个阶段，在每一个阶段都有一些不蹈袭前人的杰出诗人出现，他们共同汇聚为唐诗群星璀璨的盛大局面。

诗歌艺术形式的完善。诗歌作为情感的审美表现，是在一定形式中完成的，形式绝不是无关紧要的因素。

一方面，自齐梁以来诗歌格律化的过程在唐代得以完成。自此，五言七言、乐府歌行、古风近体、律诗绝句等各种体裁无不具备，且臻于完善。

更重要的一个方面，唐人更自觉更强烈地意识到诗歌是一种美的构造。在初唐的诗论中，有两个核心的概念——“风骨”和“兴象”，它代表着当时诗人们普遍的审美追求。

“风骨”的概念虽然在南朝文学批评中就提出来了，却是南朝文学最缺乏的东西，到了唐代——尤其是盛唐，才得以充分实现。而且唐人所要求的“风骨”，除了具有原有的内涵——文学作品的生气、感染力和语言表现的力度外，更具有一种与时代相适应的雄浑壮大之美的意味。

“兴象”的概念则是殷璠在《河岳英灵集》中首次提出的，大体是指诗人的情感、神思统摄物色万象，使之呈现出富有韵味的意境，和后代所说的境界略为相似。虽然“风骨”与“兴象”不是形式上的概念，但由此可知唐人明显把诗作为一种美的构造进行创作的。

因为诗是美的构造，所描绘的意象要经过精心的选择、改造和配置；所使用的语言，需要从色泽、音调、暗喻的意味等各方面加以洗练和推敲。而诗歌的其他功能，如记述所见所闻、赠答应酬等，必须服从这种美的构造要求。当然前人不能没有注意到这一点，但南朝诗人常有过度追求修辞之美以及偏重诗歌社交功能和游戏功能的倾向，往往对诗歌美造成不同程度的破坏。而唐诗大量的优秀作品，都呈现出诗意高度集中、意境单纯明净的特点。这正是人们对唐诗喜爱的原因。

（二）唐诗的发展过程

唐代文学的最高成就是诗，它可以说是一代文学的标志。唐诗的发展存在着不同的段落。

初唐时期，最初的一百年左右，是唐诗繁荣到来的准备阶段。就表现领域而言，逐渐从宫廷台阁走向关山塞漠，作者也从宫廷官吏扩大到一般寒士；就情思格调而言，北朝文学的清刚劲健之气与南朝文学的清新明媚相融合，走向既有风骨又开朗明丽的境界；就诗的形式而言，在永明体的基础上，唐人创造了一种既有程式约束又留有广阔创造空间的新体诗——律诗。到了开元十五年前后，无论是情思格调、意境兴象，还是声律形式，都已经为唐诗繁荣的到来准备了充分的条件。

盛唐时期，继之而来的便是开元、天宝盛世唐诗的全面繁荣。这个时期，出现了王维、孟浩然、高适、岑参，还有王昌龄、李颀、崔颢、王之涣等一大批名家。当然最重要的是伟大诗人李白与杜甫。此期唐诗骨气端翔，兴象玲珑，无工可见，无迹可求，而含蕴深厚，韵味无穷。

中唐时期，即天宝后期，社会矛盾激化，部分诗人开始写生民疾苦。天宝十四载（755）冬，发生“安史之乱”。“安史之乱”成了唐代社会由盛而衰的分水岭，这一社会大变动，也引起了文学的变化。诗歌中开元、天宝盛世繁荣期那种兴象玲珑、骨气端翔的境界意味已逐渐淡化，理想色彩、浪漫情调也逐渐消退，从题材到写法，都不同于盛唐诗了。这可以说是唐诗发展中的一种转变。此后大历诗人起来，因社会的衰败而心绪彷徨，诗中出现了寂寞情思，夕阳秋风，气骨顿衰。到贞元元和年间，士人渴望中兴，与政治改革同时，诗坛上也出现了革新的风气，诗歌创作出现了又一个高潮。韩愈、孟郊、李贺等人，险绝奇怪，甚至以丑为美，形成韩孟诗派。白居易、元稹，还有张籍、王建，则从乐府民歌吸取养料，把诗写得通俗易懂，形成元白诗派。这些中唐诗人在盛唐那样高的水平上，以革新精神和创新勇气，又开拓出一片诗歌的新天地。

晚唐时期，即长庆以后，中兴成梦，士人生活心态内敛，感情也趋向细腻。诗歌创作题材多狭窄，写法多苦吟。杜牧、李商隐异军突起，返照晚唐诗坛。特别是李商隐，以其善感的心灵、细腻丰富的感情，用象征、暗示、非逻辑结构的手法，表现朦胧的情思和境界，把诗歌表现深层心灵世界的能力推向了无与伦比的高峰，创造了唐诗最后的辉煌。

二、唐代散文的成就

唐代文学的繁荣，除诗之外就是散文的成就。散文的发展与诗的发展不同，它的新变，主要是出于政治功利的动机。

唐初近百年间，奏疏章表虽然已经多用散体，但骈体仍占主要地位。到了韩愈、柳宗元，提出文以明道，把文体文风改革与贞元、元和间的政治革新联系在一起，成为儒学复兴思潮的一部分，形成巨大的声势，散体才取代骈体，占据文坛。这就是后人所称道的“古文运动”。

韩愈、柳宗元在散文文体文风改革上的成功，一是文以致用，二是标榜复古而实为创新。这极大地丰富了散文的艺术表现技巧，把散文的创作推进到一个全新的阶段。

韩、柳之后，散体文的写作走向低潮。晚唐虽然仍有皮日休、陆龟蒙、罗隐等人犀利的杂文，但骈体又重新得到发展。

三、新文体的出现

唐代在魏晋南北朝志怪小说和杂史杂传的基础上，诞生了传奇小说。传奇小说的出现，从文体内部来说，是六朝志怪和杂史杂传演变发展的产物；从社会基础来说，则是现实生活娱乐的需要。传奇小说异于六朝小说的地方，一是它的创作意图，就是鲁迅所说的“始有意为小说”；二是它有较为完整的情节结构；三是它塑造了鲜明生动丰满的人物形象。唐传奇题材多样化，富于人生情趣。传奇的兴盛期在中唐，与散文的文体文风改革高潮差不多同步。它也和散体文一样，在晚唐逐渐衰落。唐传奇的出现，标志着我国文言小说的成熟。

佛教在民间广泛传播，布道化俗，出现了俗讲和变文。

由于燕乐的盛行、燕饮歌吹的需要，出现了一种新的诗歌体式——词。这一新文体的出现，主要是因为娱乐的需要。中唐以后，城市经济发展，词也得以迅速兴起，文人加入词作的行列。到了晚唐五代，词在西蜀和南唐达到高度繁荣。西蜀“花间”词人绮靡侧艳，南唐词人拓展了词的境界，开始转向内心缠绵情致的抒写。特别是南唐后主李煜抒发亡国之慨的词作，把词推向了更高的艺术境界。

唐代文学是我国封建社会上升到高峰，并开始走下坡路时期的产物。从总的风貌看，它更富于理想色彩，更抒情而不是更理性；更外向而不是内敛。从文学自身的发展来说，它是艺术经验充分积累之后的一次大繁荣；同时又为文学的进一步发展开拓出新的领域，为下一次的繁荣作了准备。唐诗吸收了它之前诗歌艺术的一切经验而发扬创造，达到了难以企及的高度。唐诗是难以模仿、无法代替的。在唐代完成的律诗，成为后来我国诗歌发展的主要体式。唐代的伟大诗人如李白、杜甫，几乎成了我国诗歌的代名词。唐代散文的文体文风改革，为宋代的作家所发扬，深远地影响着我国散文的发展。唐传奇使我国的文言小说走向成熟，它在人情意味、情节构造、人物塑造上影响着宋代的话本小说。晚唐五代词的创作与理论成就，为词这种重要文体的发展提供了丰厚的经验积累和多种多样的可能性。

第三节　唐诗与魏晋南北朝诗歌的关系

从文学自身发展来说，唐代文学的繁荣是魏晋南北朝文学发展的必然结果。

中国文学发展到魏晋南北朝，其艺术特质得到了充分的认识，它已经朝着独立成科的道路迅速发展。这主要表现在它逐步与学术分离，淡化它的政教之用的功利目的，自觉地追求审美。从内容来看，重个人情怀的抒发，无论是表现玄理还是抒情，都是为了抒发个人情怀。从形式来看，辞采声律之美的追求，表现技巧的创新，创作过程的体认，包括对于想象、灵感、言意、形神的感知与把握，都有了惊人的进展。骈体文把散文美的形式推向极致，诗歌的声律形式已具雏形。表现领域的扩大和表现技巧的丰富，促进了文章体裁（文类）的变化与扩展。原有文体的写作目的与写作规范正在发生变化；新的文体不断出现。魏晋南北朝文学已经为我国文学发展到一个全新的阶段作好了一切准备。正是在这样的基础上，唐人迎来了一个诗的辉煌时代；吸取了骈文的成就，摒弃了它的弱点，进行了散文文体文风改革。从文学自身发展来说，没有魏晋南北朝文学，就没有唐代文学的繁荣。

但是，唐代文学批评，大多对前代文学（尤其是南朝诗歌）采取整体上否定的态度，使得两者之间在延续中变革、在变革中延续的关系，成了似乎对立的关系；而后代的文学批评接受了唐人的观点，甚至变本加厉，这就造成了认识上的混乱。

唐人否定前代文学主要出于三个原因：

其一、由于文学发展本身的需要，而对前代文学（尤其是缺点和偏颇），采取矫枉过正的态度。这种态度有合理的一面，但不一定是全面的。

其二、作为一个新王朝，需要在理论上对前代文化加以否定，以昭示圣朝的光明。但其意义主要在政治方面，实际未必照此执行。

其三、唐代始终存在着复兴儒学的呼声，尽管实际效果不大，对诗人创作的影响也有限，但在文学理论方面，儒家以教化为中心的文学观确实重新抬头了。对于这一现象我们应该一分为二地看待：第一它对齐梁以来的形式主义有反拨作用；第二它抹杀了文学与政治、儒学的界限，把文学变成了儒学的传声筒（按章培恒先生的观点）。

总之，对唐诗与前代诗歌的关系，我们不能听信唐人自己的宣言，而必须从他们的创作实践中寻找结论。譬如李白的《古风》第一首，认为《诗经》以后的文学一直处于衰微过程中，“自从建安来”，更是“绮丽不足珍”，直到“圣代复元古”，文运才得以重兴。又如李白《宣州谢朓楼饯别校书叔云》一诗中的“蓬莱文章建安骨，中间小谢又清发”。李白对谢朓的这段不渝之情，实在让我们感动。通过这两首诗你会发现李白文学思想的矛盾，虽然李白号称“诗仙”，诗中观念也有可取之处，但总体上来看只是儒家文学观的陈词滥调。

有趣的是，这种理论观念上的表述，同初盛唐包括李白自己的诗歌创作实践根本是不相符的。李白恰恰是集六朝诗歌之大成者。

第二章　初唐诗歌

——唐诗的开创期

隋代诗坛，沐浴在梁陈的余光返照中，陈叔达、许善心、王胄以及虞世基、虞世南兄弟，皆为由陈入隋者。北土的诗人们，像卢思道、薛道衡也全都受到梁陈的影响。当时的文学东道主，像帝王杨广、大臣杨素也都善为文，杨广的才情尤高，所作艳曲，上可追梁代三帝，下亦比肩陈家后主。

初唐诗歌，相当于初唐李渊到玄宗开元初年，约100年，开始于陈隋遗老的遗响，终止于王杨卢骆。其间有特立不群的王绩，律诗的奠基者沈佺期、宋之问，以及异军突起的陈子昂等。

第一节　卓尔不群的王绩

王绩（590～644），字无功，号东皋子，绛州龙门人（今山西河津县人）。在隋、唐之际，由仕而隐。他的诗歌在宫廷诗风风靡一时的诗坛上独树一帜，不为时风所染。他也是盛唐山水田园诗派的先驱人物。有《东皋子集》3卷，存诗50首。

诗歌作品以山水田园为主。他的诗通俗易懂，不事雕琢，能以朴素自然的语言表现自己的生活和感情。如《野望》：

东皋薄暮望，徙倚欲何依？
树树皆秋色，山山唯落晖。
牧人驱犊返，猎马带禽归。
相顾无相识，长歌怀采薇。

起首一句“东皋薄暮望”交代了野望的时间和地点，太阳落山的黄昏时分，我登上东皋远眺。“徙倚欲何依”则抒写了作者的心态，徘徊远望了一阵之后，感觉到空虚和无聊。由此可以看出诗人此时的心情是寂寞和怅然的。

“树树皆秋色，山山唯落晖”，这一联对仗极其工整，从整体上描绘出了作者所看到的景色。远远望去，每棵树都染上了秋天的色彩，落日的余晖洒满了各个山头，此联展现了一幅辽阔的秋日黄昏的唯美景象，给人以一种无边的想象空间。

第三联“牧人驱犊返，猎马带禽归”也是一对对仗工整的诗句。该联从整体的景物描绘转为刻画具体的景象。在洒满落日余晖的山头上，牧人已经驱赶着小牛回来了；染尽秋色的林中，猎人骑着马带着一天的猎物归来。这一联的描写，是从次联中那静谧的背景之上，捕捉的两个特写镜头。牧人与猎马的出现，使得原本苍茫的大地上，突然有了生气，令整首诗弥漫着一种牧歌式的山家田园的气息。

中间四句诗结合在一起，给读者描绘了一幅生动的山家晚秋图。有落日的余晖，有树林的秋色，有牧人，有猎马，远景与近景，静态与动态搭配得天衣无缝。读者沉醉在这意境优美的画面当中，久久不能自拔。

尾联“相顾无相识，长歌怀采薇”则点明了本诗的主旨。相互见了，谁也不招呼谁，我自顾地唱着《诗经》中那采薇的歌谣。与牧人猎者相顾而不相识，可见作者极少与人来往。“怀采薇”是借用了伯夷、叔齐隐居于首阳山采薇的典故。作者写自己唱着采薇的歌谣是表明自己甘愿过“采薇而食”的隐士生活。由此可以看出作者的一种避世隐身的心态。本诗借景寓志，全诗紧扣“望”字，描写生动，写景抒情都极其自然。通过对野望所见景物的描写，抒发了自己甘愿隐居、不问世事、与世无争的闲适思想。但是，诗中也隐隐流露出“相顾无相识”的淡淡惆怅和苦闷。同时，本诗的语言朴素自然，摆脱了当时初唐追求字句华丽的靡艳诗风，别具一格，这在当时是非常难得的。

第二节　初唐宫廷诗人与律诗的完成

一、律诗的完成

早在齐梁时期诗坛上便出现了对偶说和声病说，但前者失之粗略，后者又失之琐细，且两者不能合二为一。至北朝后期和陈隋诗人，五言律化更进了一步，有少数诗篇已经符合唐人定型格律的规定，但在理论上还没有提出新的总结。有一些问题（黏附规则）还没有完全解决，七言诗的律化还处在稚嫩阶段。

初唐时代，当政的文臣多半都是深受齐梁影响的前朝遗老，唐太宗本人对齐梁文风也很推崇。他自己就带头写淫靡浮艳、富丽呆板的宫廷诗。正是在这种形势下，齐梁诗风就继续蔓延下来，即使有少数新的优秀诗人，也很难扭转这种颓风。但任何事物都有两面性，宫廷诗人对律诗的发展定型作出了贡献。

上官仪提出“六对”“八对”之说，在刘勰提出的“事对”“言对”“正对”“反对”之外，又增之以“双声对”“叠韵对”“扇对”，把原来仅限于词义的对偶扩大到字音和句法的对偶。上官仪在贞观年间所作的应制诗，就以属对工切和写景清丽婉转而显得很突出。这种笔法精细而秀逸浑成的诗作，把五言诗的体物写景技巧大大地推进了一步，成为人们模仿的一种新诗体。上官仪诗的“绮错婉媚”，具有重视诗的形式技巧、追求诗的声辞之美的倾向。他提出的“六对”“八对”之说，以音义的对称效果来区分偶句形式，已从一般的词性字音的研究，扩展到联句的整体意象配置。其创作成为当时宫廷诗人创作的典范，在唐诗发展史上，上承杨师道、李百药和虞世南，下开“文章四友”和沈佺期、宋之问。

稍后的元兢不仅提出字形和词义的对偶，而且提出“调平仄术”，表现出将声律与对偶紧密结合的新努力。

唐诗至元兢，就已经发现了“黏”“对”的原则，使格律由消极地避免声病走向积极建设音韵之美。“文章四友”（李峤、苏味道、崔融、杜审言）中的杜审言（杜甫之祖父）成就最高，他虽然也写了一些应制诗，但身居宫廷的时间较短，这些奉和应制诗只占现存作品总数的五分之一左右，不能给他戴上宫廷诗人或御用文人的帽子。

他长期做地方官，官小，并两次被贬，也写出一些少雕饰、真切自然、颇具生活实感的作品，比“文章四友”中其他三人高一筹。

他致力于诗歌的自然、朴素、优美，保留了宫廷诗句法复杂、词语精练的优点，去掉了作为宫廷诗基础的过分矫饰和曲折。

他的主要贡献是促进了律诗的定型。“初唐四杰”的五言诗对五律的日趋成熟起到了促进作用。但“四杰”的多数作品，在平仄对仗上还不严格，没有达到律诗应有的要求。杜审言大力创作五律，讲究对仗工稳、音韵协调，并注意到整体结构和练字设色，完成了五律的规范化，艺术造诣已达盛唐境界。

例《和晋陵陆丞早春游望》：

独有宦游人，偏惊物候新。云霞出海曙，梅柳渡江春。淑气催黄鸟，晴光转绿萍。忽闻歌古调，归思欲沾巾。

明代胡应麟称誉为“初唐五律第一”。

七律形成较五律晚（一般认为到杜甫成熟）。“四杰”发展了歌行体，于七律却无甚创作，而杜审言写有七律三首。虽个别诗篇平仄未谐，然对七律的首创之功，可和沈佺期相提并论。

此外他还写有三首七绝，也精致自然（如《渡湘江》：“迟日园林悲昔游，今春花鸟作边愁。独怜京国人南窜，不似湘江水北流。”）具有开启诗坛新诗风的作用。

他还写了五言排律七篇，有长达二十韵和长达四十八韵的，典丽精工、气势雄伟，对杜甫、白居易都有影响，有开创作用。

从武后到中宗神龙、景龙年间，在当时一大批宫廷诗人笔下已大量涌现出平仄协调、又合乎黏附规则的全篇合律的诗篇，标志着五、七言律诗的成熟。

可以说，在律诗形成过程中，宫廷诗人起到了规范化和统领风气的作用。其中以杜审言、沈佺期、宋之问三人成绩突出。

二、沈、宋

沈佺期（约656～713）、宋之问（约656～713），主要活动在武后和中宗两朝，尤其在中宗神龙、景龙年间，他们均以修文馆学士的身份频频出入宫廷文会，堪称词臣班首，时人号“沈宋”。

沈宋的主要贡献：从现存南北朝、隋、唐诗歌来看，北朝阴铿的《夹池竹》《昭君怨》，徐陵的《关山月》《斗鸡》，庾信的《满洲刺史中山公许乞酒一车未送》《舟中望月》等十多篇诗，已暗合五律规格。隋及唐初以来，暗合格律的五言律诗更多了。至于七律，庾信的《乌夜啼》、隋炀帝的《江都宫乐歌》《江都夏》等篇已具雏形，到杜审言已完全合乎格律。

由此可见，沈、宋在诗律上的贡献，并不在于他们自己制定一套格律，而在于从前人和当代人应用正式格律的各种实践经验中，把已经成熟的形式肯定下来，最后完成律诗“回忌声病，约句准篇”的任务，使诗人有明确的规格可以遵循。律诗形式的定型，在诗歌发展史上是有重要意义的。自此以后，近体诗和古体诗的界限有了更明确的划分，诗人在创作上，专工新体和专工古体也都渐渐有了分道扬镳之势。这的确是“辞章改革之大机”（胡应麟《诗薮·内篇》卷四）。

总之，沈、宋完成了律诗的体制，扩大律诗的影响。一方面完全克服了五律中的拗涩之病，使之定型；另一方面，进一步推进了七言歌行体的律化过程，取长补短，使之凝练完整，脱胎为较为严格的七律。沈佺期在武后时期便写出了无失黏现象的七律。他们所倡导的“沈宋体”，实际上就是“华藻整栗”（王世贞《艺苑卮言》）的五、七言律诗。

自齐梁永明两百年来，中国古典诗歌的格律化过程终于完成。

当沈宋把遭贬的生活实感注入这种律体诗中去的时候，就写出了一些颇为精警动人的篇什。

五律如宋之问在贬瀧州途中写的《度大庾岭》：

度岭方辞国，停轺一望家。
魂随南翥鸟，泪尽北枝花。
山雨初含霁，江云欲变霞。
但令归有日，不敢恨长沙。

停轺望家，泪尽北枝，盼归有日，不敢怨恨，均表现出不胜恋阙、恋家之情。颈联写景别致，且寓深意，山雨含霁，江云变霞，于景色物候变化之中，期盼人事转机遇赦得归，故以“归”字作结。

七律如沈佺期的《独不见》：

卢家少妇郁金堂，海燕双栖玳瑁梁。
九月寒砧催木叶，十年征戍忆辽阳。
白狼河北音书断，丹凤城南秋夜长。
谁谓含愁独不见，更教明月照流黄。

这是一首拟古乐府之作。诗的内容主要是思妇对征人的怀念。诗人通过环境描写烘托思妇的哀怨，以双飞双栖的燕子反衬思妇的孤独；以寒砧催落叶、明月照流黄来烘托离愁别恨。情景结合，意境鲜明。此诗对后来唐代律诗，尤其是边塞诗影响很大，历来评价甚高。清代姚鼐说它“高振唐音，远包古韵，此是神到之作，当取冠一朝矣”。

宋之问的人品低下，而诗歌成就却在沈佺期之上。沈擅长七律，宋则擅长五律和排律。

第三节 初唐四杰的崛起

“四杰”在初唐诗坛的意义在于继往开来、扬弃创新，给绮靡浮艳的初唐诗坛带来了一缕曙光，唐诗由此获得了真正的转机。

诗境上：歌行在卢骆手里“从宫廷走向市井”（卢照邻《长安古意》）；五律在王杨手里“从台阁移至江山塞漠”（杨炯《从军行》）。

重视声律：五言律诗和七言歌行得到发展。

讲求骨气：如《从军行》的慷慨豪迈；《送杜少府之任蜀川》一洗悲酸之态，爽朗超脱；《在狱咏蝉》有寄托。

在有关王杨卢骆优劣论中，王世贞的话较为持平：“子安稍近乐府，杨、卢尚宗汉魏。宾王长歌，虽极浮靡，亦有微瑕，而缀锦贯珠，滔滔洪远，故是千秋绝艺。”（《全唐诗说》）

王勃（649？~676），字子安，绛州龙门人（今山西河津县），祖父王通、叔祖父王绩是隋末著名的学者、诗人。王勃生在一个有文化教养的家庭，7岁能文，9岁著《指瑕》批评颜师古的《汉书注》的错误。17岁应幽素科及第，授朝散郎。但因恃才傲物，因事废官。22岁漫游巴蜀，广泛接触社会，是他创作的繁荣期。后任虢州参军，因罪革职。28岁去交趾探父，溺死于海上。

他一生处下位，但才学兼富，是一位年轻的学者、诗人。由于他的努力创作，“遂使繁综浅术，无藩篱之固；纷绘小才，失金汤之险；积年绮碎，一朝清廓”（杨炯《王子安集》序）。

他的《滕王阁序》音律谐和，对仗精切，句式整齐，乃唐代骈文之首。

王勃存诗不多，但抒怀言志，写景抒情，羁旅乡思，送友别人等方面都有佳作，其中送友之作最为出色，如《送杜少府之任蜀川》就是一首脍炙人口的五律：

城阙辅三秦，风烟望五津。
与君离别意，同是宦游人。
海内存知己，天涯若比邻。
无为在歧路，儿女共沾巾。

首联属“工对”中的“地名对”，极壮阔，极精整。第一句写长安的城垣、宫阙被辽阔的三秦之地所“辅”（护持、拱卫），气势雄伟，点送别之地。第二句里的“五津”指岷江的五大渡口：白华津、万里津、江首津、涉头津、江南津，泛指“蜀川”，点杜少府即将宦游之地；而“风烟”“望”，又把相隔千里的秦、蜀两地连在一起。自长安遥望蜀川，视线为迷蒙的风烟所遮，微露伤别之意，已摄下文“离别”“天涯”之魂。

因首联已对仗工稳，为了避免板滞，故次联以散调承之，文情跌宕。“与君离别意”承首联写惜别之感，欲吐还吞。翻译一下，那就是：“跟你离别的意绪啊！……”那意绪怎么样，没有说，立刻改口，来了个转折，用“同是宦游人”一句加以宽解。意思是：我和你同样远离故土，宦游他乡；这次离别，只不过是客中之别，又何必感伤！

三联推开一步，奇峰突起。从构思方面看，很可能受了曹植《赠白马王彪》“丈夫志四海，万里犹比邻；恩爱苟不亏，在远分日亲”的启发。但高度概括，自铸伟词，便成千古名句。

尾联紧接三联，以劝慰杜少府作结。“在歧路”，点出题面上的那个“送”字。歧路者，岔路也，古人送行，常至大路分岔处分手，所以往往把临别称为“临歧”。作者在临别时劝慰杜少府说：只要彼此了解，心心相连，那么即使一在天涯，一在海角，远隔千山万水，而情感交流，不就是如比邻一样近吗？可不要在临别之时哭鼻子、抹眼泪，像一般小儿女那样。

南朝的著名文学家江淹在《别赋》里写了各种各样的离别，都不免使人“黯然销魂”。古代的许多送别诗，也大都表现了“黯然销魂”的情感。王勃的这一首，却一洗悲酸之态，意境开阔，音调爽朗，独标高格。

杨炯（650～693?），弘农华阴（今陕西华阴县）人。10岁应神童举及第，27岁应制举及第，补校书郎。后任盈川县令，死于任上。

今有《杨盈川集》10卷。他存诗不多，约三十余首，成就低于王卢骆三人。他的五律写得较好，如《从军行》：

烽火照西京，心中自不平。
牙璋辞凤阙，铁骑绕龙城。
雪暗凋旗画，风多杂鼓声。
宁为百夫长，胜作一书生。

前两句写边报传来，激起了志士的爱国热情。诗人不直说军情紧急，而说“烽火照西京”。“烽火”这一意象，写出了军情的紧急。一个“照”字渲染了紧张的气氛。“心中自不平”，是由烽火引起的，一个“自”字，表现了书生特有的那种的爱国激情，突显了人物的精神境界。这两句交代了整个事件的背景。

第三句“牙璋辞凤阙”，描写军队辞京，诗人用“牙璋”“凤阙”两词，典雅而稳重，既说出征将士怀有崇高的使命，又显出师场面的隆重和庄严。第四句“铁骑”“龙城”相对，渲染出龙争虎斗的战争气氛。一个“绕”字，形象地写出了唐军包围敌人的军事态势。

五六两句开始写战斗。诗人不从正面着笔，而是用景物描写进行烘托。“雪暗凋旗画”，从人的视觉出发；“风多杂鼓声”，从人的听觉出发：两句诗，有声有色，各臻其妙。诗人别具机杼，以象征军队的“旗”和“鼓”，表现将士冒雪同敌人搏斗的无畏精神和在战鼓声激励下奋勇杀敌的悲壮场面。

诗的最后：“宁为百夫长，胜作一书生。”直接抒发从戎书生保边卫国的壮志豪情。这首短诗，写出书生投笔从戎、出塞参战的全过程。能把如此丰富的内容，浓缩在有限的篇幅里，可见诗人的艺术功夫。至于这场战争是不是胜利诗人没有写，不过读者却感觉到了胜利——这又是从最后两句体会出来的。“言有尽而意无穷”（苏轼），给人留下了想象的余地。

卢照邻（637？~689?），字升之，号幽忧子，幽州范阳（今河北涿州）人。他当过县尉等小官，屈沉下僚，很不得志；又身染风疾，病痛缠身，曾作《释疾文》自诉不幸，终因不堪其苦，自沉颍水而死。

他的身世在四杰中是最不幸的，因此他晚年的作品亦多悲苦之音。后人辑有《幽忧子集》7卷。今存诗九十多首，七言歌行写得最好，《长安古意》（古意：六朝以来诗歌中常见的古题，这里指拟古之作）是代表作：

长安大道连狭斜，青牛白马七香车（狭斜：小巷；七香车：多种香木制造的小车）。

玉辇纵横过主第，金鞭络绎向侯家（主第：公主府第）。

龙衔宝盖承朝日，凤吐流苏带晚霞（龙衔宝盖：车上龙形饰物衔着伞盖；凤吐：车盖边缘雕饰着凤凰，嘴角挂着流苏，如同凤吐流苏；流苏：五彩的穗子；带：映带）。

百尺游丝争绕树，一群娇鸟共啼花（游丝：春天虫子吐出的丝线）。

游蜂戏蝶千门侧，碧树银台万种色（千门：众多的宫门，银台：白石砌成的亭台，万众色：青牛、白马、玉辇、金鞭、宝盖、流苏、朝日、晚霞等交织的绚丽色彩）。

复道交窗作合欢，双阙连甍垂凤翼（复道：皇宫中楼阁的通道，上下不只一层，故称复道；交窗：花格窗户；合欢：花名；阙：宫殿门前的望楼；甍 méng：屋脊；垂凤翼：屋脊上凤凰翅膀形状的装饰物）。

梁家画阁中天起，汉帝金茎云外直（梁家：东汉外戚梁冀；金茎：汉武帝在长安建章宫立的高二十丈的铜柱，上有仙人，托承露盘。武帝取盘中露水，合玉屑服之，以求长生）。

楼前相望不相知，陌上相逢讵相识（讵：岂）？

借问吹箫向紫烟，曾经学舞度芳年（吹箫向紫烟：秦穆公的乐工萧史善吹箫，秦穆公以女弄玉妻之，二人后来随凤凰上天，这里代指歌女；紫烟：天空）。

得成比目何辞死，愿作鸳鸯不羡仙。

比目鸳鸯真可羡，双去双来君不见？

生憎帐额绣孤鸾，好取门帘帖双燕（生憎：憎恨；帐额：帐前的装饰；好取：愿意）。

双燕双飞绕画梁，罗帏翠被郁金香（郁金香：花朵名，指用郁金香做成的香料熏蒸）。

片片行云着蝉翼，纤纤初月上鸦黄（行云：妇女的头发；蝉翼：象蝉翼的发型；鸦黄：额黄，古代妇女贴在额头的装饰物）。

鸦黄粉白车中出，含娇含态情非一。

妖童宝马铁连钱，娼妇盘龙金屈膝（妖童：富家浮浪子弟；铁连钱：青色钱形花纹的马；娼妇：歌舞女；盘龙：头上的发钗名；金屈膝：车上锁车门的铰链。按袁行霈文选注释又解为：盘龙纹饰的车厢门合页）。

御史府中乌夜啼，廷尉门前雀欲栖（御史廷尉：掌管法制的官吏；乌夜啼雀欲栖：象征门前冷落。这里指长安的法律对富家子弟失去约束力）。

隐隐朱城临玉道，遥遥翠幰没金堤（朱城：皇宫；翠幰 xiǎn：车上帷幕；金堤：河堤）。

挟弹飞鹰杜陵北，探丸借客渭桥西（挟弹飞鹰：打猎；杜陵：地名，长安附近；探丸借客：长安游侠助人杀害官吏的无视法律的行为。探丸：弹丸；借客：助人）。

俱邀侠客芙蓉剑，共宿娼家桃李蹊（芙蓉剑：古剑名；桃李蹊：妓女的住所，指人来人往之意。）。

娼家日暮紫罗裙，清歌一啭口氛氲（啭：婉转歌唱；氛氲 yūn：香气浓郁）。

北堂夜夜人如月，南陌朝朝骑似云（北堂南陌：妓女住处；人如月：妓女的美貌；骑似云：骑马的来客云集）。

南陌北堂连北里，五剧三条控三市（北里：长安妓女集中的地方；剧、条：道路；市：集市；五、三：代指数量多；控：连接）。

弱柳青槐拂地垂，佳气红尘暗天起（佳气红尘：车马往来的热闹场面）。

汉代金吾千骑来，翡翠屠苏鹦鹉杯（金吾：汉朝设执金吾，禁军军官，这里代指武将；翡翠：形容酒的颜色；屠苏：酒名；鹦鹉杯：像鹦鹉形状的酒杯。这句指武将在娼妓家饮酒）。

罗襦宝带为君解，燕歌赵舞为君开（罗襦：丝绸短衣；燕歌赵舞：战国燕赵多善歌舞的美人，这里指美妙的歌舞）。

别有豪华称将相，转日回天不相让（转日回天：左右皇帝的意志，这里指将相权势之大）。

意气由来排灌夫，专权判不容萧相（灌夫：汉武帝时的武将，与宰相田玢不合，后被田玢害死；萧相：萧望之，汉宣帝时的御史大夫，遭排挤自尽。判：排挤。这两句指统治集团内部互相倾轧，权臣得意骄纵的情况）。

专权意气本豪雄，青虬紫燕坐春风（青虬紫燕：古代宝马名；坐春风：在春风里飞马，形容极其得意）。

自言歌舞长千载，自谓骄奢凌五公（凌：超过；五公：汉代的五个公，张汤、萧望之、杜周、史丹和冯奉世等，都是当时著名权贵）。

节物风光不相待，桑田碧海须臾改（节物风光：节令、时序。这两句指时光飞逝，荣华富贵不长久）。

昔时金阶白玉堂，即今惟见青松在。

寂寂寥寥扬子居，年年岁岁一床书（扬子：汉代文学家扬雄，仕途不顺，门前冷落；一床书：指过着以书为伴的隐居生活）。

独有南山桂花发，飞来飞去袭人裾。

题为《长安古意》，实则借汉京人物写唐都现实，极富批判精神。全诗长达68句，分为四个层次，第一部分：从“长安大道连狭斜”到“娼妇盘龙金屈膝”；第二部分：从“御史府中乌夜啼”到“燕歌赵舞为君开”；第三部分：从“别有豪华称将相”到“即今惟见青松在”；第四部分为最后四句。以多姿多彩的笔触勾勒出京城长安的全貌。抑扬起伏，悉谐宫商；开合转换，咸中肯綮。既体现了大唐帝国的繁荣昌盛，又暴露了长安这座繁华都市肌体中的脓疮。在同类题材的作品中，不仅左思的《咏史（济济京城内）》、唐太宗的《帝京篇》无法比拟，就是骆宾王的《帝京篇》和王勃的《临高台》，在思想性和艺术性上也略逊一筹，可以说是初唐划时代的力作。他从题材上由宫廷转向市井，内容上由赞美享乐转向批判荒淫，在语言上于丽句中加入清词，在结构上把纵向铺叙和横向比较相结合，在题旨上托"古意"以抒今情，是一首沿袭宫体又突破宫体的诗歌，是初唐七古中的新声。难怪胡应麟极口称赞："七言长体，极于此矣！"（《诗薮·内编》卷三）

骆宾王（640？~684？），婺州义乌（今浙江义乌）人。他天资聪颖，七岁能诗。曾任武功长安主簿，迁侍御史，因事获罪下狱；遇赦出狱后，北赴幽燕，投身戎幕；后贬临海丞，不久"怏怏失志，弃官而去"（《旧唐书·骆宾王传》）。嗣圣元年客居扬州，正值徐敬业起兵讨伐武则天，骆宾王参与其事，任文艺令，写下了著名的《代徐敬业讨武曌檄》，由"一抔之土未干，六尺之孤安在""请看今日之域中，竟是谁家之天下"等警句，慷慨激昂，气势磅礴，连武则天看了都说："宰相何得失此人。"（段成式《酉阳杂俎》卷一）

敬业败，骆宾王下落不明，或者他"伏诛"，或说他"亡命不知所之"。作品今存《骆临海集》10卷。

骆宾王擅长七言歌行，他的《帝京篇》与卢照邻的《长安古意》，在题材内容、表现手法、篇章结构上都十分相似，是沿袭宫体形式又突破宫体的作品，"当时以为绝唱"（《旧唐书·骆宾王传》）。

他的边塞诗《夕次蒲类津》《边夜有怀》写立功壮志和边塞见闻都比较好。

为人传诵的还有几首五言小诗，如《在狱咏蝉》：

西陆蝉声唱，南冠客思深。
不堪玄鬓影，来对白头吟。
露重飞难进，风多响易沉。
无人信高洁，谁为表予心。

唐高宗仪凤三年（678），任侍御史的骆宾王，"数上书言天下大计，后曌怒，诬以法，逮系狱中"。在囚禁骆宾王的狱所墙垣外，有几株苍老的古槐，夕阳照着扶疏而低垂的枝叶，树上有蝉鸣叫，鸣声"哀弱羽之飘零"，清幽凄切。诗人闻蝉鸣而触衷肠，写下了这首诗。

古人认为蝉栖于高枝，风餐露宿，不食人间烟火，所以把它作为高洁的象征，而且常以蝉的高洁表现自己品行的高洁。《唐诗别裁》说：“咏蝉者每咏其声，此独尊其品格。”骆宾王《在狱咏蝉》就是借蝉的这种品行，全诗运用托物寄兴的手法，从物到人、由人及物，“寓情于物”，抒发了自己品行高洁却“遭时徽纆”的哀怨悲伤之情，表达了辨明无辜、昭雪沉冤的愿望。

“四杰”对唐诗发展的贡献。

首先在理论上，他们的文学思想的核心是：站在儒家立场反对齐梁绮靡文风，强调政治内容，附和儒家诗教说，强调诗歌的“经邦致用”的功利目的。这继承了孔子的诗教说，亦是唐太宗的主张，在当时来说，有进步意义。强调作诗要有刚健骨气，这是针对“争构纤微”的上官体而言的。这是当时诗风变革的关键，也是以“四杰”为代表的一般士人的诗与宫廷诗风的不同所在。“四杰”一登上文坛，就遭遇到了“上官体”，他们的首要任务就是从理论方向上和文学创作上解决齐梁宫体及“上官体”的消极影响，并能从艺术上创造新诗风，这关系到唐诗的发展方向。对此，他们是自觉的。

其次在创作实践上，第一，在题材上有重大突破，思想内容有所开拓，无论抒情、咏物、咏史、写景，四杰都达到了新的思想高度，表现为：

(1) 在“四杰”作品中占主要部分的抒情诗，已突破了宫廷诗以抒发帝王贵族闲情逸志为主的限制，也不仅限于赞美诗，而是更多地表现诗人在不幸生活遭遇中的真实情感，其中以写别离、怀乡感情的最有名，如王勃《送杜少府之任蜀州》创造新奇，词语清丽；《山中》：“长江悲已滞，万里念将归。况属高风晚，山山黄叶风。”把深沉的离情与当前景物结合。

骆宾王的《在狱咏蝉》也是一首抒情名篇。“西陆蝉声唱，南冠客思侵……”此诗作于患难之中，感情充沛，取譬明切，用典自然。语多双关，在咏物中寄情寓兴，由物到人，达到物我一体的境界。

(2)“四杰”边塞诗也突破了宫廷生活的限制，写出征将士的尚武爱国精神和离家远戍的痛苦。

杨炯的《从军行》凝练跳跃，雄浑刚健，慷慨激昂。《战城南》：“冰水寒伤马，悲风愁煞人。寸心明白日，千里暗黄尘。”

(3)“四杰”诗对当时某些社会现象有所揭露。或写封建统治阶级的奢侈糜烂生活，或写贤才不被重用，或同情弃妇和被幽禁的宫女。尤其是妇女题材，不同于过去宫廷诗人那种轻靡浮艳甚至色情的情调，而是更多地对她们的不幸寄予同情。

在揭露统治者穷奢极欲到内部矛盾的诗篇中，最突出的是卢照邻的《长安古意》、骆宾王的《帝京篇》，此二篇是卢骆代表作，无论是思想内容还是艺术方面，都代表了“四杰”的成就。所谓“王杨卢骆当时体”，主要就是指这些代表作里反映的特色。在思想内容上，卢骆的代表作体现了“四杰”对封建官僚地主阶级生活作广泛的描写与揭露这一成就。他们以七言歌行的文学样式，通过自身的感受，在表现繁华的景象中，大胆地暴露了封建门阀士族的荒淫腐朽、封建爪牙的横行不法以及他们相互倾轧以致败亡的真实情况，表现出对封建制度的永恒性的极大怀疑。从中可以看出当时社会现实矛盾的尖锐化与政治危机的深刻化。这些诗虽然都是描写帝都，沿用宫廷的题材，却不同于过去宫廷诗人的写法，不是粉饰，不是歌功颂德，而是赋予现实内容，提高了这一类诗歌的社会价值。这是一大进步。

（4）“四杰”在咏史、写景咏物方面的内容也都有突破。咏史名篇如卢照邻《咏史四首》继承左思《咏史》的优点，把叙事、议论、咏怀结合起来。

（5）“四杰”也把晋宋的山水诗提高到新阶段。其成就在于写景中注入了强烈的喜悦和悲伤的感情，如王勃的《滕王阁诗》，就表现了诗人的极端惆怅。

第二，艺术上的创新。“四杰”登上文坛就遭遇到以上官仪为代表的“上官体”。“上官体”局限在人臣的狭小圈子里，单纯描写殿苑风光，用空虚的辞藻来歌颂皇帝和皇族，即卢照邻指出的“以繁词为贵”，这就必然在形式主义的死胡同里越陷越深。“四杰”针对“上官体”的“约错婉媚”进行革新，向刚健清新的诗风转变，这不仅给沈、宋、陈，而且给李、杜、白以有益的影响，使他们在“四杰”的开创上进一步发展，把唐诗的发展推向高峰。

就形式来说，王杨多写五律，他们的贡献主要在五律的定型（到沈、宋确立）；卢骆的贡献主要在七言歌行，二人都有鸿篇巨制。他们的创作直接影响到刘希夷、张若虚，出现了张若虚《春江花月夜》这样的名篇，闻一多称它是“诗中之诗”，顶峰上的顶峰。

“四杰”刚健清新的风格，结合以上作品较易理解。王杨五言律也较易理解。以下重点讲讲卢骆七言歌行的体式特征（即艺术成就）和在唐诗发展史的上影响。

卢骆歌行的体式特征。

（1）破奇为偶，属对律切

七言歌行即七言古诗。本是单行奇句之体式，梁以前，自曹丕至鲍照的七古，概未出现排偶律句。如曹丕《燕歌行》二首，一为十五句，一为十三句。至梁元帝、庾信的《燕歌行》，始打破单行奇句的体式，出现偶句，如梁元帝《燕歌行》二十二句，其中有四句对偶，实为卢骆之滥觞。

卢骆七言歌行不但对偶的比例大，而且属对颇工，特别用当句对较多，其他如双声对、叠韵对亦时见之。如《长安古意》全诗68句，有52句相对偶。

（2）圆美流转，音节可歌

主要表现在三个方面：

A. 句式上，采用上下蝉联、辗转相续的形式，这是卢骆歌行体体式的主要特征之一。沈德潜《说诗晬语》明确指出："四句一转，蝉联而下，特初唐人一法，所谓'王杨卢骆当时体也'。"例《长安古意》："借问吹箫向紫烟……娼妇盘龙金屈膝。"此段四句为一转，可分为四节，各节间均蝉联相续。其形式一般是由后四句的首句头二字，蝉联前四句的末句尾二字。如，第二、三节由"双燕"蝉联，第三、四节由"鸦黄"蝉联。此为正格。但第一、二节的蝉联有所不同，乃由第二节首句的前四字"比目鸳鸯"，分别蝉联第一节第三句中的"比目"与第四句中的"鸳鸯"二字而成。

这种修辞手法又称连珠格式。形成一气到底而又缠绵往复的旋律，读起来意如"锁连环"一般。它出于南朝民歌《西洲曲》，到"四杰"又有所发展，并日直接影响到张若虚、刘希夷的七古。张刘七古与卢骆实为一体，可等而视之。沈德潜评《西洲曲》曰："续续相生，连跗接萼，摇曳无穷，情味愈出。似绝句数首，攒簇而成，乐府中又生一体。初唐张若虚、刘希夷七言古，发源于此。"

B. 用韵上，采用八句或四句一换韵，平仄相间的用韵方法。

如《长安古意》开头八句用平韵：斜、东、家、霞、花，接着的八句用仄韵：侧、色、翼、直、识，再改用四句一换韵，前四句各韵脚俱又协平声，而后四句各韵均换协仄声韵。如此往复，连类而上，形成了有规律的"隔八间四而平仄互换"的韵律，自然曲尽抑扬顿挫、婉转流丽之妙，形成生龙活虎般腾踔的节奏。

更为巧妙的是《长安古意》如以下八句的换韵方法："专权意气本豪雄……即今唯见青松在。"前四句协"雄"字韵，而第三句尾不入韵的"载"字，换韵时即选取与"载"同韵部的"待""改""在"押。这又是一种四句为一转、平仄韵脚上下蝉联互换的方式。

C. 选词用字注重声韵效果。突出的就是善于使用双声、叠韵、迭字、联绵字。如《长安古意》结尾部分："别有豪华……袭人裾。"

以上三种因素构成了卢骆歌行的声韵节奏美，具有鲜明可感的音乐性。

（3）铺张扬厉，以赋为诗

《长安古意》尽铺张扬厉之能事，通过铺陈渲染、夸张，描绘了长安的山河关塞、街巷、宫阙府第、亭台楼阁、花鸟树木、车马游盛、歌吹舞筵，表现了帝都的繁荣；同时铺叙了长安社会各阶层人物，如王侯、贵戚、将相、御史、廷尉、执金吾、游侠、歌儿舞女、失意文士的生活活动，勾勒了一幅长安社会生活风俗画。

卢骆用赋的方法写诗多鸿篇巨制，《帝京篇》98句，《长安古意》68句，《赠李荣》则多达二百句。但又没有汉大赋那种平板堆砌、晦涩艰深的毛病。卢骆采用六朝后期小赋的叙写方法，这种小赋采用五七言相杂的形式，文字通俗流畅，更接近于诗。卢骆歌行又在继承前人的基础上发展，创制了初唐七言歌行。

如《长安古意》虽用赋法，但又不平均使用力量，铺陈始终，在叙写中又详略得宜，回环照应。在第三部分末尾寄托世事无常、富贵难久的讽喻，虽然是受汉赋的影响，而全诗的结尾又颇具兴义，耐人寻味。

"四杰"诗在内容的开拓和艺术上的创新，对唐诗发展有重要贡献，他们继承齐梁诗加以革新，体现出初唐诗"从台阁走到市井""从宫苑移向江山塞漠"的过渡。在当时，"'四杰'以文词齐名，海内称焉"。

第四节 陈子昂

继"四杰"之后，陈子昂登上了诗坛。他高举革新的大旗，以自己的理论和实践，推进了唐诗高潮的到来。元好问的《论诗绝句》道：

> 沈宋横驰翰墨场，风流初不废齐梁。
> 论功若准平吴例，合着黄金铸子昂。

沈宋即沈佺期、宋之问。《论诗绝句》很好地说明了陈子昂在唐诗史上的地位。

陈子昂（659～700），字伯玉，梓州射洪（今四川）人，活动年代主要在武则天时期，比"四杰"中的王、杨还略晚一些。陈家世豪富，少任侠，性情豪迈。

他24岁举进士，官至右拾遗，多次上书论政，陈述时弊。曾随武攸宜出击契丹，相处不和。后解职还乡，被县令段简诬陷入狱，忧愤至死。

他渴望乘时代的风云大展宏图，却重蹈了具有诗人气质的慷慨之士在官场难以逃脱的厄运，陷没于险恶政治漩涡。有《陈伯玉集》。

在文学理论方面，从唐初到陈子昂数十年间，人们一直呼唤文学新潮的到来，却未把握住问题的关键。

魏徵提出合南北长的观点，认为只要“各去所短，合其两长”就能“文质彬彬，尽善尽美”（《隋书·文学传序》）。这不过是一个美好的文学理想罢了。似乎文学的变革主要是通过既有风格的调和综合，却把事情看得太简单了。

令狐德棻也在《周书·王褒庾信传论》提出“以气为主，以文传意”和“调远、旨深、理当、辞巧”的主张，一般说来并不错，但未免浮泛。

“四杰”打破了诗坛的沉寂，拉开了唐诗变革的序幕，然而在某些重大理论问题的表述上，仍然是陈旧和空洞的。杨炯在《王勃集序》里说“曹王杰起，更失于《风》《骚》”，所以提出的补救之方，也只能是“尽力于《丘》《坟》”，“寻源于《礼》《乐》”，这是一些既脱离自身创作情况，更无任何实践意义的说教。但同时也应该看到此种儒学诗教观对初唐形式主义有一定的反拨作用。

与前人相比，陈子昂的观点虽然不无偏颇，却真正能顺应时代的潮流，提出自己清晰而又透彻的理论主张。他在《与东方左史虬修竹篇序》中说：

> 东方公足下：文章道弊五百年矣。汉、魏风骨，晋、宋莫传，然而文献有可征者。仆尝暇时观齐、梁间诗，彩丽竞繁而兴寄都绝，每以咏叹。思古人，常恐逶迤颓靡，风雅不作，以耿耿也。一昨于解三处，见明公《咏孤桐篇》，骨气端翔，音情顿挫，光英朗练，有金石声。遂用洗心饰视，发挥幽郁。不图正始之音复睹于兹，可使建安作者相视而笑。解君云：“张茂先、何敬祖，东方生与其比肩。”仆以为知言也。故感叹雅制，作《修竹诗》一首，当有知音以传示之。

陈子昂在《修竹篇序》中阐述了他的诗歌理论主张。他一方面批评齐、梁以来的诗歌创作“彩丽竞繁，而兴寄都绝”，否定了这种形式主义的创作倾向。另一方面提倡“汉魏风骨”“正始之音”，主张诗歌创作要“骨气端翔，音情顿挫，光英朗练，有金石声”，要有“风雅”的精神和“兴寄”的内涵，即主张诗歌要反映现实，要有深刻的思想内容和明朗刚健的艺术风格。陈子昂的诗歌理论是复古旗帜下的革新。他高出前人之处在于：

第一、他对前代诗风的批评，不是从教化的角度着眼，而主要是从诗歌本身的审美特征来考虑。所谓“兴寄”，“兴”指兴发，“寄”指寄托。联系陈子昂的创作情况，可以具体解释为对重大人生问题的和社会问题的强烈关怀，和由此激发起的强烈的感情。

（“彩丽竞繁，而兴寄都绝”虽不能作为对南朝诗歌的全面概括，但确实指出了南朝贵族文学的一种偏向，即过分追求修辞性的华丽，而缺乏充实的内涵。这比起“亡国之音”之类的简单指斥显得合理，而作者主要针对的是初唐的宫廷诗风。）

第二、作为纠正的方法，陈子昂主要不是提倡儒家宗经明道的文学观，而是从诗歌发展历史当中，梳理出“风骨”传统盛衰演变的线索，把建安、正始文学视为典则，鲜明地提出了“汉魏风骨”这一口号。

以三曹、七子为代表的建安文学，在离乱之世发出了梗慨多气的歌唱（三曹：曹氏父子；七子：王粲、孔融、陈琳等，详见曹丕《典论·论文》）。

以阮籍、嵇康为代表的正始文学，在忧患的人生中发出了抗志不屈的人格追求，两者不尽相同，但都具有英雄性格。

陈子昂标举“汉魏风骨”，就是恢复和发扬文学中的英雄性格，以矫正诗界软弱柔靡的倾向。

但这不是单纯的复古，而是激发出与时代精神相适应的黄钟大吕的声音。陈子昂本人的诗歌就是最好的说明。

陈子昂在诗歌创作中具体实践了自己的理论主张。他存诗一百二十多首，其中《感遇》38 首、《蓟丘览古》7 首和《登幽州台歌》是代表作。

《感遇》诗是概括诗人思想经历的组诗，并非一时一地所作。其中最值得重视的是抨击武周时弊端的诗歌，如其二十九“丁亥岁暮云”，批判了黩武战争；其二十六“荒哉穆天子”谴责享乐腐化；其十九“圣人不利己”揭露武周佞佛，都具有强烈的现实意义。其次是一些感慨个人身世，抒发怀抱的作品，如其二：

> 兰若生春夏，芊蔚何青青。
> 幽独空林色，朱蕤冒紫茎。
> 迟迟白日晚，袅袅秋风生。
> 岁华尽摇落，芳意竟何成？

“兰若生春夏，芊蔚何青青。”兰若：为兰花和杜若，都是香草。芊蔚：草木茂盛的样子。这两句是说：兰花和杜若生于春夏相交时节，非常茂盛，显出郁郁葱葱的景象。

“幽独空林色，朱蕤冒紫茎。”是说兰花与杜若是花草树木中最幽雅美好的，它们的红花在紫色的茎上开得很茂盛，林间的其他花草树木都相形逊色。林色：指林间花草之色。空林色：使林色为之一空，即是说其他花草树木都相形逊色。蕤：花朵盛开的样子。这两句是化用了屈原《九章·悲回风》的“兰幽而独芳”之意。

“迟迟白日晚，弱弱秋风生。”写时间的流逝，说时光一天天消逝，又到秋风吹个不停的时候了。这是用屈原《九歌·湘夫人》中“弱弱兮秋风，洞庭波兮木叶下”的语意。弱弱（niǎo）同“袅袅”，形容秋风不绝的样子。

“岁华尽摇落，芳意竟何成！”岁华：指兰花与杜若一年一度开花，双关人生的少壮年华。摇落：飘摇零落。芳意：指兰花与杜若芳香，双关作者的理想抱负。竟：终究，到底。这两句是写兰花与杜若茂盛的美花被秋风一吹，尽已飘摇零落了，它们的芳香到底在哪里呢？以寄托作者怀才不遇的感慨。

借物抒怀是此诗的一大特点，借兰花与杜若的花美味香，暗喻作者的怀才。而茂盛的岁华被萧瑟不停的秋风一吹，飘摇零落，寄托了作者的理想无法实现的感慨。欣赏此诗，不能不为诗人的巧妙功力而拍案叫绝。言在此而意在彼，言已尽而意无穷，用隐喻的手法，托草木而叹其感慨，深含哲理。这就是诗的语言，诗的魅力，诗的构思，它是何等的匠心独具啊！

《蓟丘览古》七首，如其中的《燕昭王》：

> 南登碣石馆，遥望黄金台。
> 丘陵尽乔木，昭王安在哉？
> 霸图今已矣，驱马复归来。

“南登碣石馆，遥望黄金台。”碣石馆，即碣石宫。燕昭王时，梁人邹衍入燕，昭王筑碣石宫亲师事之。“黄金台”也是燕昭王所筑。昭王置金于台上，在此延请天下奇士。未几，召来了乐毅等贤豪之士，昭王亲为推毂，国势骤盛。此后，乐毅麾军伐齐，连克齐城七十余座，使齐几乎灭亡。诗人写两处古迹，集中表现了燕昭王求贤若渴礼贤下士的明主风度。从“登”和“望”两个动作中，可知诗人对古人何等向往！当然，这里并不是单纯地发思古之幽情，诗人如此强烈地推崇古人，是因为深深地感到现今世路的坎坷，其中有着深沉的自我感慨。

“丘陵尽乔木，昭王安在哉？”抒发了世事沧桑的感喟。诗人遥望黄金台，只见起伏不平的丘陵上长满了乔木，当年置金的台已不见，燕昭王到哪里去了呢？这表面上全是实景描写，却寄托着诗人对现实的不满。为什么乐毅事魏，未见奇功，在燕国却做出了惊天动地的业绩呢？道理很简单，是因为燕昭王知人善任。因此，这两句明谓不见“昭王”，实是诗人以乐毅自比而发的牢骚，也是感慨自己生不逢时，英雄无用武之地。作品虽为武攸宜“轻无将略”而发，但诗中却将其置于不屑一顾的地位，从而更显示了诗人的豪气雄风。作品最后以吊古伤今作结：“霸图今已矣，驱马复归来。”诗人作此诗的前一年，契丹攻陷营州，并威胁檀州诸郡，而朝廷派来征战的将领却如此昏庸，这怎么不叫人为国运而担忧？因而诗人只好感慨“霸图”难再、国事日非了。同时，面对危局，诗人的安邦经世之策又不被纳用，反遭武攸宜的压抑，更使人感到前路茫茫。“已矣”二字，感慨至深。这“驱马归来”，表面是写览古归营，实际上也暗示了归隐之意。神功元年（697），唐结束了对契丹的战争，此后不久，诗人也就解官归里了。

这篇览古之诗，一无藻饰词语，颇富英豪被抑之气，读来令人喟然生慨。杜甫说：“国朝盛文章，子昂始高蹈。”胡应麟《诗薮》说：“唐初承袭梁隋，陈子昂独开古雅之源。”陈子昂的这类诗歌，有“独开古雅”之功，有“始高蹈”的特殊地位。

陈子昂的诗歌多为五古，五律很少，不涉七言诗。艺术上继承了《诗经》和屈赋的比兴手法，风格雄浑而沉郁，含蓄而深沉；语言刚健质朴，不假雕饰，确实不同于齐梁以来的轻浮艳丽。

《登幽州台歌》，更是引起历来无数仁人志士强烈共鸣的名篇：

> 前不见古人，后不见来者。
> 念天地之悠悠，独怆然而涕下！

此诗虽因怀才不遇而发，却能超越个人得失，以傲岸孤竣的人格反观宇宙，既有明主难期、知音难求的强烈孤独感，又充满强烈的自信、豪迈之情，意蕴相当丰富。

从艺术上看，虽然四句都是虚笔抒情，却纵览今古、横扫天地，成功地塑造了一个孤傲而富有英雄气魄的诗人形象。这一英雄形象昭示着“盛唐之音”即将到来，在千百年后仍然能够令读者感动不已。

第五节　张若虚与《春江花月夜》

张若虚（约711年前后在世），扬州（今属江苏）人。曾任兖州兵曹。生卒年、字号均不详。中宗神龙（705～707）中，与贺知章、贺朝、万齐融、邢巨、包融俱以文词俊秀驰名于京都，与贺知章、张旭、包融并称“吴中四士”。

玄宗开元时尚在世。张若虚的诗仅存二首于《全唐诗》中。其中《春江花月夜》是一篇脍炙人口的名作，它沿用陈隋乐府旧题，抒写真挚动人的离情别绪及富有哲理的人生感慨，语言清新优美，韵律宛转悠扬，洗去了宫体诗的浓脂艳粉，给人以澄澈空明、清丽自然的感觉：

春江潮水连海平，海上明月共潮生。
滟滟随波千万里，何处春江无月明。
江流宛转绕芳甸，月照花林皆似霰。
空里流霜不觉飞，汀上白沙看不见。
江天一色无纤尘，皎皎空中孤月轮。
江畔何人初见月，江月何年初照人。
人生代代无穷已，江月年年只相似。
不知江月待何人，但见长江送流水。
白云一片去悠悠，青枫浦上不胜愁。
谁家今夜扁舟子，何处相思明月楼。
可怜楼上月徘徊，应照离人妆镜台。
玉户帘中卷不去，捣衣砧上拂还来。
此时相望不相闻，愿逐月华流照君。
鸿雁长飞光不度，鱼龙潜跃水成文。
昨夜闲潭梦落花，可怜春半不还家。
江水流春去欲尽，江潭落月复西斜。
斜月沉沉藏海雾，碣石潇湘无限路。
不知乘月几人归，落月摇情满江树。

“春江潮水连海平，海上明月共潮生。滟滟随波千万里，何处春江无月明。”以江月起笔，可谓“横绝”。江连海，海生月，月照春江，这样一幅连环的美景呈现于千万里的阔大时空，极见诗人胸襟之大，眼界之广，有一种仰视宇宙的气魄。

“江流宛转绕芳甸，月照花林皆似霰。空里流霜不觉飞，汀上白沙看不见。”江之绕，花之林，汀之沙，用来衬托月之光。其美似霰，似霜，感觉的物化让人在静谧和清丽中获得瞬间的生命享受，心灵体验微妙极了。

“江天一色无纤尘，皎皎空中孤月轮；江畔何人初见月？江月何年初照人。”皎月当空，江天无尘，一色净美。这美出自诗人的内心，又以何人何年来叩问：有限的个体生命能够超越时间的规定而获得永恒无限的价值吗？千古奇问，触入永恒之谜。

“人生代代无穷已，江月年年只相似；不知江月待何人，但见长江送流水。”人的个体生命是有限的，而人类的生命却一代传一代，没有穷尽，如同江月永恒于宇宙天地。莫非江月也属情种，它在等待自己的情人吗？如果江月有情的话，那么人就应该更有情；但是有情的个体生命有限，看看长江流水的永恒，那后浪推前浪不正像人类的代代相传吗？诗人似乎从宇宙天地顿悟到有限与无限的平衡。这是诗化了的时间，诗化了的哲学。

“白云一片去悠悠，清枫浦上不胜愁。谁家今夜扁舟子，何处相思明月楼。”在永恒的时间里，情永恒，情纯洁；爱也永恒，爱也纯洁。“过去的爱，在一个永在的回溯所形成的永不消失的真实中重新开花，而现在的生命也就挟有未来希望和踵事增华的幼芽了。”由江天而游子，而思妇，由宇宙之大而人间相思，足见纯洁爱情是超时空的。

“可怜楼上月徘徊，应照离人妆镜台。玉户帘中卷不去，捣衣砧上拂还来。此时相望不相闻，愿逐月华流照君。鸿雁长飞光不度，鱼龙潜跃水成文。昨夜闲潭梦落花，可怜春半不还家。江水流春去欲尽，江潭落月复西斜。”游子之思和思妇之词本来就是《古诗十九首》和古题乐府两大主题，这两大主题在张若虚的笔下更加典型化和更加诗意化了。

“斜月沉沉藏海雾，碣石潇湘无限路；不知乘月几人归，落月摇情满江树。”终以江月落笔，回扣起笔，同样妙绝。王尧衢《唐诗合解》卷三评曰：“此将春江花月夜一齐抹倒，而单结出个情字，可见月可落，春可尽，花可无，而情不可得而没也……千端万绪，总在此情字内，动摇无已，将全首诗情，一总归结其下。”斯言得之。

从月出到月落，这是一个周而复始的无限时间；从碣石到潇湘，这又是一个地北天南的宇宙空间。诗人在想象中为我们创造了一个崭新的诗化时空世界，即“强烈的宇宙意识”和“被宇宙意识升华过的纯洁的爱情”。宇宙永恒，“被宇宙意识升华过的纯洁的爱情”永恒，所以“在神奇的永恒前面，作者只有错愕，没有憧憬，没有悲伤”。这样，个体自我遂与永恒化一而成为宇宙之我了。

张若虚的《春江花月夜》就是这样，以江月起笔，以江月落笔，在仰观孤月、俯察江海的诗化巨大时空中使宇宙意识和人间真爱展示出美好的境界，在感悟人生有限和追寻人生归宿无限的心灵叩问中，冥思永恒的千古之谜。“孤篇横绝，竟为大家”的评价委实不为过誉。

张若虚的《春江花月夜》标志着唐诗意境说的成熟。而陈子昂的《登幽州台歌》标志着唐诗风骨说的成熟。二者可谓双璧，标示着盛唐诗歌的到来。

综上所述，初唐这将近一百年的时间，从唐太宗的初露端倪，到“四杰”革除齐梁余波未尽，到沈宋完成近体诗格律，再到陈子昂的横制颓波，唐诗刚健清新的浪漫气质日趋强化，“盛唐气象”在预兆着、酝酿着，盛唐骄子已经在母腹中躁动了。

第三章　盛唐诗歌

唐玄宗开元、天宝年间，直至“安史之乱”爆发前，是唐代社会高度繁荣而且极富艺术气氛的时代。唐诗经过一百年左右的酝酿和准备，至此终于达到了全盛的高峰。虽然在唐诗的初盛中晚四个阶段中，盛唐为时最短，其成就却最为辉煌。

张说、张九龄是初唐与盛唐之交的文坛领袖。张说的诗风主要接近初唐，张九龄的诗风则与盛唐为近；个人关系上，张说是张九龄仕途与文学上的领路人；诗歌创作方面，张说起到先导作用，张九龄则后来居上，成为盛唐诗坛的领袖和重要作家。他们二人既领导着当时诗坛的潮流，在创作上又各有重心，由他们的创作实践可以看出盛唐诗歌发展的轨迹。

这一时期，不但出现了伟大的诗人李白、杜甫，还涌现出一大批才华横溢的优秀诗人。许多脍炙人口、广为传诵的诗篇，便是在这一时期产生的。

热情洋溢，豪迈奔放，具有郁勃浓烈的浪漫气质，是盛唐诗歌的主要特征。

即使是恬静优美之作，也同样是生气弥漫、光彩熠熠的。

这就是为后人所艳羡的“盛唐之音”。

第一节　孟浩然、王维与山水田园诗派

山水景物是南朝诗歌的重要题材，陶渊明、谢灵运、谢朓是重要的代表人物，并取得了显著的成就。到了孟浩然、王维等人，山水诗又被提升到新的境界，这主要表现在：

诗中情与景的关系，不仅是彼此衬托，而且常常是水乳交融的。

诗的意境由于剔除了一切不必要、不谐和的成分，而显得更加明净和纯美。

诗的结构也更加完美。

一、孟浩然（689～740），襄阳人，主要活动在开元年间。他的经历比较简单，40岁以前在家闭门苦读，曾隐居鹿门山；40岁到长安应进士举，不第还乡，东游吴越。开元二十五年（737）张九龄贬为荆州长史，他应聘为从事，但不到一年即辞职还乡。两年后因“疾疹发背”而死，终年52岁。有《孟浩然集》四卷。

在盛唐诗人当中，孟浩然是较早的一个。其人品和诗风深得时人的赞赏和倾慕。李白《赠孟浩然》云：“吾爱孟夫子，风流天下闻。”于此可见一斑。

孟浩然的一生基本上是在隐居和漫游中度过的。他早年的隐居是为出仕作准备的，对人生持积极的态度，心情是乐观开朗的，这时的创作基调是积极向上的。“感激遂弹冠，安能守固穷”（《书怀贻京邑故人》）便是当时情况的最好写照。

但落第后的漫游和归隐，心境就变得较为痛苦与愤懑了。如他的《留别王维》：“当路谁相假，知音世所稀。只应守寂寞，还掩故园扉。”怀才不遇的激愤，世无知音的寂寞，表现得十分强烈。

但无论是前期还是后期，孟浩然一生的基本生活内容就是隐遁山林，写下了较多的山水田园诗。

孟浩然诗歌成就较高的是他的田园隐逸诗，《过故人庄》是代表作。

> 故人具鸡黍，邀我至田家。
> 绿树村边合，青山郭外斜。
> 开轩面场圃，把酒话桑麻。
> 待到重阳日，还来就菊花。

《过故人庄》在孟诗中不一定是最淡的，但他用省净的语言，平平地叙述，几乎没有一个夸张的句子，没有一个使人兴奋的词语，也已经算是“淡到看不见诗”（闻一多《孟浩然》）的程度了。那么，它的诗味究竟表现在哪里？“语淡而味终不薄。”（沈德潜《唐诗别裁》）读孟浩然的诗，应该透过它淡淡的外表，去体会内在的韵味。

“故人具鸡黍，邀我至田家。”这一开头就像是一则日记。故人“邀”而我“至”，文字上毫无渲染，招之即来，简单而随意。这正是不用客套的至交之间所可能有的形式。而以“鸡黍”相邀，既显出田家特有风味，又见待客之简朴。这种“鸡黍”宴，直至今天，仍然是中国农村中一种亲切的招待。这个开头，不甚着力，平静而自然，但对于将要展开的生活内容来说，却是极好的导入，显示了气氛特征，又有待下文进一步丰富、发展。

“绿树村边合，青山郭外斜。”走进村里，顾盼之间竟是这样一种清新愉悦的感受。这两句，上句漫收近境，绿树环抱，别有天地；下句轻宕笔锋，郭外的青山依依相伴，则又让村庄不显得孤独，并展示了一片开阔的远景。这个村庄坐落平畴而又遥接青山，使人感到清淡幽静而绝不冷傲孤僻。

由于“故人庄”出现在这样的自然和社会环境中，所以宾主临窗举杯，“开轩面场圃，把酒话桑麻”，才显得格外畅快。对于这两句，人们比较注意“话桑麻”，认为是“相顾无杂言”，忘情在农事上了。这诚然不错，但有了轩窗前的一片打谷场和菜圃，又给人以宽敞、舒展的感觉。“话桑麻”，就更让人感到是田园，从而引起对农作的关怀，分享收获的愉快。

“待到重阳日，还来就菊花。”临走时直截了当、毫不掩饰地宣告他不久还要再来。这种真率的表示，是从一个受到健康生活的洗礼，几乎恢复了童真的灵魂中迸发出来的动人的语言。诗人之来是出于故人的邀请，去时却不顾虑主人将要赔上鸡黍饭而预约再来。前后对照，这个天地对他的吸引，故人相待的热情，作客的愉快，主客之间的亲切融洽，都跃然纸上了。

孟浩然的作品标志着唐诗经过“四杰”、沈宋和陈子昂等人的努力，达到了成熟的境地，已经形成了盛唐诗歌浑融完整的艺术风格。再往前发展，就是李白、王维、杜甫那种在浑融完整的前提下，既有华彩，又有深刻的意境乃至宏伟气魄的诗篇了。李杜等人并不照搬孟浩然形式上的“淡”，但孟诗在“淡”中所包含的深厚、隽永、朴实、自然等素质，却被他们汲取并且向前发展了。

孟浩然的山水诗成就也比较突出。

这些诗一部分是漫游秦中、吴越时所作；一部分是描写故乡的山水。都写得清新淡远，别具幽情。如《宿建德江》：

> 移舟泊烟渚，日暮客愁新。
> 野旷天低树，江清月近人。

这首诗写了江边夜景，表现了诗人的旅愁。

起句“移舟泊烟渚”，“移舟”即移动小船；“泊”指停泊夜宿；“烟渚”，烟雾朦胧的小洲。这一句点了题，介绍了诗人观赏景物的立足点。次句“日暮客愁新”，“日暮”即黄昏时分，“客愁新”是指诗人客居他乡，增添了忧愁。这句写了诗人欣赏景物的心情。

第三句写江边的远景。“野旷天低树”，诗人站在船头，极目远眺，旷野中远处的天空比近处的树林还要低。第四句写江中的近景。“江清月近人”，江水清澈，倒映在江中的月影，似乎更加靠近船上的诗人。这特殊的景象，只有立足于船上才能领略到。在这十分成功的对比描写中，表现了诗人含而不露的淡淡哀愁。

此诗前两句是触景生情，后两句是托景抒情。全诗淡而有味，耐人咀嚼。

孟浩然是唐代山水诗派的代表。据说有一次，他到长安参加文人诗会。他即席赋诗，写出了“微云淡河汉，疏雨滴梧桐”（微薄的云淡淡地抹在银河上，稀疏的雨点滴落在梧桐叶间）两句好诗。大家都十分叹服，搁笔不再接着赋诗了。

孟浩然的山水诗，也有写得雄伟壮观的，如《临洞庭湖赠张丞相》：

八月湖水平，涵虚混太清。
气蒸云梦泽，波撼岳阳城。
欲济无舟楫，端居耻圣明。
坐观垂钓者，徒有羡鱼情。

此诗前四句写景，表现了洞庭湖地负海涵的壮阔气势；后四句抒情，表达了期望张丞相汲引而有所作为的心情，把一颗跳动着的不甘寂寞之心呈现在读者面前。

整首诗情景相生，宏伟的景象弥漫着强烈的主体追求精神，确是典型的盛唐之音。作者的好友李白仰慕他“红颜弃轩冕，白首卧松云”，由此诗看来，孟浩然并不是一位地道的、宅心世外的隐逸高人，至少他和李白一样，人生态度有积极进取的一面，有对于功名事业的向往和期待。这是盛唐诗人的共性，是“盛唐气象”的根基。

孟浩然还有一些小诗写得很好，如《春晓》：

春眠不觉晓，处处闻啼鸟。
夜来风雨声，花落知多少。

这首诗描绘了一幅春天早晨绚丽的图景，抒发了诗人热爱春天、珍惜春光的美好心情。首句“春眠不觉晓”，第一字就点明季节，写春眠的香甜。“不觉”是朦朦胧胧不知不觉。在这温暖的春夜中，诗人睡得真香，以至旭日临窗，才甜梦初醒。此句流露出诗人爱春的喜悦心情。次句“处处闻啼鸟”写春景、春天早晨的鸟语。“处处”是四面八方的意思。鸟噪枝头，一派生机勃勃的景象。“闻啼鸟”即“闻鸟啼”，古诗为了押韵，词序作了适当的调整。这两句是说：春天来了，我睡得真甜，不知不觉天已大亮。一觉醒来，只听见处处有鸟儿在歌唱。第三、四句“夜来风雨声，花落知多少”，诗人追忆昨晚的潇潇春雨，然后联想到春花被风吹雨打、落红遍地的景象。诗人把爱春和惜春的情感寄托在对落花的叹息上。惜春也是爱春，喜悦是全诗的基调。

本诗写春景，不是写所见，而是写所闻及所想。诗人把自己的听觉感受写出来，然后由读者体味、再现诗人描绘的意境。构思巧妙，很有情趣。

二、王维（701～761），字摩诘，太原祁（山西祁县）人，是在盛唐文化全面高涨的情况下，产生的一位多才多艺的诗人。他精通音乐，早年任大乐丞；书法上他兼擅草、隶各体；绘画才能尤为突出，他曾经自负地说：“宿世谬词客，前身应画师”（《偶然作）其六），而后人甚至推许他为南宗画派之祖。他的文学创作就是建筑在这样全面的艺术修养的上面，因而取得了很高的艺术成就。有《王右丞集》。

王维的生活思想和创作，可以40岁为界，分前后两期。前期生活主要是积极仕进，支持张九龄的开明政治，思想比较奋发向上，其诗歌创作的基调也是积极乐观的。

后来张九龄罢相，朝政日非，“安史之乱”后社会急剧变化，王维的生活也由前期的积极仕进转变为后期的亦官亦隐。这期间的生活内容是隐居辋川、啸咏山林、笃志奉佛，唯以禅诵为事。因此他的思想趋于消极遁世，诗歌创作的基调也变得幽静恬淡甚至带有枯寂。

前期作品，以具有批判精神的政治诗和具有奋发向上精神的边塞诗为主。

他的政治诗，批判权贵的显赫，为志士怀才不遇鸣不平。如《寓言二首》：

斗鸡平乐馆，射雉上林苑。
曲陌车骑盛，高堂珠翠繁。

批判权贵们的荒淫。如《偶然作》：

读书三十年，腰下无尺组。
被服圣人教，一生自穷苦。

他的边塞诗，或写边将英武，或写少年任侠，或叙征战之苦，或写边塞风光等。如他的《使至塞上》便写了边塞特有的风光：

单车欲问边，属国过居延。
征蓬出汉塞，归雁入胡天。

大漠孤烟直，长河落日圆。
萧关逢候骑，都护在燕然。

诗人曾奉命出使河西节度使幕府宣慰察访，诗歌是出使途中所作。它描写途中所见到的壮丽、奇异的边塞风光，表现出盛唐边塞诗豪壮奇丽的特色。其中颈联写景最为传神，他用“直”来写孤烟，写出了大漠辽阔、孤烟直上的景象；用“圆”来写落日，使夕阳也显得壮观。

诗人能抓住景物特征进行描写，画面形象鲜明，景象奇丽壮阔，意境苍茫雄浑。

后期作品，以受人们称道的山水田园诗为主。

他的山水田园诗写出了自然界的幽静恬适之美。如《山居秋暝》：

空山新雨后，天气晚来秋。
明月松间照，清泉石上流。
竹喧归浣女，莲动下渔舟。
随意春芳歇，王孙自可留。

这首五言律诗是王维晚年隐居辋川时所作，写秋晚山景，借以表达作者对纯朴安静、放纵山林生活的热爱。诗人描绘了山中秋雨过后清朗明净的月夜：松间的明月、石上的清泉、竹林中的浣女、溪中的渔舟，有机地构成了一幅明丽的画图。

这首在艺术上以动写静，以普通的景物写高洁的意趣，以自然美来表现理想美，含蕴丰富、耐人寻味。又如《鸟鸣涧》：

人闲桂花落，夜静春山空。
月出惊山鸟，时鸣春涧中。

这首诗写春夜月景，闲、静、空、落四个字为全诗定下一个静谧空寂的基调，而月出鸟鸣的描写看来似乎打破了沉寂，但美感的辩证效果却相反，使全诗气氛更为静谧。

人闲、夜静、山空是从静态着手的，花落、月出、鸟鸣是从动态着手的，一个“惊”字唤醒了息息相通的世界。

王维也有一些山水诗写的意境高远、气象开阔。如《汉江临眺》（又名《汉江临泛》）：

楚塞三湘接，荆门九派通。
江流天地外，山色有无中。

郡邑浮前浦，波澜动远空。

襄阳好风日，留醉与山翁。

这首《汉江临眺》是王维融画法入诗的力作。“楚塞三湘接，荆门九派通”一笔勾勒出汉江雄浑壮阔的景色，作为画幅的背景。泛舟江上，纵目远望，汉江横卧楚塞而接“三湘”、通“九派”，水势浩渺。诗人收漠漠平野于纸端，纳浩浩江流于画边，为整个画面渲染了气氛。“襄阳好风日，留醉与山翁”诗人要与山简共谋一醉，流露出对襄阳风物的热爱之情。此情也融合在前面的景色描绘之中，充满了积极乐观的情绪。这首诗给我们展现了一幅色彩素雅、格调清新、意境优美的水墨山水画。画面布局，远近相映，疏密相间，加之以简驭繁，以形写意，轻笔淡墨，又融情于景，情绪乐观，给人以美的享受。

王维的山水田园诗也有渲染空寂意境和寂寞情怀的。如《鹿柴》：

空山不见人，但闻人语响。

返景入深林，复照青苔上。

诗人全用反衬的方法，以一阵人语响，反衬空山空寂；又以一缕夕阳映照青苔反衬树林深幽。从而写出了极其幽静甚至空冷沉寂的意境，表现出诗人寂寞的情怀。

此种诗风给王维赢得了“诗佛”的称誉，这与王维的个性身世际遇关系甚大。王维很早就归心于佛法，精研佛理，受当时流行的北宗禅的影响较大，晚年思想又接近南宗禅，撰写了《能禅师碑》。孟浩然、裴迪、储光羲、刘眘虚、常建等人，也都与禅僧往来很密切，作诗深受禅风的熏染。他们的山水诗创作，从观物方式到感情格调，都带有受禅宗思想影响的文化意蕴，饶有禅意和禅趣。

以禅入定、由定生慧的精神境界，对王、孟等人的艺术思维和观物方式影响极大。当他们从坐禅的静室中走出来，即习惯于把宁静的自然作为凝神观照而息心静虑的对象，从而使山水诗的创作独具慧眼，由早期的写气图貌和巧为形似之言，进入“搜求于象，心入于境，神会于物，因心而得”（王昌龄《诗格》）的意境创造。魏晋以来用玄学意味体会自然的山水审美意识，演进为以禅趣为主而契入禅境，禅境常通过诗境来表现。如王维《终南别业》里的“行到水穷处，坐看云起时”，人无意而至此，云无心而出岫，可谓思与境谐，神会于物。诗人着重写无心，写偶然，写坐看时无思无虑的直觉印象，那无心淡泊、自然闲适的“云”，是诗人心态的形象写照。对境观心而道契玄微，静极生动、动极归静、动静不二的禅意，渗入山情水态之中，化作天光云影，空灵而自然。

王维还有一些抒情小诗，十分清新喜人，如《送元二使安西》（又名《渭城曲》）：

渭城朝雨浥轻尘，客舍青青柳色新。

劝君更尽一杯酒，西出阳关无故人。

这是一首送别名作。前两句写景：渭城的一个早晨，客人及送行之人于客舍送行，外面下了一场小雨，洒湿了路面上的尘土。雨后客舍周围的柳树一片青翠，清新宜人，正是行人上路的时候。“劝君更尽一杯酒”，有力地表现了诗人依依惜别之情。因为西出阳关以后，故人难遇，所以劝其更饮一杯。这首诗具有很强的艺术感染力，当时被谱成乐曲广为传唱，就是有名的《阳关三叠》。

总之，山水诗在王维的手中，得到了一次总结和提高。他的诗既有精细的刻画，又注重完整的意境；既有明丽的色彩，又有深长隽永的情味；既包含哲理，又避免了枯淡无味的表述；而且风格多变，富于创造性。他的成就对后世产生了积极的影响。

三、王维与孟浩然山水田园诗比较

孟浩然和王维的山水田园诗，看起来很相近，有假天籁为宫商、寄至味于平淡的共同特点，但诗风各有特点。

王维最好的田园诗，是恬静的像夕阳朦胧中的小湖，镜面似的躺着，连一丝波纹儿都不动荡；人与自然合二为一，诗人自己也融合在他写的景色当中了。

但孟浩然的诗，虽然也写山、写水，也表现大自然的美丽，但所写的大自然是活跃不停的，是和人一样时时刻刻动作着的。像“却听泉声恋翠微”（《过融上人兰若》）的“恋”字，便可充分代表他的独特作风。细读他的诗，差不多都把有情的动作附着到无情的自然物上去。

王维的诗往往是纯客观的，看不见诗人的影子，或者连诗人自己都成了静物之一。所以王维是个客观的诗人，孟浩然是个抒情的诗人；王维诗的意境是空寂的恬静，孟浩然诗的恬静意境是富于生机的。“浩然清而旷”“王维清而秀”（胡应麟《诗薮》）。

王维的诗写“无我之境”，孟浩然的诗写“有我之境”，王维的诗词采丰润，孟浩然诗词采偏于清淡。

王维和孟浩然在盛唐诗坛享有盛誉，影响很大。崔兴宗称王维为“当代诗匠”（《酬王维》诗序），王士源说孟浩然的五言诗“天下称其尽美矣”（《孟浩然集序》）。当时，以王、孟为中心，还有一批诗风与他们相近的诗人，如储光羲、常建、祖咏、裴迪、丘为等人，成就虽然不高，但一些小诗也写得意境清新，充满诗情理趣。如储光羲的“潭清疑水浅，荷动知鱼散”（《钓鱼湾》）、常建的“曲径通幽处，禅房花木深”（《题破山寺后禅院》）等名句，千古传诵。

第二节 高适、岑参与边塞诗派

唐宋以来，高适和岑参是经常被人们并称的两位诗人。严羽说：“高岑之诗悲壮，读之使人感慨。”（《沧浪诗话》）胡应麟说：“高岑悲壮为宗，王孟闲淡自得。”（《诗薮》）

这主要是指他们诗风相近，都以“风骨”著称，他们都曾经侧身戎幕，擅长以古诗尤其是七古的形式来写边塞题材，而且诗中充满着感激不平之气。不过这两位诗人同中有异，在诗坛上各自作出了不同的贡献。

一、高适（700~765），字达夫，渤海蓨（今河北景县）人。高适一生经历比较丰富，幼年因为家道破落而生活贫穷。20岁西游长安，功名未就而返。开元二十年去了蓟北，体验了边塞生活。后漫游梁、宋，过了多年“混迹渔樵”的落拓流浪生活。天宝三载与李白、杜甫同游梁园，结下亲密友谊，成为文坛佳话。

天宝八年，46岁中有道科，任封丘尉，不久即辞官而去。入河西节度使哥舒翰幕。这是他生活的转折点，以后仕途顺遂，创作渐少。后任左拾遗，官至淮南、西川节度使，终散骑常侍。有《高常侍集》。

高适诗歌今存二百余首，内容是比较丰富的。最能代表他诗歌创作成就并具有重大影响的是他的边塞诗。这类诗二十多首，其中多数作于他北上蓟门、浪游梁宋的时期。有的表达了自己对“边尘满北溟”（《塞上》）的深忧，有的表现了“万里不惜死”（《塞下曲》）的壮怀，有的写将士英勇战斗，有的写边塞风光。

最能体现他边塞诗成就与特色的，是那些以政治家眼光分析边防问题，以政论笔调表达边防政见的诗篇。如《燕歌行》：

开元二十六年，客有从元戎（御史大夫张公）出塞而还者，作燕歌行以示，适感征戍之事，因而和焉。

汉家烟尘在东北，汉将辞家破残贼。
男儿本自重横行，天子非常赐颜色。
摐金伐鼓下榆关，旌旗逶迤碣石间。
校尉羽书飞瀚海，单于猎火照狼山。
山川萧条极边土，胡骑凭陵杂风雨。
战士军前半死生，美人帐下犹歌舞。
大漠穷秋塞草腓，孤城落日斗兵稀。
身当恩遇常轻敌，力尽关山未解围。
铁衣远戍辛勤久，玉筋应啼别离后。
少妇城南欲断肠，征人蓟北空回首。
边庭飘摇那可度，绝域苍茫更何有。
杀气三时作阵云，寒声一夜传刁斗。
相看白刃血纷纷，死节从来岂顾勋。
君不见沙场征战苦，至今犹忆李将军。

诗歌慨叹征战之苦，谴责将领骄傲轻敌，荒淫失职，造成战争失利，使战士受到极大痛苦和牺牲，反映了士兵与将领之间苦乐不同、庄严与荒淫迥异的现实。诗虽叙写边战，但重点不在民族矛盾，而是讽刺和愤恨不恤战士的将领。同时，也写出了为国御敌之辛勤。主题仍是雄健激越、慷慨悲壮。全诗简练地描写了一次战争的全过程。开头八句写出师，说明战争的方位和性质："摐金伐鼓下榆关，旌旗逶迤碣石间。"第二段八句，写战斗危急和失败，战士们出生入死，将军们荒淫无耻："战士军前半死生，美人帐下犹歌舞。"第三段十二句，写被围战士的痛苦，"铁衣远戍辛勤久"，以及他们浴血奋战，视死如归："死节从来岂顾勋""相看白刃血纷纷"。另一方面也写征夫思妇久别之苦、边塞的荒凉，渴望有好的将领。

诗歌的内容丰富繁杂，诗人运用脉络分明的结构、错综交织而又万箭归心的铺写，使批判边帅的主题得到了集中体现。

诗人用强烈的对比来表达丰富的内容，战士和将军、死节和贪功、效命疆场和纵情声色、古代名将和今时边将等等，对比鲜明，深化了主题，具有强烈的讽刺性。多用七言律句，多用对仗，押韵以四句为一个单元，韵律流转。用韵平仄相间，抑扬有节，音调和美。这些语言形式特征与慷慨悲壮的格调合而为一，是盛唐诗歌“引律入古”的典范作品。诗的气势畅达，笔力矫健，气氛悲壮淋漓，主旨深刻含蓄，是千古传诵的边塞诗名篇。

高适还有一些很好的边塞短诗，如《别董大》其一：

千里黄云白日曛，北风吹雁雪纷纷。
莫愁前路无知己，天下谁人不识君？

这是一首送别诗，送别的对象是著名的琴师董庭兰。盛唐时盛行胡乐，能欣赏七弦琴这类古乐的人不多。这时高适也很不得志，到处浪游，处于贫贱的境遇之中（他在《别董大》之二中写道：“丈夫贫贱应未足，今日相逢无酒钱。”）。但在这首送别诗中，高适却以开朗的胸襟、豪迈的语调把临别赠言说得激昂慷慨。

高适早年还有一些反映民间疾苦、关心人民生活的诗篇。如《封丘县》，把在县尉任上见到的官场黑暗所激起的愤怒与悲哀，倾注到“拜迎长官心欲碎，鞭挞黎庶令人悲”这样出自肺腑的诗句中去。

总之，高适的边塞诗气势磅礴、慷慨激烈，一些咏怀、送别诗也充满侠义豪情，形成了一种深沉悲凉的风格。它的主要艺术特色是直抒胸臆，词浅意深，情调慷慨。

他写塞外景色，不是客观地写，而是缘情写景，景物都染上浓重的主观色彩。加之诗人写景从大处落笔，以粗犷的笔调勾画广阔雄浑的景象，皆给人以气象恢宏的感觉。

高适诗歌的语言刚健质朴、流畅自然、精炼准确，这种语言特点便于他抒发慷慨凄凉的感情。

二、岑参（715～770），江陵（今属湖北）人，祖籍南阳，出生于江陵。他的祖辈多人为相，后来败落，家境贫寒。他从兄受学，幼年早慧，9岁属文。15岁居嵩，奠定学业基础。

20岁到长安求仕未成，往来京洛十年，结识了许多名士，在诗坛开始显露头角，形成了第一个创作高潮，多抒怀才不遇之感。

30岁举进士，授兵曹参军。天宝八年赴边关，在安西节度使高仙芝的幕府中任掌书记，天宝十年回长安。天宝十三年再度出塞为安西北庭节度使封常清的判官，至德二年，入朝任右补阙，结束边塞生活，是为中期。形成了他第二个创作高潮，以边塞诗为主。

此后十余年，三度为郎，两调外任，但并不得意，早年豪气几尽。最后任嘉州刺史，罢官，卒于成都寓所。是为后期，诗歌多壮志难酬的感慨。

有《岑嘉州集》，现存诗403首。

代表他诗歌创作最高成就的是边塞诗。

他两度出塞，三次在军中任职。《唐才子传》说他“累佐戎幕，往来鞍马风尘间十余载，极征行离别之情，城障塞堡，无不经行“。

长期的边塞生活，为他提供了丰富的生活感受；他的立功壮志和报国激情又为他的边塞诗创作奠定了思想基础，因此他写出了热情洋溢、真挚感人、笔力雄放的边塞诗歌。如《白雪歌送武判官归京》：

北风卷地白草折，胡天八月即飞雪。
忽如一夜春风来，千树万树梨花开。
散入珠帘湿罗幕，狐裘不暖锦衾薄。
将军角弓不得控，都护铁衣冷难著。
瀚海阑干百丈冰，愁云惨淡万里凝。
中军置酒宴归客，胡琴琵琶与羌笛。
纷纷暮雪下辕门，风掣红旗冻不翻。
轮台东门送君去，去时雪满天山路。
山回路转不见君，雪上空余马行处。

这首著名的边塞诗，写于作者任安西北庭节度判官之时。诗全用散句，与《燕歌行》骈散相间的写法不同。以咏雪为经线，以送友为纬线，编织出一幅景色奇丽的雪中送别图。全诗大体可分两段：

前十句写雪景暗寓送别。写景，一开头就是北风卷地、八月飞雪，十分奇异。接着两句，以春写冬，以梨花写雪花，更使边塞飞雪奇丽非凡，给人以春意盎然的感觉。然后铺写营帐内外的一片奇寒。诗人渲染这种奇丽而又酷寒的送别气氛，为离愁增添了壮采。

后八句写送别：诗人以雪为背景，辕门外暮雪纷纷，东门外雪满天山，胡琴、琵琶、羌笛悠扬之声，以及雪路上空留蹄印，所有这些背景都为送别增添了悠悠不尽之情。

这首诗的特点是奇：雪景奇，酷寒也奇，千树万树梨花的形象奇丽，凝冻不动风吹不翻的红旗形象奇特，给人以极深的印象。

他的边塞乡思的抒情小诗也写得很好。

如《逢入京使》：

故园东望路漫漫，双袖龙钟泪不干。
马上相逢无纸笔，凭君传语报平安。

这首诗是岑参调任安西途中所作。诗中前两句，写东望故园，泪流不止，抒思乡之情。后两句写诗人路上巧遇熟人去长安，手边没带纸笔，只能相托捎个口信回家报平安。这只是日常生活中的小事，但作者抓住了这个细节，以自然质朴的话语，说出了令人叫绝的特定的真实情感，所以能打动人。

岑参诗歌题材领域很广泛，除边塞诗外还写了大量的赠别友人与感叹身世之作。另外，他的山水诗也写得很好。

三、高适岑参诗歌比较

高适与岑参一样，以七言歌行见长。他们的风格有相似的地方，严羽指出："高岑之诗悲壮。"（《沧浪诗话·诗评》）"悲壮"基本上概括了高岑诗风相同的地方。

但他们也有差别：高适在悲壮中显深沉，浑朴质实；岑参在悲壮之外有雄放、峻峭、瑰奇。

岑参诗歌形象鲜明，景色奇丽，感情炽烈，想象奇特，充满浪漫主义的气息；高适的诗歌多夹叙夹议、直抒胸臆。

此外，岑参的边塞诗长于描写，多寓情于景；或歌颂将士英勇斗争，或叙写战争悲壮，多是通过奇险、艰苦的环境来衬托的。

四、其他边塞诗人（豪侠诗人）

除高适、岑参外，边塞诗人中较突出的还有王昌龄、王之涣、崔颢、王瀚等。这些诗人尽管没有到过边塞，但也写出了豪迈悲壮的边塞诗，这正如绘画，"画图临出秦川景，亲到长安有几人"（金·元好问）。所以在北大袁行霈先生本世纪《中国文学史》中把他们归类为豪侠诗人。

王昌龄（690？~757?），字少伯，京兆长安（西安）人。开元进士，补校书郎，后授汜水尉，迁江宁丞；晚年贬龙标，世乱还乡，途中为刺史闾丘晓所杀。有《王昌龄集》。

他的诗素负盛名，长于七绝，号"七绝圣手"，与李白七绝"足称联璧"（焦竑《诗评》）。

他善于写组诗，如《从军行》《塞下曲》都是典型的组诗，表达相关的思想内容。王昌龄以边塞诗成就最高，如《从军行》七首之一：

> 烽火城西百尺楼，黄昏独坐海风秋。更吹羌笛关山月，无那金闺万里愁。

这是一首反映边关将士久戍思归之情的作品，诗以黄昏独坐、海风羌笛等典型形象，渲染了戍卒的乡思，感情十分强烈。

又如被誉为唐人七绝压卷之作的《出塞》二首之一：

秦时明月汉时关，万里长征人未还。
但使龙城飞将在，不教胡马度阴山。

诗既写了对征人未还的思念，又对将非其人进行了批判，苍莽雄浑，意境深沉。诗中以“月”和“关”这两种边塞典型的景物，把现实和历史巧妙地联系起来，大大加深了诗歌的意蕴。

王昌龄的赠别诗也非常出色，如《芙蓉楼送辛渐》：

寒雨连江夜入吴，平明送客楚山孤。
洛阳亲友如相问，一片冰心在玉壶。

“寒雨连江夜入吴”，迷蒙的烟雨笼罩着吴地江天，织成了无边无际的愁网。夜雨增添了萧瑟的秋意，也渲染出离别的黯淡气氛，诗人因离情萦怀而一夜未眠的情景也自可想见。那寒意不仅弥漫在满江烟雨之中，更浸透在两个离人的心头。第二句“平明送客楚山孤”，点出了送别的时间和地理环境。雨后的清晨，天气初晴，青山滴翠，孤山兀立。一个“孤”字，也形象地传达了诗人此时的心境。

“洛阳亲友如相问，一片冰心在玉壶”二句，写的是诗人对辛渐的叮咛和托付之语。意思是说：你到达洛阳后，假如有亲戚朋友询问我遭贬后的近况，你可以告诉他们，就说我的内心依然纯洁无瑕，就像冰那样晶莹，像玉那样透亮。诗中用一个巧妙的互相映衬的比喻，来形容一种纯洁完美的品格。这两句诗不仅仅是诗人的自我表白，更是诗人以凛然的姿态对小人诽谤所进行的驳击，表现出诗人不肯屈从于恶势力的顽强斗争精神。

他的闺怨诗、宫怨诗，如《闺怨》《西宫春怨》《长信秋词》，长于心理刻画，从内心深处揭示了抒情主人公的精神孤寂和哀愁：

闺怨

闺中少妇不知愁，春日凝妆上翠楼。
忽见陌上杨柳色，悔教夫婿觅封侯。

西宫春怨

西宫夜静百花香，欲卷珠帘春恨长。
斜抱云和深见月，朦胧树色隐昭阳。

《长信秋词》其一

金井梧桐秋叶黄，珠帘不卷夜来霜。
熏笼玉枕无颜色，卧听南宫清漏长。

其三

奉帚平明金殿开，且将团扇暂徘徊。
玉颜不及寒鸦色，犹带昭阳日影来。

王之涣（688～742），字季陵，晋阳（太原）人。曾任衡水县主簿，文安县尉等职，政治上并不得意，但诗名很高。他的诗为乐工传唱，可惜传世之作仅六首。这六首诗充满盛唐情韵，篇篇可称精工。

如他的边塞诗《凉州词》其一：

黄河远上白云间，一片孤城万仞山。
羌笛何须怨杨柳，春风不度玉门关。

通过描写塞外风光的荒寒壮阔、悠悠羌笛的哀怨之情，透露出边关将士的乡思，全诗悲而不失其壮。

他有一首五绝《登鹳雀楼》也是不朽名作：

白日依山尽，黄河入海流。
欲穷千里目，更上一层楼。

诗写登楼所见所感，把山形水势写得宽广辽远、气势雄放，然后由景入理，道出了高瞻才能远瞩的道理。

崔颢（704？～754），汴州（今河南开封）人，约生于武后长安四年（704），于开元十一年（723）登进士第。曾任司勋员外郎。

由于他早年好赌博饮酒，择妻以美貌为准，稍不如意便离弃之，被称为“有俊才，无士行”。(《旧唐书》本传)

殷璠《河岳英灵集》说：“颢年少为诗，名陷轻薄，晚节忽变常体，风骨凛然。一窥塞垣，说尽戎旅。”崔颢诗歌“忽变常体”，是从他及第前两年的南游开始的，其标志就是从汉水到武昌所作的《黄鹤楼》。

崔颢诗中最具凛然风骨的作品，是他于开元后期北上入河东军幕时创作的边塞诗。

如《赠王威古》《古游侠呈军中诸将》等。诗人有意在诗中显示豪侠气概，如：

仗剑出门去，孤城逢合围。杀人辽水上，走马渔阳归。

能反映他夙愿得偿之感的是《雁门胡人歌》：

高山代郡东接燕，雁门胡人家近边。
解放胡鹰逐塞鸟，能将代马猎秋田。
山头野火寒多烧，雨里孤峰湿作烟。
闻道辽西无斗战，时时醉向酒家眠。

此诗写边境之状如在目前，似断而能续的歌行流转体调，保持了作者豪爽俊丽的一贯风格。由于是写戎旅生活，更多了一些反映狂生本色的阳刚意气。

他的另一首名作《黄鹤楼》：

昔人已乘黄鹤去，此地空余黄鹤楼。
黄鹤一去不复返，白云千载空悠悠。
晴川历历汉阳树，芳草萋萋鹦鹉洲。
日暮乡关何处是？烟波江上使人愁。

诗写登楼远眺所产生的怀古和思乡的感情。诗人巧妙地运用黄鹤飞逝、仙去楼空的传说，抒发了一种千载悠悠的渺茫感慨，然后自然地过渡到对家乡的思念，突出了乡愁，把两方面的内容融合到一起，达到了“意得象先，神行语外”（沈德潜《唐诗别裁》）的境界。另外，前两联连用三个“黄鹤楼”不拘律诗常格，后两联才转散归正。这虽是变律，但实在也是一种创新，所以后人誉之为唐人七律第一。

崔颢的江南之行使他的诗歌创作再一次得到丰富和发展。

南方的人文景观和自然风物，使崔颢的狂侠习气得到洗练，诗的豪爽笔调中，添了一层清丽空远的韵味。

他南游至吴越一带时，写了一些效仿江南民歌的对答体短诗。如《长干曲四首》其一：

君家何处往，妾住在横塘。停船暂借问，或恐是同乡。

这种清新活泼而带有一定情节性的连章小诗的创作，近于乐府古制，对于崔颢北归后写作《邯郸宫人怨》等乐府歌行叙事诗是有影响的。他的乐府歌行，能将豪宕顿挫之气势，寄寓于明丽俊逸的叙事之中，具有清劲爽丽的特点。

第四章　李　白

第一节　李白的生平与思想

李白（701～762），字太白，祖籍陇西郡成纪县（今甘肃天水）。其先世于隋朝末年远谪西域，居于碎叶城（今吉尔吉斯共和国境内，当时属唐王朝安西都护府），李白就生于这个地方。约5岁随父迁居绵州昌隆县（今四川江油县）的青莲乡，后自号青莲居士。李白出生在一个比较富有而且颇具文化教养的家庭，他的一生可分为五个时期。

一、蜀中游历时期（5～25）

李白"五岁诵六甲，十岁观百家"（《上安州裴长史书》），"十五观奇书，作赋凌相如"（《赠张丞相镐》其三），可见他少年聪慧、博学百家，接受多家思想的影响。

青年时代好任侠，学剑术，漫游名山大川，与隐士东严子等同隐，表现出对仙道的向往。他这种好隐思想受时代风气影响，也影响到他的创作。

二、远游求仕（25～42）时期

李白有安社稷、济苍生的宏愿。为实现理想，在开元十三年，他"仗剑去国，辞亲远游"（《上裴安州长史书》），游江陵、泛洞庭、登庐山、下扬州，后留住湖北安陆。与故相许圉师的孙女结婚。此后又以安陆为中心，北入长安、洛阳，东游梁宋齐鲁。在东鲁曾与孔巢父等人隐居山林，号"竹溪六隐"。

在这几十年间的漫游中，他曾隐逸学道，想走终南捷径以出仕；也曾投赠诗文干谒地方长官，希望得到引荐而实现抱负。

从政的愿望未能实现，但他在漫游中遍览祖国山河，广交朋友，创作了许多抒写怀抱、赞美祖国风光、表达真挚友情的诗歌。李白因诗名日高，终于得到玄宗召见。

三、长安三年（42~44）时期

天宝元年，李白应诏入京。他以为可以实现自己的理想，但事与愿违，他只是入翰林院待诏供奉。起先，玄宗对他颇加礼遇，所以他也写过一些歌功颂德的文章。实际上他并不得志，因而常常饮酒游乐，过着自由放纵的生活。他平交王侯，傲视群小，终于招来忌恨，遭高力士等人的馋毁。傲岸不屈的他，不愿意谨小慎微，屈己下人，于是在天宝三年自请还山，离开了长安。

三年的翰林生活使李白的思想发生了重大的变化，对玄宗后期的政治黑暗与腐朽有了深刻的认识。他的诗歌创作也产生了飞跃，具有了对黑暗现实的强烈批判。

四、再次漫游（44~55）时期

李白离开长安，开始了再次漫游。首途东游梁宋，在洛阳与杜甫相遇，二人“醉眠秋共被，携手日同行”（杜甫《与李十二白同寻范十隐居》），结下了兄弟般的情谊。接着又北游燕蓟、南返梁园，往来宣城金陵之间，游历名川、炼丹隐遁、狂歌痛饮、消磨雄心。这时怀才不遇的悲愤、傲岸不屈的豪气、人生易老的悲叹、及时行乐的狂放以及对国事的关切、对民瘼的同情等等，复杂地交织在李白的思想与创作中。

五、身经战乱（55~62）时期

天宝十四载爆发了“安史之乱”，李白由宣城避居剡中（浙江地名），不久又西上庐山，隐于屏风叠。次年冬，永王李璘出师东巡，经庐山辟李白为僚佐。至德二年李璘兵败被杀，李白也因跟随李璘而被捕入狱，后长流夜郎（今贵州桐梓县），行至奉节遇赦得归。

这段时间他遭遇坎坷，心情悲愤，然而报国之心仍未泯灭。流放前他曾投诗张镐，表示愿意为平叛效力。遇赦后他又以61岁的高龄请缨从军，准备入李光弼幕征讨叛军，可惜因病半道而还。至死不渝的报国壮怀以及理想不能实现的的痛苦，都在这一时期的诗歌当中得到了反映。次年，代宗即位，诏命李白为左拾遗，但就在这一年冬天，诗人病逝于安徽当涂。

李白的思想比较复杂，儒道侠都有。儒家兼济天下的思想，成为他一生热烈追求治世安民政治理想的基础。

道家超脱尘世的思想影响他追求绝对的自由，蔑视权贵，有时甚至求仙访道、炼丹隐遁。

游侠思想又使他重诺轻物，轻视传统，养成一种傲岸不屈、豪纵狂放的性格。

儒道侠三种思想有很多是相矛盾的，这导致李白思想的积极与消极、入世与出世、求仕与隐遁等思想行为的复杂交织，但三者统一在李白的思想性格和气质当中，统一在功成身退的自许当中。

李白思想中的积极入世是主流，他有报国的愿望，有建功立业的政治理想，所以他批判黑暗、抨击权贵、追求自由、同情人民。即使他纵酒求仙、啸傲山林，也都是为了排遣理想不得实现的苦闷。

李白独特的思想境界，使他的诗歌具有强烈的积极浪漫主义精神和极大的批判现实的力量。

当然李白思想当中也有那种人生如梦、及时行乐的消极因素，对他的诗歌也产生了不良的影响。

第二节 李白诗歌的思想内容

李白的一生作品很多，可惜“十丧其九”（李阳冰《草堂集序》）。今存《李太白全集》30卷，除了赋、序等文章外，有诗980余首。这些诗作深刻反映了唐帝国由盛转衰的历史面貌，也表现了诗人的思想性格和理想追求。

一、揭露污浊现实，批判黑暗政治

天宝年间，李唐王朝虽然尚处于强盛的顶峰，但也潜伏着深刻的危机。李林甫、杨国忠擅权，在他们的周围形成了一个极其腐朽的统治集团，朝政由开明转向腐败，李白在长安三年的供奉翰林生活，对此有痛切的感受和清醒的认识，因此他在诗歌中对此作了深刻的揭露和有力的批判。如《古风》其二十四：

大车扬飞尘，亭午暗阡陌。
中贵多黄金，连云开甲宅。
路逢斗鸡者，冠盖何辉赫。
鼻息干虹霓，行人皆怵惕。
世无洗耳翁，谁知尧与跖！

这就是一首揭露批判宦官、鸡童嚣张气焰的诗篇。玄宗后期沉湎于声色之中，大权旁落，宦官跋扈；他又喜好斗鸡游戏，因而鸡童得宠。

诗人通过京师大道上尘土飞扬、连云甲第、冠盖辉赫、行人怵惕等典型场景的描写，揭露了中贵人以及养鸡童的嚣张跋扈，批判了他们的骄横，暗刺了最高统治者的昏庸，也表达了诗人深沉的感慨。

在艺术上，诗人抓住典型场景的铺写和对比描写，突出了这些恶势力的气焰之盛，最后以直接议论来强化诗人的愤怒，揭露批判、深刻有力。

玄宗后期的政治腐败，一方面表现在宠信群小，另一方面又表现在疏远贤才。李白对贤能之士受馋遭谤，不受重用，更是愤怒异常。所以，他批判那种“珠玉买歌笑，糟糠养贤才”（《古风》其十五）的倒行逆施；痛恨“梧桐巢燕雀，枳棘栖鸳鸾”（《古风》三十九）的社会不平。

二、关心祖国命运，渴望建功立业

盛唐国力强盛，人们精神奋发，一般士人都渴望建功立业，李白也表现得十分突出。他有宏大的抱负，热烈追求“终与安社稷”（《赠韦秘子春》）、“谈笑安黎元”（《书情赠蔡舍人雄》）的政治理想，使国家强盛、社会安定、百姓能够和平安宁地生活。

虽然他没有拿出具体的治国方案，但自许甚高。他希望能像姜太公一样“逢时壮气思经纶”（《梁甫吟》），去辅佐明主；像诸葛亮一样“壮志吞咸京”（《读诸葛武侯传书怀》），去复兴汉室。

李白为实现自己的理想而几入长安求仕，但在日趋黑暗腐朽的天宝后期，理想难以实现。这导致了李白思想从愤懑走向狂放，但他对祖国命运与前途的关心并未减弱。如《古风》其十九：

西上莲花山，迢迢见明星。
素手把芙蓉，虚步蹑太清。
霓裳曳广带，飘拂升天行。
邀我至云台，高揖卫叔卿。
恍恍与之去，驾鸿凌紫冥。
俯视洛阳川，茫茫走胡兵。
流血涂野草，豺狼尽冠缨。

这是一首用游仙体写的古诗，大约作于安禄山攻破洛阳以后。诗中表现了诗人独善兼济的思想矛盾和忧国忧民的沉痛感情。

在这首《古风》里，诗人出世和入世的思想矛盾是通过美妙洁净的仙境和血腥污秽的人间这样两种世界的强烈对照表现出来的。这就造成了诗歌情调从悠扬到悲壮的急速变换，风格从飘逸到沉郁的强烈反差。然而它们却和谐地统一在一首诗里，这主要是靠诗人纵横的笔力、卓尔的才能和积极的进取精神。

李白后期的游仙诗，常常在驰骋丰富的想象时，把道家神仙的传说融入瑰丽奇伟的艺术境界，使抒情主人公带上浓郁的谪仙色彩。这是和他政治上不得志、信奉道教、长期过着游山玩水、修道炼丹的隐士生活分不开的。但他借游仙表现了对现实的反抗和对理想的追求，使魏晋以来宣扬高蹈遗世的游仙诗获得了新的生命。《古风》其十九便是一个例证。

这首诗继承了屈原的《离骚》的浪漫主义手法，通过仙界与人间的对比，深化了对国家命运关心的主题。

三、反抗礼法束缚，追求自由的生活

李白蔑视权贵，“揄扬九重万乘主，谑浪赤墀（chí，古代殿堂上经过涂饰的地面）青琐贤”（《玉壶吟》），在帝王和权臣面前没有丝毫的奴颜和媚态。

他傲岸不屈，以为“何必长剑拄颐事玉阶”（《答王十二寒夜独酌有怀》），表现了桀骜不驯的坚强性格。

他鄙弃功名，鄙弃尘俗，“黄金白璧买歌笑，一醉累月轻王侯”（《忆旧游寄谯郡元参军》），表现出高洁正直的高贵品德。

他强烈追求自由的梦想，在《梦游天姥吟留别》中有着突出的反映。这首诗通过梦游来驰骋想象，写出天姥山的奇绝风光和非凡的气势；写出神仙世界的瑰丽变幻，虚无缥缈。这种对仙界的热烈追求，正是他厌恶黑暗现实，希图摆脱苦闷心情的反映。诗歌最后表现了对自由的强烈的向往：

“别君去兮何时还？且放白鹿青崖间，须行即骑访名山。安能摧眉折腰事权贵，使我不得开心颜。”

这种对自由的热烈追求和对权贵的无比蔑视，也正是对黑暗现实的深刻批判，具有强烈的反抗性。这首诗在艺术上假托“梦游”，运用奇幻想象和极度夸张的手法，渲染了绚丽的梦境，表达了渴望自由的思想，充分体现了李白诗歌的浪漫主义特色。

四、描绘壮丽的祖国河山，表达自己的热爱与赞美

李白一生对祖国山川充满了热爱之情，早在离川远游之际就写下了著名的《峨眉山月歌》：

> 峨眉山月半轮秋，影入平羌江水流。
> 夜发清溪向三峡，思君不见下渝洲。

在一个秋高气爽、月色明朗的夜里，诗人乘着小船，从清溪驿顺流而下。月影映在江水之中，像一个好朋友一样，陪伴着诗人。但在从清溪到渝洲的

途中，月亮总被两岸的高山挡住，使诗人思念不已。意境优美，情思绵邈。

李白“一生好入名山游”（《庐山谣寄卢侍御虚舟》），甚至“梦中往往游仙山”（《下途入石门旧居》）。在漫游中他广泛地接触祖国山川，写下了许多歌颂祖国壮丽山河的诗篇，如《望庐山瀑布》：

日照香炉生紫烟，遥看瀑布挂前川。
飞流直下三千尺，疑是银河落九天。

诗写庐山瀑布，以香炉峰紫烟缭绕，为庐山涂上了一层绚丽的色彩；又以飞流直下写瀑布的瑰奇，使全诗充满了雄壮磅礴的气氛，显示出诗人奔放不羁的性格。

李白具有豪放不羁的性格，因此写山水都有一种不凡的气势。

写黄河：“黄河之水天上来，奔流到海不复回。”（《将进酒》）

写长江：“登高壮观天地间，大江茫茫去不还。”（《庐山谣寄卢侍御虚舟》）

写蜀道：“危乎高哉，蜀道之难难于上青天。”（《蜀道难》）

写高山：“举手可近月，前行若无山。”（《登太白峰》）

当然，李白的山水诗也有以清新见长的，如“人行明镜中，鸟度屏风里”（《清溪行》）。

也有境界开阔的，如“山随平野尽，江入大荒流”（《渡荆门送别》）等等。

这些诗都描绘了祖国山水的多姿多彩。

五、反映人民生活，同情人民疾苦

李白诗歌直接叙写社会苦难的不多，但是，有一些诗接触到了人民的生活，如反映人民纯朴生活的《宿五松山下荀媪家》：

我宿五松下，寂寥无所欢。
田家秋作苦，邻女夜舂寒。
跪进雕胡饭，月光明素盘。
令人惭漂母，三谢不能餐。

诗写荀媪诚挚待客的情景，荀媪的纯朴真挚，诗人的感激惭愧，都在自然朴素的语句中表达出来了。李白一生傲岸，面对权贵绝不摧眉折腰，但在普通百姓面前却如此自谦，也可看出诗人的可贵品质。

又如《秋浦歌》其十四：

炉火照天地，红星乱紫烟。

赧郎明月夜，歌曲动寒川。

这首诗描写了冶炼场景，歌颂了冶炼工人，在古典诗歌中较为罕见。

还有的诗歌，反映了下层人民的痛苦生活，真实记录了役夫应征，在炎夏中拖船运石的苦况："君看石芒砀，掩泪悲千古。"（《丁都护歌》）诗人沉痛之情溢于言表。

六、李白的赠友诗中，有许多为人传诵的抒情名篇，如《黄鹤楼送孟浩然之广陵》：

故人西辞黄鹤楼，烟花三月下扬州。

孤帆远影碧空尽，唯见长江天际流。

以充满诗意的画面写两位诗人充满诗意的离别，意境优美，友情深厚，在古代众多赠别诗中独树一帜。其他如《赠汪伦》。

李白的《塞下曲》六首、《关山月》等边塞诗，也写得诗境壮阔，气概昂扬。

第三节　李白诗歌的艺术成就

李白诗歌具有强烈的浪漫主义精神，他以天才的艺术创造，在广大的范围内运用多种手法，扩大了浪漫主义的表现领域。飘逸、奔放是他诗歌的总体特征。

一、他善于以强烈的主观色彩与浪漫主义情韵相结合，表现出鲜明的独创性

他在批判政治黑暗时，愤怒地斥责"夷羊满中野，菉葹（喻奸佞）盈高门"（《古风》五十一）；批判"安史之乱"时，他沉痛的呼喊"白骨成丘山，苍生竟何罪"（《赠江夏韦太守良宰》），表达了强烈的愤怒。

他在抒写理想时总是十分自信："天生我材必有用，千金散尽还复来"（《将进酒》），"长风破浪会有时，直挂云帆济沧海"（《行路难》其一）；在表达追求自由的心情时，更是十分狂放："大鹏一日同风起，扶摇直上九万里"（《上李邕》），都表现出一种豪放不羁、傲岸不屈的精神。

特别是当他的政治理想与黑暗现实发生无法解决的矛盾的时候，他的主观色彩更强烈了，如《宣州谢朓楼饯别校书叔云》："弃我去者，昨日之日不可留；乱我心者，今日之日多烦忧。"直抒内心郁结，可见其精神苦闷强烈。

接着转入描写登楼所见所感，酒酣兴发、飘然欲飞，似乎所有烦忧都一扫而空。然而现实的黑暗依然存在，感情也未平静。所以后面跌入更大的苦闷，希望在消极避世中寻求解脱：

抽刀断水水更流，举杯销愁愁更愁。

人生在世不称意，明朝散发弄扁舟。

诗人就是这样抒写自己内心的苦闷、抑郁、追求与希望的。

上述种种炽热感情的抒发，使李白的诗歌具有一种强烈的自我表现的主观色彩，表现出鲜明的傲岸不屈的个性特征，体现了李白诗歌“壮浪纵恣，摆去束缚”（元稹语），以气夺人的特色。

二、李白的诗歌善于运用丰富奇特的想象，来描写形象，抒发感情

他的诗有时借助于梦境仙界，捕捉超现实的意象，创造出美丽的理想世界，抒写鄙弃黑暗，追求光明的思想感情。如《梦游天姥吟留别》借助梦境，描写了天鸡高唱、海日升空、熊咆龙吟、霓衣风马等超现实意象，渲染了天界的瑰丽和美好，映衬了现实的黑暗和污浊，表现了崇高的理想。

有的诗借助于神话传说驰骋想象，大胆夸张，贯以奔放的气势，描写雄伟神奇的山川形象，寄托自己开阔的胸襟和豪迈的气概。《蜀道难》就是这样的诗篇。诗一开头，就融汇历史传说和远古神话于一炉，运用夸张手法，着力渲染“蜀道之难难于上青天”这一雄放的基调，接着描写蜀道的艰难险阻：

上有六龙回日之高标，下有冲波逆折之回川。黄鹤之飞尚不得，猿猱欲度愁攀援。青泥何盘盘，百步九折萦岩峦。扪参历井仰胁息，以手抚膺坐长叹！问君西游何时还？畏途巉岩不可攀。但见悲鸟号古木，雄飞雌从绕林间。又闻子规啼夜月，愁空山。蜀道之难难于上青天，使人听此凋朱颜！

诗中“六龙回日”的神话、黄鹤难飞的夸张、“扪参历井”的想象，多种手法叠互使用，融为一体，层层渲染山势高危，层层映衬蜀道艰险。

接着又以悲鸟哀号、子规夜啼等苍凉气氛，烘托蜀道的艰险，描绘出一幅色彩绚丽、气势雄伟的蜀道山水图，寄托了诗人对壮丽山河的赞叹之情和对现实政治的某些隐忧。

所以殷璠称赞这首诗“奇之又奇”，并说“自骚人以还，鲜有此体调”（《河岳英灵集》）。晚唐诗人皮日休说李白的诗歌“言出天地外，思出鬼神表，读之则神驰八极，测之则心怀四溟，磊磊落落，真非世间语耳”（《刘枣强碑》），指的就是这类诗篇。

三、运用大胆的夸张、新奇的比喻以及拟人的手法，是李白抒写炽热感情所常用的艺术手法

有时，他既用夸张又用比喻："白发三千丈，缘愁似个长"（《秋浦歌》其十五）、"燕山雪花大如席"（《北风行》），都是夸张中有比喻的名句。

有时，他又把丰富的想象和奇特的夸张结合起来，写自己强烈的心潮激荡："狂风吹我心，西挂咸阳树。"（《金乡送韦八之京》）把心念长安的心情表现得十分神奇别致而又形象贴切。"我寄愁心与明月，随风直到夜郎西。"（《闻王昌龄左迁龙标遥有此寄》）愁心可寄，已是大胆的夸张；寄予明月，更是奇特的想象，对友人的思念便在诗中得到最好的表达。

他又善于运用拟人化的手法使大自然具有人的性情，为抒写感情服务。"春风知别苦，不遣杨柳青"（《劳劳亭》），把无知无情的春风化为有知有情，真是奇精绝伦。

他更善于以月拟人寄托情怀，"暮从碧山下，山月随人归"（《下终南山过斛斯山人宿置酒》），把山月写成有情的同伴。《月下独酌》其一：

花间一壶酒，独酌无相亲。举杯邀明月，对影成三人。

同样运用丰富的想象和拟人的手法，把月影化成知己，以寄托自己的感情。

四、李白诗歌语言直率，即所谓"清水出芙蓉，天然去雕饰"

那些直抒胸臆的抒情诗句，如"大道如青天，我独不得出"（《行路难》其二），"天生我材必有用，千金散尽还复来"（《将进酒》），"我且为君捶碎黄鹤楼，君亦为吾倒却鹦鹉洲"（《江夏赠韦南陵冰》），都是直率自然、豪气逼人的语言。

那些学习民歌的作品，语言清新自然。如《子夜吴歌·秋歌》：

长安一片月，万户捣衣声。
秋风吹不尽，总是玉关情。
何日平胡虏，良人罢远征。

出语自然，音调清越，感情质朴而委婉。又如《静夜思》，诗句如同脱口而出，清新朴素，而又明白如话。

五、李白诗歌创作，最擅长乐府歌行和五七言古诗

这种体裁篇幅较长、容量较大、形式自由，还可以兼用杂言，便于表现复杂的内容和强烈的感情。李白许多名篇就是采用这种形式写成的，写景雄伟壮阔，气势奔放；感情激越充沛，富于变化。王世贞在《艺苑卮言》中说：

“太白乐府，杳冥惝恍，纵横变幻，极才人之至。”正是这类诗不受束缚的特点。

五七言律诗写得很少，但七律《登金陵凤凰台》却是唐代律诗中脍炙人口的杰作。“三山半落青天外，二水中分白鹭洲”一联，对仗工整，气象宏丽，是难得的佳句：

> 凤凰台上凤凰游，凤去台空江自流。吴宫花草埋幽径，晋代衣冠成古丘。三山半落青天外，二水中分白鹭洲。总为浮云能蔽日，长安不见使人愁。

他的绝句有杰出的成就，其七绝与王昌龄齐名，王世贞以为“俱是神品”（《艺苑卮言》），如《早发白帝城》《黄鹤楼送孟浩然之广陵》等都是脍炙人口的名篇。

第五章　杜　甫

第一节　生平和思想

杜甫是我国文学史上最伟大的现实主义诗人。他经历了唐朝由盛转衰的巨变——“安史之乱”，他的诗歌忠实而又深刻地反映了时代灾难的方方面面，被誉为“诗史”。他的诗歌汇涵百家，革新众体，集古今诗人之大成，开后人无数之法门。由是之故他被奉为“诗圣”。

> 杜子美之于诗，实积众家之长，适当其时而已。昔苏武、李陵之诗长于高妙；曹植、刘公幹（建安七子刘桢）之诗长于豪逸；陶潜、阮籍之诗长于冲淡；谢灵运、鲍照之诗长于峻洁；徐陵、庾信之诗长于藻丽，于是杜子美者，穷高妙之格，极豪逸之气，包冲淡之趣，兼峻洁之姿，备藻丽之态，而诸家之作所不及焉。然不集诸家之长，杜氏亦不能独至于斯也，岂非适当其时故耶？孟子曰：伯夷，圣之清者也；伊尹，圣之任者也；柳下惠，圣之和者也；孔子，圣之时者也。孔子之谓集大成。呜呼！杜氏、韩氏亦集诗文之大成者欤！

（秦观《韩愈论》，《淮海集》卷22）

杜甫（712～770），生于河南巩县。郡望京兆杜陵，其十三世祖西晋名将杜预是京兆杜陵人，故杜甫自称“杜陵布衣”。其十世祖迁襄阳，故祖籍襄阳。杜甫的一生大致分为四个时期。

一、读书与壮游时期（712～745），35岁以前

杜甫出生在世代“奉儒守官”的家庭，祖父审言乃初唐著名的诗人，家学渊源，更兼刻苦自砺，为其诗歌创作奠定了深厚的学识艺术根底。20岁前后，漫游吴越齐赵十数年，过着裘马清狂的生活。这时杜甫入世未深，加上

开元、天宝盛世，受时代精神的鼓舞，诗歌风格比较浪漫，有别于中后期。天宝三载前后，与李白、高适等客游梁、宋、齐、鲁，相互倾慕酬唱，成为千古佳话。这一时期的代表作是《望岳》《画鹰》《房兵曹胡马》等。

二、十年困守长安时期（746～755），35～44岁

这是“安史之乱”的酝酿时期，玄宗骄横淫逸，李林甫、杨国忠专权误国。天宝六载（747）杜甫应诏赴举，李林甫为了表示“野无遗贤”，欺上瞒下，不让一人及第。天宝十载，杜甫献赋受赏识，却未获擢用。屈己干人、困顿辛酸的经历破灭了他的浪漫的人生理想，感情由昂扬自信转为悲愤不平，也使他对朝廷的腐朽、民生的疾苦有了较前更深刻的认识。写出了《丽人行》《兵车行》《出塞》《自京赴奉先县咏怀五百字》等杰作，确定了他忧国忧民的生活道路。佳作以五七言古诗为多。

三、陷贼为官时期（756～759），45～48岁

天宝十四载（755）十一月，“安史之乱”爆发。这是唐帝国由盛转衰的转折点，也是杜甫生活创作的转折点。杜甫开始了颠沛流离的生活，和难民一起，由奉先经白水向陕北流亡，“野果充糇粮，卑枝成屋椽”（《彭衙行》），历尽千辛万苦。

天宝十五载七月，肃宗即位，改元至德。诗人闻知后，立刻在鄜州羌村安顿好家小，只身急奔灵武。不料途中被叛军所俘，困居长安九个月。诗人目睹国家残破，人民流血，心情无比沉痛，先后写下了《悲陈陶》《哀江头》《春望》等著名诗篇。

至德二年四月，杜甫逃出长安，到肃宗行在凤翔，任左拾遗。但不久因为疏救房琯触怒肃宗，竟被放还鄜州。他的《北征》《羌村三首》记录了他这时的生活和心境。

两京收复后，杜甫回长安恢复原任，不久出为华州司功参军，从此远离朝廷。这对杜甫来说，在政治上是严重的打击，但在创作上却开辟了无限广阔的前景。光辉的现实主义诗篇“三吏”“三别”就是他经洛阳赴华州途中所作。战乱使诗人逐渐走向人民，深刻地认识了现实社会，使他的诗歌创作达到了现实主义的高峰，充满了爱国思想和悲叹黎元之情。

四、漂泊西南时期（759～770），49～59岁

肃宗乾元二年，关内大旱，杜甫弃官西行，开始了漫长的漂泊生活。他先流寓秦州、同谷。“黄独（黄精，俗名野山芋，可食）无苗山雪盛，短衣数挽不掩胫。此时与子空归来，男呻女吟四壁静。”

（《同谷县作歌七首》其二）。

生活无比凄苦，岁末抵成都，次年经友人帮助，于城南浣花溪畔营建了一所草堂暂得定居。时严武为成都尹，时常过往周济。不久严武被召还京，徐知道乘机暴乱，杜甫又弃草堂避乱梓、阆等地。代宗广德二年，严武再次镇蜀，杜甫也回到成都。严武表杜甫为节度参谋、检校工部员外郎。这段时间，杜甫生活比较安定，写下了一些歌咏自然的诗篇，但没有忘记人民的痛苦、国家的灾难。《茅屋为秋风所破歌》《闻官军收河南河北》等，表白了他对国家、人民命运的关注。

永泰元年四月，严武卒，杜甫也离开成都东下。他经渝州、忠州到达夔州，得夔州都督柏茂琳相助，在此住了两年。这时杜甫写了大量吟咏山川景物、风土人情、名胜古迹的诗篇和自传性的回忆诗，如《壮游》《昔游》《遣怀》《八哀》等，这是杜甫诗歌的丰收期。

他于代宗大历三年出川，想返回家乡。但战乱使他无法北上，只好辗转漂泊在湖北江陵、公安和湖南岳阳、长沙、衡阳一带，过着贫病交加的生活。流浪两年，最后在破船上病死，终年59岁，有《杜工部集》传世。

杜甫深受儒家“匡时济世”思想的影响，无论穷通都关心国家，关注现实。他一生接近人民，同情人民，揭露黑暗，批判暴政。

杜甫也忠君，但他的忠君思想是与爱国爱民思想联系在一起的。“葵藿倾太阳”和“穷年忧黎元”在他的思想中是统一的。

杜甫思想的核心是忧国忧民。这种思想，由于时代的动乱和诗人生活的坎坷穷困而逐步加深；也由于诗人逐步走向社会底层、逐步接近人民而深化，它是杜甫现实主义诗歌创作的思想基础。

第二节　杜甫诗歌的思想内容

一、反映民生疾苦，表现对人民的深切同情

杜甫的一生是逐步走向民众，走向社会底层的一生。特殊的生活道路和儒家的民本思想，使杜甫终生关注人民的生活，同情人民疾苦，在诗歌中抒写他们的不幸，表达他们的愿望。

“安史之乱”前，他就有揭露开边战争给人民带来灾难的《兵车行》，指控唐王朝的穷兵黩武。

诗从咸阳桥悲痛欲绝的送行场面开篇，展示了不义战争给人民造成妻离子散、家破人亡的场面。接着是行人倾诉服役的苦况：“或从十五北防河，便

至四十西营田。去时里正与裹头，归来头白还戍边。”

无休止的战争，一方面是“边庭流血成海水”，一方面是“千村万落生荆杞”。不义战争造成社会凋敝，生民涂炭。

诗人最后以悲愤的心情长呼：“君不见青海头，古来白骨无人收。新鬼烦冤旧鬼哭，天阴雨湿声啾啾。”深刻地揭露了战争给人民带来的灾难，愤怒地批判了统治者穷兵黩武的开边政策。

这首诗现实意义很强，在描写上个别和一般相结合，在叙述上记事和记言相结合，因事立题，歌吟时事，开辟了新题乐府现实主义诗歌道路。

在“安史之乱”中，杜甫同情人民苦难的诗歌具有更广深的思想内容。这时他随同难民一起流亡，耳闻目睹了人民的苦难，他的诗歌集中揭露了叛乱带给国家人民的灾难，反映了广大人民反对叛乱、保卫国家和平统一的愿望。“三吏”“三别”是最有代表性的作品。

这组诗揭露了叛乱战争给国家和人民造成的深重灾难：“万国尽征戍，烽火被冈峦。积尸草木腥，流血川原丹。”（《垂老别》）也揭露了抓壮丁给人民带来的疾苦：“一男附书至，二男新战死。存者且偷生，死者长已矣。”（《石壕吏》）广泛反映了战争给国家和人民带来的巨大创伤。

诗既写了“急应河阳役”的老妪，也写了“暮婚晨告别”的新郎；既写了无家可别的征夫，也写了年迈出征的老汉。但从爱国立场出发，诗人在组诗中又明确地肯定了平叛的战争。在《新安吏》中，劝慰戍卒“送行勿泣血，仆射如父兄”；在《新婚别》中借新妇之口鼓励新郎“勿为新婚念，努力事戎行”。这些诗，既批判唐王朝滥抓壮丁，又鼓励应征者努力去平叛，这种矛盾态度，是现实生活矛盾的反映。它说明诗人既同情人民疾苦，也关注国家危难。

漂泊西南时期，杜甫这种忧国忧民的感情，在《茅屋为秋风所破歌》中表现得更加集中。

诗从秋风吹破茅屋开篇，在叙述了屋漏难眠、彻夜寒雨之后，由己及人，想到了丧乱中的贫苦人：

> 安得广厦千万间，大庇天下寒士俱欢颜！风雨不动安如山。呜呼！何时眼前突兀见此屋，吾庐独破受冻死亦足！

诗人博大的胸襟、崇高的理想、对人民苦难的同情和对人类美好生活的向往，都在铿锵有力的诗句中表达出来了。

二、忧国悯时，表现深挚的爱国感情

"安史之乱"使唐王朝急剧衰落，叛军长驱直入，战火烧遍中原，王朝政权一度摇摇欲坠。因此关注国家命运便成为了杜甫诗歌中非常突出的内容。

当他身陷长安沦为叛军俘虏，听到陈陶战败的消息时，写了《悲陈陶》：

孟冬十郡良家子，血作陈陶泽中水。
野旷天清无战声，四万义军同日死。

以天地同悲的气氛抒写了内心的悲痛。当他目睹长安陷落、国破城荒的景象时，写下了《春望》：

国破山河在，城春草木深。
感时花溅泪，恨别鸟惊心。
烽火连三月，家书抵万金。
白头搔更短，浑欲不胜簪。

这是一首千古传诵的爱国诗篇，表达了诗人忧虑国家、感时怀人的焦急心情。国都残破、春城草深，一"破"一"深"令人触目惊心。诗人在写景中抒发感慨，把国破之痛写得十分强烈，把爱国和伤时之情紧密交织在一起，把国和家的命运紧密联系起来。

为祖国的残破而忧，必为收复失地而喜。在诗人流寓梓州的时候，忽闻官军收复河南河北，欣喜之情溢于言表，写成了他"生平第一首快诗"（浦起龙《读杜心解》）《闻官军收河南河北》：

剑外忽传收蓟北，初闻涕泪满衣裳。
却看妻子愁何在，漫卷诗书喜欲狂。
白日放歌须纵酒，青春作伴好还乡。
即从巴峡穿巫峡，便下襄阳向洛阳。

他以直抒胸臆的快语和奔涌直泻的激情，描写了自己漫卷诗书的狂态和青春还乡的幻想。抒发了诗人无法抑制的胜利喜悦与还乡的快意，表现了诗人真挚的爱国激情。

杜甫的爱国诗歌，有时还通过描写山水登临，以抒发感世忧时的怀抱。

如《秋兴八首》《登楼》《登高》等等，无不包含着诗人对国家、人民的关切之情。如《登岳阳楼》：

昔闻洞庭水，今上岳阳楼。
吴楚东南坼，乾坤日夜浮。
亲朋无一字，老病有孤舟。

戎马关山北，凭轩涕泗流。

这是写景宏伟壮阔、寄慨深沉辽远的登临之作。开头的“昔闻”与“今上”，好像是写登临的喜悦，但实际是写“戎马关山”的感慨，这感慨既有个人身世之悲，也含有对国家前途的忧虑。

杜甫的爱国之情至死未减，这强烈地反映在他各种题材的诗歌当中。

三、揭露统治阶级的荒淫腐朽，表现强烈的憎恨的感情

杜甫爱国爱民，同时也憎恨祸国殃民的统治者，揭露他们的荒淫腐朽。如《丽人行》：

三月三日天气新，长安水边多丽人。
态浓意远淑且真，肌理细腻骨肉匀。
绣罗衣裳照暮春，蹙金孔雀银麒麟。
头上何所有？翠为匎叶垂鬓唇；
背后何所见？珠压腰衱稳称身。
就中云幕椒房亲，赐名大国虢与秦。
紫驼之峰出翠釜，水精之盘行素鳞。
犀箸厌饫久未下，鸾刀缕切空纷纶。
黄门飞鞚不动尘，御厨络绎送八珍。
箫鼓哀吟感鬼神，宾从杂遝实要津。
后来鞍马何逡巡！当轩下马入锦茵。
杨花雪落覆白蘋，青鸟飞去衔红巾。
炙手可热势绝伦，慎莫近前丞相嗔。

这首诗采用“即事名篇”的新乐府形式，全诗以精工细笔描绘了三月上巳节杨氏姐妹游春的情景：“蹙金孔雀银麒麟”的衣着，“紫驼之峰出翠釜，水精之盘行素鳞”的欢宴，极写其富丽奢侈，寓褒贬于铺叙之中。“全诗无一刺讥语，描摹处语语刺讥；无一慨叹声，点逗处声声慨叹”（浦起龙《读杜心解》）。

在杜甫的诗歌中，对统治者荒淫腐朽生活的揭露与对人民生活苦难的同情，是一个问题的两个方面。它们的思想基础是诗人强烈的忧国忧民的感情。杜甫诗歌中这种深刻的揭露和大胆的批判，加深了杜甫诗歌的现实主义深广度，提高了诗歌的社会意义。

四、歌咏自然景物，抒写亲友之间的深情厚谊

杜甫诗歌创作的题材非常广泛，除了表达重大社会主题的作品外，也有

表现现实生活的一思一事之作。这些作品，或感怀，或赠送，或咏物，或题画，或登临，或怀古，都写得沉郁情深各具风采。它们表现了诗人对生活的热爱，也是杜甫热爱人民、热爱祖国思想的一种表现。

他的一些思怀至亲和友人的诗，把个人的命运与时代国家的命运密切联系起来，也都写得十分深挚。如他在陷落长安时写夫妻之情的《月夜》：

今夜鄜州月，闺中只独看。
遥怜小儿女，未解忆长安。
香雾云鬟湿，清辉玉臂寒。
何时倚虚幌，双照泪痕干。

这首诗作于"安史之乱"中。这年五月，杜甫携家避难鄜州，八月只身前去投奔刚在灵武即位的肃宗，途中被叛军所俘，送于长安。杜甫望月思家，写下了这首传诵千古的名作。诗的表现手法独具匠心：明明是杜甫思念流落鄜州的家人，不直接道出，而是用换位思考法来写，设想妻子儿女在鄜州对月思念杜甫。妻子对月思夫，孩子们不能理解母亲对月怀人的心事。在月下伫望时间长了，露水沾湿了妻子的头发，清辉使得妻子玉臂生寒。妻子在想：何时才能团聚呢？全诗写乱离岁月，家人两地相思之情，情真意切，真挚动人。

写战乱中兄弟之情的，如《月夜怀舍弟》《得舍弟消息二首》等"烽火新酣战，啼垂旧血痕。不知临老日，招得几人魂。"（《得舍弟消息》其一）不仅忧思之情十分深切，同时也反映出时局的动乱和国家的灾难。

写怀念好友的：李白流放夜郎，引起他强烈的悲愤和深切的怀念，诗人连续写了《梦李白二首》《天末怀李白》等诗篇。后者直接写怀念："凉风起天末，君子意如何?""鸿雁几时到，江湖秋水多。"想念挚友，体贴入微。这几首诗不仅写出了杜甫与李白的深情厚谊，同时也深寓时代的感愤于怀人当中。

杜甫的写景咏物诗，也渗透着深厚的爱国之情。他早年的《望岳》，写泰山的雄伟壮观，深寓对祖国山河的热爱。晚年写的《登高》，抒写了夔门长江的浩瀚，表达了对国事的忧思。特别是诗人旅居夔州时作的《秋兴八首》，描写了夔州的秋色，叙写自己暮年的苦况和对于国家的忧思。融景、事、情于一炉，抒发了诗人晚年悲壮苍凉的情怀。如《秋兴八首》其一：

玉露凋伤枫树林，巫山巫峡气萧森。
江间（巫峡）波浪兼天涌，塞上（巫山）风云接地阴。

把巫山巫峡的萧森秋气，国家遍地隐晦的时局风云以及自己翻滚腾涌的忧国思潮，错综地融合在一起，情有附丽，景有生命。

还有一些著名的写景绝句，如《绝句四首》其三：

两个黄鹂鸣翠柳，一行白鹭上青天。
窗含西岭千秋雪，门泊东吴万里船。

一句一景，诗中有画，流露出诗人怡然的心情和淡淡的乡思，十分感人。又如著名的诗篇《春夜喜雨》：

好雨知时节，当春乃发生。
随风潜入夜，润物细无声。
夜径云俱黑，江船火独明。
晓看红湿处，花重锦官城。

这是一首描写蜀中春雨，抒发自己喜悦心情的五律。诗人用拟人的写法，写春雨"知时节"，它伴随着春风无言润物。朴素的描写，使人们受到一种美好情操的熏陶。

杜甫的一些咏史、怀古、题画等作品，也多寄寓爱国深情。如咏史诗《蜀相》就是历来传诵的名作。"出师未捷身先死，长使英雄泪满襟"一联，激励着千古以来的无数仁人志士。

第三节　杜甫诗歌的艺术成就

杜甫在诗歌艺术上是一位集大成的诗人。他的诗歌是博大浩瀚的思想内容和高度完美的艺术形式相结合的产物，具有很高的艺术成就。

一、反映生活高度概括，抒发感情爱憎鲜明

他的诗歌是时代的镜子。杜甫有时以极平常的现象进行强烈的对比，从而揭示出事物的本质。如《自京赴奉先县咏怀五百字》中，他把豪门贵族酒肉多得发臭与贫苦百姓冻饿死在野外这些封建社会中的常见现象集中在"朱门酒肉臭，路有冻死骨"的诗句中，进行比较，高度概括出剥削社会中极其尖锐的社会对立，一字千钧，令人触目惊心。

诗人有时又从个别中去反映一般，即选择那些有典型意义的个别事件，反映社会的本质。如《兵车行》以一个征人的控诉，反映了广大人民的愤怒；"三吏""三别"以个别事件，反映战乱中人民的苦难和爱国热情。这些诗都起到小中见大、以一当十的艺术效果。

有时他又善于以极简括的诗句概括出极为丰富的社会内容。如《洗兵马》中的“三年笛里关山月，万国兵前草木风”。笛咽关山、兵惊草木，即概括地写出了安禄山叛乱三年来戍卒忧怨、百姓惊惶的兵荒马乱的局势。又如《征夫》中的“十室几人在，千山空自多”，概括地写出了吐蕃入侵、蜀中呈现出一片凋零景象。

二、描写事物细腻

对客观事物作真实而又具体的描写，是杜甫诗歌特别是叙事诗的重要特色。如《北征》一诗，在叙述回家后看到贫困生活中的子女情状时，进行大段的工笔细描：以“海图坼波涛，旧绣移曲折。天吴（传说中的海神八手八尾虎身人面）及紫凤，颠倒在裋褐”，写衣着的破旧；以“学母无不为，晓妆随手抹。移时施朱铅，狼藉画眉阔”，写女孩的天真；以“问事竞挽须，谁能即嗔喝”，写生聚的欢欣。无不惟妙惟肖，真实感人。

三、多用赋的手法，寓主观论断于客观叙事之中

杜甫对现实生活有着鲜明的爱憎，但他这种强烈的思想倾向，在作品中往往不是明白地说出，而是在叙述中自然地流露出来。如《石壕吏》是一首揭露官吏横暴、反映人民苦难的现实主义诗篇。开头四句以猛虎攫人之势写出“有吏夜捉人”的扣人心弦的场面。中间十六句以极其精炼的笔墨写了县吏怒吼、老妪哭啼的情景。最后四句交代老妇被抓走、儿媳低泣以及与老翁告别的悲惨结局。全诗除了“吏呼一何怒，妇啼一何苦”两句稍稍透露出诗人的爱憎感情外，其余都是冷静的白描，诗人强烈的爱憎、对事件的主观评价都在白描中流露出来了。

四、高度凝练与丰富多彩的语言

杜甫诗歌在语言上的运用是极其成功的。这与他“语不惊人死不休”（《江上值水如海势聊短述》）的锤炼不无关系，而更主要的是他向古代文学遗产、向民间语言学习，以及天才创造、运用的结果。

杜甫诗歌语言的主要特点是概括性强、精炼准确、丰富多彩、通俗自然。

概括性强、精炼准确，如《登高》：

风急天高猿啸哀，渚清沙白鸟飞回。
无边落木萧萧下，不尽长江滚滚来。
万里悲秋常作客，百年多病独登台。
艰难苦恨繁霜鬓，潦倒新停浊酒杯。

这首诗通过叙述无边秋色、不尽长江及诗人孤苦的形象，抒发了诗人万里悲秋的复杂感情，表现了诗人博大的胸怀和深沉隐忧。这首诗不但工对整饬、一气流转、情景交融、气势磅礴、境界雄浑、风格沉郁，而且语言精炼，其中颈联更是历来被誉为用字精炼的典范。十四个字含有他乡作客、万里作客、经年作客、潦倒作客，深秋登高、独自登高、多病登高、暮年登高等多层可悲之意，义丰词约，概括性强。

又如“星垂平野阔，月涌大江流”（《旅夜书怀》），着一“垂”字，写夜色笼罩之广，着一“涌”字，写大江奔流之壮，深得炼字之妙。又如“细雨鱼儿出，微风燕子斜”（《水槛遣心二首》其一），“出”状鱼儿欢跃，“斜”摹燕子轻盈，真是无一字虚设。

丰富多彩，表现在他对千姿百态的自然和生活景物的描绘上。

“两个黄鹂鸣翠柳，一行白鹭上青天。”“黄鹂”“翠柳”“白鹭”“青天”，真是色彩斑斓，鲜艳如画。

“绣罗衣裳照暮春，蹙金孔雀银麒麟。头上何所有？翠为匐叶垂鬓唇；背后何所见？珠压腰衱稳称身。”几句诗中，把人物的衣着、装饰、打扮、神态都形容得惟妙惟肖。

通俗自然，主要指杜甫善用俗语。特别是在叙事的古体诗当中，多写人民生活，这些俗语增强了诗歌的真实性和亲切感，并有助于突出人物性格。如“射人先射马，擒贼先擒王”（《前出塞》），直接以俗语入诗，比喻生动，概括性强。

如“牵衣顿足拦道哭，哭声直上干云霄”，运用人民口头语言，如同说话。另外“三吏”“三别”、《茅屋为秋风所破歌》等作品中也有许多这样的诗句。

杜甫也善于运用一些典雅清丽的语言，形象地写出事物的情态。如“留连戏蝶时时舞，自在娇莺恰恰啼”（《江畔独步寻花七绝句》其六）；“泥融飞燕子，沙暖睡鸳鸯”（《绝句二首》之二），等等，也做到了“清词丽句必为邻”（《戏为六绝句》）。

五、完善了多种诗歌体式

杜甫是一位众体兼长的诗人，几乎每一体式都有名篇。不仅如此，由于他的运用和创造性的努力，各种体式在他的诗歌创作中都有所发展。

乐府诗由过去多用古题写古事发展为自拟新题写时事，他写了许多“即事名篇，无复依傍”的新题乐府，如《兵车行》《悲陈陶》等。

五七言古诗由过去篇幅较短发展为长篇巨制，如《自京赴奉先县咏怀五百字》《北征》等，显出博大严整的特色。

杜甫五律六百三十多首，七律一百五十多首，占存诗一半以上，无论写景、抒情、感时、怀古都写得格律精严、对仗工稳、音调和谐、意境沉雄，使律体得到长足的发展。尤其是七律在杜甫手中更是发展至高峰。

绝句在杜诗中数量较少，但题材领域大为扩展，感时议论、谈艺论文、身边琐事皆可入诗，《戏为六绝句》开创了以诗论诗的先例，更是一种创新。

总之，以上诸方面的艺术成就，使杜甫诗歌达到了现实主义的高峰，并形成了沉郁顿挫的艺术风格。所谓“沉郁”，主要是指诗歌内容的深广、意境雄浑、感情深沉；所谓“顿挫”，主要指诗歌表情达意深曲跌宕、音调起伏迭变。

这种风格的形成，与诗人经历的多灾多难的时代以及诗人忧国忧民的思想密切相关。

杜诗风格的另一方面是萧散自然。这类诗很多，如《水槛遣心二首》《江畔独步寻花七绝句》等，就是说杜诗的风格是多样性的，风格多样正是伟大作家艺术上成熟的标志。

第六章　中唐诗歌

中唐五六十年间，可分为前后两期：前期约 20 年，后期约 40 年。中唐前期，由于“安史之乱”及地方军阀叛乱的影响，唐王朝国力衰微，到代宗大历中期，社会才逐渐稳定，出现了一些升平的景象。

前期诗歌虽然还有继承杜甫现实主义的作品，如元结、顾况等的作品；也有盛唐边塞诗的余波，如卢纶、李益等的作品，但诗歌面貌已经显示出一种由盛唐向中唐的过渡。

所创诗歌或者反映现实而情调感伤，或者逃避现实而寄情山水，如刘长卿、韦应物等；诗歌创作中的形式主义逐步抬头，如大历形式主义诗风；奋发向上的盛唐精神渐渐消失。

但大历中期之后，中唐诗坛出现了不少名家，出现了不少诗歌流派，使唐诗形成了第二次创作高潮。如韩孟诗派、元白诗派，以及别具一格的诗人刘禹锡、柳宗元等。

第一节　中唐前期诗人

中唐前期，元结和顾况是继承杜甫现实主义创作传统的重要诗人，他们的诗歌主张和创作实践是新乐府运动的先驱。刘长卿、韦应物与元、顾同时，但诗风殊异，就其主要倾向而言，他们是山水隐逸诗人，近于王维、孟浩然。

一、刘长卿（709 ~ 780?），字文房，河间（今河北省河间市）人，曾任长洲尉、随州刺史等官，人称刘随州。有《刘随州集》。

他官职不高，却两度遭贬，所以抒写贬谪之愤是他诗歌的主要内容。

他在中唐诗人当中年辈较高，几乎与杜甫同时，但因生活道路不同，“安史之乱”后他远避江南，因而诗歌的现实主义精神不能与杜甫相比。

他早年有一些边塞诗如《送从军六首》；也有一些感慨谪迁的作品，如

《长沙过贾谊宅》等等。

但他的主要成就是山水诗，以及通过景物描写寄托谪迁之怀的作品。最有代表性的就是贬谪漂泊途中写的《逢雪宿芙蓉山主人》：

日暮苍山远，天寒白屋贫。
柴门闻犬吠，风雪夜归人。

诗人用白描的手法，寥寥几笔勾画出暮雪中的山村图景，直叙旅途中雪夜投宿的见闻，不加渲染，而意思曲折、深刻。开篇即是一组静物，日薄西山，苍山隐隐，空旷的山野中唯有一座茅屋立于风雪之中。诗人极尽旅途之苦，风雪中得入柴门，顿时带来一股温暖的气息。苍山、风雪、白屋、柴门、归人，层次分明，有远有近，有声有色，形成一幅淡雅的雪夜客至图。

刘长卿的山水诗，常寄以叹老、闲适的内容。如《送灵澈上人》：

苍苍竹林寺，杳杳钟声晚。
荷笠带斜阳，青山独归远。

这首小诗写诗人在傍晚送灵澈返竹林寺时的心情。它即景抒情，构思精致，语言精练，朴素秀美，为中唐山水诗的名篇。

前两句苍苍山林中的灵澈归宿处，远远传来寺院报时的钟响，点明时已黄昏，仿佛催促灵澈归山。

后两句即写灵澈辞别归去情景。灵澈戴着斗笠，披带夕阳余晖，独自向青山走去，越来越远。诗中更多地流露出一种闲淡清冷的情调。

刘长卿存诗五百多首，以五言居多。他“自以为五言长城”（《新唐书·秦系传》）。其中有不少佳篇，如《寻南溪常山人山居》《送灵澈上人》《余干旅社》等等。

他的七律也很工秀，气韵流畅，音调谐美。

但他的诗歌有不少造语、用事、意境方面的雷同重复。把刘长卿众多的诗歌放在一起，就发现单调重复的缺陷，正如中唐高仲武《中兴间气集》所批评的那样，“大抵十首以上，语义稍同”，如“华发”“夕照”之类的意象，“青”“白”之类的色彩屡见不鲜。这恐怕不是“思锐才窄”（高仲武语）的问题，而是生活面狭窄，视野不够开阔的缘故，长于感受、短于叙事。

二、韦应物（737～790?），京兆长安人。出身贵族，曾做过滁州、江州、苏州刺史等官。后罢职，寓居苏州永定寺。其后行迹无考，卒年不详。有《韦苏州集》。

韦应物以山水田园诗著称，以五言见长。也有一些关心现实、关心人民疾苦之作。如“王师涉河洛，玉石俱不完”（《广德中洛阳作》），对放纵回纥军及官军肆行杀掠的做法极为愤慨。《采玉行》《夏冰歌》等，揭露王侯贵族的奢侈享受无不是劳动人民的血汗，也十分深刻。

韦应物在仕宦中，对人民疾苦很关心，这种情思在他的山水田园诗中也表现得很真切。如他的《观田家》，写农民耕种的辛苦和徭役的繁重：“仓廪无宿储，徭役犹未已。方惭不耕者，禄食出闾里。”质直的叙述当中，既有对田家的同情，又流露出为官的羞惭。

韦应物常常处于退隐与仕进的矛盾当中，因而他描写自然山水，也在简淡中流露出忧虑怅惘的感情。如《滁州西涧》：

独怜幽草涧边生，上有黄鹂深树鸣。
春潮带雨晚来急，野渡无人舟自横。

此诗作于诗人任滁州刺史时，描写春游西涧赏景和晚潮野渡所见。诗人通过富于画意的碧涧幽草、深树黄鹂、春潮晚雨、野渡横舟，缀合成一幅生动鲜明的画面，寄寓了一种向往自然、寻求宁静的心情和恬淡、闲适的意趣。

这种心境在《寄全椒山中道士》一诗中流露得更加浓重：

今朝郡斋冷，忽念山中客。
涧底束荆薪，归来煮白石。
欲持一瓢酒，远慰风雨夕。
落叶满空山，何处寻行迹。

这首诗写对山中道士的友情，作者在风雨之夜想持酒去探望山中的道士，又恐怕不能相遇，所以只能以诗寄意。诗中的道士形象鲜明，过着“涧底束荆薪，归来煮白石”的清苦幽独的生活，在寒冷的天气里到涧底去打柴，打柴回来却是“煮白石”。诗人怀念苦修的友人，想送一瓢酒去，安慰秋风冷雨中的他。而“落叶满空山，何处寻行迹”，秋天来了，满山落叶，路也不容易找，到哪儿去寻找这闲云野鹤一样的人呢？自然而富有韵致，留给人以无穷意味，为后世论者所称赏。全诗用语平直，意境幽远。

总之，韦应物诗风简淡，部分作品写情细腻，赋物工致。

三、大历十才子及李益

中唐前期诗人还有“大历十才子”和李益等。“大历十才子”之名最早见于中唐诗人姚合编的《极玄集》。据《新唐书·卢纶传》所载，包括卢纶、吉中孚、韩翃、钱起、司空曙、苗发、崔峒、耿韦、夏侯审、李端十人。他们为大历年间的一时升平所陶醉，诗歌创作很少反映社会动乱和人民苦难，大部分为酬唱应制之作，内容一般是歌颂升平，吟咏山水；艺术上追求声律，有形式主义的倾向。

其中钱起、卢纶、韩翃的诗较有价值。

卢纶（722～780?），字允言，河中蒲人（今山西永济）。有《卢纶集》。

他的诗歌以描写边塞将士军营生活的作品为最好，如《和张仆射塞下曲》两首：

林暗草惊风，将军夜引弓。平明寻白羽，没在石棱中。

月黑雁飞高，单于夜遁逃。欲将轻骑逐，大雪满弓刀。

前一首以汉将李广射虎中石的事迹为题材，赞美将军夜猎的神力，充满浪漫气息。后一首写边关将士夜追敌酋的英雄气概，雄壮豪放。这两首诗歌具有盛唐边塞诗的豪放风格。

韩翃，生卒年不详，字君平，南阳人。诗多酬赠之作，有《韩君平集》。

他的《寒食》诗，素负盛名：

春城无处不飞花，寒食东风御柳斜。

日暮汉宫传蜡烛，轻烟散入五侯家。

诗写长安寒食节的景象，暗寓对贵族特权的讽刺。全诗只是写景叙事，无一评语，但以汉喻唐，已暗含讽谕；"五侯"二字更是托意褒贬，对贵族的豪奢生活讽刺得很深刻。

李益（748～827?），字君虞，陇西姑藏（今甘肃武威）人，大历进士，曾为幽州节度使刘济从事，多年在朔方、幽州两地生活，边塞经历为他创作边塞诗奠定了丰厚的生活基础。李益长于七绝，内容、风格俱接近王昌龄。有《李君虞集》。

他的诗主要是书写战士久戍思乡的感情。如著名的《夜上受降城闻笛》：

回乐烽前沙似雪，受降城外月如霜。

不知何处吹芦管，一夜征人尽望乡。

写边关将士的思乡之情，以边景边声的描绘进行铺垫，为抒写乡愁蓄势；又巧妙地把强烈的愁绪通过所有征人整夜望乡的虚拟表达出来，言近旨远。

李益的边塞诗还有表现杀敌立功的。如《塞下曲》：

伏波惟愿裹尸还，定远何需生入关。

莫遣只轮归海窟，仍留一箭定天山。

诗以汉代伏波将军马援、定远侯班超以及唐代大将军薛仁贵这些安定边关的英雄人物自况，抒写自己报国的豪气，感情强烈，用典贴切。

第二节　中唐后期诗人

一、韩愈、孟郊诗派

中唐后期，名家辈出，流派众多。和新乐府运动同时崛起于中唐诗坛的就有著名的韩孟诗派，代表诗人是韩愈、孟郊，此外还有李贺、贾岛、卢仝、姚合等人。

韩愈（768~824），唐代杰出的散文家。他的诗歌现存三百多首，其成就仅次于散文。

韩愈有一些诗具有深刻的社会内容。这些诗反映了人民疾苦并寓以深切的同情。如《龊龊》《归彭城》等，既写了战祸，也写了天灾，写出了在双重压迫下百姓饥饿死亡的惨相，表现了诗人伤时忧国的感情。

有些诗抒发自己遭贬谪的悲愤和忧伤，如《左迁至蓝关示侄孙湘》：

一封朝奏九重天，夕贬潮阳路八千。
欲为圣明除弊事，肯将衰朽惜残年？
云横秦岭家何在？雪拥蓝关马不前。
知汝远来应有意，好收吾骨瘴江边。

韩愈大半生仕宦蹉跎，50岁时因参与平淮而擢升刑部侍郎。两年后又遭贬谪，情绪十分低落，满心委屈、愤慨、悲伤。前四句写祸事缘起，他坚持说自己是“欲为圣明除弊事”，可见其无悔且不屈之意。后四句悲歌当哭，沉痛凄楚，却又慷慨沉雄，不卑不弱，境界宏阔，大气磅礴。此为韩诗七律之佳作，既有即事议论，也有即景抒情，格律严谨而又笔力纵横。清何焯以“沉郁顿挫”评之，显然是以杜诗相比照。《瀛奎律髓汇评》引纪昀语：“语极凄切，却不衰飒。”《唐宋诗举要》引评曰：“大气盘旋，以文章之法行之，然已开宋诗一派矣。”

他还有一些描写自然风光的诗篇，别具风格。如《山石》：

山石荦确行径微，黄昏到寺蝙蝠飞。
升堂坐阶新雨足，芭蕉叶大支子肥。
僧言古壁佛画好，以火来照所见稀。

铺床拂席置羹饭，疏粝亦足饱我饥。
夜深静卧百虫绝，清月出岭光入扉。
天明独去无道路，出入高下穷烟霏。
山红涧碧纷烂漫，时见松枥皆十围。
当流赤足踏涧石，水声激激风吹衣。
人生如此自可乐，岂必局束为人鞿。
嗟哉吾党二三子，安得至老不更归。

这是一首纪游诗，描写了游览山寺的所见所闻所感，抒发了诗人在现实生活当中不得自由的心情。诗用游记散文笔法，叙写了“黄昏到寺”“夜深静卧”“天明独去”三个片段，写出浓厚的游兴，也写出山寺周围清新而又古朴的风光特色。以山野的自然美与官场的“为人鞿”作对比，表现出对自由美好生活的赞美和向往。全诗信笔写来，形象生动，语言自然，表现出韩诗散文化的倾向。

韩愈还有一些写景小诗和叙事状物诗，也广为传诵。如《早春呈水部张十八员外二首》其一：

天街小雨润如酥，草色遥看近却无。
最是一年春好处，绝胜烟柳满皇都。

韩愈写此诗时已经56岁，任吏部侍郎。这是他一生职位最高的官。虽然时间不长（57岁就病逝了），但此时心情很好。此前不久，镇州（今河北正定）藩镇叛乱，韩愈奉命前往宣抚，说服叛军，平息了一场叛乱。穆宗皇帝非常高兴，把他从兵部侍郎任上调为吏部侍郎。在文学方面，他早已声名大振。在复兴儒学的事业中，他也卓有建树。因此，虽然年近花甲，却不因岁月如流而悲伤，而是兴味盎然地迎接春天。“小雨润如酥”，十分微妙地表达出生活在北方的人送走严寒、迎来早春时独特的欣喜之情。“草色遥看近却无”是历来备受称道的名句，留意过北国春天原野变化的人都有这样的感觉，而唯有韩愈才创造出了这样传神的诗句。黄叔灿《唐诗笺注》评此句云：“写照工甚，正如画家设色，在有意无意之间。”后两句以“烟柳满皇都”的暮春之繁华与早春比照，强调早春才是一年中最好的时节。朱彝尊《批韩诗》曰：“景绝妙，写得亦绝妙。”

韩愈写诗，别具一格。他和白居易等人一样，都不满于大历以来的平庸诗风，力图有所突破；它们都主张学习、继承和发展李白、杜甫的诗歌成就。白居易等诗人继承杜甫的现实主义精神，掀起了诗歌革新运动；韩愈则在充分肯定“李杜文章在，光焰万丈长”（《调张籍》）的基础上，继承李白的自由豪放和杜甫的体格变化。他的诗贯注融通，开创新路，形成独特的风格。

韩愈诗歌特点之一，用晚唐诗论家司空图的话说，就是“驱驾气势，若掀雷挟电，奋腾于天地之间”（《题柳柳州集后》），简单地说就是以气势见长。大历、贞元以来，诗人局限于抒写个人狭小的感伤和惆怅，笔下的自然景物也多染上了这种感情色彩；他们观察细致、体验入微，但想象力不足、气势单薄。韩愈的诗以宏大的气魄、丰富的想象，改变了诗坛上这种纤巧卑弱的现象。他的诗大都气势磅礴，如《南山诗》扫描终南山的全貌，春夏秋冬、外势内景等，连用51个“或”字，把终南山写得奇伟雄壮、气象万千。

韩愈诗歌特点之二，是有意避开前代的烂熟套语，语言、意象力求新颖、奇特，甚至不避生涩拗口、突兀怪诞。

如《永贞行》中的“狐鸣枭噪”“睗睒跳踉”“火齐磊落”“蛊虫群飞”“雄虺毒螫”；《送无本师归范阳》中的“众鬼囚大幽”“鲸鹏相摩窣”“奸穷怪变得”这一类描写，以及“夬夬”“訚訚”“兀兀”“喁喁”等叠字，都是匪夷所思、光怪陆离的。

过去人们认为恐怖的，如“鬼”“妖”“阴风”“毒螫”等；丑陋的，如“腹疼肚泻”“打呼噜”“牙齿脱落”等；惨淡的，如“荒蛮”“黑暗”“死亡”等事物和景象，在韩愈手里都成了诗歌的素材，甚至主要以这一类素材构造诗歌的意境，这无疑引起诗歌的变革。

韩愈诗歌特点之三，是把过去逐渐变得整齐、追求节奏和谐、句式工稳的诗歌外在形式加以破坏，使之松动变形。他常把散文、骈赋的句法引入诗歌，使诗句可长可短，跌宕跳跃，变化多端。如《忽忽》采用11、6、11、7、3、7、7的句式，开头就是一句“忽忽乎余未知生之为乐也，愿脱去而无因”，完全是一种散文的句法，却又给人以发自肺腑的叹息似的震撼。

又如《南山诗》连用五十多个“或”和“若”：“或连若相从，或蹙若相斗，或妥若弭伏，或竦若惊雊”，在五言古诗中开创了赋体式的排比句法，构成了琳琅满目、多姿多彩的风景图。

再如《寄卢仝》《谁氏子》等，大量的在诗句中羼杂了散文虚词，如“破屋数间而已矣”“忽此来告良有以”“放纵是谁之过欤”“不从而诛未晚耳”等等，使诗的平稳和谐节奏与意脉发生了曲折变化，令人感到惊讶陌生，也令人感到新奇注目。

韩愈的“以文为诗”对宋诗产生了很大的影响。

孟郊（751～814），字东野，湖州武康（今浙江德清县）人。他家境贫寒，早年生活困窘，46 岁中进士，56 岁选授溧阳尉，不久弃官。他前妻早死，三子夭折，仕途坎坷，家境贫苦，这对他的创作、思想产生了极大的影响。有《孟东野集》。

孟郊的诗超出了大历、贞元时代那些狭窄的题材范围，主旋律是中下层文士对穷愁困苦生活的怨愤情绪。这是他屡试不第、仕途艰辛、中年丧子等生活遭遇决定的，但他还是能够透过个人命运看到一些更广泛的社会生活，并以诗来反映这些生活。其中有的尖锐揭示了贫富之间的不平等。如《寒地百姓吟》：

无火炙地眠，半夜皆立号。
冷箭何处来，棘针风骚骚。
霜吹破四壁，苦痛不可逃。
高堂捶钟饮，到晓闻烹炮。
寒者愿为蛾，烧死彼华膏。
华膏隔仙罗，虚绕千万遭。
到头落地死，踏地为游遨。
游遨者是谁？君子为郁陶！

这首五古对比描写百姓的苦寒和贵族的享乐，极写贫富不均的社会现实，寄托了自己的愤愤不平。诗中关于寒者愿意变为灯蛾扑火取暖的心理刻画，哀婉酸楚，十分感人。孟郊多以自己和百姓的贫寒生活为题材，反映当时社会的冷酷，透露出浓重的寒意。苏轼说“郊寒”，而孟郊诗中的“寒”是具有深刻的社会意义的。

孟郊还有一些描写亲人之间骨肉情深的好诗。他的《结爱》描写夫妻之情，《杏殇》描写失子之痛，感情都极为真挚。他的《游子吟》更是广为传诵的名篇：

慈母手中线，游子身上衣。
临行密密缝，意恐迟迟归。
谁言寸草心，报得三春晖。

这首诗写诗人对慈母情怀的切身感受。通过慈母缝衣的普通场景，以朴素自然的语句、真淳的感情，歌颂了母爱，千百年来都引起了人们的共鸣。

在艺术上，孟郊的诗歌中出现了大历、贞元诗歌中所没有、在这之前也不曾有过的新特点，即韩愈《贞曜先生墓志铭》中所说的“钩章棘句，掐擢胃肾”式的险奇艰涩。

这一特点与他刻意求工、精思苦吟有关，另一方面与他心情郁闷、情绪低沉有关。

在《夜感自遣》中，他说自己“夜学晓不休，苦吟鬼神愁。如何不自闲，心与身为仇”。苦苦地写诗，就是要道前人所未道，刻意寻求新词句，用过去诗中少见的僻字险韵与生冷意象；而心理上的压抑、不平，使得他所追求的新的语言多带有冷涩、荒寞、枯槁的色彩和意味，从而把心中的哀愁刻画得入骨和惊耸人心。如《秋怀十五首》之二、之五：

冷露滴梦破，峭风梳骨寒。席上印病文，肠中转愁盘。(之二)

病骨可剸物，酸呻亦成文。瘦攒如此枯，壮落随西曛。(之五)

在这两首诗中，他精心选用了“剸”“梳”等令人感到透骨钻心的词与“病骨”“峭风”等感觉上属于暗、冷、枯、寒的意象相配，构成了一组组险怪、生硬、艰涩的句子，传达了他心中难言的愤懑愁苦。

孟郊的五言古体，用语刻琢而不尚华丽，擅长寓奇物于古拙，与大历、贞元诗人相比，他更接近汉、魏风骨。中唐诗人的苦吟之风由孟郊始倡，“苦吟”，一是和诗人的生活经历有关，另一方面也是诗人才力和学力不足的表现。

对孟郊的诗风，历来评价相去甚远，如韩愈对他褒扬有加，而后世的元好问却称之为“诗囚”（《论诗三十首》），苏轼更是将其譬喻为骨刺多而肉少的“小鱼”（《读孟郊诗》）。但平心而论，孟郊诗语言的独创是不可否认的。

人们把孟郊与韩愈并称为“韩孟诗派”，主要是因为他们尚古好奇、多写古体诗。但孟郊多为句式短截的五言古体，用语刻琢，不尚华丽，擅长于寓奇特于古拙。如韩愈称孟郊所谓“横空出硬语，妥贴力排奡”（《荐士》）。

韩愈的七言古体最具特色，气势雄放而怪奇瑰丽。他们的诗都很有力度，但韩愈的力度是奔放的，孟郊的力度是内敛的。孟郊更多的学习了汉魏六朝五言诗的传统，正如李翱所说：“郊为五言诗，自汉李都尉（陵）、苏属国（武）及建安诸子、南朝二谢，郊兼而有之。”（《荐所知于徐州张仆射书》）因此，与大历、贞元诗人相比，他更接近汉魏风骨；而与他之后的韩愈、李贺相比，则较多地保留了大历、贞元诗风的痕迹。

李贺（790~816），字长吉，福昌（今河南宜阳县）人，他是唐宗室郑王之后，但系远支，与皇族的关系已经很疏远。其父晋肃官位很低，家境也不富裕。

李贺诗才早熟，15 岁即有诗名，18 岁得到文坛前辈韩愈的赏识和延誉。

但他的仕进道路因避父讳而被阻塞，被迫放弃进士考试。后来在长安仅担任三年时间的奉礼郎，旋即因病辞官，27 岁去世。他终生郁郁不得志，诗歌创作充满了深沉的苦闷。有《李长吉歌诗》。

李贺诗歌的中心主题就是抒发怀才不遇的悲愤。

这种悲愤的心情又总是和国家命运密切关联的。诗人有时直接诉说“天荒地老无人识”（《致酒行》）、“一心愁谢如枯兰”（《开愁歌》）的遭遇；有时又托物抒怀：“此马非凡马，房星（马是天上星宿下凡）本是星。向前敲瘦骨，犹自带铜声。”以马喻人，表达了“无人识锦韂（chàn，马鞍下垫的东西）”“骏骨折西风”的忧愤。

他还借用历史题材，表白了对国事的感慨。如《金铜仙人辞汉歌》：

茂陵刘郎秋风客，夜闻马嘶晓无迹。
画栏桂树悬秋香，三十六宫土花碧。
魏官牵车指千里，东关酸风射眸子。
空将汉月出宫门，忆君清泪如铅水。
衰兰送客咸阳道，天若有情天亦老。
携盘独出月荒凉，渭城已远波声小。

诗以魏明帝拆迁金铜仙人为背景，描写了汉宫的荒废，刻画了金铜仙人留恋故都的哀伤感情，从而寄托了诗人对李唐王朝日益衰败的感叹。该诗构思新颖，想象奇特，语言奇峭，情调凄婉。运用拟人、比喻、通感等多种手法，使诗的形象鲜明，多姿多态，增强了诗歌的感染力。

李贺也写了一些反映民生疾苦的诗歌。有代表性的是《老夫采玉歌》：

采玉采玉须水碧，琢作步摇徒好色。
老夫饥寒龙为愁，蓝溪水气无清白。
夜雨冈头食蓁子，杜鹃口血老夫泪。
蓝溪之水厌生人，身死千年恨溪水。
斜山柏风雨如啸，泉脚挂绳青袅袅。
村寒白屋念娇婴，古台石磴悬肠草。

诗写采玉老夫的艰苦劳动，困苦的饥寒生活及担忧儿女的心情，控诉了封建统治者的奢侈和残暴，对采玉老夫的悲惨命运寄予了深切的同情。诗人以现实生活为题材，有现实的描写，有细致的心理刻画；富有浪漫主义的奇想，如“龙为愁”“杜鹃口血老夫泪”“水厌生人”、人“恨溪水”等，体现了李贺诗歌的瑰奇特色。

李贺憎恶黑暗现实，却无力改变现实，因此往往把希望转向鬼神世界，写了一些超现实的诗歌。

如《天上谣》描绘了理想中的仙界，在《苏小小墓》中又寄情于幽冷凄清的鬼界等等。这些都是他悲愤情绪的反映，是一些充满浪漫主义色彩的诗歌。

此外，李贺还有大胆揭露时弊、批判统治者荒淫昏聩的诗歌，如《荣华乐》《吕将军歌》；还有一些情歌，如《大堤曲》《湖中曲》等；也有歌颂边塞将士英勇守边的诗歌，如《雁门太守行》等等。李贺作为一个青年诗人，诗的题材领域不算窄。

李贺诗歌充满浪漫主义特色，富于创造性。

诗歌意象虚幻怪诞。在李贺诗歌中，诗人捕捉意象并不是按照现实生活的本来样子去描写，而是想象出现实生活中并不存在的情形，加以渲染和描绘，因而他的诗歌虚幻意象和想象的成分很多，具有极大的象征意义。

如他的诗歌形象，神有羲和、王母；仙有王子、仙妾；鬼有苏小小；怪有龙虎等等。

尤其是这些虚幻形象的行为方式也是荒诞奇特的，如“羲和敲日玻璃声”（《秦王饮酒》），“呼龙耕烟种瑶草”（《天上谣》），甚至“几回天上葬神仙”（《官街鼓》），神仙也会死去，“左魂右魄啼饥瘦”（《长平箭头歌》），鬼魂也会因饿而瘦。

形象虚幻，行为怪诞，是李贺诗歌浪漫主义特色之一。

这个特点发人联想，意境开阔，使人们透过奇特生动的典型事物来认识现实生活。

诗歌的结构不拘常法。李贺诗歌意象之间在时间和空间上都采用非现实的组合方式，具有极大的跳跃性。如《长歌续短歌》本是感叹人生无常、抒写怀才不遇苦闷的，十六句诗，三组意象之间跳跃性很大。

从秦王内热到“渴饮壶中酒”，似乎要借酒浇愁；由“渴饮”想到“饥拔陇头粟”，强化如饥似渴的追求精神。

又从“陇头粟”想到“四月阑”“千里绿”，叹息春光早逝。又从春光写到夜晚……忽此忽彼，迷离惝恍。

李贺诗歌意象的跳跃带来结构的不拘常法，正好表达诗人极不平静的心情，抒写了磅礴于胸中的愤懑。

修辞方法奇巧和诗歌语言奇峭、冷艳。李贺诗歌中奇巧的比喻比比皆是：“银浦流云学水声”（《天上谣》），设喻真是意想天外；“向前敲瘦骨，犹自带铜声”（《马诗》），奇喻使马形神兼备。

李贺诗歌的奇峭、冷艳，也是十分突出的。王思任《昌谷诗解序》说他“喜用鬼字、泣字、死字、血字”，已看出其语言的死寂色彩；还可以从“寒绿”“颓绿”“冷红”“愁红”“老红”“漆炬”“酸风”等词语看出其语言的冷艳色调。这种讲究语言色调浓重，组成色彩斑斓画面的诗歌，《雁门太守行》是十分突出的一首：

黑云压城城欲摧，甲光向日金鳞开。
角声满天秋色里，塞上燕脂凝夜紫。
半卷红旗临易水，霜重鼓寒声不起。
报君黄金台上意，提携玉龙为君死。

诗歌用浓墨重彩，以黑云、甲光、金鳞、秋色、胭脂、红旗、霜重、玉龙等冷暖相间的色调，渲染了战场的悲壮气氛，突出了守边将士的英勇与诗人的赞美之情。

他学习屈原的《九歌》、南朝乐府《神弦歌》以及李白的浪漫主义创作手法。当然他的诗歌也有缺点，如追求奇峭虚幻而流于怪诞晦涩，描写鬼神流于歌颂神秘与死亡，这是不可取的。

二、刘禹锡和柳宗元

对于中唐诗人来说，如何摆脱盛唐诗风的笼罩，开创新的诗歌境界，是他们的重要课题。所以，很多诗人都在各自的角度摸索，在不同的方面创新，由此出现了一种多元化的艺术追求趋向。以元、白和韩、孟为代表的两大新诗潮固然引人注目，但在此之外，还有不少具有自己独特风格、独特建树的诗人，其中比较杰出的诗人是刘禹锡和柳宗元。

刘禹锡（772～842），字梦得，洛阳人。21岁与柳宗元同榜登第。顺宗永贞元年，和柳宗元一起参加以王叔文为首的政治革新运动，成为核心人物之一。不久革新失败，贬为郎州司马，后迁连、夔、和三州刺史，晚年官至检校礼部尚书兼太子宾客。有《刘宾客集》。

刘禹锡前半生积极参与政治革新，失败遭贬，不改初衷。远贬二十多年里，他接近人民，关心现实，诗歌创作虽然不多，但具有强烈的批判精神，与柳宗元遥相呼应，并称“刘柳”。晚年住在洛阳，与白居易唱和较多，时称“刘白”，诗作虽多，但成就不如从前。

他的政治讽刺诗较有特色，有不少是借物托讽批判权贵之作，如《聚蚊谣》：“我躯七尺尔若芒，我孤尔众能我伤。”把镇压永贞革新的官僚比作渺小可恶的蚊子进行无情讽刺。又如《飞鸢操》："鹰隼仪形蝼蚁心，虽能戾天何足贵。"把权贵比作徒有仪形的飞鸢，批判其身居高位而贪得无厌的本性。

另一类是以古讽今之作，如《西塞山怀古》：

王濬楼船下益州，金陵王气黯然收。
千寻铁锁沉江底，一片降幡出石头。
人世几回伤往事，山形依旧枕寒流。
今逢四海为家日，故垒萧萧芦荻秋。

唐穆宗长庆四年（824），诗人从夔州调任和州刺史，途径西塞山，感于时事，写了这首诗。诗的前四句，以雄浑的笔触，描绘了西晋水师沿江东下，势如破竹的浩大声势。后四句总结历史经验，借古讽今，从孙皓以及后来的宋、齐、梁、陈相继覆亡的历史说明，地形不足恃，"王气"不足凭。结尾以旧时遗留下来的营垒荒凉残破的景象，来警告当世拥兵自重、凭险割据的藩镇。全诗富于哲理并且充溢着一种苍茫的历史感。

又如《乌衣巷》：

朱雀桥边野草花，乌衣巷口夕阳斜。
旧时王谢堂前燕，飞入寻常百姓家。

《乌衣巷》是《金陵五题》的第二首，也是诗人凭吊金陵历史遗迹后抒发的今昔之感。"野草花""夕阳斜"，描绘了乌衣巷衰败的景象：闲花野草丛生，残阳昏黄的光线照射乌衣巷口。寥寥两句，写出旧地的没落。接着，作者发挥了丰富的想象，运用强烈的对比，道出了乌衣巷的沧桑变化。旧时，王谢两家为豪门望族，车水马龙，冠盖相望，何等风光；而今，那里的燕子却飞入平房草舍、普普通通的百姓人家。"旧时王谢堂前燕，飞入寻常百姓家"二句为历代所传诵。

刘禹锡的咏史诗，多借古喻今，寓情思于客观叙述中。

感慨身世之作，如《酬乐天扬州初逢席上见赠》：

巴山楚水凄凉地，二十三年弃置身。
怀旧空吟闻笛赋，到乡翻似烂柯人。
沉舟侧畔千帆过，病树前头万木春。
今日听君歌一曲，暂凭杯酒长精神。

这是一首回赠白居易的诗作，诗中回顾了自己遭贬谪的生活，曲折地表达了因受政敌的打击而长期遭贬的愤懑。其中"沉舟"一联，以"沉舟"

“病树”自比，感情深沉，这是诗人长期受压抑心情的反映。这一联形象生动、比喻贴切，后人经常引用，并赋予新意。

他还有两首游玄都观看桃花的诗，是相隔十四年写的。第一首《元和十年自朗州至京，戏赠看花诸君子》写于元和十年：

> 紫陌红尘拂面来，无人不道看花回。
> 玄都观里桃千树，尽是刘郎去后栽。

这是刘禹锡被贬十年之后，自朗州奉召回长安写的。据《旧唐书·刘禹锡传》载，这首诗因“语涉讥刺，执政不悦，复出为播州刺史”。作者因这首诗再次遭贬逐。“十年”原作“十一年”，据史书校改。

第二首《再游玄都观》写于十四年之后，即大和二年：

> 百亩庭中半是苔，桃花净尽菜花开。
> 种桃道士归何处？前度刘郎今又来。

这首诗是《元和十年自朗州至京，戏赠看花诸君子》的续篇。诗前有一篇小序。两首诗以桃花的盛衰，喻朝中新贵的存亡，对他们忽而竞进、忽而星散的命运进行辛辣讽刺，表现了诗人始终不屈的坚强斗志。

刘禹锡长期流放在外，吸取民歌营养，创作了一些歌颂劳动、爱情，具有民歌风味的作品。

如《竹枝词》《踏歌词》等。其中《竹枝词》二首最具有代表性：

> 杨柳青青江水平，闻郎江上唱歌声。
> 东边日出西边雨，道是无晴却有晴。

这首诗完全模拟民间情歌，利用汉语谐音双关的特点表达了少女怀春的复杂情思，十分动人。

总之，在中唐诗坛，刘禹锡的诗歌，既不同于韩孟的奇崛瘦硬，也不同于元白的浅切直露，而是独具特色。他以精练含蓄的描写，朗畅自然的语言，清秀深沉的风格，构成了自己的艺术风格。

柳宗元（773～819），字子厚，河东（今山西永济）人，柳宗元是散文家，也是诗人。他存诗160多首，大部分是贬官永州以后的作品。他的多数诗作是抒发遭贬谪的悲愤和对山水景物的寄托。

山水诗运思精密、意境峻洁澄澈，多有寄托之情。

如《登柳州城楼寄漳、汀、封、连四州刺史》便是著名的一篇：

> 城上高楼接大荒，海天愁思正茫茫。

惊风乱飐芙蓉水，密雨斜侵薜荔墙。
岭树重遮千里目，江流曲似九回肠。
共来百越文身地，犹自音书滞一乡！

唐宪宗元和十年（815），柳宗元等人循例被召至京师，旋即又遭贬放。柳宗元改谪柳州刺史。十年前与他一同参与“永贞革新”的友人韩泰、韩晔、陈谏、刘禹锡也分别出任漳州、汀州、封州、连州刺史。诗人初到柳州，登上城楼，感慨万千，写下了这首诗。

他写登楼远眺引起的茫茫愁思和对挚友的遥念，抒发了再受贬斥的郁愤不平。诗中写景苍茫辽阔而又语带凄楚，景中有比，即景生情，很好地突出了诗的主题。

境界幽僻、诗意深隽的写景小诗，如《渔翁》《江雪》等也都是抒发心情孤寂悲愤之作。如《江雪》：

千山鸟飞绝，万径人踪灭。
孤舟蓑笠翁，独钓寒江雪。

这首诗大约作于柳宗元远贬永州期间。诗中以“鸟飞绝”和“人踪灭”，渲染了极为清幽冷寂的环境，又以“孤舟”和“独钓”突出江上渔翁的孤傲，从而体现出诗人孤寂郁愤的心情和坚强不屈的性格。

柳宗元的诗风还有淡泊纡徐的一面。前人多将柳诗与陶渊明、韦应物的诗风联系在一起，认为“柳子厚诗在陶渊明之下，韦苏州上……所贵乎枯淡者，谓之外枯而中膏，似淡而实美，渊明、子厚是也”（《东坡题跋·评韩柳诗》）。从风格淡泊古雅一点来看，部分柳诗与陶、韦之诗确有近似之处，就是以其接近自然、不事藻绘的风貌给人以清新淡雅之感，如《渔翁》一诗：

渔翁夜傍西岩宿，晓汲清湘燃楚竹。
烟销日出不见人，欸乃一声山水绿。
回看天际下中流，岩上无心云相逐。

造语平实，设色淡雅，意远境旷，确实是一首淡泊入妙的好诗。

然而，从总体来看，柳与陶、韦的诗风又是颇有差异的：陶诗淡泊而近自然，最能反映心境的平和旷达；韦诗淡泊而近清丽，令人读后怡然自得；而柳诗则在淡泊中寓幽怨、见峭丽，尽管诗人有意识地将此幽怨淡化，但痕迹并未全抹去，加上诗人遣词造句上的经营，致使不少诗歌于隐现明暗之间传达出冷峭的信息。

总之，柳宗元善于用简洁明快的语言，塑造生动的艺术形象。寓情于景，寄慨遥深，风格明净简峭。沈德潜说："柳州长于哀怨，得骚之余意。"（《唐诗别裁集》卷四）

与刘禹锡相比，柳宗元的诗别具风貌。简言之，刘诗昂扬，柳诗沉重；刘诗外扩，柳诗内敛；刘诗气雄，柳诗骨峭；刘诗风情朗丽，柳诗淡泊简古。

柳诗这些特点形成的原因：第一，缘于他独特的心性气质。他与韩愈虽然都是唐古文运动的领袖，但韩愈是儒学大师，反对佞佛。而柳宗元却信佛，曾多次反驳韩愈，认为佛教让人"乐山水而嗜闲安"（《送僧浩初序》），并主张感情不可过分外露，说"气烦则虑乱，视雍则志滞。君子必有游息之物、高明之具，使之清宁平夷，恒若有余，然后理达而事成"（《零陵三亭记》）。

从本质上说，柳宗元是一位性格急切、甚至有些褊狭的执著型的诗人。他的思想深刻，有着极敏锐的哲学洞察力，却不具备解决自身精神困境的能力。

面对着沉重的人生忧虑，他读佛书，游山玩水，并幻想归隐田园，希望获得超越。但他激切孤直的心性似乎过于根深蒂固了，他对那场导致他自身沉沦的政治悲剧始终难以忘怀，因而很难超拔出来。在谪居永州的十年中，他"闷即出游"，而且也有"时到幽树好石，暂得一笑"的时候，但紧随这"一笑"之后便是那百忧攻心的"已复不乐"（《与李翰林建书》）。这种忧乐交替、以忧为主的心态，使得柳宗元大量的纪游诗作染上了一层浓郁的清幽悲凉的色彩。苏轼评柳诗说"忧中有乐，乐中有忧，盖妙绝古今矣"（胡仔《苕溪渔隐丛话》前集卷十九引）。

柳宗元的诗应该说是显意识的愉悦和潜意识的忧闷共同作用的结果，从而营造出一个砭人肌骨的清冷诗境。

第二，缘于诗人自觉的美学追求。在《答韦中立论师道书》中，柳宗元明确提出了"奥""节""清""幽""洁"诸点写作标准，其内在指向都与清冷峭拔有关。

在创作实践中，柳宗元对具有凄冷意味和峭厉之感的意象也特别偏爱。

其一，大量使用暗淡的冷色调词语，诸如"残月""枯桐""深竹""寒松""零露""寒光""幽谷"等词语。在色彩的选用上，也偏爱清、翠、碧等冷色调，如在《界围岩水帘》《再至界围岩水帘》两诗所用词语来看，即有"青碧""凝碧""青枝""阴草""翠羽""寒光"等，使得诗境阴暗幽冷。

其二，诗中使用形象尖利的词语，更是多见。如"林邑东回山似戟"

(《得卢衡州书因以诗寄》)“海畔尖山似剑芒，秋来处处割愁肠”(《与浩初上人同看山寄京华亲故》)，等等，无不尖利峻刻。

总之，当暗淡的冷色调与词语尖利的峭硬结合在一起的时候，无论是作品的基调，还是读者的感受，都必然呈现出一种冷峭的风格特征。这种风格特征在《江雪》中得到了集中的表现。一个“绝”字，一个“灭”字，显出环境的清冷寂寥；一个“寒”字，一个“雪”字，更给这清冷寂寥之境增加了严寒肃杀之气。冷以见峭、峭中含冷，形成了一个一尘不染的冷峭境界。而柳宗元那种忧愤、寂寞、孤直、激切的心性情怀就通过这种冷峭的诗境表现出来了，闪现着一种深沉凝重、孤傲高洁的生命情调。

第七章 白居易与新乐府运动

新乐府运动是中唐出现的一次文学运动。所谓“新乐府”，就是以新题写时事的乐府诗，是乐府诗的新发展。

乐府起源于汉代，汉代乐府民歌“感于哀乐，缘事而发”，富有现实主义精神。建安时代，曹操等人继承汉乐府民歌的现实主义传统，借古题写时事，其后的诗人就多用这种创作形式。

入唐以来，杜甫等人创作了“因事立题，即事名篇”的新题乐府，更直接启示了中唐时期的新乐府运动。

中唐社会危机日益加重，宦官专权、朋党斗争、藩镇割据、异族入侵，诸多矛盾日益尖锐。人民生活极端贫困，统治阶级却日益腐化。岌岌可危的政治局面，激发了志士仁人的改革热情，革新成为时代的潮流。因而文学领域内古文运动和新乐府运动也随之而兴。陈子昂、杜甫等人的诗歌主张，特别是杜甫即事名篇乐府诗创作的经验，给新乐府运动以直接的启示；大历以来的形式主义诗风又从反面激励新乐府诗人追求风雅比兴；唐统治者为巩固统治采取的“纳谏”态度，也鼓励新乐府诗人以诗谏谕的创作。因此，新乐府运动在贞元、元和间蓬勃展开了。

元结、顾况活动时代较早，是这个运动的先驱，他们从理论到实践都为新乐府运动开辟了道路。

张籍、王建写了较多的新乐府诗，首开其端。

以后元稹写新题乐府十二篇，白居易又写了《新乐府五十首》等等，于是形成了高潮。他们不但有丰富的创作实践，同时还提出了较为系统的新乐府运动理论，在当时产生了广泛的影响。

第一节 白居易的生平和诗歌理论

一、生平

白居易（772～846），字乐天，祖籍太原，后移居下邽（今陕西渭南县），生于河南新郑县一个小官僚家庭。幼时家境贫寒，生活困苦，避难越中，辗转流离，因而较多地接触了下层人民，为以后的诗歌创作奠定了生活思想基础。29岁中进士，开始踏上仕途。此后，他的生活、思想和创作明显分为前后两期。

前期：从入仕到44岁贬官江州。这一时期他仕途顺遂，思想上以儒家兼济天下为主，诗歌创作以讽喻诗为主。他登进士第后授校书郎，35岁以应试对策入四等，授盩厔县尉。由于接触下层，目睹官府征敛无度与人民困苦，促使他开始现实主义的诗歌创作。著名的《长恨歌》也写于此时。36岁擢翰林学士，次年除左拾遗。在三年谏官内，他兼济天下的思想更为强烈，“有阙必规，有违必谏，朝政得失无不察，天下利害无不言”（《初授拾遗献书》）。这时，他进入现实主义诗歌创作的高峰。《秦中吟》十首、《新乐府》五十首均作于此时。母亲去世居丧在家时，他接近了农民，写了《采地黄者》《村居苦寒》《新制布裘》等现实主义诗篇。

后期：44岁至逝世。元和十年，白居易44岁时，因上书请求追捕刺杀宰相的凶手，得罪权贵，被贬为江州司马，开始了他独善其身的后期生活。

贬官江州给了他以沉重的打击，他感到不平与愤懑，作《琵琶行》以寄意。这时他还写出了著名的文学论文《与元九书》。后任忠州、杭州、苏州等地刺史，为百姓做了一些有益的事情。又历任秘书监、河南尹、太子少傅等。晚年闲居东都洛阳履道里，修香山寺，自号香山居士，受佛道思想影响，思想趋于消极，“乐天安命”“知足不辱”。创作上以闲适诗为主。

二、诗歌理论

白居易的诗歌理论在文学史上有着重要的地位。这些理论吸取了前代和当代现实主义诗歌创作的经验，是他的新乐府诗歌创作经验的总结，也是他积极的政治主张在文学上的体现。它是新乐府运动理论的主要部分，指导并促进了新乐府运动的开展。这些诗论集中反映在《与元九书》《新乐府序》《策林·六十九》《寄唐生》等诗文中。其主要观点有以下几个方面。

为时为事而作的创作原则。白居易和以前的现实主义作家一样，认识到诗歌是现实生活的反映，在《与元九书》中，他说“事物牵于外，情理动于内，随感遇而兴咏叹”，说明诗歌是现实生活的反映。因此他进而主张诗歌应积极地反映现实、干预现实。在《与元九书》中提出了“文章合为时而著，歌诗合为事而作”的现实主义创作原则。要“为君、为臣、为民、为物、为事而作”（《新乐府序》）。所有这些论述，说明他说的“时”“事”正是国家兴衰、时政缺失、民生疾苦等至关重要的内容。

既是对现实主义诗歌理论的发展，也是对齐梁以至大历诗风的一种否定，因而对新乐府运动的开展以及后代诗歌创作都产生了积极影响。

讽喻美刺的创作要求。白居易在《策林》中提出“俾辞赋合炯戒者，虽质虽野，采而奖之”，认为“补察得失之端，操于诗人美刺之间焉，……美刺之诗不稽（批评义）政，则补察之意废矣”，说明他对讽喻美刺的重视。所以他把自己揭露黑暗、抨击时弊的新乐府诗称之为讽喻诗，是美刺比兴之作；而对采诗制度废弃以后的一些诗歌创作，“若求兴谕规刺言，万句千章无一字”（《采诗官》）的现象提出了尖锐的批评。认为诗歌失去讽喻美刺，便造成“谄（chǎn，曲意迎合）成之风动，救失之道缺”（《与元九书》）的严重恶果。白居易要求诗歌创作具有强烈的战斗性和批判性，很明显是对“嘲风雪，弄花草”诗风的批判。

著诚去伪的创作态度。白居易要求诗歌创作取材要真实，要“尚质抑淫，著诚去伪”（《策林》），反对粉饰现实，认为“褒贬之文无核实，则惩劝之道缺矣”（《策林》）。

所以他的《秦中吟》就是“闻见之间有足悲者，因直歌其事”（《秦中吟序》）的作品；他的新乐府诗也坚决遵循“其事核而实，使采之者传信”（《新乐府序》）的写实原则进行创作。这样诗歌才能反映重大社会问题，收到“救济人病，裨补时阙”的社会效果。这一观点有力地批判了华伪的诗风，促进了新乐府运动的展开，使中国的现实主义诗歌创作理论向前推进了一大步。

关于形式和内容的关系。诗歌内容与形式的关系，白居易以果树为喻，表述为根情、苗言、华声、实义。这里的情义是内容，言声是形式。内容是第一性的，是根本，所以他强调诗歌创作“系于意，不系于文”（《新乐府序》）。

但他不是不注重形式，而是强调“言者志之苗”（《读张籍古乐府》），把形式放在“苗”“华”的位置上，为“根”“实”服务。

因此，他要求乐府诗“其辞质而径，欲见之者易谕也；其言质而切，欲闻之者深戒也”（《新乐府序》）。可见他要求诗歌形式质朴，直截了当，通俗易懂，以发挥诗歌的讽喻美刺作用。由于白居易等人的提倡和推动，诗歌的通俗化向前推进了一大步。

以上诗歌理论，是和儒家诗教（汉儒诗论）一脉相承，因而具有明显的功利色彩。但他也改造了汉儒诗论，使之成为揭露时弊、反映民瘼的创作指导思想，这种理论对后世的现实主义诗歌产生了深远的影响。他对六朝文学的一概否定失之偏颇，在强调作品的思想内容时，单纯要求形式质直，忽视文学作品艺术美感，也有片面性。

元和体唐宪宗元和年间（806～820）开始流行的诗体专称，有广狭二义：广义指唐宪宗元和以来各种新体诗文。李肇《唐国史补》卷下说：“元和以后，为文笔则学奇诡于韩愈，学苦涩于樊宗师；歌行则学流荡于张籍；诗章则学矫激于孟郊，学浅切于白居易，学淫靡于元稹，俱名为元和体。”认为元和以后流行的新的文风、诗风，是由韩愈等元和时的著名作家开创的，所以总称之为元和体。

狭义是指元稹、白居易诗中的次韵相酬的长篇排律和包括艳体在内的流连光景的中短篇杂体诗。《旧唐书·元稹传》说，元稹“与太原白居易友善。工为诗，善状咏风态物色。当时言诗者，称元、白焉。自衣冠士子，至闾阎下俚，悉传讽之，号为元和体”。元和诗实即元稹在其他场合提到的“元和体”。

这里“元和体”即元和时流行的新体诗，专指元、白诗体中的一个方面及模仿的作品而言。

元和体形成过程：中唐诗人之间的交往唱和之风，早在贞元年间已经初露端倪。当时应进士举者“多务朋游，驰逐声名”（《旧唐书·高郢传》）。形成了“侈于宴游”的“长安风俗”（李肇《国史补》下卷）。而文人游宴多要作诗唱和，即使不游宴，也要以诗唱和，或联络感情，或展示才学。这方面有代表性的首推一代文宗权德舆及其领导的文人集团。

元稹《白氏长庆集序》说：“予始与乐天同校秘书之名，多以诗章相赠答。会予谴掾江陵，乐天犹在翰林，寄予百韵律诗及杂体，前后数十章。是后各佐江、通，复相酬寄。巴、蜀、江、楚间洎长安中少年递相仿效，竞作新词，自谓为元和诗。”

到了元和初年，又出现了比一般唱和更进一步的以长篇排律和次韵酬答来唱和的形式，而元、白是这种形式的创始人。元、白在相识之初，即有酬唱作品。此后，他们被贬，一在通州，一在江州，虽路途遥远，仍频繁寄诗，酬唱不绝。所谓“通江唱和”也就成为文学史上的一个令人瞩目的现象。

而元、白的这种新诗体在巴、蜀、江、楚和长安青少年中模仿者甚多。

元、白此期的唱和诗多为长篇排律，次韵相酬，短则五六十句，长则数百句，洋洋洒洒，蔚为大观。

如白居易有《东南行一百句》寄元稹，元稹即作《酬乐天东南行诗一百韵》回赠。这种诗的难度是极大的，既要守原诗之韵，又要自抒抱负，动辄上百句，搞得不好，顾此失彼。但才力大者，则可借此争奇斗胜，施展才情。这样做的结果，一方面锻炼了诗人的智慧、技巧，丰富了诗歌种类；另一方面，也因过于重视形式和技巧，诗人的真情实感反被冲淡乃至淹没。

相比之下，倒是二人那些寄情酬答的短篇小诗来得更为耐读，清新有味。如白居易《舟中读元九诗》：

> 把君诗卷灯前读，诗尽灯残天未明。
> 眼痛灭灯犹暗坐，逆风吹浪打船声。

元稹《酬乐天舟泊夜读微之诗》：

> 知君暗泊西江岸，读我闲诗欲到明。
> 今夜通州还不睡，满山风雨杜鹃声。

元、白这类以次韵酬唱为主的短篇、长章在当时流传颇广，以至“巴蜀江楚间洎长安中少年，递相效仿，竞作新词，自谓之‘元和诗’”（元稹《白氏长庆集序》）。这里的元和诗实即元稹在其他场合提到的元和体。

中唐诗人的交往、唱和真正形成高潮，是在元和后的长庆至开成年间，这一时期党争激烈，政局动荡，不少当年曾积极参与政治的文人纷纷退出政坛，东都洛阳便成了他们的闲散之地。白居易是其中的核心人物之一，其他人有刘禹锡、裴度、令狐楚、崔玄亮、李德裕等。当时便编成了许多酬唱集，如白居易的《刘白酬唱集》，白、刘、裴的《汝洛集》，刘与令狐楚的《彭阳唱和集》，李德裕的《吴蜀集》等等。

第二节　白居易的诗歌创作

白居易一生勤于创作，今存诗三千八百多首，创作之丰在唐代可谓首屈一指。他在51岁的时候，曾把自己此前所作一千三百多首诗分为讽谕、闲适、感伤、杂律四类，晚年又把自己的诗分为“格诗”和“律诗”两大类。

两类分法都不尽确当，但以内容题材为标准的四分法，比只按形式分两类，较能反映白居易诗歌创作的基本情况。

一、讽谕诗

他的讽谕诗一百七十余首，最有价值，也最受他的重视。这类诗取材广泛，批判性、战斗性都很强，是白居易现实主义诗歌的代表作。著名的《秦中吟》十首、《新乐府》五十首，都属于这一类。

他描述了这个时代最尖锐的贫富不均的现象和下层百姓在剥削勒索下艰难挣扎的悲惨状况。

一方面它反映人民生活极端困苦，表现对人民的深切同情。如《观刈麦》，在叙述了田家辛勤的割麦劳动后，接着描写令人心酸的场景：

> 复有贫妇人，抱子在其旁。右手秉遗穗，左臂悬弊筐。
> 听其相顾言，闻者为悲伤。家田输税尽，拾此充饥肠。

贫妇人因繁重赋税而输尽家田，无法生活而只得拾麦穗充饥。作者质朴的叙述中包含着深情。诗人也因此为自己不事农桑却有余粮而深感惭愧。诗人以对赋敛的痛恨之心把田家、贫妇和自己三方面联系在一起，突出了对横征暴敛的批判意义。

另一方面也批判了统治阶级“轻裘肥马”的骄奢生活。中唐社会远没有盛唐时代繁荣，但统治阶级的奢侈却更甚之。白居易的讽谕诗对此作了较多的反映。如《轻肥》（《秦中吟》第七首）：

> 意气骄满路，鞍马光照尘。借问何为者，人称是内臣。朱绂皆大夫，紫绶悉将军。夸赴军中宴，走马去如云。樽罍溢九酝，水陆罗八珍。果擘洞庭橘，脍切天池鳞。食饱心自若，酒酣气益振。是岁江南旱，衢州人食人！

诗篇批判了宦官的骄奢生活，也反映了江南“人食人”的惨相，并以二者作强烈的对比，暴露了中唐社会尖锐的两极分化。这首诗在艺术上以铺陈、排比、映衬、烘托等手法，对宦官的骄奢作了典型的概括，并与江南大旱人民相食的惨相作了强烈的对比，大大增强了诗歌批判力量。

其他如《买花》《卖炭翁》等诗歌都批判了统治者的骄奢淫逸，同情人民疾苦。

白居易还注意到边疆无休止的战争导致千百万无辜百姓丧命。

著名的《新丰折臂翁》写了一位在天宝年间逃过兵役的老人，当时宰臣“欲求恩幸立边功”，发动了对南诏的战争，无数被强征去当兵的人冤死他乡，这位老人“偷将大石捶折臂”，才留得残命，诗中借老翁之口说：

此臂折来六十年，一肢虽废一身全；
至今风雨阴寒夜，直到天明痛不眠。
痛不眠，终不悔，且喜老身今独在；
不然当时泸水头，身死魂孤骨不收；
应作云南望乡鬼，万人冢上哭呦呦。

这位命运悲惨的老人，竟以欣喜的口吻自庆侥幸，让人更觉得悲哀。同时也感受到诗人的目的不仅是记述一件往事，而是反映穷兵黩武给人民带来的无穷灾难。

除了上述两大主题外，白居易乐府诗所涉及的政治和社会问题还很多。它揭露了官吏昏庸无能，将帅骄横无勇，借君国之名而饱一己之私；他批评宫中幽禁了无数宫女，要求皇帝释放他们；他还批评求仙之虚妄、佛寺之繁多，希望君主采取措施干预……这些都切中时弊。

二、感伤诗

白居易的感伤诗一百多首，其中广为传诵的是《长恨歌》《琵琶行》。

《长恨歌》

汉皇重色思倾国，御宇多年求不得。
杨家有女初长成，养在深闺人未识。
天生丽质难自弃，一朝选在君王侧。
回眸一笑百媚生，六宫粉黛无颜色。
春寒赐浴华清池，温泉水滑洗凝脂。
侍儿扶起娇无力，始是新承恩泽时。
云鬓花颜金步摇，芙蓉帐暖度春宵。
春宵苦短日高起，从此君王不早朝。
承欢侍宴无闲暇，春从春游夜专夜。
后宫佳丽三千人，三千宠爱在一身。
金屋妆成娇侍夜，玉楼宴罢醉和春。
姊妹弟兄皆列土，可怜光彩生门户。
遂令天下父母心，不重生男重生女。
骊宫高处入青云，仙乐飘飘处处闻。
缓歌曼舞凝丝竹，尽日君王看不足。
渔阳鼙鼓动地来，惊破《霓裳羽衣曲》。

九重城阙烟尘生，千乘万骑西南行。
翠华摇摇行复止，西出都门百余里。
六军不发无奈何，宛转蛾眉马前死。
花钿委地无人收，翠翘金雀玉搔头。
君王掩面救不得，回看血泪相和流。
黄埃散漫风萧索，云栈萦纡登剑阁；
峨眉山下少人行，旌旗无光日色薄。
蜀江水碧蜀山清，圣主朝朝暮暮情。
行宫见月伤心色，夜雨闻铃肠断声。
天旋地转回龙驭，到此踌躇不能去；
马嵬坡下泥土中，不见玉颜空死处。
君臣相顾尽沾衣，东望都门信马归。
归来池苑皆依旧，太液芙蓉未央柳。
芙蓉如面柳如眉，对此如何不泪垂！
春风桃李花开日，秋雨梧桐叶落时。
西宫南内多秋草，落叶满阶红不扫。
梨园弟子白发新，椒房阿监青娥老。
夕殿萤飞思悄然，孤灯挑尽未成眠。
迟迟钟鼓初长夜，耿耿星河欲曙天。
鸳鸯瓦冷霜华重，翡翠衾寒谁与共？
悠悠生死别经年，魂魄不曾来入梦。
临邛道士鸿都客，能以精诚致魂魄。
为感君王辗转思，遂教方士殷勤觅。
排空驭气奔如电，升天入地求之遍。
上穷碧落下黄泉，两处茫茫皆不见。
忽闻海上有仙山，山在虚无缥缈间。
楼阁玲珑五云起，其中绰约多仙子。
中有一人字太真，雪肤花貌参差是。
金阙西厢叩玉扃，转教小玉报双成。
闻道汉家天子使，九华帐里梦魂惊。
揽衣推枕起徘徊，珠箔银屏迤逦开。
云髻半偏新睡觉，花冠不整下堂来。
风吹仙袂飘飘举，犹似霓裳羽衣舞。

玉容寂寞泪阑干，梨花一枝春带雨。
含情凝睇谢君王，一别音容两渺茫。
昭阳殿里恩爱绝，蓬莱宫中日月长。
回头下看人寰处，不见长安见尘雾。
唯将旧物表深情，钿合金钗寄将去。
钗留一股合一扇，钗擘黄金合分钿。
但教心似金钿坚，天上人间会相见。
临别殷勤重寄词，词中有誓两心知。
七月七日长生殿，夜半无人私语时。
在天愿作比翼鸟，在地愿为连理枝。
天长地久有时尽，此恨绵绵无绝期。

《长恨歌》是一篇脍炙人口而内容又极为复杂的叙事诗，其基调是婉而讽。

《长恨歌》是写唐明皇和杨贵妃荒淫误国与爱情悲剧的长诗，诗的前半部分写唐明皇迷恋声色和杨贵妃得宠，"缓歌慢舞凝丝竹，尽日君王看不足。渔阳鼙鼓动地来，惊破《霓裳羽衣曲》"，批判了皇帝荒淫误国和贵妃恃宠致乱，同时也暗示了李、杨爱情悲剧的根源。

后半部分写李、杨爱情的毁灭以及唐玄宗对杨贵妃缠绵的相思。所谓"上穷碧落下黄泉，两处茫茫皆不见"，所谓"天长地久有时尽，此恨绵绵无绝期"，都对李、杨爱情寄予了一定的同情。这种批判与同情兼存、惋惜与讽谕兼有的现象，造成了这首长诗主题的两重性。但从作者的主观意图和长诗的客观效果来看，则是同情多于批判，惋惜多于谴责。这在长诗后半部分，尤其明显。所以他写政治悲剧更多着眼于它是爱情悲剧的根源，批判也相当委婉；这对爱情悲剧的制造者竟成了爱情悲剧的主人公，寄予了相当多的同情。

这是一首抒情成分很浓的叙事长诗，前半写实，后半写幻，浪漫主义色彩强烈。全诗构思精巧，故事曲折，描写细腻，语言流丽，感情缠绵悱恻，婉转动人，具有很强的艺术感染力。

三、白居易的闲适、杂律诗数量较多，但成就不如讽谕诗

其中一些反映"乐天知命"思想的作品，宣扬消极无为，感叹人生无常，思想内容无可取，艺术上也比较一般。

还有一些作品或反映某一生活感受，或抒写亲朋情谊，或描写自然风光，

倒是屡见佳作。如《赋得古原草送别》，作于早年，虽是应考习作，但别开生面。写“古草原”关“送别”，又以颔联“野火烧不尽，春风吹又生”振起，使全诗写草而生气勃勃，赋别而情意绵绵，当时就得到了名士顾况的赞誉。

他晚年写的《钱塘湖春行》也是脍炙人口的作品：

孤山寺北贾亭西，水面初平云脚低。
几处早莺争暖树，谁家新燕啄春泥。
乱花渐欲迷人眼，浅草才能没马蹄。
最爱湖东行不足，绿杨阴里白沙堤。

诗写西湖早春风景，紧扣时令，细致描绘，使全篇诗意盎然。中间两联，抓住早春特色，选择了早莺、新燕、乱花、浅草等典型景物，渲染了早春的气氛，传达了诗人对春到西湖的喜悦。其随物赋形的描摹，细致入微的刻画，情景交融的意境，都是这首七律值得称道的地方。

第三节　白居易诗歌的艺术特色

一、白居易的讽谕诗题材广泛、主题集中

白居易的讽谕诗总体看来，大凡中唐社会的政治弊端、社会黑暗、赋敛苛暴、宦官奢靡以及民生疾苦、不良习俗等都有所反映，题材是相当广泛的。

就单篇而论，其主题十分集中而又明确。他的讽谕诗，绝大多数是“一吟悲一事”（《秦中吟序》），以典型的一事入诗，使主题集中突出。为了把主题更明确地传达给读者，他有时以在诗题下加小序为注的办法来点明主题（《卖炭翁》题下加小序“苦宫市也”）；有时则采用“卒章显其志”的办法来突出主题。这就使每一诗都具有鲜明的针对性，能收到更好的讽谕效果。

二、白居易的讽谕诗以叙事为主，有的篇章只叙不议，但不少是采用叙议结合手法的

如《红线毯》在结构上先叙后议，先详细叙述宣州红线毯的染织过程和优良质地，暗示织工的技艺和辛劳，接着揭露宣州太守竭尽全力进奉红线毯讨好皇帝的丑态。最后发表议论：“宣城太守知不知一丈毯，千两丝！地不知寒人要暖，少夺人衣作地衣。”通过议论，愤怒的批判了宣州太守的谄谀，也讥刺了帝王生活的豪奢。

三、采用强烈的对比手法以增强作品的批判力量，在白居易的诗中更是多见

《轻肥》以“人食人”与宦官奢侈对比；《重赋》以百姓衣不蔽体和官库缯帛堆积如山相对比。使社会两极分化现象暴露得非常深刻、鲜明，也就加强了作品的批判力量。

四、白居易的叙事诗一般都写得情节生动、形象鲜明

他的《长恨歌》《琵琶行》自不必说，不少讽谕诗也有这样的特点，《新丰折臂翁》写主人公自断左臂的经过，《上阳白发人》写宫女“入时十六今六十”的几十年的年华流逝，都十分动人。至于诗歌形象，无论是满面灰尘的卖炭翁，还是满头白发的寂寞宫女，诗人都能通过形象描写和心理刻画，使人物形象鲜明，并具有典型意义。

五、白居易诗歌语言

叙事时质朴平易，不加夸饰；描写形象时，简练精确、抓住特征；刻画心理时则又精警明晰、鞭辟入里，形成了一种浅切质朴的风格特征。新乐府诗“其辞质而径”“其言直而切”（《新乐府序》），很好地发挥了讽谕的作用。

白居易的诗歌创作也存在一些艺术上的缺陷，他在《和答诗十首序》中说自己所病是“意太切而理太周，故理太周则辞繁，意太切则言激”。意切理周，多表现为内容表达上不含蓄，有时甚至直接说教；辞繁言激，表现在语言上是既繁复又直露。虽然易谕易诫，但有时却流于公式化和概念化。

第八章　晚唐诗歌

文学史上所说的晚唐时期，是指文宗大和以后的八十年时间（828~907）。在中晚唐过渡时期，诗文领域一度冷落，到文宗开成年间，杜牧、李商隐等一批优秀诗人崛起，再度开创了唐诗的新局面。他们的活动大约在六十年代结束，这是晚唐前期。到晚唐后期，就诗歌而言已经进入尾声，虽然仍有一批诗人在写作，但没有谁能在唐诗史上占有第一流的地位。

李商隐的诗歌代表了晚唐的最高成就。除此之外，还有很多小家诗风，如受李贺影响的“瑰奇美丽”诗风；有追随贾岛的“苦吟诗派”；也有皮日休、陆龟蒙的愤世嫉俗和隐遁诗派。各派共同的倾向是：都致力于艺术形式的精雕细琢；用苦闷代替功利目的；集中了感觉和情绪心理的抒发。以哀怨悱恻为美；以淡泊情思为美；以幽艳细腻为美；追求韵外之致。晚唐诗所体现的是一种带有伤感情绪的美。

第一节　杜牧与晚唐怀古咏史诗

一、杜牧（803~852），字牧之，京兆万年（今陕西西安）人，26岁中进士，曾在江西、宣歙、淮南诸镇使府中当幕僚，很不得志。继而迁为京官，但不久又出为黄、池、睦、湖四州刺史，终中书舍人。作品有《樊川诗集》。

杜牧生活在多事之秋的晚唐时代，怀抱有经邦济世之志，具有比较进步的政治思想。他目击唐帝国的内忧外患，痛感藩镇割据和外族入侵，曾多次上书献策，力主削平藩镇和收复河陇。同时他也关心民生疾苦，在做地方官时为人民做了一些好事。这些都是他的诗歌创作能够反映现实的思想基础。

杜牧诗歌的一个重要方面就是抒写自己的壮志和理想，表现出爱国忧民的思想感情。

《感怀诗》和《郡斋独酌》两首长诗，概括了“安史之乱”以来的历史和现实，对藩镇拥兵自重、外族趁机入侵、国家动乱、民生憔悴等现象都表示了深沉的感慨，同时也表达了自己“平生五色线，愿补舜衣裳”（《郡斋独酌》）的报国壮志。

又如《早雁》：

金河秋半虏弦开，云外惊飞四散哀。
仙掌月明孤影过，长门灯暗数声来。
须知胡骑纷纷在，岂逐春风一一回？
莫厌潇湘少人处，水多菰米岸莓苔。

这首诗运用比兴的手法，以早雁的惊飞四散南逃潇湘为喻，反映了北方人民因回鹘入侵而避乱南逃的苦难生活。诗中句句写雁，处处喻人，婉曲细腻而寓慨遥深。特别是“仙掌”一联，写的是雁过长安，孤苦冷寂；喻的是流民四散，朝廷冷漠，写出诗人忧愤之深广。

讽刺统治者的荒淫奢侈是杜牧诗歌的另一方面的内容。

这一内容的诗歌往往采取咏史形式以借古讽今。如《过华清宫三绝句》：

长安回望绣成堆，山顶千门次第开。
一骑红尘妃子笑，无人知是荔枝来。
新丰绿树起黄埃，数骑渔阳探使回。
霓裳一曲千峰上，舞破中原始下来。

这两首绝句，在题材上，前者写荔枝来，后者写探使回，都是紧紧抓住一个具体而又典型的事件概括历史，内涵十分丰富。在描写上，前者写红尘，写妃子笑；后者写黄埃，写霓裳曲。十分形象地写出了贵妃恃宠致乱，不加任何议论而褒贬自明。在语言上，两首绝句都有朴素自然、不事雕琢、不使典用事的特点。

杜牧还有一些写景的抒情短诗，这些诗有的通过写景怀古以寄慨。

如《泊秦淮》：

烟笼寒水月笼沙，夜泊秦淮近酒家。
商女不知亡国恨，隔江犹唱《后庭花》。

诗写烟、水、月、沙四种景物组成的秦淮河夜色以及夜色中飘荡的《玉树后庭花》的歌声。以古刺今，表现了对国家命运的忧虑。全诗色调素淡、声情轻柔、讽刺辛辣、寄慨遥深。又如《江南春》：

千里莺啼绿映红，水村山郭酒旗风。

南朝四百八十寺，多少楼台烟雨中。

诗的意境广阔而又深邃，诗人运用典型化的手法，把握住江南景色的特征，使诗中景色山重水复、柳暗花明、色调错综、层次感很强，给人以尺幅千里的想象空间。“南朝”二句，透露出历史回顾中的伤今之叹，含蓄而委婉。

杜牧写景短诗的另一类是描摹自然之美，以抒发俊爽的感情。如《山行》：

远上寒山石径斜，白云生处有人家。

停车坐爱枫林晚，霜叶红于二月花。

诗写山行所见秋景，寒山白云，一片素淡雅洁；霜叶流丹，又显得秋叶胜于春花。这富有诗情画意的秋中之春，突出了对自然美的热爱，以及为之陶醉的心情。

此外，《清明》《秋夕》《寄扬州韩绰判官》《将赴吴兴登乐游原》等，也都是七绝佳作。杜牧还有一些作品如《遣怀》《赠别》等，艺术手法高明，但情调不够健康，甚至流于颓放、轻薄，这是杜牧政治失意后，纵情声色的生活在诗中的反映。

艺术特色：第一，杜牧作诗主张“以意为主，以气为辅，以辞采章句为兵卫”（《答庄充书》），“本求高绝，不务奇丽，不涉习俗”（《献诗启》），加之他生逢乱世，坎坷不遇，诗歌社会内容很深广。

或抒发忧国忧民之情，或写对统治者残暴荒淫的感愤，或直叙民生疾苦，多表现出对社会历史的忧思，又与现实有着密切的联系。即使是咏史，也多寄现实之慨；即使是写景，也多伤时之意。

第二，杜牧喜欢用七言绝句咏史抒怀。这些小诗写得繁华异彩，言短意长，含蕴无尽，一唱三叹。咏史诗长于议论，含蓄深窈，尽得风人之旨；写景诗敏于观察，含蓄精炼，情景交融。

第三，杜牧诗歌语言凝练含蓄，抒情性很强。一首诗常常是叙事、议论、抒情交融在一起，以软语抒豪情，形成一种气势豪宕而又情韵缠绵的风格。清洪亮吉谓：“有唐一代，诗文兼擅者，惟韩、柳、小杜三家。”（《北江诗话》）他文遵韩、柳，诗遵李、杜，《冬至日寄小侄阿宜诗》（节选）写道：

高摘屈宋艳，浓薰班马香。

李杜泛浩浩，韩柳摩苍苍。

近者四君子，与古争强梁。

他的文学观是“先意气而后词句，慕古而尚仁义”（陈良运《中国诗学批评史》），居儒家正统。

二、许浑（791？～？），字用晦，丹阳（今属江苏）人，大和六年进士，当过睦州、郢州刺史，有《丁卯集》。

他的诗作今存很多，超过了李商隐、杜牧，而且全为律、绝。在擅长七律、七绝和格律圆熟、布局谨严、用字精工、诗意精拔等特点上，他的诗确实很像杜牧。如《咸阳城东楼》这首诗是为人所熟悉的名作：

一上高城万里愁，蒹葭杨柳似汀洲。
溪云初起日沉阁，山雨欲来风满楼。
鸟下绿芜秦苑夕，蝉鸣黄叶汉宫秋。
行人莫问当年事，故国东来渭水流。

此诗作于宣宗大中三年（849）任监察御史时。一上咸阳城楼，首先看见“蒹葭杨柳”，有“似”故乡的“汀洲”，因而触动“万里”乡“愁”；后来又凭眺“秦苑”“汉宫”的遗迹，只见“鸟下绿芜”“蝉鸣黄叶”，一派荒凉景象，因而又发出“当年事”唯余“渭水东流”的慨叹。此诗以“溪云初起日沉阁，山雨欲来风满楼”一联出名。寥寥十四字，用溪云乍起、红日忽沉、狂风满楼烘托“山雨欲来”，形势逼人。既状难状之景如在眼前，又含象征意义，故历代传诵，至今犹被引用。

这一联之所以有名，还由于它体现“许丁卯句法”，即律句调协平仄的“拗救法”。

许浑往往兼用本句自救法与对句相救法，这一联就是典型的例子。按照格律，应为“平平仄仄平平仄，仄仄平平仄仄平”，这里却改为“平平平仄仄平仄，平仄仄平平仄平”，既本句自救，又对句相救（第二句第五字既救了上句第五字，此处为小拗，对句救不救两可，前人多救，所谓谨于律者也；同时也救了本句第四字孤平）。形成拗峭奇崛的音响，确切地表现了云起、日沉、山雨欲来的气势。

许浑诗喜用“水”，有“许浑千首湿”之说。如《金陵怀古》“石燕拂云晴亦雨，江豚吹浪夜还风”、《登洛阳故城》“水声东去市朝变，山势北来宫殿高”之类皆然。此诗则“溪”“汀”“雨”“渭水”并见，“湿”度更大。

杜牧与许浑比较：从总体上看，许浑缺乏杜牧那种对现实的自觉关注，也没有杜牧那种刚健高朗的性格。追寻旷逸闲适、逃避社会的思想在他的诗中显得更突出。所以尽管他写过很多咏史诗，但他并不像杜牧，在叹息的同时还兼有批判意味；而是情绪更偏于消沉，一味哀叹岁月的变迁，给人以灰暗的感觉。也正因为如此，他更大量地写闲适诗。

在艺术角度来看，正因为他反复咏叹个人境遇和描写闲适生活，诗的内容很单调；虽然技巧娴熟，意境却容易重复。像“扣舷滩鸟没，移棹草虫鸣”（《送同年崔先辈》），“鱼沉秋水静，鸟宿暮山空”（《忆长洲》）。这种以鸟虫禽鱼点缀的句子，单独看还不错，写多了便成了俗套，后人所说的“许浑千首湿”（《苕溪渔隐丛话》引《桐江诗话》）的说法，就是对他总是重复用“水”“雨”之类景物构成诗境的讽刺。

张祜是一位与杜牧相友善、诗风与之相近的诗人。他的《宫词》：“故国三千里，深宫二十年。一声《何满子》，双泪落君前。”短短二十字，写出宫中女子积郁难道的深怨，具有很强的艺术感染力。

第二节　李商隐及晚唐主要诗歌潮流

李商隐之前，韩孟、元白两大诗派兴盛于中唐。到了晚唐，韩愈、白居易一类诗歌的情感内容与士人的心态已逐渐隔膜，韩诗的怪奇而壮大、白诗的平易少含蓄的笔法，已不适用于表达纤细情感的需要。

中唐后期，李贺的瑰丽诡谲，开启了晚唐重心灵、重自我的趋向。

之后，诗歌创作中出现三种值得注意的走向：一、情爱和绮艳题材增长，齐梁声色又渐渐潜回唐代诗苑；二、追求细美幽约；三、重主观、重心灵世界的表现。

三者从不同的侧面表现出来，又有其内在联系。情爱和丰富细致的心灵活动常常是相伴随的，而表现爱情和心灵世界又需要写得细美幽约。

李商隐正是受这一走向推动，在表现包括爱情体验在内的心灵世界方面作了重大开拓，同时创造了“绮密瑰妍”（敖器之《诗评》）的诗美。

李商隐（813～858），字义山，号玉溪生，怀州河内（今河南沁阳）人。19岁受知于天平军节度使令狐楚，引为幕府巡官。后经令狐绹推荐，25岁举进士。26岁受聘于泾原节度使王茂元幕，辟为书记。王茂元爱其才，招为婿。因为当时朝中以牛僧孺、李德裕为首的两派朋党斗争激烈，王属李党，令狐父子属牛党，李商隐虽无意于党争，却终被卷入党争中，从此李商隐就屈沉下僚，抑郁不得志，45岁卒。有《李义山集》。

李商隐生当晚唐，目睹乱世，对国家很关心，有做一番事业的抱负，但因仕途坎坷而终不得施展。他无意介入牛李党争，但一生都被牛李党争所缠绕，受到排挤。

他早年失恋，中年丧妻，一生中屡屡因为情爱而痛苦。这样的生活遭际，养成了他忧郁感伤的性格，多愁善感，对他的诗歌创作产生了很大的影响。李商隐的诗歌可分为三类。

政治诗：李商隐是一个关心现实政治的诗人，他写了很多政治诗，约占存诗的六分之一。有的直接表达自己的政治见解，如《有感》二首和《重有感》三首，就是直接反映太和九年“甘露之变”的。《有感》对李训等人谋诛宦官的失败与冤死，表示深深的惋惜和沉痛的哀悼；《重有感》抨击宦官跋扈的黑暗现实，表达早日诛杀宦官的殷切期望，感情更为痛切。

有些政治诗是以咏史的形式出现的，如《隋宫》：

紫泉宫殿锁烟霞，欲取芜城作帝家。
玉玺不缘归日角，锦帆应是到天涯。
于今腐草无萤火，终古垂杨有暮鸦。
地下若逢陈后主，岂宜重问后庭花？

隋炀帝生活腐朽，迷恋江南繁华，常到扬州行宫寻欢作乐。这首诗就是借这一史实警告晚唐统治者不要重蹈炀帝荒淫无度终于亡国的覆辙，寓有深刻的历史教训意义。全诗用了不少典故，但灵活贴切；诗意深微，而讽刺也十分含蓄有力。

感怀诗：李商隐怀抱壮志，但难以施展。因此，他的感怀诗，主要抒发自己壮志难申的忧闷。如《安定城楼》：

迢递高城百尺楼，绿杨枝外尽汀洲。
贾生年少虚垂涕，王粲春来更远游。
永忆江湖归白发，欲回天地入扁舟。
不知腐鼠成滋味，猜意鹓雏竟未休。

这首诗是李商隐青年时代的作品，作于博学宏词科考试落选之后。诗中以贾谊、王粲的怀才不遇自比，抒发了忧伤国事的心情、欲回天地的抱负和郁郁不得志的苦闷，最后对嫉贤妒能之辈予以辛辣的嘲讽。诗歌写得感情深沉，笔力矫健，用典贴切，语言含蓄。

由于政治上的失意，他的感怀诗多以感叹个人沦落为主要内容，如《登乐游原》：

向晚意不适，驱车登古原。
夕阳无限好，只是近黄昏。

诗写乐游原夕照之美，但夕阳虽好，转瞬即逝，诗中寄寓了个人的迟暮沉沦之感，也透露出对国势衰微的悲哀。

又如《锦瑟》：

锦瑟无端五十弦，一弦一柱思华年。
庄生晓梦迷蝴蝶，望帝春心托杜鹃。
沧海月明珠有泪，蓝田日暖玉生烟。
此情可待成追忆，只是当时已惘然。

这首诗以首句头两字标题，实际是无题诗。对于本篇的主题，历来众说纷纭，有“爱情”“悼亡”“音乐”等等。从诗意来揣摩，认为是自伤身世的说法还是占主流。首联以锦瑟起兴，引起对“华年”的追忆，有无限伤感之意。第三、四句以庄周和杜宇的典故比喻自己道路坎坷，往事如梦幻一般。所遭遇的不幸，无处倾诉，只好如望帝托杜鹃诉说春心，自己托诗篇诉说不幸。第五、六句更以怀才见弃、理想破灭的切身感受，来抒发难言的隐痛。最后两句慨叹一生遭遇、怅惘失意，心潮难平。全诗运用比喻和象征，情意含蓄，感慨深长。

爱情诗：李商隐诗中，这一类诗最为后人传诵。他的爱情诗一般都以“无题”为题；也有截取开头二字为题的，称为“准无题”。

其中最为突出是抒写爱情痛苦的诗篇，如《无题》二首（其一）：

昨夜星辰昨夜风，画楼西畔桂堂东。
身无彩凤双飞翼，心有灵犀一点通。
隔座送钩春酒暖，分曹射覆蜡灯红。
嗟余听鼓应官去，走马兰台类转蓬。

诗篇通过描绘昨夜相见的幸福和今晚间隔的苦思，抒写了自己对恋人的热切怀想。这里有美好的追忆，有痛苦的思恋，有想象中对方生活的热烈欢快，也有现实中自己处境的寂寞无聊。回环往复，情意深挚。特别是“身无”二句，既写了间隔中无翼双飞的苦恼，也写了离别后心有灵犀的安慰。苦闷而又欣喜，矛盾而又统一，极其委婉深曲地写出了热恋中人的复杂的心理，表达了真挚缠绵的爱情。

又如另一首《无题》诗：

相见时难别亦难，东风无力百花残。
春蚕到死丝方尽，蜡炬成灰泪始干。
晓镜但愁云鬓改，夜吟应觉月光寒。
蓬山此去无多路，青鸟殷勤为探看。

诗通过描写难得的相见与难忍的离别，忠于爱情的表白与誓言，恳切真挚的祝愿与希望，表达了恋人之间缠绵执著的深情。其中颔联鲜明准确的形象比喻，表现了恋人深挚的苦恋痴情，语奇情深，精警感人，成为千古传诵的名句。

李商隐还有一些描写夫妻情爱的诗歌，著名的如《夜雨寄北》：

君问归期未有期，巴山夜雨涨秋池。
何当共剪西窗烛，却话巴山夜雨时。

这首诗，《万首唐人绝句》题作《夜雨寄内》，“内”就是“内人”——妻子。现传李商隐各诗集题作《夜雨寄北》，“北”就是北方的人，可以指妻子，也可以指朋友。有人经过考证，认为它作于作者的妻子王氏去世之后，因而不是“寄内”诗，而是赠长安友人的。但从诗的内容看，按“寄内”理解，似乎更确切一些。

诗以客中巴山夜雨，渲染盼归心情的急切；又以共剪西窗烛的想象来突出对妻子的怀念。以朴素的语言，深挚的感情，写两地相思，真切感人。

李商隐的这类诗歌，表现出对爱情执著不渝的精神，而基调是感伤的。

如果说杜甫是七言律诗发展史上第一座里程碑的话，那么，李商隐就是第二座里程碑。他继承了杜甫七律锤炼严谨、沉郁顿挫的特色，又融汇了齐梁诗歌的浓艳色彩、李贺诗的幻想象征手法，形成了深情绵邈、绮丽精工的独特的艺术风格。

第一，诗歌的情致缠绵。这方面最突出的是抒写爱情的《无题》诗。如“身无彩凤双飞翼，心有灵犀一点通”，把相爱双方爱情间隔的苦闷和心灵相通的“灵犀一点”这样一种复杂的心理矛盾，刻画得十分细腻逼真。又如“春蚕到死丝方尽，蜡炬成灰泪始干”，把情人之间生死不渝的真挚爱情表现得缠绵悱恻、哀婉动人。这些都是他的爱情诗抒情深而细、造意真而淳的地方。

第二，多用神话、典故、比兴、象征，造成他诗歌意蕴含蓄，耐人咀嚼。如他的怀人之作《宿骆氏亭寄怀崔雍崔兖》：“竹坞无尘水槛清，相思迢递隔重城。秋阴不散霜飞晚，留得枯荷听雨声。”分明是怀人失眠，偏要说留荷听雨。反说倒说，怀人情味就欲觉含蓄。

第三，造语奇丽，对仗精工。如“沧海月明珠有泪，蓝田日暖玉生烟”（《锦瑟》一联），不但对仗工稳，而且月、珠、泪、日、玉、烟等字的选用，无不给人以玉润珠圆的感觉。又如“已闻珮响知腰细，更辨弦声觉指纤”（《水天闲话旧事》），从声响中辨别对方的姿容，也可看出诗人遣词用语的工致精微。

李商隐对待散文与杜牧有异，反古文而大作骈文。论诗则强调“刺时见志”与“绮丽缜密”之美结合（陈良运《中国诗学批评史》）

李商隐诗歌缺点：刻意求工，用典过多，造成诗意隐晦，是明显的缺点。诗情多缠绵靡弱，语言绮丽华艳，少质朴清新，也给后来的诗歌造成不良的影响。

三、温庭筠（？~866），字飞卿，与李商隐并称“温李”，太原人。共存有诗歌330首。

他的一些近体诗十分像李商隐，这是人们并称“温李”的原因。

如《经旧游》（一作怀真珠亭）：

珠箔金钩对彩桥，昔年于此见娇娆。
香灯怅望飞琼鬓，凉月殷勤碧玉箫。
屏倚故窗山六扇，柳垂寒砌露千条。
坏墙经雨苍苔遍，拾得当时旧翠翘。

他善于用典，讲究色彩，意象精巧，结构显得重叠回环，具有色彩美和形式美，有的诗也写得伤感哀婉。

但仔细咀嚼之下，可以感到温诗与商隐诗有不少差别：李商隐对爱情、理想的追求是执著的，他心中因此而深藏了痛苦。这种痛苦经过千回百转的咀嚼，写成诗歌，便融入意象当中，因而显得深远悠长，感人至深。温诗要显得肤浅直露一些，往往缺乏一种缠绕回荡的韵味。诗的语言比起李商隐来也清浅、疏朗一些，所用的意象更偏于外在的描摹，而不像李商隐的诗歌意象有非常强的象征意蕴。

乐府诗占存诗的六分之一，受韩愈、李贺影响很深，十分注意意象的神奇瑰丽和辞藻的色彩秾丽，但缺乏创造性，多写闺阁、宴游题材。如《春愁曲》：

红丝穿露珠帘冷，百尺哑哑下纤绠。
远翠愁山入卧屏，两重云母空烘影。

凉簪坠发春眠重，玉兔煴香柳如梦。
锦叠空床委堕红，飔飔扫尾双金凤。
蜂喧蝶驻俱悠扬，柳拂赤栏纤草长。
觉后梨花委平绿，春风和雨吹池塘。

原来一直以为，“水晶帘下看梳头”中的“水晶帘”，不过是对帘的一种美称，用今天注家们爱用的说法就是：“喻指华美的帘子。”就好像说“来了一位天仙”，但大家都知道这是一种夸张的比喻，来的并不真的是天仙，只是个美丽的女人。但是，偶然看到《花间集》中“水晶帘影露珠悬”（毛熙震《浣溪沙》）一句，不由吃了一惊，因为揣摩这一句的意思，分明是形容水晶（精）帘上悬挂着颗颗像露珠一样的珠子。随即查到温庭筠《春愁曲》中有更具体的描写：“红丝穿露珠帘冷，百尺哑哑下纤绠。”这里说的是珠帘，但它同样是用红丝穿着露珠一般的珠子制成的，颇为长、大，在诗中，正在轧轧声中被舒放下来。

在写了轧轧而下的珠帘之后，是：“远翠愁山入卧屏，两重云母空烘影。凉簪坠发春眠重，玉兔煴香柳如梦。锦叠空床委堕红，飔飔扫尾双金凤。”围绕着睡床的屏风绘有山水，画意清远；地上的熏炉中，双层的云母隔火板上朦胧映出炭火的红光。接着出现了睡梦中的女人的形象，在春寒中，发簪也带着凉意，但床角的兔形小薰炉里香料暗燃，皱叠如浪的红锦被上是拖着长尾、展翅对飞的金凤纹样。温庭筠是质感的大师，是物质世界的敏锐者，华丽但并无生命的日常物品，经他笔触一点，便魔幻般地有了生气，一个个都变成了暗夜中的精灵，随着夜的节奏轻轻呼吸。后四句写门外自然风光。

近体诗占比重较小，往往格韵清拔，不同于他乐府诗的艳丽。

他的五言近体诗则承袭了大历以来诗人的格局，境界较狭窄，内容也比较单一。不过有一些佳作对自然景物观察很细致，善于捕捉意象，往往能在尺幅之间表现出情景交融的画面，像人们熟知的《商山早行》：

晨起动征铎，客行悲故乡。
鸡声茅店月，人迹板桥霜。
槲叶满山路，枳花明驿墙。
因思杜陵梦，凫雁满回塘。

这是一首抒发个人仕途失意的感慨之作。开头两句写早行引起了对故乡的遥念。中间四句写景，处处突现一个“早”字。末尾二句说虽然途中观赏着景色，但头脑中却在回想着“凫雁满回塘”的“杜陵梦”境，表达了对长安的留恋之情和孤独失意之感。“鸡声茅店月，人迹板桥霜”二句，把几个名词排列连缀起来，构成一幅早行的清冷图景，是向来为人们传诵的名句。后人常引此形容游子早行的景象和心境。

总之，温诗说得上漂亮，但个性特征不够突出，内容也比较浅俗单一，他的成就主要在词的创作上。

其他还有唐彦谦、韩偓、吴融、韦庄等。

此诗潮是晚唐的主要潮流。

第三节　晚唐其他诗人

一、贾岛、姚合是苦吟诗人。其诗篇皆于苦吟之下，尽情写出自己的失意与穷苦。贾岛的《秋暮》笼罩着阴霾凛冽的峭硬情调，《题李凝幽居》的意境清奇幽微。早年的为僧生涯，使他还俗后仍然爱静，爱清冷，爱孤独，甚至爱贫病和恐怖。由于多写清寂之境，所以他的诗境幽冷奇峭。

姚合的诗被称为“武功体”。“武功体”的得名是因为姚合在元和十一年登进士第后曾任武功主簿。他的代表作是五言律组诗《武功县中作三十首》，写山县荒凉、官况萧条，以及个人的困窘等。反映职位卑微者闲居遣怀、流连风物的独善情怀，这是晚唐普通士人真实际遇和特定心态的反映，折射出时代的暗影，但不时透出激荡难平的心底波澜，表明洁身自好的信念，故诗风清切峭拔。“武功体”讲究一联、一句、一字的争奇斗巧，是才气不大的诗人效法的楷模。

贾姚一派的缺点是诗境狭窄，有句无篇。生活阅历有限，诗料不离琴、棋、僧、鹤、茶、酒、竹、石等物。内容不足一味苦吟，不免琢伤元气，减损诗美，露出小家习气。

“姚贾缚律，俱窘篇幅”（刘克庄《程垣诗序》），之所以受缚于格律，局促不伸，关键还在于缺乏博大深广的情怀。晚唐诗人常常刻苦营造一些句子，但由于才力不足，通篇看去，仍显馁弱。方回云：“晚唐诗多先锻炼颈联、颔联，乃成首尾一足之。”（《瀛奎律髓》卷十三）先有句，后有篇，难免前后不匀称，缺少完整意境。

贾姚一派诗人的心态，与封建王朝末世一些政治上无出路的诗人比较吻合。这些士人将生活情趣转移到吟咏日常感受以及与亲友的唱和上，因而贾岛、姚合等人容易成为追摹的对象。不仅五代时仍有不少人效法贾姚，南宋的永嘉四灵和江湖诗派，亦以宗法晚唐成为一种时尚。

此诗潮也为晚唐诗歌的主要思潮之一。

二、皮日休是继承元白新乐府写实批判精神的晚唐诗人，此诗派尚有聂夷中、杜荀鹤、罗隐等，皮日休是此派诗人的代表作家。

（此诗派的许多作品，仍然是以山水风月、酬唱送别以及自伤感怀为主，他们写诗的精力也主要放在这方面。类同贾姚，还有郑谷。）

三、陆龟蒙属于隐逸诗人，较成功的是五、七言绝句，尤其是那些描写自然风光和抒写隐逸情调的七绝，散淡而饶有风神（与皮日休是诗友，多有唱和）。

四、司空图以诗论著名，他提出“象外之象”说，亦即后人所说的“神韵”；强调诗歌要有“韵外之致”，是诗歌意境美的重要审美特征。相传为司空图所作的《二十四诗品》，就是建立在对各类诗歌意境、风格、韵味的体会把握之上的，与其论诗宗旨相吻合。

第九章 唐五代词

第一节 词的起源和发展

一、词的名称、起源

首先，词是一种合乐歌唱的新诗体。因为它与音乐有着密切的关系，所以在五代称为曲、曲子词、词等。它在初唐出现，在中唐得到了发展，在晚唐五代繁荣起来。唐代政局统一，经济发达，南北交通与中外贸易，带来了南北文化的融合与中外文化的交流。作为词乐的燕乐也就随之兴起并广泛流传起来，唐代城市繁荣，助长了官僚地主、豪门富商的享乐欲望，歌楼妓馆随处可见，城市中处处管弦，处处笙歌，随之涌现了许多乐工歌姬。他们演奏、传播燕乐，歌唱并创制曲词，这就促进了词的产生和发展。

其次，词随燕乐而兴。燕乐就是宴乐，是宴饮时演奏的音乐。南北朝以来，中国音乐发生了剧烈的变化，一方面楚汉旧声逐渐衰落；另一方面，通过军事活动、中外通商以及教徒传教等多种渠道，输入了大量的外来音乐，即西北各民族的音乐和中亚、印度等地的音乐。这些外来音乐与原来流行的中原音乐、民间俗乐相融合，形成了历史上著名的“唐音”。它们经常在宴饮时演奏，被称为燕乐，词就是随着这种燕乐的广为流传而兴起的合乐诗歌。

再次，词的兴起也是诗体嬗变的结果。唐代近体诗十分发达，近体诗往往可以作为声诗入乐。但近体诗都是整齐的律绝，它在配乐演唱时与抑扬多变的燕乐谱曲难得协调，所以乐工歌伎在演唱文人近体诗时，或加和声（和声是多声部音乐的音高组织形态，是音乐的基本表现手段之一，不同高度的乐音同时发声，谓之和声），或加虚字，或略为增减字数，以适合乐曲的需要。如王维的《渭城曲》在演唱时采用“阳关三叠”，正是律绝合乐时改动字句的例子。而最终解决词曲矛盾的办法，还是以乐定词，使声文相从，于是出现了以曲拍为句的词。因此，词是合乐诗歌，是依声填词的合乐诗歌；是律化了的句式参差的诗歌。它的合乐方式，从因诗入乐到依声填词；他的句式，从整齐的律绝到律化长短句，就是由诗入词的演变过程。

二、词的发展过程

民间词。词最早产生于民间，敦煌发现的曲子词中，大量是民间无名氏的作品。它的题材内容广泛——“边客游子之呻吟，忠臣义士之壮语，隐逸君子之怡性悦志，少年学子之热爱与失望”（王重民《敦煌曲子词集·叙录》）等，在曲子词中都有反映。

如《凤归云》（征夫数载），写连年的战争给人民带来的痛苦和不幸；《菩萨蛮》（敦煌古往出神将）写边关百姓失地的痛苦和恢复失地的愿望，都十分感人。

又如《酒泉子》：

> 每见惶惶，队队雄军惊御辇，蓦街穿巷犯皇宫，只拟夺九重。
> 长枪短剑如麻乱，争那失计无投窜，金箱玉印自携将，任他乱芬芳。

词写黄巢义军攻入长安的情景。上阕写义军入京，下阕写唐军与官僚们败退，对比强烈，爱憎分明。

还有一些词反映市民生活，如《长相思》（哀客在江西），写商人落魄流浪，哀痛真切。《望江南》（莫扳我）写妇女的情爱相思和被遗弃的痛苦，也十分感人。

敦煌曲子词令、慢、近、引齐全，虽格律不够严格，艺术也比较粗糙，但题材广泛、内容丰富、风格朴素、语言清新，所以它吸引了文人的注意。

文人词。初盛唐已经出现了一些文人词的创作，如沈佺期的《回波乐》，张说的《舞马词》等，但它们是由诗入词的过渡性作品。直到中唐，词的发展才有了转折，开始出现较多的文人词。著名的作家有张志和、张松龄、韦应物、戴叔伦、白居易、刘禹锡等。

张志和（730？~810?），为中唐时著名道士，号玄真子。会稽山阴人，又云婺州（今浙江金华）人，晚年隐居江湖，自号烟波钓徒。他的《渔父词》，今存5首，都是他隐居生活的写照。

其一：

> 西塞山前白鹭飞，桃花流水鳜鱼肥。
> 青箬笠，绿蓑衣，斜风细雨不须归。

词以洗练的笔墨描画出一幅形象鲜明的水乡风景画，使水乡生活诗化，渔父生活理想化，寄托了诗人热爱自然、希图脱俗出世的理想。这首词在当时就很有影响，有许多作家唱和。

中唐文人词的佳作，还有白居易的《忆江南》三首，其一是：

江南好，风景旧曾谙。日出江花红胜火，春来江水绿如蓝。能不忆江南。

词以鲜明的形象渲染了诗人对江南的怀念之情。中间两句，运用明丽的红、绿色调，写出江南风景的秀美，具有很强的艺术感染力。

描写男女爱情是早期文人词的主要内容，其中刘禹锡的《竹枝词》11首、白居易的《杨柳枝》10首较突出，富有民歌情韵。另外，刘禹锡的《忆江南》（春去也）以物拟人，寄托相思于伤春之中。王建的《宫中调笑》4首，或写君前得宠，或写美人失意，带有一种浓厚的富贵气，写的已是统治阶级的男欢女爱了。

早期的文人词中还有一些风格苍劲富有现实意义的边塞词，如韦应物、戴叔伦的《调笑令》。他们借边塞苍茫萧瑟之景，渲染了边塞将士的愁苦，情思婉转曲折，这是边塞词的先声。

另外，相传为李白所作的《菩萨蛮》《忆秦娥》两首词，有很强的思想艺术价值，曾被人誉为"百代词曲之祖"。

《菩萨蛮》：

平林漠漠烟如织，寒山一带伤心碧。暝色（暮色）入高楼，有人楼上愁。玉（白石阶）阶空伫立，宿鸟归飞急。何处是归程，长亭更短亭。

《忆秦娥》：

箫声咽，秦娥梦断秦楼月（说秦女月夜梦醒，箫声在耳，却不见爱人）。秦楼月，年年柳色，霸陵伤别（秦娥在月下回忆当年和爱人在灞陵桥边折柳送别）。

乐游原上清秋节，咸阳古道音尘绝（两句说清秋节登高游览的日子到了，而爱人杳无音信）。音尘绝，西风残照，汉家陵阙（汉文帝墓，最后以苍茫的景色渲染离愁别恨）。

《菩萨蛮》写日暮景色，渲染出一派令人惆怅的气氛，把羁旅行役的思归之情映衬得十分强烈。

《忆秦娥》把作者登临中产生的古今交织、时空杂糅的复杂思绪，通过长安景色的几幅素描传达出来。王国维说："寥寥八字，遂关千古登临之口。"

（《人间词话》）

这两首词，意境阔大，风格苍劲，寄意深沉，气氛悲壮。

第二节　晚唐词

晚唐是词的成熟时期。这时依声填词形成了风气；词家众多，而且出现了以词名世的大家；大量词作问世，还出现了文人词集。词人运用的词调远比过去增多。不过，词的题材内容多为男女情爱。词的艺术虽然有很大的提高，但苍劲雄浑的作品减少了，而柔靡绮丽逐渐成为词的主要特色。

晚唐词人把这一新兴的文学样式推向成熟，使之脱离民间曲子词和早期文人词的初创状态。但同时也使词脱离了民间曲子词和早期文人词在内容上、风格上的丰富多样，从而走上了狭窄的道路。

发生这种情况，和晚唐的社会情况密切相关。晚唐社会矛盾日益激化，政治上更加黑暗，李唐王朝摇摇欲坠。知识分子失去了盛唐时代的奋发精神，一些人消极颓废，混迹秦楼楚馆，征歌逐舞，过着纸醉金迷的生活。颓废的生活，狭窄的视野，决定了他们词作的内容香艳，风格轻软，语言绮丽。最能代表这种倾向的词人是温庭筠。

温庭筠（812？~870?），字飞卿，太原人，出身于没落贵族，屡试不第，直到晚年才任方城尉，止国子监助教，终身困顿。

他才思敏捷，文笔华丽，诗与李商隐齐名，称“温李”。长于音律，善作词，有《握兰》《金荃》两词集，今不传。林大椿辑《唐五代词》得 70 首。温词的内容多数缺乏深刻的社会意义，但艺术上有所成就。人尊其为“花间词派”开创者。

《菩萨蛮》是他的代表作：

> 小山重叠金明灭，鬓云欲度香腮雪。懒起画娥眉，弄妆梳洗迟。照花前后镜，花面交相映。新帖绣罗襦，双双金鹧鸪。

这首《菩萨蛮》为了适应宫廷歌伎的声口，也为了点缀皇宫里的生活情趣，把妇女的容貌写得很美丽，服饰写得很华贵，体态也写得十分娇柔，仿佛描绘了一幅唐代仕女图。

词的上片，写床前屏风的景色及梳洗时的娇慵姿态；下片写妆成后的情态，暗示了人物孤独寂寞的心境。全词委婉含蓄地揭示了人物的内心世界，并成功地运用了反衬手法。

鹧鸪双双，反衬人物的孤独；容貌服饰的描写，反衬人物内心的寂寞空虚，表现了作者的词风和艺术成就。

写妇女相思愁苦之情的词，如《梦江南》：

> 梳洗罢，独依望江楼。过尽千帆皆不是，斜晖脉脉水悠悠，肠断白蘋洲。

写思妇由倚望到断肠的心情变化，思妇的闺中愁苦与清丽之景糅合在一起，清新疏淡，给人以怅惘凄迷的感受。

他是词史上第一个致力于填词的作家，他的词，是文人词成熟的标志，对后世文人词的语言、题材、风格都产生了重大影响。这种影响主要体现他词的艺术上面。

第一，精通音律，音韵婉转。据《旧唐书》等记载，温庭筠是一个不修边幅，才思敏捷而精通音律的文人，因此，他的词具有音韵婉转的特点。

第二，词的构思技巧。温庭筠是第一个大量写词的文人，也是晚唐一个重要的诗人，所以他常常把晚唐诗歌中那种层次丰富、含意深婉、善于表现细腻的官能感受、色彩明丽、意脉曲折回环的特色移植到词里来，开拓了词的一个新境界。

如《菩萨蛮》第十一首表现女子的相思惆怅："雨后却斜阳，杏花零落香。"以雨后斜阳、杏花零落这样凄凉而又艳丽的意象，衬托女子的一怀愁绪，有着特殊的效果。再如《更漏子》：

> 玉炉香，红蜡泪，偏照画堂秋思。眉翠薄，鬓云残，夜长衾枕寒。
>
> 梧桐树，三更雨，不道离情正苦。一叶叶，一声声，空阶滴到明。

词由带有强烈情感色彩的室内景物着笔，引出无尽的秋思。紧接着思妇出现，她因为秋思而无心梳洗，一夜无眠。由一夜无眠生发开来，思妇卧听室外梧桐夜雨声，点点滴滴，绵绵不绝的凄寒之意注入心头，为离情所苦的人彻夜难眠，便这样听着滴雨声愁思到天明。这是写愁的绝唱，层次丰富，含意深婉，感情表现得极为细腻，历来脍炙人口。

第三，温词语言艺术。温庭筠诗除了有与李商隐相近的地方，还兼有姚合、贾岛那种善于锤炼词语、用自然意象表达微妙感受的长处，他把这种手段也用来写词，像"江上柳如烟，雁飞残月天"（《菩萨蛮》之二）、"花落子规啼，绿窗残梦迷"（之六）、"杨柳又如丝，驿桥春雨时"（之十）等，都具有诗歌的特点。又如《玉楼春》一首：

家临长信往来道，乳燕双双掠烟草。油壁车轻金犊肥，流苏帐晓春鸡早。笼中娇鸟暖犹睡，帘外落花闲不扫。衰桃一树近前池，似惜红颜镜中老。

不仅词调的形式与诗较为接近，从语言的华丽、意象的密集来看，也很像他的诗。

另外，温庭筠有的词也带有民间风味，像《新添声杨柳枝》中“合欢桃核终堪恨，里许元来别有人（仁）”，用双关语；“玲珑骰子安红豆，入骨相思知不知”，用巧喻；《南歌子》中的“不如从嫁与，作鸳鸯”，直率痛快。

还有清新自然的作品，如前引著名的《梦江南》。

此词运用白描笔法，没有斧凿痕迹，结构疏朗连贯，情思幽渺悠长。但这并不是温词的主要艺术风格，温庭筠词的主要艺术特点还是音乐节奏韵律感强，语言华丽，色彩秾艳，意象细腻绵密，结构紧凑曲折，而题材内容单一，对外在形貌举止的刻画长于对内在心理的表现。

温庭筠是唐代写词最多的一位词人，由于他的努力，词开始成为一种独立的文学样式，终于成熟定型。温庭筠在词史上有突出的地位，对五代词及宋代婉约词产生了较大的影响。

晚唐词人中，著名的还有段成式、皇甫松、司空图、韩偓、李晔等人。

第三节 五代词

一、西蜀词

五代时期，中原接连换了五个朝代，离中原偏远一点的地区又有十国政权，因此时局纷乱，战争频仍，中国处于分裂状态。这时，有两个政权因偏于一隅而维持着安定的局面，这就是西蜀和南唐。它们分别拥有四川、江南的富庶地区，农业生产和城市经济都继续发展，城市繁荣，生活安定。

这两个政权的统治者爱好歌舞声伎，各自聚集了一批文人，因此形成了西蜀词坛和南唐词坛。这两个词坛虽然在不同的地域，但两地经济状况和社会风情相似，又同受晚唐词风的影响，滋长着重娱乐、求轻艳的文学思想。因此他们的词内容相近，风格相似，都是晚唐词的延续。只是南唐词在追求娱乐消遣的同时，还追求一种内心感情的抒发。

《花间集》与“花间派”：西蜀词坛以“花间派”为中心。五代后蜀赵崇祚辑录了晚唐五代时期温庭筠、皇甫松、韦庄、薛昭蕴、牛峤、张泌、毛文锡、牛希济、欧阳炯、和凝、顾敻、孙光宪、魏承班、鹿虔扆、阎选、尹鹗、毛熙震、李珣等18家词500首，编成了我国第一部文人词合集《花间集》，“花间派”由此而得名。这里除了温庭筠、皇甫松等少数人之外，都是西蜀文人，所以《花间集》实际上是西蜀文人的词集。

这些人都以温庭筠为宗，题材内容大都是歌舞宴饮之事、男欢女爱之情，风格秾艳香软，柔靡绮丽。

他们的词虽然和温庭筠很相似，但缺少温词的真情实感，也没有温词描写的委婉细腻。还有一些淫艳之词，如以词章供奉内廷的欧阳炯的《女冠子》(薄妆桃脸)，乃是以华艳词句描写女子娇媚调情的作品。

《花间集》中也有脱去脂粉气的感离伤乱的作品。如鹿虔扆的《临江仙》(金锁重门荒苑静)，暗伤亡国，多感慨之音，写得曲折多变，感慨淋漓，是格调境界较高的作品。又如李珣的《巫山一段云》（古庙依青嶂)，吊古伤今，感慨深沉，不但语言清俊，意境也高远。可惜这种词在《花间集》中是凤毛麟角。

另外，还有一些词突破了花间词风，如李珣的《南乡子》17首写景词，一首一景，不是“夹岸荔枝红蘸水”便是“骑象背人先过水”，一派南国情韵。欧阳炯也有《南乡子》8首；“桄榔叶暗蓼花红”之景，“笑依春风相对语”之情，也写得富有诗情画意。这些词数量不多，是《花间集》中比较清新可爱的作品。

花间词人中成就最高的是韦庄。

韦庄（863~910)，字端己，长安杜陵人。黄巢起义时以写《秦妇吟》著称，号“《秦妇吟》秀才”。《花间集》收入他的词48首，他的词与温庭筠齐名，并称“温韦”。

自温庭筠以来，文人词大都偏于绵密秾艳、柔软甜腻的风格，韦庄词也具有这样的特点。但是，韦庄在花间词的整体风格之外，又能别树一格，为文人词另开了一个境界。因此他在西蜀花间词人中，成就最高。

他写爱情相思的作品，如《女冠子》（昨夜夜半)，清新而又深婉情真，是韦庄词中较多的一类；《思帝乡》（春日游）则是清新显质朴的作品，近民歌情调。韦庄还有直接抒发个人身世之感的作品，如《菩萨蛮》5首，具有一定的现实意义。如其中一首：

人人尽说江南好，游人只合江南老。春水碧于天，画船听雨眠。垆边人似月，皓腕凝霜雪。未老莫还乡，还乡须断肠。

这首词描写了江南水乡的风光美和人物美，表现了诗人对江南水乡的依恋之情。写得情真意切，具有较强的艺术感染力。

在谋篇布局上，上片开首两句与结尾两句抒情，中间四句写景、写人。纯用白描写法，清新明丽，真切可感；起结四句虽直抒胸臆，却又婉转含蓄，饶有韵致。

二、南唐词

南唐词与西蜀词一样是统治阶级娱宾遣兴的需要而发展起来的，笔墨转向闺阁庭园、粉腻脂香。所不同的是代表词人不是一般的文人，而是帝王大臣。这几位词人先慑于后周，后亡于赵宋，“亡国之音哀以思”，致使他们的作品，轻艳之外带有一种感伤的基调。代表词人是冯延巳、李璟、李煜等。

李煜（937～978），字重光，李璟第六子，继位为南唐后主。在位15年，享乐优游。宋军攻破金陵，李煜投降，成为阶下囚，封违命侯，“终日以泪洗面”，42岁被宋太宗毒死。

他多才多艺，工书善画，通晓音律，是一位多愁善感的词作家。他的词成就很高，是唐五代词人中成就最高的一个。存词45首，后人把他和中主的词收在一起，集为《南唐二主词》。

南唐灭亡，李煜的生活巨变，创作也明显分为前后两期。

前期多写帝王的优游生活：“晚妆初了明肌雪，春殿嫔娥鱼贯列。”（《玉楼春》）“红日已高三丈透，金炉次第添香兽，红锦地衣随步皱。”（《浣溪沙》）反映了他对宫廷生活的迷恋。

有的表现了他多愁善感的情致，如《清平乐》（春来别半），写花落人愁，无限离恨；“离恨恰如春草，更行更远还生”，在伤别中流露出沉重的精神负担。

后期词代表着他的创作成就。南唐小朝廷覆亡，他从皇帝变为阶下囚，家国人世之慨，人生苦闷之叹，在词中得到了充分的抒发，如《浪淘沙》：

帘外雨潺潺，春意阑珊。罗衾qīn不耐五更寒。梦里不知身是客，一晌贪欢。

独自莫凭栏，无限江山，别时容易见时难。流水落花春去也，天上人间。

上阕写梦中之欢反衬醒时之悲，以梦中俨然人主反衬身为囚徒的严酷现实，以梦写醒，以欢衬悲，把失国之痛、处境之危和盘托出。下阕写故国之思，词境转为扩大，以“流水落花春去也”写别易，以“天上人间”写见难，引起人们的广泛共鸣。

又如《虞美人》：

春花秋月何时了，往事知多少。小楼昨夜又东风，故国不堪回首月明中。

雕栏玉砌应犹在，只是朱颜改。问君能有几多愁，恰似一江春水向东流。

这是亡国之君的一曲哀歌。追思往事，回首故国，“不堪”二字，正道出愁思无时可了。而物是人非，一江愁恨，更觉悲怆。朴素的语言浸透了心灵的悲痛，以心血和眼泪凝成诗句。在这里，悔恨与悲诉、回顾与感叹、忧虑与忍受，都作了率真的表露。

李煜词艺术成就：

首先，他善于运用抒情技巧、直抒胸臆，无保留地坦露悲伤与痛楚，以如泣如诉的声情去打动人。

其次，他善于运用今昔对比、悲欢映衬、借物喻情、直接倾诉等多种艺术手法塑造悲剧形象，感人至深。他善于以非常贴切的比喻使非常抽象的感情、意念转化为具体形象，把抽象事物生动地传达给读者。

其三，李煜词在语言上具有自然朴素、生动传情而又精警凝练的特色，完全抛弃了花间词人“镂金错彩”的艳丽。

李煜是唐五代词集大成者，他开始冲破词的秾艳科的樊篱，扩大了词的意境。王国维在《人间词话》中说：“词至李后主而眼界始大，感慨遂深，遂变伶工之词而为士大夫之词。”他的后期词确实抛却了宫体，表现了强烈的家国之慨，把词从“花间”引到歌咏人生的途径，为宋词的发展开拓了道路。

第二编 02

从浪漫到理性

——宋代诗词述要

第一章　概　说

宋代文学基本上是沿着中唐以来的方向发展起来的。韩愈等人发动的古文运动在唐末五代一度衰颓之后，得到宋代作家的热烈响应。他们更加紧密地把道统与文统结合起来，使宋代的古文真正成为具有很强的政治功能而又实用的文体。诗歌方面，注重反映社会现实，题材、风格倾向于通俗化，这两种趋势在宋代得到继续发展，最终形成了与唐诗大异其趣的宋诗。词这种新诗体，到宋代达到了巅峰状态。戏弄、说话等通俗文艺在宋代也有迅速的发展，逐渐形成了以话本和诸宫调、杂剧、南戏等戏剧样式为代表的通俗叙事文学，从而改变了中国古代文学长于抒情而短于叙事、重视正统文学而轻视通俗文学的局面，并为后来元明清小说、戏曲的发展奠定了基础。

第一节　宋代文学的总体特点及其成因

宋代文学的繁荣不是偶然的，而与宋代的政治、经济、教育、哲学、宗教等社会因素密切相关，并因此形成了自己独特的风格。

一、宋代政治对文学的影响

宋代统治者接受了唐代末期和五代十国军阀割据、长期分裂的教训，十分重视中央集权。

宋太祖赵匡胤就是靠“陈桥兵变”取得政权的，他害怕部下效法，因此在建国之初，就借酒宴之机，解除了石守信等人的兵权，史称“杯酒释兵权”。

此后，将全国精兵集中于京师，军权集中于皇帝；并对军队实行“更戍法”，即把京师驻兵轮番派往外地驻防，防止地方割据。

此外，设置众多的官职以相互牵制：“天下之兵本于枢密，有发兵之权而无握兵之重；京师之兵总于三帅，有握兵之重而无发兵之权。上下相维，不

得专制，此所以百三十年无兵变也。”（范祖禹:《论曹诵札子》）

宋王朝这些措施，对巩固国家统一卓有成效，却大大削弱了军队的战斗力，并导致国家财政困难，“皇祐之初，兵已一百四十万矣”（王明清《挥麈录·余话》）。“冗吏耗于上，冗兵耗于下，此所以尽取山泽之利而不能足也”（《宋史·王禹偁传》）。国贫兵弱，使宋朝一遇到外敌入侵时，就处于被动挨打的地步，宋统治者不断地和外敌订立不平等条约，以金帛、土地换取和平。如1004年订立的“澶渊之盟”，北宋每年向辽输银10万两，绢20万匹，尊辽萧太后为叔母；1141年订立的“绍兴和议”，南宋向金“岁贡银、绢25万两匹”（《宋史纪事本末》卷72）。

但和平也不能持久，1127年北宋亡于金，1279年南宋亡于元。

随着国耻、国难的增多，宋代文学的忧国爱国情绪也愈来愈深沉急切，南宋以后更为明显；统一而软弱的宋代政权，使悲壮的爱国主义呼声成为宋代文学的基调。

宋代政治的另一个特点就是注重文治。

宋代皇帝害怕武官造反，大量起用文官：“用天下之士人，以易武臣之任事者。”“以儒立国，而儒道之振，独优于前代。”（《宋史·陈亮传》）不但宰相任用读书人，连主兵的枢密使也都由文人担任。

为了选拔文官，宋代统治者十分重视科举：“宋之科目，有进士，有诸科，有武举。……而进士得人为盛。”（《宋史·选举志》）录取人数一次多达三四百人，超过唐代十倍以上；“状元及第，虽将兵数十万，恢复幽蓟；逐强蕃于穷漠，凯歌而还，献捷太庙，其荣不可及也。”（田况《儒林公议》引尹洙语）

这些政策和措施，使宋人热衷于读书考试，客观上推进了文化的发展。宋代文学家普遍文学修养较为全面，与科举的兴盛有很大的关系。欧阳修、王安石、苏轼、陆游都是科举出身，均博学多才，在诗、词、散文等各个领域都取得很高的成就。

宋代政治还有一个特点就是党争频繁。

北宋党争多表现在革新与保守之争，如宋仁宗庆历新政中的范仲淹和吕夷简的新旧党争；宋神宗熙宁、元丰变法中的王安石与司马光的新旧党争。南宋党争多围绕在对金是战还是和展开，如“绍兴和议”前后的秦桧与岳飞；“隆兴和议”前后的汤思退和张浚；“嘉定和议”前后的史弥远和韩侂胄；南宋末年的贾似道和文天祥，都发生过激烈的和战之争。

这些党争显示了宋代政治较开明的一面：容许不同意见在朝廷上发表。

宋太祖在开国之初就规定不杀文官，与明代的特务政治、清代的文字狱相比较，宋代的政治还是宽容的。

因此，宋代文人的思想较为活跃，纷纷以参与政治为荣，在朝廷积极进谏；处江湖之远，也用诗文抨击朝政，形成了各种思想争鸣的局面。

文人在积极参与政治革新的同时，大力推进文学的革新。欧阳修在参与范仲淹的“庆历新政”时，利用考官的地位，选拔苏轼、苏辙、曾巩等人才，组织起文学改革的队伍，史称“诗文革新运动”。宋人在政治上勇于发表意见，形成了文学上的好议论和善于推陈出新的特色。

党争也有不良的一面：往往发展为无原则的派别倾轧，无论哪一党上台都对另一党大加排斥甚至杀戮。前有宋徽宗、蔡京等人制造的党祸，贬逐元祐、元符年间的官员三百多人；后有高宗、秦桧“屡兴大狱以中异己者”的“诏狱”（《宋史·刑法》），冤杀岳飞、岳云等抗金名将。风云变幻的党争令宋代士大夫屡遭贬谪，甚至有杀身之祸，使他们常有政治理想的幻灭感、自我价值难以实现的失落感，因而怀才不遇的题材比比皆是。

二、宋代经济对文学的影响

宋朝统一的局面，使社会经济、科学文化得到迅速的发展。

宋朝的科学比较先进，是当时世界上相当发达的国家。当时，地主和农民可以订立主户与客户的关系，客户可以购买土地，脱离地主，另立户名，因此，农民的生产兴趣有所提高，农业生产较为先进，这是宋代文学繁荣的基础。

另外，宋代平民毕昇发明了活字印刷，比唐代雕版印刷速度更快，成本更低，便于书籍大量出版。因而宋代文学家的历史文化知识一般比前代更丰富，往往兼有学者的身份，如欧阳修、王安石、苏轼等人的著述都是数十卷甚至上百卷。

宋代城市经济较唐代更为发达，为文学的发展提供了深厚的物质基础。

唐代都市白天交易，宋代都市商户交易可以通宵进行。

孟元老的《东京梦华录》记载京城汴京的繁华情况说：“新声巧笑于柳陌花衢，按管调弦于茶坊酒肆。八荒争凑，万国咸通。集四海之珍奇，皆归市易；会寰区之异味，皆在庖厨。”柳永词《望海潮》描绘杭州说：“市列珠玑，户盈罗绮，竞豪奢。”

宋朝皇帝夺了武将兵权后，有意提倡享乐，以优厚的俸禄换取他们的服从：“汝曹何不释去兵权，择便好田宅市之，多置歌儿舞女，日饮酒相欢，以终天年。”（司马光《涑 sù 水纪闻》卷一）因此朝廷追逐享乐成风。

为了适应享乐生活的需要，城市的服务行业、娱乐行业大为发展，歌楼酒馆林立，众多歌伎“向前换汤斟酒歌唱”（《东京梦华录》）。宋词这种起源于酒席“应歌”的音乐文学便兴盛起来，并以娱宾遣兴、歌舞宴饮作为前期词的主要题材。

为适应市民文化娱乐的需要，城市里出现了大型的游乐场——瓦舍，供表演杂剧、曲艺、杂技等，兼有卖药、算卦、饮食，甚至大至“可容数千人”（《东京梦华录》）。诸宫调、话本小说这些新兴的通俗文艺就是通过瓦舍的民间艺人的演出而繁荣起来的。

宋代词、话本等通俗文艺的繁荣，使宋代成为中国文学由雅转俗的一个转折点，成为由诗文为主变为以戏曲、小说为主的承前启后的转折时期。

三、宋代宗教、哲学对文学的影响

宋以后的儒学称为“宋学”，宋学中占统治地位的是道学即理学。理学包括哲学和伦理纲常两大部分。伦理纲常学说宣扬封建等级观念，对巩固宋王朝的中央集权统治十分有利，因此得到统治者的支持，宋代理学便是适应这种需要而发展起来的。

宋代理学家周敦颐、程颢、朱熹等人，把君臣、父子、夫妻等封建道德说成是“天理”、宇宙的根源，提出“存天理，灭人欲”，把人们合理的欲望加以否定，而要人们服从现有的等级制度。所以他们在文学上主张文以载道，反对浮词丽句，将文学当作宣扬理学的工具。

在这样的哲学思潮影响下，宋代诗文都喜欢高谈理性，思辨能力较强，但形象性较唐代文学为弱。宋诗形成了“以议论为诗”“以哲理为诗”“言理不言情”的倾向；宋文重视思想内容，语言平易，而形象性不足。

宋代理学对文学也有积极影响的一面：理学家通经致用，积极入世的思想，对文学家的思想产生了深远的影响。程颐于元祐二年上的《论事十札子》，针对贫富悬殊的社会现象提出改革主张；朱熹推崇《大学》中的“格物、致知、正心、诚意、修身、齐家、治国、平天下”的理论，都反映出理学家关心现实政治的一面。北宋文学家受此影响，几乎都与现实政治保持密切联系；关心政治，忧国忧民，成为宋代文学一个最为重要的主题。

北宋佛学十分兴盛，几乎“举中国而从佛老”（石介《怪说》）。文人与和尚的交往成为一种时尚，如苏轼、秦观与参寥子诗词酬和，黄庭坚与惠南禅师交往等。

文学家们常常把佛教作为精神支柱之一，往往仕途顺利时信奉儒学，遭受挫折时便到佛教的“诸行无常”“涅槃寂静”中求得精神安慰，摆脱现实的烦忧。如苏轼、王安石都在政治失意时钻研佛学，在诗文中谈禅理，黄庭坚在《赠送张叔和》中倡导“忍、默、平、直”的养生之道，与佛教的“守心”“禅定”相通。

宋人还以佛法开展对诗法的研究，南宋严羽的《沧浪诗话》提出：“禅道唯在妙悟，诗道亦在妙悟。”吴可《学诗诗》也说：“学诗浑似学参禅，竹榻蒲团不计年。”

道家思想在宋代也很流行。宋真宗、宋徽宗等皇帝都信奉道教，对道士恩宠有加；陆游晚年信奉道教，炼丹诵经。

道教清静无为、任乎自然、返璞归真等思想，对在党争中遭受挫折的文人，也是一种精神慰藉，使他们面对人生苦难时，采取了比较旷达的态度。苏轼的《前赤壁赋》、欧阳修的《醉翁亭记》都以道家“天人合一”“物我合一”的思想为指引，在大自然中排解被贬谪的失意情怀，显得清朗旷达。

第二节 宋词概说

宋词是中国词史上的黄金时代，词作、词派众多，名家辈出，佳作如林。宋词有独特的风格特色，与唐诗一起成为我国古典诗歌的两朵奇葩。

一、宋词繁荣的情况

宋朝上至皇帝大臣，下至士人妇女，都爱好词章。“太宗洞晓音律，前后亲制大、小曲及因旧曲创新声者，三百九十”（《宋史·乐志》）

太学生俞国宝书《风入松》一词于西湖边酒楼屏风上，宋高宗见之，将其词“明日再携残酒”句改为“明日重扶残酒”（周密《武林旧事》卷三《西湖游幸》）。

《大宋宣和遗事》载上元节皇帝赐酒市民，一女子窃所饮金杯被发觉，作《鹧鸪天》词以自辨。可见宋词的极度繁荣，成为雅俗共赏的“流行曲”的盛况。

据清人田同之《西圃词说》统计：“终宋之世，乐章大备，四声二十八调，多至千余曲。有引、有序、有令、有慢、有犯、有近、有赚、有歌头、有促拍、有摊破、有摘遍、有大遍、有小遍、有转踏、有转调、有增减字、有偷声。”

而今人唐圭璋编的《全宋词》录词人一千三百三十多家，词作一万九千九百多首，宋词曲调之丰，数量之多，可见一斑。

二、宋词的审美倾向

感伤是宋词的整体特征之一，崇尚感伤是宋词人的时尚，不但潦倒如柳永者穷愁满纸，安逸如万俟咏等大晟词人，也大写“闲闷闲愁”（《绰牌儿》）。辛弃疾的《丑奴儿》清楚地说明了宋词以愁为美的风气：

> 少年不知愁滋味，爱上层楼；爱上层楼，为赋新词强说愁。
>
> 而今识尽愁滋味，欲说还休；欲说还休，却道天凉好个秋！

这是辛弃疾以少年的无忧反衬晚年的深愁，而“为赋新词强说愁”之句，透露出宋代词坛崇尚感伤的风气。

感伤的原因：

（1）宋词的感伤，体现了宋代的时代悲剧和文人的群体悲剧

宋朝从立国之初就外患不绝，割地赔款，终至亡国。这种时代的大悲剧，在人们心中投下了巨大的阴影，形成了社会整体的悲怆意识。

宋代文人的命运受时代悲剧的制约，往往坎坷蹇滞，因而他们的心态也普遍具有忧伤色彩。他们或在党争中被祸，因壮志难酬而洒英雄泪；或在科举考试中败北，流落江湖，乡愁浓郁；或因理学的束缚使他们与歌伎的恋情成为永久的遗憾等等。这一切都成为宋词感伤美产生的社会土壤。

（2）宋词的感伤美与中国传统美学的“味外之旨”“韵外之致”（司空图《与李生论诗书》）紧密相连

“味”指诗词要有言外之意，经得起咀嚼、体味。感伤是一种复杂幽深的情感，中国向来有“多愁善感”之说，愁多情长，方能有味动人。故韩愈《荆潭唱和诗集序》说：“夫和平之音淡薄，而愁思之声要眇；欢愉之辞难工，而穷苦之言易好也。”欧阳修继承此说提出了“穷而后工”的理论。宋代诗坛词坛普遍认为穷愁之作易工，正是感伤美的魅力在发挥作用。

（3）宋词的“感伤美”与西方悲剧理论中的“悲悯说”“净化说”“宣泄说”有共通之处

“悲悯说”如席勒的《论悲剧艺术》，认为悲剧的美感产生于“由同情别人痛苦而来的快感”。

“净化说”如亚里士多德的《诗学》第六章说悲剧“激起爱怜和恐惧，从而导致这些情绪的净化”。

“宣泄说”如朱光潜在研究西方悲剧时说：“它（忧郁）使郁积的能量得以畅然一泄，所以反过来又产生一种快乐。”（《悲剧心理学》第九章）

中国的诗人词客虽然没有说在痛感中寻找快感，但认为“悲歌可以当泣”

(乐府古辞《悲歌行》)，即悲哀的诗歌可以发泄痛苦。张炎悼王沂孙《琐窗寒》词序说：“余悼之玉笥山，所谓长歌之哀，过于痛哭。”李清照《声声慢》中用晚风、过雁、落花、细雨等凄凉景象反复宣泄心中的哀愁，使积郁的痛苦得以畅然一泄，从而获得心灵的慰藉，使词人在苦涩的泪水中尝到一丝甜蜜，悲剧美便油然而生。

宋词的感伤美对后世词坛影响深远，后人写伤春悲秋、闺怨羁愁，多以宋词为楷模。

阴柔之美与阳刚之美，除了感伤的总体审美倾向之外，宋词的不同流派有不同的审美倾向。

清人姚鼐论文说：“吾常以谓文章之源，本乎天地。天地之道，阴阳刚柔而已。苟有得乎阴阳刚柔之精，皆可以为文章之美。”(《惜抱轩文集》)此论也可用于宋词。俞文豹《吹剑续录》载：

> 东坡在玉堂，有幕士善讴，因问：“吾词比柳词何如?”对曰：“柳郎中词，只合十七八女孩儿执红牙拍板，唱杨柳岸晓风残月。学士词，须关西大汉，执铁板，唱大江东去。”公为之绝倒。

说明宋人已经注意到柳永词与苏轼词风格上的差异，一为柔美，一为壮美。苏轼之前的词人多写柔美的婉约词，如欧阳修写思妇的“寸寸柔肠，盈盈粉泪”(《踏莎行》)，秦观的“柔情似水，佳期如梦”(《鹊桥仙》)等，都富有阴柔美。

苏轼不满足于词体只局限于描绘绮罗香泽、百转柔肠，在写“颇壮观”的《江城子·密州出猎》时提出了“自是一家”之说(《与鲜于子骏书》)。南宋辛弃疾等词人出于抒发爱国豪情的需要，大写“马作的卢飞快，弓如霹雳弦惊”(《破阵子》)的壮词，遂造成豪放词的大盛，阳刚之美成为审美的时尚。

宋词的阴柔之美和阳刚之美与西方美学理论中的“优美”“崇高”有共通之处。席勒认为“优美”必须体现出“巧妙的智慧，塑造它的那只充满爱抚的手，挑选它的那个活泼自由的心灵”(《审美教育书简》)。罗马人郎加纳斯认为“崇高”有五个条件：“第一而且最重要的是庄严伟大的思想”“第二是强烈而激动的情感”“第三是运用藻饰的技术”“第四是高雅的措辞”“(第五)就是整个结构的堂皇卓越”(《论崇高》)。宋代婉约词以纤弱的女性、温柔的感情、日常生活为主要审美对象，抒情细腻逼真，语言柔和优美；豪放词则多以刚强的男性、豪壮的感情、理想抱负、艰苦斗争为主要审美对象，写景着重描绘景物的总体气势，语言刚健有力，均与“优美”“崇高”一脉相通。

三、宋词的流派和主要发展线索

宋词流派众多，宋金时就有“柳永体”“东坡体”“易安体”“稼轩体”“白石体”等名目；明代以后又将宋词划分为两派、三派等，影响最大的当属张綖提出的婉约、豪放两体：“词体大略有二，一体婉约，一体豪放。婉约者欲其词调蕴藉，豪放者欲其气象恢宏。然以存乎其人，如秦少游，多是婉约；苏子瞻，多是豪放。”（《诗余图谱》）

清人王士祯的《花草蒙拾》进一步将“体”发展为“派”：“张南湖论词派有二，一曰：婉约，一曰：豪放。仆谓婉约以易安为宗，豪放以幼安为首。”

主张分三派的有清人顾咸三：“宋名家词最盛，体非一格，苏、辛之雄放豪宕，秦、柳之妩媚风流，判然分途，各极其妙。而姜白石、张叔夏辈，以冲淡秀洁，得词之中正。”（高佑釲《陈其年湖海楼词序》引）

今人将苏辛的豪放与秦柳的婉约之外的第三种词派称之为“格律词派”（《辞海》），或“风雅派”（薛砺若《宋词通论》）“清雅派”等。称“格律词派”的还包括北宋周邦彦在内，称“风雅词派”“清雅派”的多指南宋的姜夔、张炎等人。这一派既吸收了婉约派抒情委婉之长，又去其骨力孱弱之短；既吸收豪放派骨力刚健之长，又去其抒情直率之短；词作境界清峻，语言刚劲而文雅，重视词的音律，在词的发展史上独辟蹊径。

宋初词坛继承了晚唐五代绮靡婉约之风，抒写男欢女爱、离愁别恨。代表作家是晏殊、晏几道、张先，多写小词，风格委婉精美。

宋前期词人中成就最高的是柳永，他跳出文人词狭小的圈子，描写都市生活，并大量创作慢词。扩大了词的表现内容，丰富了词的体裁。在词风上，他摆脱了“雅词”的写法，自成通俗自然、铺叙点染的独特风格，深受市民的欢迎。

另一位开创性的词人是苏轼，它突破了“词为艳科”的传统偏见，打破了诗词界限，城市乡村、怀古伤今等传统入诗的题材均可入词，进一步扩大了词的表现领域。他打破了“词媚”的传统，在当时流行的婉约词之外，创立豪放词，词风清逸刚健，感情真挚深沉，他的词代表了北宋词坛的最高成就。

北宋后期的秦观、周邦彦也有较高的成就。秦观善于用纤细优美的语言委婉抒发情愁，成为婉约派的代表作家；周邦彦刻苦钻研音律和艺术技巧，成为格律词派的开创者。

南宋词坛杰出的词人是：李清照、辛弃疾、姜夔。

李清照是我国文学史上杰出的女词人，她在北宋时期的词作写少女时代的快乐和婚后的爱情生活，词风真率婉丽；她在南宋时期的词多悲愤沉郁，反映她在国破家亡后的痛苦心情，均为人称道。

辛弃疾是词史上杰出的作家，是南宋著名的爱国词人。他的词抒发了抗金救国的爱国情怀，痛斥了南宋统治者的腐败无能，词风气势纵横，雄浑豪放，亦有摧刚为柔之作。他还以经史诗文俗语入词，以文为词，大大增强了词的表现力，是继苏轼之后豪放词的代表作家。

南宋末年影响较大的词人是姜夔，他精通音律，以清疏空灵之笔抒写落魄江湖的凄苦情怀，成为清雅词的代表作家。

第三节　宋诗概说

宋诗非常兴盛，作家和作品的数量远多于唐诗。据北京大学出版的《全宋诗》估计："作者不下九千人，为《全唐诗》的四倍，诗篇的数量当然更多。"宋诗与唐诗成为中国诗歌史上的两大诗派，虽然有些论者扬唐抑宋，如说"言理不言情，终宋之世无诗"（沈雄《古今词话》引陈子龙语）。但实际上宋诗亦有自己的特点，以其个性突出（包括优点和缺点）而成为中国诗歌史上的一面鲜明的旗帜。

一、对比唐诗看宋诗的特点

唐诗重意兴，宋诗重理趣。

唐诗是中国诗歌史上的高峰，诗作以吟咏性情为主，注意即景生情，形象生动优美，感情抒发自然。宋诗产生的背景与唐诗不同，宋代哲学发达，许多文学家同时又是哲学家，如南宋的陈亮既以词文名世，又是永康学派的代表。另外佛道的兴盛，也使文学家喜欢谈禅论道。因而宋诗失去了唐诗如青春少年般的活泼兴致，而变为学者、僧侣的冷静思索，诗中更多的是对人生哲理的探求和对义理的阐释，而将即兴感情的抒发和外部形象的描述放在次要的位置。

南宋严羽在《沧浪诗话》中说："诗有词理意兴，南朝人尚词而病于理；本朝人尚理而病于意兴；唐人尚意兴而理在其中。""词"指文词、辞藻；"理"指义理、哲理、内容；"意兴"指感情与形象的统一。即南朝诗歌重辞藻华丽，宋诗重哲理而忽视感情和形象，唐诗既重感情形象，也蕴含哲理。

严羽是从批评的角度来谈宋诗这一特点的。但从今天的角度来看，以哲理入诗，固然有“味同嚼蜡”、忽视形象思维之弊，但也有思想深刻、概括力强的优点；对比唐诗，宋人对人生、宇宙的认识无疑比唐人更深刻，这是一大进步。再说宋诗也不是一味空谈哲理，有些宋诗将哲理融合在生动的形象、真切的感情之中，令读者感到生动有趣而大受启发。这类将形象思维与逻辑思维巧妙结合的诗，被称为“理趣诗”。如苏轼的“不识庐山真面目，只缘身在此山中”（《题西林壁》），将人生哲理阐述得生动有趣，成为宋诗的一大特色。

另外，由于词体善于言情，宋人多将爱情、离情等题材入词，而将国计民生、理想抱负等严肃题材入诗，所以有“诗庄词媚”之说。宋诗多“言理不言情”，也使宋诗重逻辑思维的特点更加突出。但也不可一概而论，如陆游的爱情诗就写得真挚动人。

唐诗重兴趣，宋诗以才学和议论为诗。

严羽《沧浪诗话》说：“盛唐诸人惟在兴趣，羚羊挂角，无迹可求。……近代诸公乃作奇特解会，遂以文字为诗，以才学为诗，以议论为诗。”

即认为盛唐诗将诗人的思想感情熔铸在诗歌形象当中，达到浑化无痕的境地，令读者产生兴趣无穷的审美体验；宋诗不讲究兴趣，而讲究能否表现出诗人的学问，并好发议论。“近代诸公”即指北宋末年至南宋初年的江西诗派。其实这种特点在北宋中期的欧阳修、苏舜钦起便蔚然成风。

由于宋代文人普遍关心现实，议论不失为一种发表政见的方法，所以往往以议论入诗。另外，宋代文人的学识比前人丰富，往往有意无意地在诗中流露出来，有意者如黄庭坚，极力主张诗要体现出诗人的学问；无意者如苏轼，学养丰富，学问于笔端自然流出。宋诗这一特点有积极意义，其议论如果与生动的形象相结合，不失为好诗；另外，诗人学问丰富，引古论今，反映社会生活更为丰富深刻，未必不是好诗。清人叶燮的《原诗·内篇》说：“至于宋人之心手日益以启，纵横钩致，发挥无余蕴。……如苏轼之诗，其境界皆开辟古今之所未有，天地万物，嬉笑怒骂，无不鼓舞于笔端，而适如其意之所欲出。”

然而，宋诗的好使事、好议论也确有弊端。当用典只为卖弄学问，议论脱离鲜明的形象和真挚的感情时，诗作就变成了三家村老学究的说教，诗味淡薄。时人和后人对宋诗的批评，是有一定道理的。

唐诗气象雄浑，宋诗气度闲淡。

首先，唐代国力强盛，周边邻国都臣服于唐朝高度的物质文明，故唐诗气象雄浑，尤其是边塞诗，豪迈奔放，不见衰败之气。宋朝积贫积弱，国耻之悲常充溢于诗歌，即使以豪壮著称的陆游的爱国诗，也饱含悲凉忧戚之音，没有盛唐的雄浑气象。宋诗更多的是气度闲淡，这首先得益于宋人对晚唐五代雕镂诗风的改革。自欧阳修领导的诗文革新运动之后，“闲淡”成为宋诗人普遍追求的审美倾向，苏轼《送参寥师》说：“欲令诗语妙，无厌空且静。”梅尧臣也有作诗“唯造平淡难”（《读邵不疑学士诗卷》）之语。

其次，宋代诗与画的关系较唐代更为密切，许多诗人如苏轼、米芾同时又是画家，他们推崇王维的诗画结合，“味摩诘之诗，诗中有画；观摩诘之画，画中有诗”（苏轼《书摩诘蓝田烟雨图》），吸收宋人山水画的气韵和意境入诗。宋代米友仁的《潇湘白云图》、马远的《对月图》等，正是以“淡远”为风格的。

诗画结合的创作方法和题画诗的盛行，进一步促进了宋诗“闲淡”气度的形成。

唐诗偏于创作，宋诗创作与诗学研究并行。

唐诗创作兴盛，但很少有人总结创作经验，诗话寥寥；宋人在作诗的同时，大力总结前人和时人的经验，诗学研究非常兴盛。宋代诗话常以专著的形式出现，如欧阳修的《六一诗话》、姜夔的《白石诗话》、严羽的《沧浪诗话》等。这些诗话既将唐人对诗歌创作的感性知识提高到理性的高度，又对宋诗创作进行了褒贬分析，促进了宋诗健康发展。

宋人尤其重视对唐诗的研究，对李白、杜甫、白居易、李贺、王维、韩愈、李商隐等著名诗人都有精到的研究，对用字、炼句、对仗、用韵都进行了详细的分析，评点优劣，吸取唐人的经验教训，因而宋人写诗技巧较之唐诗更为丰富。李东阳《怀麓诗话》说“唐人不言诗法，诗法多出于宋”，说得合乎事实；然而他又说“而宋人于诗无所得。所谓诗法者，不过一字一句；对偶雕琢之工；而天真兴致，则未可道”，就未免以偏概全了。

二、宋诗的流派与发展线索

宋初诗坛以继承唐诗为主，可分为前后两期。前期以王禹偁为代表，他学习杜甫和白居易的现实主义诗风，用诗反映民生疾苦和自己正直的情操，语言朴实清新通俗。

另外，钱塘隐士林逋的诗也有较高的艺术成就，他宗法晚唐的贾岛、姚合，诗风冲淡飘逸。

以杨亿、刘筠、钱惟演为代表的西昆体，喜欢模仿李商隐的作品，讲究词藻华美，音节铿锵，但内容较脱离现实。

王禹偁和西昆体都以学唐诗为主，未能形成自己的特色。真正成为宋诗开山祖师的是苏舜钦、梅尧臣。

苏梅在生活上均失意潦倒、年寿不永，但在诗的创作上齐名一时。苏诗“笔力豪隽，以超迈横绝为奇”，梅诗“覃思精妙，以深远闲淡为意”（欧阳修《六一诗话》），均为“穷而后工”的诗人。他们的诗歌均能反映北宋王朝积贫积弱的现实，语言平易，开始显示出宋诗的丰富性和平淡自然的风格。

北宋中叶的欧阳修、王安石、苏轼到北宋后期的黄庭坚四位诗人，史称北宋四大家（还有北宋书法四大家：苏轼、黄庭坚、米芾、蔡襄）。

欧阳修为北宋诗文革新运动的领袖，反对西昆体的绮靡空虚之弊，以平易疏朗之笔反映民生疾苦。王安石的诗带有鲜明的政治色彩，立意超卓，语言精辟。苏诗题材广泛、风格多样，以雄奇奔放、机趣横生为主要特色。沈德潜在《说诗晬语》中说苏诗“其笔超旷，等于天马脱羁，飞仙游戏，穷极变幻，而适如意之所出”。他的诗还具有“以文为诗”“以议论为诗”“以才学为诗”的特点，代表了宋诗的特色，达到了宋诗的高峰，成为影响最为深远的诗人。

刘克庄《江西诗派·黄山谷》说：“杨刘则专为西昆，故优人有挦撦义山之诮。苏、梅二子稍变以平淡豪俊，而和之者尚寡。至六一、坡公巍然大家数，学者宗焉。”

北宋后期及南渡诗人群体：江西诗派。

北宋后期的黄庭坚开创了江西诗派，其诗作内容较欧苏为狭窄，更多致力于研究诗歌的创作技巧，“荟萃百家句律之长，究极历代体制之变”，“作为古律，自成一家”（刘克庄《江西诗派·黄山谷》）。

写诗善用僻字僻典拗律，以求翻空出奇，形成新奇瘦硬的诗风。但江西诗派热衷于搜求典故，刻意求奇，又走上了脱离现实的形式主义道路。

南宋诗坛杰出的作家是号称“中兴四大诗人”的陆游、杨万里、范成大、尤袤。他们出于江西诗派，但摆脱了江西诗派闭门造车的流弊，从现实生活中汲取素材，诗作各有鲜明的特点。陆游是南宋最伟大的爱国诗人，他的诗抒写抗金复国的豪情壮志，谴责南宋投降派的卖国行径；描绘田园风光和反映农民疾苦，内容丰富而深刻。在艺术上，善于炼意炼句，但又不落斧凿的痕迹，具有自然精炼的特点；诗风豪迈奔放，富于想象，具有浪漫主义色彩。

范成大以田园诗和使金诗著称。其田园诗继承和发展了陶渊明、王维的成就，被称为田园诗的集大成者。

杨万里的诗以描绘大自然为主，具有诙谐幽默、生动活泼、通俗自然的特色，被称为“诚斋体”。

尤袤的诗以平淡婉雅著称，但成就逊于前三位。

南宋后期宋金对峙局面相对稳定，出现了徐照、徐玑、赵师秀、翁卷等“四灵诗人”和以刘克庄、戴复古为首的江湖派（《四灵诗人》在广义上也属于江湖诗派）。他们的诗作着重抒发个人情怀，内容较狭窄，诗风或清新优美或真率自然，各有特色。

南宋末年，民族矛盾尖锐，抗元英雄文天祥以诗歌记录了他率兵救国的艰险经历，抒发了坚贞不屈的民族气节，为宋诗坛写下了最后的光辉一页。

第二章　北宋前期诗

——唐五代诗风的延续

宋初诗歌，以学习唐诗为时尚。这种学习有学其精神实质的一面，代表作家是学习杜甫、白居易诗风的王禹偁；也有仅学唐诗皮毛的一面，代表作家为标榜学习李商隐的杨亿、刘筠等西昆诗人；在两者之间，还有学习晚唐诗的诗人，是以林逋为代表的隐逸诗人。

第一节　白体和晚唐体

一、王禹偁（954～1001），字元之，济州巨野人（今属山东）。他出身于农民家庭，自小刻苦读书，9岁能文，太平兴国八年（983）中进士。他“词学敏赡，遇事敢言，喜臧否人物，以直躬行道为己任”（《宋史·王禹偁传》）。宋太宗、宋真宗都很赏识他的才华，先后提拔他担任右拾遗、左司谏、翰林学士等清要之职，但又不能容忍他的刚直敢言的性格，三次将他贬到商州、滁州、黄州等荒僻之所。

但他始终坚持“直躬行道”的操守，“男儿得志升青云，须教利泽施于民”（《对酒吟》）。终生致力于改革弊政，解除民瘼，尤其以上真宗五事疏最为有名。最终死于蕲州（在湖北）贬所，年48岁。有《小畜集》。

王禹偁的文学主张集中表现在“文以传道”“易道易晓”方面。

他在《答张扶书》中说：“夫文，传道而明心也。古圣人不得已而为之也。……惧乎心之所有，不得明乎外；道之所畜，不得传乎后；于是乎有言焉；又惧乎言之易泯也，于是乎有文焉。信哉不得已而为之乎！既不得已而为之，又欲乎句之难邪？又欲乎义之难晓邪？”

从此主张出发，他对擅长反映民生疾苦的杜甫和白居易大加称许，推许白居易浅白晓畅的诗风。

他在《前赋〈村居杂兴诗〉二首，间半岁不复省视，因长男嘉祐读杜工部集，见语意颇有相类者，咨于予，且意予窃之也。予喜而作诗，聊以自贺》诗中称："本与乐天为后进，敢期子美是前身。"是很为自己与杜甫的诗、白居易的诗"相类"而自豪的。

他的诗歌创作是政治主张与文学主张的实践。他的诗多同情农民的痛苦生活，揭露统治者的罪恶；也歌颂勤劳淳朴的美德，描绘优美的田园景色，语言明净洗练，清新明快，体现出深刻朴实、雅致而明畅的语言风格。

反映民生疾苦的诗作如《感流亡》：

谪居岁云暮，晨起厨无烟。赖有可爱日，悬在南荣边。
高舂已数丈，和暖如春天。门临商於路，有客憩檐前。
老翁与病妪，头鬓皆皤然。呱呱三儿泣，惸惸一夫鳏。
道粮无斗粟，路费无百钱。聚头未有食，颜色颇饥寒。
试问何许人，答云家长安。去年关辅旱，逐熟入穰川。
妇死埋异乡，客贫思故园。故园虽孔迩，秦岭隔蓝关。
山深号六里，路峻名七盘。襁负且乞丐，冻馁复险艰。
唯愁大雨雪，殭死山谷间。我闻斯人语，倚户独长叹。
尔为流亡客，我为冗散官。左宦无俸禄，奉亲乏甘鲜。
因思筮仕来，倏忽过十年。峨冠蠹黔首，旅进长素餐。
文翰皆徒尔，放逐固宜然。家贫与亲老，睹翁聊自宽。

这是他贬官商州（陕西）时的诗作。诗中如实记叙了他与逃荒灾民的对话，表现了对饥寒交迫灾民的深切同情，思想内容和表现形式都容易让人想起杜甫的《石壕吏》。其子说他的诗与杜甫"相类"，确有道理。诗的后半部分就流民之事，想到自己为官十年，却未能解除百姓疾苦，是白吃饭的蠹虫，实质上是对统治者的讽刺。这种写法，已有宋诗喜议论的苗头，与《石壕吏》的叙而不议的写法有所区别。

其他如《对雪》《对雪示嘉祐》都是继承杜甫、白居易现实主义传统的佳作。

王禹偁的写景抒怀诗也有不少佳作。"平生诗句多山水。"（《听泉》）他往往运用拟人化的手法写景物，使诗作生动活泼，富有情趣。如《村行》：

马穿山径菊初黄，信马悠悠野兴长。
万壑有声含晚籁，数峰无语立斜阳。
棠梨叶落胭脂色，荞麦花开白雪香。

何事吟余忽惆怅，村桥原树似吾乡。

此诗风格淡雅飘逸，词句明白晓畅，通俗易懂，深得白居易、杜甫诗的神韵。首联由动态写景：金菊绽放，花径飘香，马蹄声碎，菊韵流美。颔联中的“万壑”言群山峻岭，巍峨磅礴。“有声”指山泉飞瀑，流水淙淙。“数峰无语”句以人态写山，构思精妙。山峰本不能言，以“无语”称之，“立斜阳”更见晚山有情。人对山而忘言，山对人而“无语”，两情和谐，长相默契。颈联色彩明艳美丽，“胭脂色”与“白雪香”此红彼白，有色有香；“叶落”与“花开”相对，物象天演，灭生自然，富于哲理。尾联陡转，以“惆怅”引出作者思乡归隐之意，包含着贬官失意、异乡漂泊的沦落之感，乡愁浓厚，情趣轻盈而凝重。

又如《泛吴淞江》：

苇篷疏薄漏斜阳，半日孤吟未过江。
唯有鹭鸶知我意，时时翘足对船窗。

用拟人化的手法写“鹭鸶知我意”“翘足对船窗”，将景物写得富有情趣，使全诗温馨而活泼。

王禹偁对民歌也颇感兴趣，其《听山歌》记叙了滁州青年唱恋歌的民俗：

滁民带楚俗，下俚同巴音。岁稔又时安，春来恣歌吟。
接臂转若环，聚首丛如林。男女互相调，其词非奔淫。

他的一些诗作就是用民歌写成的，如《畬田调》就描写了“上洛郡南”的山民“刀耕火种”（见诗序）的生活：

鼓声猎猎酒醺醺，斫上高山入乱云。
自种自收还自足，不知尧舜是吾吾。
北山种了种南山，相助力耕岂有闲。
愿得人间皆似我，也应四海少荒田。

诗中赞美山民的自给自足、互助力耕的劳动生活，并“其词则取乎俚，盖欲山民之易晓叶”（见诗序）。可见他努力学习民歌的创作倾向。

王禹偁的诗受到当时和后世诗人的推许。林逋《读王黄州诗集》说：“纵横吾宋是黄州。”吴之振等《宋诗钞》中《小畜集钞》说：“元之独开有宋风气，于是欧阳文忠公得以承流接响。”他的确是宋初最杰出的诗人，是连结杜甫、白居易和宋代欧阳修、苏轼的重要人物。

二、林逋（967～1028），字君复，钱塘人。是稍后于王禹偁的著名诗人。

早年游江淮间，后隐居杭州西湖孤山，种梅养鹤，不娶不仕，二十年不入城市，终日以梅鹤为伴，人称“梅妻鹤子”。工书能诗，多写隐逸生活及西湖景物，诗风恬淡孤峭，类晚唐诗人陆龟蒙、贾岛。真宗闻其名，赐粟帛，范仲淹、梅尧臣等公卿名家也与之酬唱。卒赐谥“和靖先生”，有《林和靖先生诗集》。

林逋以咏梅诗著称。

宋人喜梅，多有吟咏，而林逋的《山园小梅》（二首之一）被推为夺魁之作：

众芳摇落独暄妍，占尽风情向小园。
疏影横斜水清浅，暗香浮动月黄昏。
霜禽欲下先偷眼，粉蝶如知合断魂。
幸有微吟可相狎，不须檀板共金樽。

诗作写梅花在百花凋零的季节独自开放，写出梅花孤高的性格和不凡的风韵，其实也是作者淡泊名利、孤芳自赏的写照。颔联“疏影横斜水清浅，暗香浮动月黄昏”，既写出了梅花花枝稀疏、香气清幽的特点，又通过月色、清溪的衬托，表现出梅花高洁幽独的气质风韵，意境静谧优美，成为咏梅的千古绝唱。

欧阳修说：“前世咏梅者多矣，未有此句也。”（《归田录》）姜夔还以“疏影”“暗香”为词调名自度曲，后世咏梅诗词也多化用此二句，可见其影响深远。

林逋的五言小诗也写得很精美，如《湖村晚兴》：

沧洲白鸟飞，山影落晴晖，映竹犬初吠，弄舡人合归。
水波随月动，林翠带烟微，寺近疏钟起，悠然还掩扉。

又如《宿洞霄宫》：

秋山不可尽，秋思亦无垠。碧涧流红叶，青林点白云。凉阴一鸟下，落日乱蝉分。此夜芭蕉雨，何人枕上闻？

林逋诗“辞主静正，而不露刺讥”（吴之振等《宋诗钞·和靖诗钞》），不及王禹偁关注于现实生活，但其诗风平淡高远，开始显露出宋诗平淡自然的风格特色；其梅妻鹤子、淡泊名利的人生态度，也成为宋代隐逸诗人的楷模。

第二节　西昆派

宋初，宋王朝为了巩固统一，采取减轻人民负担的措施，农业、手工业生产得到了发展，社会出现了繁荣景象；为了安抚武将，宋王朝也提倡享乐。因而晚唐以来的浮靡诗风得以延续，虽然经过王禹偁等进步文学家的努力，仍未能扭转这种风气。王禹偁去世后，唯美主义和形式主义诗风又占据了文坛，西昆派就是这股文学思潮的集中体现。

一、西昆派

西昆派是由17名官员彼此写诗酬唱并结为《西昆酬唱集》而得名的。代表诗人是杨亿、刘筠、钱惟演。

杨亿（964~1020），字大年，建州浦城（今福建）人，曾任翰林学士。

刘筠（970~1030），字大仪，大名人，为秘阁校理。

钱惟演（977~1034），字希圣，五代十国时吴越王钱俶之子，官至枢密使。

三人都是朝廷官员，他们的诗歌是作为官务之暇、茶余饭后的消遣，而非有不得不吐的衷曲，因而内容多写官僚的奢华生活和描摹物态，创作方法则是唯美主义，致力于雕章琢句。杨亿在《西昆酬唱集序》中说：“历览遗编，研味前作，挹其芳润，发于希慕，更迭唱和，互相切劘。”表明他们的创作主张是从故纸堆里寻找诗材，追求“雕章丽句”的华美形式。

《西昆酬唱集》共70题次，每题有三个以上的人唱和，共247首。内容多为咏古代帝王的故事，如《始皇》《汉武》，或咏物如《梨》《泪》《柳絮》等，还有咏爱情和生病的，唯独没有咏国计民生的。

二、西昆派的创作

西昆派推崇唐代诗人李商隐。葛立方《韵语阳秋》卷二说他们“大率效李义山之为，丰富藻丽，不作枯瘠语”。其实李商隐无论咏史诗还是无题诗都有深刻而丰富的思想感情，西昆诗人却只学其喜欢用典、富于文采的外壳，而抛弃其内容充实的内核，甚至直接窃取李商隐的诗句，在当时就被人讥笑。刘攽《中山诗话》说他们“多窃义山语句。赐宴，优人有为义山者，衣服败敝，告人曰：‘吾为诸馆职挦撦至此。’闻者欢笑”。

杨亿的《泪》就是模仿李商隐的《泪》而作：

锦字梭停掩夜机，白头吟苦怨新知。
谁闻陇水回肠后，更听巴猿拭袂时。
汉殿微凉金屋闭，魏宫清晓玉壶欹。
多情不待悲秋气，只是伤春鬓已丝。

全诗几乎每一句都用典，而典故之间全无联系，有的为相思而悲，有的为失恋而悲，有的为景物凄凉而悲，还有为离别父母而下泪的，表达不同感情的典故堆砌在一起，显得不伦不类。即使辞藻华丽、对仗工稳，也难以掩饰感情的虚假和内容的空虚。

钱惟演的《无题》诗也是模拟李商隐的《无题》。

《西昆酬唱集》有些咏史诗还有借古讽今的现实意义。如刘筠的《汉武》：

汉武天台切绛河，半涵非雾郁嵯峨。
桑田欲看他年变，瓠子先成此日歌。
夏鼎几迁空象物，秦桥未就已沉波。
相如作赋徒能讽，却助飘飘逸气多。

这是一首怀古诗，借古讽今是怀古诗的最大特色。这首诗借汉武帝讽宋真宗。汉武帝不仅仅“略输文采”，最糟糕的是“汉武金人破云立，甘露玉屑使颜红”，徒糜国帑，妄求长生不老药。

首联写汉武帝在绛河边兴建的仙台高耸云霄，被炼丹炉中冒出的烟雾所弥漫。“半”字极具讽刺意味，求仙问药之虚无缥缈，从景物的描写中透露了出来。

颔联出句用典，对句写实。汉武帝想学麻姑仙女，三次经历沧海变桑田，而青春依旧，可黄河决口却二十年依然无法堵塞。“黄金可成而河决可塞，不死之药可得，仙人可致也。”（《封禅书》）岂不成了绝妙的讽刺？

颈联全是用典，且发展了李贺“刘彻茂林多滞骨，嬴政梓棺费鲍鱼”的诗意，更进一层指出，汉武帝虽得九鼎，但执迷不悟，一味求仙，荒废政事，其结果只能和秦始皇一样，石桥沉没，江山难保。

尾联以司马相如自喻，希望宋真宗不要像汉武帝，误解诗意，辜负自己的苦衷。

诗以汉武帝喜建楼台奉巫祠神之弊，讽谏宋真宗崇信符瑞，虽然也用典，但内容充实而不显堆砌。

杨亿等人除了《西昆酬唱集》之外，还有文集。如杨亿的《武夷新集》、刘筠的《肥川小集》，其中不乏内容充实的作品。杨亿的《狱多重囚》《民牛多疫死》等作品均为反映民生疾苦的之作。

杨亿等人均才华出众，又喜奖掖后人，《宋史》本传称杨亿“博览强记，尤长典章制度，时多取正，喜诲诱后进，以成名者甚众”。钱惟演在任西京留守时，也曾提携欧阳修、梅尧臣等文学之士，杨、柳、钱等人实为当时文坛领袖，于是西昆体风行一时。欧阳修《六一诗话》说：“盖自杨、刘唱和，《西昆集》行，后进学者争效之，风雅一变，谓之昆体，由是唐贤诸诗集几废不行。”

尊奉西昆体的还有诗人晏殊和宋祁等人。他们可称为西昆体后期作家。他们虽然也喜欢华丽词句和追步李商隐，诗作却较为清新深婉，颇有情致。如晏殊的《无题》（又名《寓意》）：

油壁香车不再逢，峡云无迹任西东。
梨花院落溶溶月，柳絮池塘淡淡风。
几日寂寥伤酒后，一番萧瑟禁烟中。
鱼书欲寄何由达，水远山长处处同。

此诗写怨别，题材与西昆诗人的无题诗相同，却含蓄深婉，富有晏殊“闲雅有情思”（《宋史·晏殊传》）的个人风格特色，其中颔联“梨花院落溶溶月，柳絮池塘淡淡风”备受称赏，被认为是善写富贵气象的典范。

宋初散文的创作特色及其理论，大致分两类：重道的一派，以柳开、穆修为代表，主张通过复兴古文来复兴儒道；重文的一派，以王禹偁为代表，主张在内容上“传道”与“明心”结合，艺术上讲究自由流畅、亦骈亦散的风格。

第三章 北宋中期诗歌

王禹偁、林逋、西昆诗人都以学唐诗为主，未能形成宋诗自己的特色。至苏舜钦、梅尧臣两位诗人出现，以独具个性的诗歌倡导了一种健康新颖的风格，时号“苏梅”，成为宋诗的开山祖师。清人叶燮的《原诗》说：“宋初诗袭唐人之旧，如徐铉、王禹偁，纯是唐音。苏舜钦、梅尧臣出，始一大变。”“开宋诗一代之面目者，始于梅尧臣、苏舜钦二人。”

第一节 梅尧臣与苏舜钦

梅尧臣、苏舜钦都反对西昆体脱离现实的创作倾向，注意用诗歌反映民生，在反映的广度和深度上都超越了前人；在风格上各有特色，梅尧臣诗以委婉闲淡取胜，苏舜钦则以豪迈雄放取胜。欧阳修《六一诗话》说：“圣俞、子美齐名一时，而二家诗体有异。子美笔力豪隽，以超迈横绝为奇；圣俞覃思精微，以深远闲澹为意。各极其长，虽善论者，不能优劣也。”

一、梅尧臣（1002～1060），字圣俞，宣州宣城（今安徽）人。宣城古名宛陵，故人称宛陵先生。少年时应进士不第，凭“恩荫”做过县令等小官，中年后赐进士出身，授国子监直讲，官至尚书都官员外郎。有《宛陵先生集》。

梅尧臣仕途蹇滞，官小家贫，因而较为接近下层人民。他自称：“微生守贫贱，文字出肝胆。”（《依韵和张相公》）主张诗歌要反映生活真实。

在艺术上主张“必能状难写之景，如在目前；含不尽之意，见于言外，然后为至矣”（欧阳修《六一诗话》转引）。并提倡一种平淡清新的风格：“作诗无古今，唯造平淡难。”（《读邵不疑学士书卷》）

他的诗歌创作实践了这些理论。《田家语》《汝坟贫女》《小村》《陶者》等诗篇都深刻地反映了广大农民贫困艰辛的生活，语言质朴无华，表现出“平淡深微”的风格特色。如《小村》：

淮阔州多忽有村，棘篱疏败漫为门。
寒鸡得食自呼伴，老叟无衣犹抱孙。
野艇鸟翘唯断缆，枯桑水啮只危根。
嗟哉生计一如此，谬入王民版籍论。

诗继承了杜甫、白居易现实主义诗歌传统，通过淮河地区水灾惨象的描绘，抓住典型场景铺写，最后以统治阶级的无情作结，反映了民生的困苦、统治者的冷酷无情。

值得注意的是：在这一类诗歌当中，梅尧臣开辟了诗歌题材的新走向，就是从日常生活琐事中取材。如《食荠》《师厚云虱古未有诗邀予赋之》等。

梅尧臣的近体小诗多为写景抒情诗，往往写得意境新颖，语言清新。如《鲁山山行》：

适与野情惬，千山高复低。好峰随处改，幽径独行迷。
霜落熊升树，林空鹿饮溪。人家在何许？云外一声鸡。

诗写鲁山景色，观察细致，善于捕捉景物的特征，既写出了山的峰回路转、山路幽静的景色，又以动衬静，以雄鹿旁若无人的活动反衬深山人迹罕至。方回《瀛奎律髓》卷四评道："圣俞此诗，尾句自然，熊鹿一联，人皆称其工，然前联尤幽而有味。"又如《东溪》：

行到东溪看水时，坐临孤屿发船迟。
野凫眠岸有闲意，老树着花无丑枝。
短短蒲茸齐似剪，平平沙石净于筛。
情虽不厌住不得，薄暮归来车马疲。

此诗写景同样精致生动，实践了他"状难写之景如在目前"的诗论，而"老树着花无丑枝"则成为名句，被认为体现了古淡的风格。

二、苏舜钦（1008～1048），字子美，梓州铜山（四川）人，生于开封。27 岁中进士，当过县令，大理评事、集贤殿校理、监进奏等小官。政治上倾向于以范仲淹为首的变法派，欧阳修说他："位虽卑，数上书论朝廷大事，敢道人之所难言。"（《湖州长史苏君墓志铭》）因此遭到保守派的侧目。1044 年，任监进奏院的苏舜钦以惯例卖旧档废纸，祭神宴客，被保守派王拱辰乘机弹劾，以"监主自盗"的罪名罢官，与他来往的人包括范仲淹也被贬官，时有"一网打尽"之说，庆历新政宣告失败。苏于罢官后闲居苏州，致力于诗词的创作，41 岁卒，有《苏学士文集》传于世。

苏舜钦与梅尧臣一样，都主张以诗歌反映现实生活，扭转西昆派脱离现实、雕章俪句的风气，“笔下趋古风，直趣圣所存”（《夏热昼寝感咏》），回到《诗经》反映现实的创作道路上来。他还推崇杜甫“豪迈哀顿”的风格，并形成了自己豪迈奔放的诗歌特色，以议论入诗、以散文句式入诗，初步显示出宋诗“议论化”“散文化”的特色。

苏舜钦写了许多反映当时政治斗争、重大事件的作品。

在及时反映时事方面，苏舜钦在北宋前期诗坛可谓首屈一指。如《庆州败》写宋仁宗景祐三年（1034）宋军在庆州（今甘肃庆阳县）败于西夏军，直斥宋军统帅无能：“国家防塞今有谁？官为承制乳臭儿。”鞭挞宋军的腐败：“未成一军已出战”“马肥甲重士饱喘”。战败则降：“我军免胄乞死所，承制面缚交涕溢。”具有很强的政治性和现实性。

而其《闻京尹范希文谪鄱阳……》诗，则表达了对改革失败后的同志好友的支持和鼓励：“伊人有直节，许国有深谋。”这些诗歌都与现实政治密切相关，并采取夹叙夹议的笔法，语言刚劲，显示出苏舜钦诗歌豪迈犀利的风格。但有些诗议论成分过多，显得韵味不足。

还有反映民生疾苦的《吴越大旱》等等。

苏舜钦获罪归隐后，买池馆筑沧浪亭，游历吴越名山。诗歌内容和风格有所变化，多纪游之作，诗风由早年的粗豪变为清新明丽。如《淮中晚泊犊头》：

> 春阴垂野草青青，时有幽花一树明。
> 晚泊孤舟古祠下，满川风雨看潮生。

又如《夏意》：

> 别院深深夏簟清，石榴开遍透帘明。
> 树阴满地日当午，梦觉流莺时一声。

这类诗歌闲淡明丽，多为绝句，与其政治诗多为豪放的歌行体不同。故刘克庄《后村诗话》卷二说：“苏子美歌行雄放于圣俞，轩昂不羁如其为人；及蟠屈为吴体，则极平夷妥贴。”并评此二诗“极似韦苏州”。

第二节　欧阳修和北宋诗文革新运动

西昆体的形式主义诗风，引起了进步文学家的不满。他们意识到：宋诗要得到发展，就不能走晚唐以来吟风弄月的道路，不能像西昆体那样仅讲究骈俪声韵而忽视内容。于是提倡学习韩愈、柳宗元的古文运动，以古文对抗“时文”，以反映现实之作代替无病呻吟之作，从而兴起了一场声势浩大的诗文革新运动。欧阳修是这场革新运动的主帅，苏轼则是集大成和运动的最后完成者。北宋诗文革新运动是中国古代文学发展的重要转折点，它结束了骈文在南北朝之后600年间所占的优势，奠定了北宋新诗文在文坛的地位，从此，平易流畅、生动活泼的宋诗宋文风靡数百年，影响远达明清两代。

一、欧阳修的生平

欧阳修（1007~1072），字永叔，庐陵（今江西吉安）人。号醉翁，晚年又号六一居士，卒谥“文忠”，世称欧阳文忠公。他出身于低级官吏家庭，4岁丧父，早年生活贫困，母亲教导他“以荻画地学书”（《宋史》本传）。天圣八年（1030），他参加晏殊主持的礼部省试，中进士，时年24岁。

任西京推官时，在西昆文人、西京留守钱惟演的幕府中，结识尹洙、梅尧臣等人，提倡古文，唱和诗歌，“遂以文章名冠天下”（《宋史》本传）。

后任馆阁校理、谏官等职，曾因作《与高司谏书》获罪被贬为峡州（今宜昌）夷陵令。

积极参加范仲淹的“庆历新政”，一年之内上奏议百篇，成为改革派的主要发言人。庆历新政失败后，他被贬滁州等地。

至和元年（1054）被重新起用，历任翰林学士、知开封府、枢密副使等。嘉祐六年（1061）官参知政事（副宰相），在相位近十年。

神宗熙宁四年（1072）退休，次年卒，享年66岁。

二、欧阳修的思想

（一）政治哲学思想

欧阳修一生经历了真宗、仁宗、英宗、神宗四朝，其间两次被贬，自仁宗朝不断升迁，位居副宰相，是一个著名的政治家。

他对宋朝积贫积弱、外患内乱交集的政治局面痛心疾首，终生主张革除弊政。他为政简宽便民，主张废除横征暴敛，让人民得以休养生息。强调“为政所以安民也，无扰之而已”（《江休复墓志铭》）。

嘉祐三年（1058）知开封府时，“承包拯之威严之后，简易循理，不求赫名，京师亦治”（《宋史》本传）。

他任滁州知州时，采用简宽措施，使这个荒僻小城“民生不见外事，而安于田亩衣食，以乐生送死”（欧阳修《丰乐亭记》）。

他积极参加庆历新政，庆历三年（1043）首先提出方田均税法，比后来王安石变法推行的方田均税法早了30年。但后来方田均税法在执行过程中成为横征暴敛的害民措施，欧阳修于是提出废止均税法："俗吏贪功希赏，见小利而忘大害，为国敛怨于民"，"且均税一事，本是臣先建言闻今事有不便，臣固不敢缄默，今取禁止"。（《论均税札子》）

晚年在青州任上，他下令停止散发青苗钱，和王安石的政见发生冲突。恐怕主要是因为原来的便民措施变为害民措施，不得已而废之，不能作为他思想保守、反对改革的证据。

当然，欧阳修晚年的思想与前期思想有所变化：前期锋芒锐利，意气风发；后期忧谗畏讥，嗟病叹老。

庆历五年（1045）被贬滁州，次年作《醉翁亭记》，自号醉翁，实际上他年方40岁。他给好友写信道："修往时意锐，性本直率；近年经人事多，于世俗间，渐似耐烦。"（《与尹师鲁书》）他的思想陷入彷徨之中："既不能因时奋身，遇事发愤，有所建明，以为补益；又不能以阿取容以徇世俗。"（《归田录》）自愧"徒久费大农之钱，为太仓之鼠也"（《归田录》）。

晚年更为"忧患思虑劳吾心于内，使吾形不病而已悴，心未老先衰"（《六一居士》），而强烈要求辞官归隐。

欧阳修前后思想变化，当然有个人原因，但时代和环境的因素是主要的原因。

（二）文学思想

欧阳修对文学有一套较为系统的主张。

他继承了韩愈"文以载道"的观点，提出"我所谓文，必与道俱"（苏轼《祭欧阳文忠公》引欧阳修语）"大抵道胜者，文不难而自至也"（《答吴充秀才书》）。

但欧阳修在继承时也有发展，就是将道更加具体化，提出"实事"即"道"："孔子之后，唯孟轲最知'道'，然其言，不过教人树桑麻，畜鸡豚，以为养生送死为王道之本"，"其事乃世人之其易知而近者，盖切于事实而已"。（《与张秀才第二书》）

他以此思想为武器，反对西昆派重形式而忽视内容、重文轻道的浮靡文风，注重文学的实用价值，提倡反映现实、言之有物的作品。

欧阳修虽然重道，但不轻文，主张文道合一，这使他的观点与理学家的观点有所区别。他在《代人上王枢密求先集序》中说："某闻传曰：'言之无文，行而不远'，君子之所学也；言以载事而文以饰言；事信言文，乃能表现于后世。"因而，欧阳修对西昆体也并非一概排斥，而是对其风流文采加以一定程度的肯定："先朝杨刘风采耸动天下，至今使人倾想。"（《答蔡君谟书》）

欧阳修在继承韩愈的“不平则鸣”“穷苦之言易好”（《荆潭唱和集序》）的基础上，提出了“穷而后工”的理论。

重视作家的生活遭遇和感情因素对文学创作的重要作用，对中国文论产生了深远的影响。他通过总结许多作家取得创作成就所走过的道路，认识到政治上受压抑、生活上遭贫困等等不幸遭遇，能使作家体察民瘼，触事感物，抒发忧思积郁，道出“人情之难言”，写出精工之作品。

在文学作品的表现方法和语言风格方面，欧阳修主张简而有法和流畅自然。

他称赞尹洙的散文：“语简事备，复典重有法。”（《尹师鲁墓志铭》）并虚心学习尹洙古文的写作方法，自己的创作也力求“简而有法”，精炼严谨。据《朱子语类》记载，有人买他的《醉翁亭记》初稿，起初写滁州四面有山用了数十字，最后改定时，只有“环滁皆山也”五字而已。他在注意简练的同时，又注意流畅自然，对自己的作品精心构思，精心修改，足见其严肃认真的态度。

三、北宋诗文革新运动

宋代诗文革新运动，又称古文运动，是在继承唐代韩、柳古文运动的基础上发展而成的。早在宋初，就有王禹偁、柳开、穆修等人倡导古文，穆修还刻印韩柳集数百部在京师出售，但由于成就不够高，影响不够大，未能扭转风气。至梅尧臣、苏舜钦出，也力为古文，但因人微言轻，也未能成为诗文革新运动的领导者。欧阳修学古文虽然较晚，“子美之齿少于予，而予学古文反在其后”，但因其杰出的创作成就、丰富的理论建树，加之考官和副宰相的高位而具有文坛盟主的威望，成为诗文革新运动的领导者和组织者。

（一）诗文革新运动的过程

嘉祐二年（1057），欧阳修知贡举，他以考官的权力按自己的标准录取进士，黜落险怪奇涩之文（太学体），重视古文派的经世议论，独具慧眼选拔了一批人才。苏轼、苏辙、曾巩都在考试中入选。“场屋之习，从是遂变”（《宋史》本传），扭转了文坛的不良习气。

他还用自己的威望揄扬、推荐文学人才，看见苏轼的应试文章“惊为异人”，并对人说：“老夫当避路，放他出一头地也。”（《书简》）在滁州看到王安石的文章，叹道：“使如此文字不光耀于世，吾辈可耻也。”（《与王介甫第一书》）苏洵以布衣入京，欧阳修见其文章后，广为延誉，并推荐于朝廷。经过他的推荐称誉，原先默默无闻的苏洵、王安石、苏轼等人很快闻名全国，他们不负欧阳修所望，成为北宋的文学名家。

在欧阳修的组织和领导下，宋代最优秀的文学家形成了一支诗文革新的强大队伍，击败了内容空虚、形式僵化的西昆体，也扫荡了险怪奇涩的“太学体”，使文学创作向着内容充实、流畅自然的健康道路发展。

诗文革新运动的骨干是：梅尧臣、苏舜钦、王安石、苏洵、苏辙、曾巩等。苏轼继欧阳修之后领导诗文革新运动并取得完全胜利。

（二）诗文革新运动的参加者有较为统一的文学主张

尊韩是他们的一致态度，而韩愈文论的中心则是文道关系的统一，即内容与形式的统一。

宋代诗文革新运动的文学家都继承韩愈的观点，主张“文以载道”。梅尧臣主张写诗要“因事有所激，因物以兴通”（《答韩三子华、韩五持国、韩六玉汝见赠诗》）。苏舜钦说：“言者也，必归于道义。”（《上三司副使段公书》）王安石认为：“文者，务为有补于世用而已矣”，“要之，以适用为本”（《上人书》。）苏轼认为：“文章以华彩为末，而以体用为本。”（《答乔舍人启》）这些主张都与欧阳修的“文与道俱”、将道放于文之上的观点一致，认为诗文必须积极反映现实生活，为现实政治服务，并且要有真情实感。在这样的文学理论的指导下，他们创作了大量的反映阶级矛盾、富有人民性的诗歌散文。关注现实政治与民生，成为宋代文学家普遍的创作倾向。

另一方面，他们和欧阳修一样，并不排斥“文”的作用。梅尧臣说：“诗句义理虽通，语涉浅俗而可笑者，亦其病也。”（欧阳修《六一诗话》转引）苏轼说：“务令文学华实相符，期于适用乃佳。”（《与元老侄孙四首》）都不仅注意到文学创作的教化作用，而且注意到文学艺术的魅力。苏轼更是自觉地强调文学艺术自身的美学价值。这些理论使诗文革新运动的作家们创作出风格各异、精美动人的佳作，避免走上理学家们重道轻文、创作枯瘠的末路。

诗文革新运动的作家多赞同欧阳修的“穷而后工”论。苏舜钦在《送外弟王靖序》中说：“古之达者，皆发于羁苦饿寒，盖必极困而后起……坎壈埋废不自平，然后极心穷情，以入乎道术之渊。”王安石在《哭梅圣俞》中也说：“文辞感激多所忧”“诗人况又多穷愁。”梅尧臣则说：“少陵失意诗偏老，子厚因过笔更雄。”（《依韵和王介甫兄弟》）

这些论述和欧阳修的“穷而后工”论一脉相承，认识到文学创作来源于现实生活，作家深入下层人民的贫困生活，有了深切的体验后，才能写出内涵丰富、真切感人的好作品。

诗文革新运动的作家都反对西昆体浮华浅薄、雕章俪句的文风，而提倡平淡自然的风格。

梅尧臣认为:“作诗无古今，唯造平淡难。”(《读邵不疑学士诗卷》)苏轼在《自评文》中说：“吾文如万斛泉源，不择的皆可出……及其与山石曲折，随物赋形，而不可知也。”通过形象的比喻说明了在散文创作中如何达到自然的道理。苏轼主张自然的观点，还包括容许各种风格自由发展的意思在内，认为不必强求风格划一，而是各个作家根据个人的爱好自然发展。经过欧、苏等人的努力，宋代文坛出现了千姿百态、风格各异的作品。如梅尧臣的平淡深远、苏舜钦的真率豪迈、欧阳修的委婉流畅、苏轼的清雄豪迈、王安石的简洁劲峭，都声动一时，卓然成家。

在诗文革新初期，一些人没有正确地处理好批判和继承的关系，片面地、生硬的学习韩愈文章奇崛的一面，刻意追求词语的新奇险怪，形成“险怪奇涩”的“太学体”，著名的作者有刘几、宋祁等。《梦溪笔谈》卷九载刘几的应试文章——“天地轧，万物茁，圣人发”，就是这种“太学体”。其基本特征是违反语言的表达习惯，刻意求奇，以致令人费解。

宋初，柳开等人也否定艺术形式的作用，一味追求质朴，结果文章枯瘠无味，影响不大。欧阳修认为“韩柳文虽高，不必似之也”(曾巩《与王介甫第一书》转引)，并认为西昆体的形式主义不可取，但艺术手法是可取的:“偶俪之文，苟合于理，未必为非。”(《论尹师鲁墓志》)并没有全盘否定骈文，而是在散文创作中适当运用骈文的句法，如对偶、排比、长短句交替等，形成一种骈散结合、圆润流畅的新文体，时称“文赋”。欧阳修的《醉翁亭记》即是文赋的范例，还有范仲淹的《岳阳楼记》、苏轼的《前赤壁赋》等。宋代文学的繁荣是与欧、苏等人正确对待文学遗产分不开的。

四、欧阳修的文学创作

(一)诗歌创作

欧阳修的诗也学韩愈，但不蹈袭，自成一格。他吸收韩诗设想新奇、议论化、散文化的特点，但又避免了韩诗造语险怪生僻之弊，而形成清新流畅的个人风格。胡仔《苕溪渔隐丛话》说：“欧公作诗，盖欲自出胸臆，不肯蹈袭前人，亦其才高，不见牵强之迹。”

部分诗歌反映民生疾苦、国家大事，现实性较强。如《边户》:

家世为边户，年年常备胡。儿童习鞍马，妇女能弯弧。
胡尘朝夕起，虏骑蔑如无。邂逅辄相射，杀伤两常俱。
自从澶州盟，南北结欢娱。虽云免战斗，两地供赋租。
将吏戒生事，庙堂为远图。身居界河上，不敢界河鱼。

诗用对比的手法，写“澶州和约”签定后，边境人民生活和处境的变化，表达了作者对朝廷向辽妥协退让政策的强烈不满。语言也流畅自然。

写景抒怀诗，往往情调开朗旷达，风格清新优美。如《戏答元珍》：

> 春风疑不到天涯，二月山城未见花。
> 残雪压枝犹有橘，冻雷惊笋欲抽芽。
> 夜闻归雁生乡思，病入新年感物华。
> 曾是洛阳花下客，野芳虽晚不须嗟。

这是景祐四年（1037）欧阳修被贬峡州夷陵时赠友人丁宝臣的作品。欧阳修《笔说·峡州诗说》：“‘春风疑不到天涯，二月山城未见花’若无下句，则上句何堪；既见下句，则上句颇工。”可见他也很欣赏此诗；也可知他的清新自然的诗句实际是精心锤炼的结果，唯不见斧凿的痕迹而已。

欧阳修还有一些诗体现出议论化、散文化的倾向。其中有些诗能托物寓意，将议论与鲜明的形象描写相结合，显得寓意深刻。如咏物诗《画眉鸟》：

> 百啭千声随意移，山花红紫树高低。
> 始知锁向金笼听，不及林间自在啼。

时欧阳修被贬滁州，以笼中鸟与林间鸟作比喻，表达了对自由生活的向往。诗作立意新颖，比喻贴切，虽有议论，却显得警策动人。

但有一些诗歌的议论脱离生动可感的形象，显得生动枯燥。如《食糟民》：“上不能宽国之利，下不能饱尔之饥。我饮酒，尔食糟，尔虽不我责，我责何由逃！”这些诗内容虽然反映民瘼，有积极意义，但语意平直，缺乏动人的意境，诗味较淡薄。

（二）词创作

欧阳修的词创作也有较高的成就，但比起他的诗文来，对宋代词坛的意义略逊一筹。他的词较多地继承了晚唐五代词风，受冯延巳的影响较深。刘熙载《词概》说“冯正中词……欧阳永叔得其深”，即谓欧词继承了冯延巳词思致深入、感情深挚的特长。

欧阳修《六一词》有172首，其中80首为恋情词，约占半数。

这些恋情词婉转缠绵，走的是晚唐五代的老路子，唯词语清丽，较少脂粉气，与晏殊相似，世称“晏欧”。如《蝶恋花》：

> 庭院深深深几许？杨柳堆烟，帘幕无重数。玉勒雕鞍游冶处，楼高不见章台路。

雨横风狂三月暮，门掩黄昏，无计留春住。泪眼问花花不语，乱红飞过秋千去。

词写深闺怨妇的愁苦心情，是晚唐五代词常见的题材；在内容上，塑造幽深的意境，抒情委婉，也是传统的写法。但在“深婉”方面，欧词有新的发展，词作用深锁的重院、暮春的风雨、黄昏的飞花层层深入衬托怨妇被弃的哀愁，将她因物感时、自伤孤独的内心刻画得丝丝入扣。结句“泪眼问花花不语，乱红飞过秋千去”，是历代传诵的名句，被毛先舒评为“层深而浑成”（《古今词话》转引）。

欧阳修的另一类作品却脱离了委婉缠绵，风格疏朗洒脱，为宋词开拓了新的意境。这部分词作多写其理想抱负或登临怀古之情。如《朝中措·平山堂》：

平山阑槛倚晴空。山色有无中。手种堂前垂柳，别来几度春风。

文章太守，挥毫万字，一饮千钟。行乐直须年少，尊前看取衰翁。

欧阳修于庆历八年（1048）知扬州，在州西北蜀岗上建平山堂，植柳。后调开封，于至和三年（1056）送友人刘敞赴扬州任职，此为赠别之作。词中“挥毫万字，一饮千钟”的豪爽太守、“山色有无中”的疏朗景色，形成了一种清疏峻洁的风格，洗脱了晚唐五代词的缠绵情调，具有创新意义。

欧阳修的大部分词文雅优美，也有吸收民歌养分，写得通俗率真的词作。如《生查子·元夕》：

去年元夜时，花市灯如昼。月上柳梢头，人约黄昏后。今年元夜时，月与灯依旧。不见去年人，泪湿春衫袖。

全词语言浅白如同口语，但又构思巧妙。它采用多层次的对比手法，今与昔、闹与静、悲与欢，层层深入地表现了主人公复杂微妙的怀人之情。其中“月上柳梢头，人约黄昏后”境界优美，成为流传久远的名句。

欧阳修的词刚柔兼备、雅俗共赏的多方面的成就为人们所喜爱。他的深婉清丽的言情词影响了秦观、李清照等大家；疏朗清俊的言志词为后来苏轼一派的豪放词开了先路，承上启下功不可没。

第三节　王安石的诗

梅苏之后，宋诗已初具面目，创作日益兴盛。北宋词坛最具盛名的四名诗人——欧阳修、王安石、苏轼、黄庭坚，史称“北宋四大家”。苏、黄均有专章论述，这里简介王安石。

一、王安石（1021 ~ 1086），字介甫，晚号半山，抚州临川（今江西）人，宋仁宗庆历二年（1042）进士，历任鄞县（浙江）、扬州、常州、饶州等地的地方官，兴利除弊，卓有政绩。

嘉祐五年（1060）回京师担任三司使度支判官，他根据自己的实践经验和对时政的了解，向皇帝上万言书，提出了改革主张和措施，“议论高奇，能以辩博济其说，果于自用，慨然有矫世变俗之志”（《宋史》卷三二七本传），但未被朝廷采纳。

宋神宗熙宁二年（1069）任参知政事（副宰相），在神宗的支持下实行变法。他针对当时阶级矛盾尖锐、国防力量薄弱的情况，主张限制大官僚、大地主的特权，以缓和阶级矛盾，提出了青苗、均输、农田水利、免役、保甲、市易等新法，一定程度上减轻了人民的负担，对生产发展起到了推动作用，同时也加强了抵御外敌入侵的防御力量。

由于朝中司马光等顽固派的激烈反对，王安石于熙宁七年辞职，次年复职，于九年再度辞相，退居江宁（今南京）半山园。虽然他离开了相位，但新法还在继续推行，他的隐居生活还算平静。支持王安石变法的宋神宗于元丰八年（1085）死后，新法被废止了。终生为之奋斗的事业遭到失败，他也忧愤成疾而卒，终年 66 岁。封舒国公，改封荆国公，世称王荆公。

二、诗歌创作

王安石一生著述丰富，有《临川先生文集》，包括诗 34 卷，文 65 卷，词 1 卷，现存诗一千五百多首。他与欧阳修、梅尧臣、苏舜钦、苏轼都有密切来往，诗酬很多。王安石一生为实现自己的政治理想而奋斗，始终把文学创作和政治活动密切联系起来，因此，他的诗带有较强的政治色彩。晚年归隐山林之后诗风有所转变，但总体倾向仍以政治诗为主，体现了政治家的创作特色。

王安石的诗从内容上可分为政治诗、咏史诗、咏怀诗、写景诗四大类；从时间上可按其生平遭际分为三个时期。

前期：入汴京任职前（36 岁前）

这时他年少气盛，关注现实政治，所作政治诗，饱含政治热情和深刻的社会内容，而语意较为坦率。叶梦得《石林诗话》评曰：“少以意气自许，不复更为含蓄。”如《河北民》：

河北民，生近二边长苦辛。
家家养子学耕织，输与官家事夷狄。
今年大旱千里赤，州县仍催给河役。
老小相依来就南，南人丰年自无食。
悲愁天地白日昏，路旁过者无颜色。
汝生不及贞观中，斗粟数钱无兵戎！

宋仁宗时，对辽和西夏采取屈辱求和的政策，以金帛换取和平，每年输辽银20万辆，绢30万匹；输西夏银绢25万两匹。王安石这首诗写居住在宋与辽、夏交界地区的边民，辛勤地进行生产劳动，劳动果实却被宋朝统治者搜刮去奉送给敌国，求得苟安的政治局面。致使劳动人民无论是灾年还是丰年，都无法生存，只好流浪四方。结尾以唐太宗的“贞观盛世”反衬现实政治的腐败，表达了作者要进行政治改革的强烈的愿望。

中期：36岁至罢相归江宁

这时，王安石经历了多次政治上的升沉，感慨颇深，但仍坚持自己的政治抱负和对现实的批判精神。此时期多咏史诗、咏怀诗，通过对历史人物的景仰，抒发自己的政治热情，风格转为含蓄深刻。如他最负盛名的咏史古体诗《明妃曲》其一：

明妃初出汉宫时，泪湿春风鬓脚垂。
低徊顾影无颜色，尚得君王不自持。
归来却怪丹青手，入眼平生几曾有；
意态由来画不成，当时枉杀毛延寿。
一去心知更不归，可怜着尽汉宫衣；
寄声欲问塞南事，只有年年鸿雁飞。
家人万里传消息，好在毡城莫相忆；
君不见咫尺长门闭阿娇，人生失意无南北！

王安石《明妃曲》是咏昭君最好的诗，好在立意新。这诗前半部只写昭君的美，但不是从形象上写，而是从故事上写。昭君出来，泪湿鬓脚，自顾“无颜色”，但元帝见了，竟不能自持。原来昭君美不在容貌，而在精神，即“意态”。而画师又是个画肉不画骨的，所以“意态由来画不成，当时枉杀毛延寿”二句成为千古绝唱。

后半部写昭君在蒙古仍是关心祖国的，但是，“万里家人传消息，好在毡城莫相忆”。就是说，安慰来自家人，而非宫廷。宫廷呢？“君不见，咫尺长门闭阿娇，人生失意无南北”。这才是诗的主题。玩弄、遗弃女子，历代帝王皆如此，古今中外，概莫能外。“南北”者即中外。

满腹经纶的才智之士又何尝不是屈沉下僚、才华被淹没？诗作一洗历代昭君诗思君怨君的老套，立意新颖，思想深刻。而且一改前期诗作中直露的写法，将深刻的思想蕴含在鲜明的形象和贴切的典故当中，含蓄精炼。将叙事与议论相结合，体现出宋诗议论化的特点。该诗成为传诵一时的名作，欧阳修、梅尧臣、司马光都有和诗，但均不及王作。

其他还有咏怀诗也写得含蓄蕴藉，寓意深刻，如《夜直》：

金炉香烬漏声残，剪剪轻风阵阵寒。
春色恼人眠不得，月移花影上栏杆。

首句：视觉加听觉，以“动衬静”。次句：触觉。写出香尽漏残黎明破晓时分的夜寒意。三句：叙事夹抒情。但留下问题：诗人为什么“眠不得”、春色为何“恼人”的原因故意不说。四句：以景结情：只见月亮移动，照出花影，斜映在庭院里的栏杆上。

这首诗是熙宁二年王安石任翰林学士在学士院值夜班时所作。其时宋神宗已经采纳了他的意见，即将实行变法。作者因国事萦怀，心潮翻卷，彻夜难眠。诗中巧妙地以春夜景色撩人而难眠寄托政治抱负将要实现的喜悦，感情含而不露，耐人寻味。

后期：罢相归隐

这时他的政治热情有所减退，并信奉佛教，多流连山水之间。诗作以近体写景诗为主，风格转为精致深婉。黄庭坚说：“荆公暮年作小诗，雅丽精绝，脱去流俗。”（《诗人玉屑》卷十七转引）叶梦得《石林诗话》说：“荆公晚年，诗律尤精严，造语用字，间不容发。然意与言会，言随意遣，浑然天成，殆不见牵率排比处。”这就是荆公体或半山体，以丰神情韵向唐诗复归。王安石晚年尤长于绝句，以善于炼字著称。

如《泊船瓜洲》：

京口瓜洲一水间，钟山只隔数重山。
春风又绿江南岸，明月何时照我还。

据说“春风又绿江南岸”的“绿”字，是修改了十余次而成（洪迈《容斋随笔》卷八），由此可见王安石精心炼字的功夫。更可贵的是不见雕琢痕迹，浑然天成，精美而自然，故成名篇。

另一首《书湖阴先生壁》也写得很精美：

茅檐长扫静无苔，花木成畦手自栽。

一水护田将绿绕，两山排闼送青来。

这是作者在友人杨德逢（号湖阴先生）屋壁上题的一首诗，以优美的山水景色衬托友人清静脱俗的高风。后二句用拟人化手法将山水写得生动活泼，而且对仗精工，被叶梦得作为王诗“尤精于对偶”的例证（《石林诗话》）。

王安石晚年也并非一味重诗艺，不惹红尘；他仍然关注现实，坚持自己的操守，但表现得含蓄。

他的咏物诗就往往曲折地表露了他复杂的心境。

如《梅花》：

墙角数枝梅，凌寒独自开。

遥知不是雪，为有暗香来。

《北陂杏花》：

一陂春水绕花身，身影妖娆各占春。

纵被东风吹作雪，绝胜南陌碾成尘。

二诗均能紧扣所咏之梅花、杏花，作生动优美的描写，笔调闲淡而内含悲酸傲骨，这正是他晚年极力在隐居生活中追求平静而又不得不忍受变法失败痛苦的心境的反映。吴之振《宋诗钞初集临川诗钞序》说：“安石遗世情外，其悲壮即寓闲淡之中。”概括了他后期部分诗歌的特色。

“王荆公体”即“半山诗”的特点是重炼意，又重修辞，在用事、造语、炼字等方面煞费苦心，既新奇工巧又含蓄深婉，主要载体是其晚期雅丽精深的绝句。其长处在于下字工、用事切、对偶精，短处在于作诗主意求工。主意之过流为议论，好求工而伤于巧，故“王荆公体”有深婉不迫处，也有生硬奇崛处。前者乃取法于杜、韩而自成一体，后者实为江西派的先驱，本唐音而带宋调，对宋诗的发展起了不小的影响。

总之，王安石诗各体兼备，思想深刻，精工自然，不愧为“宋诗四大家”之一的称号。清人贺裳甚至“推为宋诗中第一”（《载酒园诗话》），充分肯定了他的成就。

第四章　北宋前中期词

——宋词的初起

北宋初期，为适应统治者追求享乐、歌舞升平的需要，词人多沿袭晚唐五代红香翠软的词风。至北宋中期词的格局始大变：宋中期词人继承了晚唐五代词的合理内核——以美丽芬芳的语言抒写深挚的情感，而在塑造优美的意境上，比前人有所发展。王国维《人间词话》说："词以境界为上，有境界则自成高格，自有名句。五代、北宋词所以独绝者在此。"故佳作名句颇多。代表作家是被称为"二晏"的晏殊、晏几道父子和张先。

第一节　晏殊

一、生平与创作

晏殊（991～1055），字同叔，谥元献，临川（今江西抚州）人。他 7 岁就能写文章，号"神童"。14 岁参加科举考试，"与进士千余人并试廷中，殊神气不慑，援笔立成，帝嘉赏，赐同进士出身"（《宋史》本传）。历任翰林学士、枢密副使、参知政事、枢密使等要职，官至仁宗朝宰相，仕途可谓一帆风顺。

他爱好文学，喜提拔后进，范仲淹、欧阳修都出其门下。又喜宴宾客，"宾主相得，日以饮酒赋诗为乐"（叶梦得《石林诗话》）。承平的时代和优裕的生活，使他的词多为茶余饭后、歌舞宴饮的娱宾遣兴之作，与晚唐五代词的功能相同，与之有着天然的联系。

另外，他有意识地向五代词人学习，尤为欣赏冯延巳的词。宋人刘攽的《中山诗话》说："晏元献尤喜江南冯延巳的歌词，其所自作，亦不减延巳。"清人刘熙载《艺概》说："冯延巳词，晏同叔得其俊。"

但晏殊并非原封不动地摹仿前人，而是有所创新。因为他位高权重，又有文学修养，所以他在作词当中追求一种清新闲雅的风致、蕴藉深细的情思，而有别于晚唐五代词浓烈的女人味、脂粉气。所以其子晏几道评其词曰："先君平日小词虽多，未尝作妇人语也。"（赵与旹《宾退录》）

二、晏殊词的特点

思致深入，带有理性，是晏殊词的第一个特点。

如果说冯延巳的词"风乍起，吹皱一池春水"（《谒金门》）"细雨湿流光"（《南乡子》）是偏于感性的一种纤细敏锐感受的话，晏殊则在感性的敏锐上加上了理性的思索，形成了一种思致深入、感情细腻的特点。尤善于将对人生、宇宙的哲理思考融化在优美的形象当中，获得"风流蕴藉"的评价（王灼《碧鸡漫志》）。典型的例子如《浣溪沙》：

一曲新词酒一杯，去年天气旧亭台，夕阳西下几时回。

无可奈何花落去，似曾相识燕归来。小园香径独徘徊。

这是晏殊词中最为脍炙人口的篇章。

写词人厌倦了歌吹喧哗的酒宴，独自来到后花园散步，面对夕阳西下，落英缤纷的景色，徒生年华难再、人生短暂的感慨。"无可奈何花落去，似曾相识燕归来"一联，花落而悲，燕归而喜，感觉是何等的敏锐，张宗橚《词林纪事》卷三称之为"精致缠绵"正谓此；而二句既是伤春，又是对世间一切生命新陈代谢的无奈，包含了对宇宙人生的体验和感受，思虑是何等的深远。此联还以情景交融、对仗工巧著称，成为流传久远的名句。

雍容闲雅而清新自然，是晏殊词的第二个特点。

晚唐五代词喜用富贵语，"玉楼""画堂""金锁""绮窗"是他们爱用的字眼，用的滥了，未免显得陈腐，失之雕镂。

晏殊贵为宰相，也不喜作寒酸语，喜欢在词中表现雍容闲雅的气度，但他不主张用金玉的皮相之语来表现富贵，而着重表现富贵的"气象"，以淡雅之笔写富贵之态。吴处厚《青箱杂记》引晏殊语说："余每吟富贵，不言金玉锦绣，而惟说气象。若'楼台侧畔杨花过，帘幕中间燕子飞'，'梨花院落溶溶月，柳絮池塘淡淡风'之类是也。"并说："穷儿家有这等景致也无?"

至于男女之情，也是晚唐五代写滥了的题材，晏殊也能以清新之笔抒写恋情的"气象"，从而能摆脱凡俗，开拓出新的意境。如《踏莎行》：

小径红稀，芳郊绿遍，高台树色阴阴见。春风不解禁杨花，濛濛乱扑行人面。

翠叶藏莺，朱帘隔燕，炉香静逐游丝转。一场愁梦酒醒时，斜阳却照深深院。

词以春风无情反衬人的有情，以夕阳斜照烘托主人公的哀愁，情思可谓深婉。而词中的“朱帘”“炉香”“深院”娓娓道来，透露出富贵人家的“气象”，气度从容不迫；其“愁”也非落魄者的深愁惨痛，而是富贵者那种说不清道不明的淡淡的“闲愁”，体现了“闲雅有情思”（《宋史》本传）“风调闲雅”（吴曾《能改斋词话》引晁补之语）的特色。

晏殊词的第三个特点是语言精美流畅。

如大珠小珠落玉盘，恰如其词集名《珠玉词》。

前人对此也多有激赏，如宋王灼的《碧鸡漫志》评为“温润秀洁”，清人冯煦说：“晏同叔去五代未远，馨烈所扇，得之最先。故左宫右徵，和婉而明丽，为北宋倚声家初祖。”（《宋六十一家词选·例言》）另一词人李调元认为：“珠玉词极流丽。”（《雨村词话》）

晏殊词的这个特点，从他众多的名句中都可以得到印证：“无可奈何花落去，似曾相识燕归来”；“昨夜西风凋碧树，独上高楼，望尽天涯路”（《蝶恋花》）。均精炼优美而又不落斧凿的痕迹，堪称“极流丽”的评价。

第二节　晏几道

一、生平

晏几道（约1030～约1106），字叔原，号小山，临川人，晏殊第七子。曾任颍昌府许田镇监。晏几道的个性与父亲不同，早年过着少年公子的优游生活，不喜与权贵应酬，不好仕进，只愿和歌伎词友交往，是一个贾宝玉式的才子。

晏殊去世后，家道中落，迫于饥寒，他在50岁上做了个颍昌府许田镇监的小官，不数年又“年未至乞身，退居京城赐第”（王灼《碧鸡漫志》）。黄庭坚在为晏几道集《小山词》作的序中说他有四痴：“仕宦逆蹇，而不能一傍贵人之门，是一痴也；论文自有体，不肯作一新进士语，此又一痴也；费资千百万，家人寒饥，而面有孺子之色，此又一痴也；人百负之而不恨，已信人终不疑其欺己，此又一痴也。”他种种被人称为痴的怪脾气，其实就是李煜般的“赤子之心”，高傲单纯而不识世故，在现实生活中处处碰壁；而在诗歌领域，却因其真纯而唱出动人的歌声。

公子哥的冶游生活，使他的词多恋伎的题材；而家庭由鼎盛走向衰落的境况，使他的词风再也没有晏殊的闲雅华贵的气派，而以婉转凄切为特色。

二、创作特色

在格调上，晏几道的词较为高雅；写歌伎不做淫邪之语，在这方面小晏有近似大晏之处，黄庭坚称小晏词为："狎邪之大雅。"（《小山词序》）

但在内容上，晏几道的词与晚唐五代没有多大区别，都是以文人与歌伎的感情生活为主要题材。他往往用优美文雅的语言，委婉曲折地写出对歌伎的深情。如《临江仙》：

> 梦后楼台高锁，酒醒帘幕低垂。去年春恨却来时，落花人独立，微雨燕双飞。
>
> 记得小蘋初见，两重心字罗衣，琵琶弦上说相思。当时明月在，曾照彩云归。

据晏几道《小山词自序》说："始时，沈十二廉叔、陈十君龙家，有莲、鸿、蘋、云，品清讴娱客。每得一解，即以草授诸儿。吾三人持酒听之，为一笑乐而已。而君龙疾废卧家，廉叔下世。昔之狂篇醉句，遂与两家歌儿酒使，俱流传于人间。"

此词为怀念友人家歌女小蘋而作。全词没有明说相思，而是写别后相思之苦，回忆见时的欢心，并以优美的景物加以烘托，将爱恋之情写得含蓄蕴藉高雅动人。杨万里的《诚斋诗话》激赏"落花人独立，微雨燕双飞"二句，认为"可谓好色而不淫矣"。正道出小晏词内容不脱"花间"旧蹊而格调较高雅的特色。值得注意的是，小晏词的恋情大都有具体的指向。

晏几道他最大的贡献就是在词的抒情手法的拓展上。

虽然晏几道词在题材上没有什么开拓，但他善于用出色的技巧、婉转深入的抒情，并配合以轻柔自然的语言，从而形成了深婉妩媚的鲜明特色。

晏几道词的抒情技巧之一：多用回忆的手法来写爱情的失意。

回忆可表现人的情深，如无感情，事过即忘；历久不忘，方表情深。如晏几道的《鹧鸪天》：

> 彩袖殷勤捧玉钟，当年拚却醉颜红。舞低杨柳楼心月，歌尽桃花扇底风。
>
> 从别后，忆相逢，几回魂梦与君同。今宵剩把银釭照，犹恐相逢是梦中。

"从别后，忆相逢，几回魂梦与君同"，不但"忆"，而且不知"忆"了几回，显示出相思的深度。回忆还可以造成抒情层次的变化，今昔对比，形成抒情上的曲折顿挫，使其情更为动人。“今宵剩把银釭照，犹恐相逢是梦中”，就用今天以相逢为梦，对比往昔以梦为真，将刻骨的相思写得委婉深挚。

回忆还具有“距离美”，相隔一段时间和空间，许多人和事会平添出许多美感。晏几道词中的歌女往往在回忆中都显得既美丽又多情：“彩袖殷勤捧玉钟”“歌尽桃花扇底风”。回忆手法的使用，使其词具有了“极深婉沉着之妙”（陈世宜《宋词举》）的风致。

晏几道词的抒情技巧之二，多用梦境来表现深情。

他往往用梦境与现实对比的虚实交错的手法，形成抒情上的婉转曲折。

如《鹧鸪天》：“春悄悄，夜迢迢。碧云天共楚宫遥。梦魂惯得无拘检，又踏杨花过谢桥。”（谢桥：谢娘家的桥，谢娘：歌女）写他在酒宴上对歌女一见钟情，归来后，梦魂离开躯体，踏着杨花去与心上人相会。通过梦境巧妙地表达了对歌女的日夜思恋的深情。

其《蝶恋花》词写梦境更为深婉：“梦入江南烟水路，行尽江南，不与离人遇。”不但写日思，而且写夜梦；不但写梦离人，而且写梦魂游遍江南，寻找伊人的芳踪。层层深入，将恋情写得极为深挚。此外，运用梦幻的手法，还使词作具有一种扑朔迷离的浪漫气氛，增加了词的美感。

第三节　张先

一、生平与创作

张先（990～1078），字子野，乌程（今浙江乌兴）人。宋天圣八年（1030）进士，与欧阳修同年，晏殊为其座师。曾任宿州掾、吴江令、嘉禾判官等，治平初年，以尚书都官郎中致仕。晚年往来于吴兴、杭州间，以放舟钓鱼为乐，与梅尧臣、欧阳修、苏轼游。工诗词，时与柳永齐名。卒年89岁，著有《张子野词》（原称《安陆词》）。

张先一生醉心于山水、美酒、佳人，叶梦得《石林诗话》说：“子野能为诗及乐府，至老不衰。居钱塘，苏子瞻作倅，时年已八十余，视听不衰，家犹蓄声伎。”苏轼也有诗载其年老尚娶妾：“诗人老去莺莺在，公子归来燕燕忙。”（王奕清《历代诗话》转引）其生活如此，词作也不离风花雪月、相思别愁。

胡仔《苕溪渔隐丛话》前集卷三十七载："有客谓张子野曰：人皆谓公'张三中'，即'心中事、眼中泪、意中人'也。"张先有《行香子》词道："断钟残角，又送黄昏。奈心中事，眼中泪，意中人。"论者正是以其词句概括其词不脱艳情离情，可见其词内容狭窄。

二、词作的特点

张先词以炼字见长。尤善用"影"字，获得"张三影"的美称。在朋友称他"张三中"时，他说："何不目之为'张三影'？……'云破月来花弄影''娇柔懒起，帘压卷花影''柳径无人，堕风絮无影'余平生所得意也。"(《苕溪渔隐丛话》前集卷三十七）是颇为自己善用"影"字而自豪的。据说当时尚书宋祁慕名前往拜访张先，先派使者去说："尚书欲见'云破月来花弄影'郎中。"可见"张三影"的确名噪一时。

"云破月来花弄影"出自张先的《天仙子》词：

> 《水调》数声持酒听，午醉醒来愁未醒。送春春去几时回？临晚镜，伤流景，往事后期空记省。
>
> 沙上并禽池上暝，云破月来花弄影。重重帘幕密遮灯，风不定，人初静，明日落红应满径。

词小序说："时为嘉禾小倅，以病眠，不赴府会。"是张先任嘉禾判官时的伤春嗟老之作。

在以临镜伤鬓白、并禽反衬自己孤独之后，以"云破月来花弄影"的凄清之景烘托愁情，写月亮在云层中忽隐忽现，花枝在晚风中摇曳不定，花影也随之忽明忽暗，笔触细腻而生动，塑造了朦胧而优美的意境，故成名句。王国维《人间词话》评道："着一'弄'字而境界全出矣。"值得指出的是，作词加小序由张先始。

张先词善用"影"字塑造一种虚无缥缈的空灵境界，使读者得到美的享受。

如他在86岁时写的《木兰花》词：

> 龙头舴艋吴儿竞，笋柱秋千游女并。芳洲拾翠暮忘归，秀野踏青来不定。
>
> 行云去后遥山暝。已放笙歌池院静。中庭月色正清明，无数杨花过无影。

词的上阕写寒食节游人踏青的热闹场面，下阕写归家后月夜的宁静景色。"中庭月色正清明，无数杨花过无影"之句，塑造了明净澄澈、空灵缥缈的意境，象征着词人晚年彻悟凡尘的淡薄心境，故为人所称道。清人朱彝尊《静志居词话》说此二句“叹其工绝，在世传三影之上”。

张先对词体的发展也有一定的贡献。

宋前中期词人二晏、欧阳修等均以写小令为主，张先除了令词之外，还写了不少慢词，在他现存的167首词中，有23首是慢词（见《全宋词》），且有不少佳作：如《千秋岁》词以“心似双丝网，中有千千结”句为人称道；《剪牡丹》词以“柔柳摇摇，坠轻絮无影”句著称。

这些慢词伴随着它们的名句传播久远，促进了慢词的创作，为柳永大量创作慢词开了先路。故陈廷焯《白雨斋词话》说：“张子野词，古今一大转移也。前此则为晏、欧，为温、韦，体段虽具，声色未开。后此则为秦、柳，为苏、辛，为美成、白石，发扬蹈厉，气局一新，而古意渐失。子野适其中。”肯定了张先词承前启后、开拓慢词的作用。（“张子野词，古今一大转移也。”之所以有这样的评价，笔者认为，是由于张先是将词体广泛使用于士大夫往来酬赠的第一人，这一点学术界是认同的。）

张先词还以词采清丽见长。

《木兰花》词中的“筝柱”“芳洲”“拾翠”都将秋千、沙洲、青草加以美化，给人以华美之感。但他的词终因内容单薄和思想平庸不能入大家之列，甚至不能与晏、欧富有思致的词比肩。李清照《词论》评其词：“虽时有妙语，而破碎何足名家。”

第四节　柳永的词

柳永是北宋前中期词人中有较大突破的作家，晏、欧、张等词人虽然各有成就，但总体说来未脱离晚唐五代的影响，宋词还是一个崇拜偶像的少年，未形成自己的独特风貌。只有到了柳永，以其大量的富有个性的慢词创作，才标志着宋词走向成年，走向成熟。因此，柳永成为北宋前中期成就最高的词人，成为宋词的第一个里程碑。

一、生平与创作

柳永人（987？～1053？）原名三变，字耆卿，是工部侍郎柳宜的第七子，崇安（今福建）人。景祐元年（1034）进士，官至屯田员外郎。世称柳七、柳屯田。有《乐章集》。

放浪才子时期。柳永出身于书香世家，父柳宜、兄柳三复、柳三接均为进士。受父兄影响，他早年勤奋读书，热衷科举，后人因其燃烛夜读而将他的读书地命名为笔架山和蜡烛山（李思永《柳永家世生平新考》）。但他个性狂放不羁，在上京赶考时，沉醉于歌楼伎馆，为歌伎填词，词作坦率地表露了与歌伎的恋情，并自视甚高，以为功名唾手可得。其《长寿乐》词写道：

情渐美，算好把夕雨朝云相继。……临轩亲试，对天颜咫尺，定然魁甲登高第。待恁时，等着回来贺喜。

名落孙山之后，柳永既愤怒屈辱又无可奈何，但仍狂放如故，认为不过是偶然的失误：

黄金榜上，偶失龙头望。明代暂遗贤，如何向。

再说即使是考场失意，还有情场得意补偿：

才子词人，自是白衣卿相。……忍把浮名换了浅斟低唱。

柳永把一心追求的功名蔑视为“浮名”，实际上是吃不到葡萄说葡萄酸。而当时的统治者却容不得他这样狂妄的态度，宋仁宗“留意儒雅，务本理道，深斥浮艳虚薄之文”，听了这首词，便在柳永的考卷上批道：“且去填词，何要浮名！”（吴曾《能改斋词话》）。这等于判了柳永科举考试的死刑，从此他屡试不中，只好自嘲为“奉旨填词柳三变”，成为一个专业词人。

柳永的中年时期。此时期他到处漫游，干谒名臣显宦，希望求得一官半职，但往往以失败而告终。他的《望海潮》（东南形胜）即为干谒父之友、两浙转运使孙何之作。他还写了不少颂谀皇帝的颂圣词，希图“上达天听”，如当宋仁宗生日时，他写了《送征衣》词祝贺：“吾皇诞弥月，瑶图缵庆，玉叶腾芳。并景贶三灵眷祐，挺英哲，掩前王”。但他的歌功颂德没有任何反应，只好在歌伎的怀抱里寻求慰藉。

他为歌伎写下了许多词作，既有寻欢作乐的成分，也有“同是天涯沦落人”同病相怜的因素。后者能够使他发现歌伎掩埋在卖笑生涯中的善良的心地和渴望过上正常人生活的梦想，使其恋伎词出现了许多才貌双全、感情丰富的妓女形象。

柳永的晚年时期。景祐六年，柳三变改名永之后，终于及第，但只当了睦州团练推官、昌国州盐场监官、泗州判官、屯田员外郎等小官。为求升职，他曾给皇帝上《醉蓬莱》词歌颂“祥瑞”，但因其中有“此际宸游，凤辇何处，管弦声清脆。太液波翻，披香帘卷，月明风细”句，“与御制真宗挽词暗合，上惨然。又读之‘太液波翻’，曰：‘何不言波澄？’投之于地，自此不复擢用”（徐釚《词苑丛谈》卷七）。柳永见闯了祸，求当时的宰相晏殊援手，却被晏殊抢白道：“殊虽作曲子，不曾道‘彩线慵拈伴伊坐’（柳永《定风波》）。”（张舜民《画墁录》）柳永升迁无望，经常调任，最后死于途中。据说他身后萧条，没有子女，由歌伎集资营葬。晚年时期多写羁旅行役词，词风转为悲慨深沉。

总之，柳永由于违背封建道德和传统雅文学的审美趣味，在仕途上遭到失败，但他的文学之路却别开生面，为世人所承认，尤为市民所欢迎。叶梦得《避暑录话》载：“凡有井水饮处，即能歌柳词。”可见传唱之广。柳词还传到高丽，高丽王朝用的歌词60首，柳永词就占了38首（《高丽史》卷八）。杨湜《古今词话》载：清明时节，游人多饮于柳永墓侧，谓之“吊柳七”。

二、柳词的特点

柳永词不为统治者赏识而受人民大众欢迎，主要一条是他走“市民文学”的道路。他的词的主要内容写城市风貌和市民生活；其形式多直率抒情，词语通俗；曲调多用“新声”——当时的流行歌曲，故为市民喜闻乐见。

柳永走市民文学之路，与北宋城市经济的繁荣有关，与他的个性也有关系。城市经济的发达，使市民队伍迅速壮大，促进了娱乐业的发展，词这种起源于酒宴的文学样式，更为市民大众所喜好。柳永是个功利思想较浓的人，仕进无望，便投市民之所好写词，为了歌词能卖座，他极力按市民的审美趣味作词。另外，他真率疏狂的性格，也与市民的趣味有暗合之处。因而，他的通俗词便有迎合和自发双重成分，成为宋俗词的典型作家。

柳永词的内容比前人有所开拓，主要表现在他热情讴歌都市文明。

如描绘杭州《望海潮》：

东南形胜，三吴都会，钱塘自古繁华。烟柳画桥，风帘翠幕，参差十万人家。云树绕堤沙，怒涛卷霜雪。天堑无涯。市列珠玑，户盈罗绮，竞豪奢。

重湖叠巘清嘉，有三秋桂子，十里荷花。羌管弄晴，菱歌泛夜，嬉嬉约叟莲娃。千骑拥高牙，乘醉听箫鼓，吟赏烟霞。异日图将好景，归去凤池夸。

这首词运用铺叙的手法，多层次多角度地展示了杭州城商业的繁荣、湖山的壮丽、人民的安闲、官吏的政绩，被陈振孙《直斋书录解题》称为：“承平气象，形容曲尽。”祝穆《方舆胜览》引范镇语说：“仁宗四十二年太平，镇在翰苑十余载，不能出一语咏歌，乃于耆卿词见之。”由此可见，柳永词忠实地反映了北宋城市生活，胜于那些只关注个人生活的词人，而他对都市文明的歌颂，自然会赢得广大市民的共鸣。

柳永词善于体察市民的精神状态与感情，并采取种种艺术手段将这些精神、感情表达得旖旎动人。

《四库全书总目提要·乐章集》评道："永所作旖旎近情，使人易入，虽颇以俗为病，然好之者终不绝也。"他的词写恋情、离情，往往真率大胆，热烈而细腻，不同于文人雅词的含蓄平和；并以郎才女貌代替统治者的门当户对的婚姻标准，反映出市民的审美趣味和婚姻观。这方面出色的例子是《雨霖铃》：

寒蝉凄切，对长亭晚，骤雨初歇。都门帐饮无绪，留恋处，兰舟催发。执手相看泪眼，竟无语凝噎。念去去千里烟波，暮霭沉沉楚天阔。

多情自古伤离别，更那堪冷落清秋节！今宵酒醒何处？杨柳岸晓风残月。此去经年，应是良辰好景虚设。便纵有千种风情，更与何人说！

此词是柳永离京时与情人话别的词。上片写景，用白描手法，没有过多的色彩渲染，但铺叙得很有层次：先写雨后郊外的远景，再写帐饮、兰舟的中景，三是执手相看的特写镜头，最后是行舟消失在暮色苍茫中的远景，将离别的过程写得非常细腻，并通过景色的衬托，将离别这种"人情"渲染得非常浓烈。

下片是直接抒情："多情自古伤离别""便纵有，千种风情，更与何人说"。都直抒胸臆，毫不隐讳；但仍以"杨柳岸晓风残月"的景物烘托，显得文采焕然。全词运用情景交融和铺叙的手法，将离情写得热烈、深挚而细腻，因而成为赋别的名篇，后来成为"宋金十大曲"之一，并流传到高丽等国。

但柳永词也有表现市民的情感与趣味庸俗的一面，这就是那些单纯的表现感官享受，或直言恋情、缺乏艺术表现的词作。如《慢曲紬》："怎生得以前，似恁偎香倚暖，抱着日高犹睡。"还有《玉女摇仙佩》等。这些词虽然表现了市民的婚姻观和审美趣味，但过分追求感官享乐，格调庸俗，是柳词中的劣品。

柳永词语言庸俗，多用宋时市井口语，生动活泼，故为市民大众所喜爱。如《定风波》：

自春来、惨绿愁红，芳心是事可可。日上花梢，莺穿柳带，犹压香衾卧。暖酥消，腻云亸。终日厌厌倦梳裹。无那。恨薄情一去，锦书无个。

早知恁么，悔当初、不把雕鞍锁。向鸡窗，只与蛮笺象管，拘束教吟课。镇相随、莫抛躲，针线闲拈伴伊坐。和我，免使年少光阴虚过。

词中用女子的口吻写相思之情，运用“可可”“无那”“恁么”“伊”、“个”等宋时口语，一反士人含蓄言情的写法，将恋情写得袒露无遗，故受到晏殊等人的鄙夷。其实此词刻画思妇心理，用口语更见真切生动。

从敦煌曲子词始，民间已有慢词的创作，但文人很少涉足。张先开始写慢词，但仍以令词为主。而柳永的《乐章集》用词调 120 个，慢词就占了七十多个。慢词多为“市井新声”，柳永以售词谋生，自然要采用当时的流行歌曲——慢词。另外，他也掌握了一些写慢词的技巧，也有能力写长篇慢词，不像晏、欧等人习惯于“语短情长”的写法，只能写短篇词作。

柳永写慢词的第一种方法，是“变旧声作新声”（李清照《词论》），即将晚唐五代流传下来的小令扩展字数为慢词，如《乐章集》中的《木兰花》《浪淘沙》《长相思》等十七调，全由小令变为慢词。另一种方法就是采用市井歌曲创制新调，《乐章集》中新创的词调如《红窗迥》《戚氏》等共有五十五调（曾大兴《柳永和他的词》）。

《戚氏》为柳永首创的词调，全调 212 字，为当时最长的慢词：

晚秋天。一霎微雨洒庭轩。槛菊萧疏，井梧零乱，惹残烟。凄然。望江关，飞云黯淡夕阳闲。当时宋玉悲感，向此临水与登山。远道迢递，行人凄楚，倦听陇水潺湲。正蝉吟败叶，蛩响衰草，相应喧喧。

（译文：时至深秋，一阵小雨洒落在庭院之中。槛边的菊花已经凋枯，井边的梧桐也纷纷落叶，好像惹来残存的烟雾蒙蒙。这凄凉的景象啊，我远望江河关隘，却只见乱云黯淡，夕阳闲红。想当年宋玉发出悲秋之叹，也正是面对登山临水的秋景。远方伸来的道路坎坷不平，路上的行人凄凄苦苦，似乎听厌了陇头的流水之声。看如今蝉鸣已经无力，树叶已经凋零，蟋蟀在枯黄的草丛中啼叫，好像是与蝉声相互呼应。）

孤馆度日如年。风露渐变，悄悄至更阑。长天净，绛河清浅，皓月婵娟。思绵绵，夜永对景，那堪屈指，暗想从前。未名未禄，绮陌红楼，往往经岁迁延。

（译文：身居客馆度日如年，节令推移，风凉露冷，不觉间已经是夜深人静。长天显得那样地安宁，银河像是浅浅的溪流，一轮皓月高挂在天空。漫漫的长夜中面对此景，思绪绵绵，却不忍屈指细算蹉跎了的光景。那时节没取得利禄功名，终日里流连于秦楼楚馆，年复一年地把青春荒废在烟花巷中。)

帝里风光好，当年少日，暮宴朝欢。况有狂朋怪侣，遇当歌、对酒竞留连。别来迅景如梭，旧游似梦，烟水程何限。念利名、憔悴长萦绊。追往事、空惨愁颜。漏箭移、稍觉轻寒。渐呜咽、画角数声残。对闲窗畔，停灯向晓，抱影无眠。

(译文：京城的风光格外诱人，想起少年初来时，日日伴着妓女寻欢，夜夜狂饮至百盅千盅。何况还有那疏狂放诞的朋友，遇到那酒宴歌舞便留连纵情。自从与他们分别之后，旧时的游历宛如梦境，不知这寒烟绿水何日能结束我疲倦的征程。这害人的名缰利索，牵累得我日渐憔悴。回首往事，我只有一副羞愧的面容。漏箭在悄悄地移动，渐渐地感到丝丝寒冷，远处传过来凄厉的画角之声。面对着寒窗闲坐，吹熄了灯等待拂晓，暗影中我怎能入梦?)

全词分为三叠，运用铺叙的手法写羁旅之愁。既有按时间顺序的铺叙：黄昏—夜晚—拂晓；又有按空间转移的铺叙：夕阳—皓月，孤馆—红楼；还有交叉铺叙：今—昔—今；显得既流畅明快，又变化多端。由此可见铺叙对长篇慢词的重要作用。

柳永词由于有纯熟的铺叙技巧，因而能驾驭长篇词作。“曲处能直，密处能疏，奡处能平，状难状之景，达难达之情，而出自以自然，自是北宋巨手。”(冯煦《六十一家词选·例言》)

柳永长篇慢词的铺叙，还得力于领字的巧妙运用，领字是句首能领起一串句子的虚字，而时空的转换和意象的组合离不开虚字的呼唤和照应。

张炎的《词源》说：“词与诗不同，……合用虚字呼唤，单字如‘正’‘但’‘任’‘其’之类，两字如‘莫是’‘还又’‘那堪’之类，三字如‘更能消’‘最无端’‘却又是’之类。”张炎所说的虚字，实际就是词的领字。

《戚氏》词中“望”“正”“渐”“对”等领字，将铺叙之中的转折处联结起来，起了承上启下的作用，使文气更加贯通，浑然一体。

柳词虽以俗词为主，但也不乏雅词。

他毕竟是传统文化培养出来的文人，身上还残留着传统雅文学的痕迹。他的一些非为他人而作，仅以抒怀为目的的词作，还写得相当文雅，如《八声甘州》的“渐霜风凄紧，关河冷落，残照当楼”就写得语词文雅、境界扩大。苏轼就认为“此语于诗句不减唐人高处”(赵令畤《侯鲭录》卷七转引)。

三、柳永词的贡献

综上所述，柳永是北宋前中期富有独创性的词人，虽然有人品上的缺陷和创作上的缺陷，但由于他对词坛的杰出贡献，成为宋词发展的里程碑。他对词坛的主要贡献在于：

第一，扩大了词境，将词从表现爱情的“艳科”扩展到都市生活、羁旅行役生活。

第二，丰富了词体，将词由简短的小令、引、近扩展为篇幅较长的慢词。

第三，丰富了词的创作技巧，铺叙和领字的运用为词人创作慢词提供了成功的经验。

第四，在一定程度上改变了词坛的欣赏趣味，由柳永始，词坛在雅词之外出现了俗词的创作，其率真自然的风格，成为元曲的先路。

第五节 范仲淹和王安石的词

在北宋前中期词坛上，婉约词成为时尚，内容不脱离爱情、离情，形式多抒情委婉，语言绮丽，呈现阴柔之美，晏、欧、张、柳的词均如此。

但也有一批词人开始突破这种词风，以词一反映忧国忧民的思想，语词刚健，塑造含有阳刚美的新意境，成为苏轼豪放词的先导，范仲淹、王安石就是代表。

范仲淹（989～1052），字希文，苏州吴县人。早年家境贫寒，经过刻苦攻读，于大中祥符八年（1015）考中进士，曾任陕西经略安抚招讨副使，兼知延州，主张抵御西夏防务。庆历三年（1043）任参知政事，实行政治改革，史称“庆历新政”。由于朝中保守派的反对，新政失败。范仲淹被调任陕西四路宣抚使，再次守边，后赴颍州途中病故。有《范文正公集》。

范仲淹是一个著名的政治家，文学只是他的副业，作品不多，但无论诗、词、文均有传世之作。

范仲淹的边塞词继承了唐边塞诗的传统（现存词5首，多为边塞词），意境开阔而深沉，笔力雄健，无论从内容到形式都突破了“词为艳科”的传统，给词坛带来一股清新之气。

如《渔家傲》：

塞下秋来风景异，衡阳雁去无留意。四面边声连角起。千嶂里，长烟落日孤城闭。

浊酒一杯家万里，燕然未勒归无计。羌管悠悠霜满地。人不寐，将军白发征夫泪。

范仲淹的雄健词风并非刻意为之，而是“因情而生文”。这是康定六年至庆历三年（1040~1043）范仲淹在延州守边时所作。词中描绘了“长烟落日孤城闭”的壮阔的边塞景色，将士们“燕然未勒归无计”的报国豪壮情怀，以及“将军白发征夫泪”的浓烈思乡之情，悲壮苍凉，给当时莺歌燕语的词坛带来一曲雄健之音。

当他用词写怀旧、相思之情时，词风就较为婉丽，带有时尚的痕迹。

如《苏幕遮》：

碧云天，黄叶地，秋色连波，波上寒烟翠。山映斜阳天接水，芳草无情，更在斜阳外。

黯乡魂，追旅思，夜夜除非，好梦留人睡。明月楼高休独倚，酒入愁肠，化作相思泪。

词风与欧词仿佛，尤其是“山映斜阳天接水，芳草无情，更在斜阳外”之句，与欧阳修的《踏莎行》的中“平芜尽处是春山，行人更在春山外”有相似之处。但总体说来，范词意境更为开阔，词语较为明快，具有范仲淹个人的风格。

王安石的词（分两大部分，向诗风靠拢），以诗为词。王安石的词也能开拓宋词意境，主要表现在他的咏史怀古词。他现存词27首，大部分是咏史怀古词，坦露出王安石以天下为已任的政治家胸怀，词风开朗豪迈。如《桂枝香》（金陵怀古）：

登临送目，正故国晚秋，天气初肃。千里澄江似练，翠峰如簇。征帆去棹残阳里，背西风、酒旗斜矗。彩舟云淡，星河鹭起，画图难足。

念往昔，豪华竞逐。叹门外楼头，悲恨相续。千古凭高对此，漫嗟荣辱。六朝旧事如流水，但寒烟衰草凝绿。至今商女，时时犹唱，《后庭》遗曲。

这是作者在治平四年（1067）任江宁知府时所作。江宁又称金陵，曾为六朝古都。词的上片描绘晚秋长江的壮丽景色，下片总结六朝兴亡的历史教训，寄托了对宋朝积贫积弱国势的忧虑，表达了改革图强的愿望。全词意境开阔，用典贴切，含意深远，成为咏史怀古的名篇。

王安石还有一些描绘隐居生活情趣的词作，当为他罢相退居江宁时所作。这些词的风格疏朗明快，无时人的婉丽之风。如《浣溪沙》：

百亩中庭半是苔。门前白道水萦回。爱闲能有几人来。小院回廊春寂寂，山桃溪杏两三栽。为谁零落为谁开。

意境与其诗《书湖阴先生壁》相似，描绘了湖光山色和悠闲的隐居生活，给人以清新之感。

总之，范仲淹和王安石虽有名篇，但创作不多，不足以影响词坛风气，成为婉约词与豪放词的过渡性作家。

第五章　才华横溢的文学家苏轼

——代表了北宋中期诗词革新的最高成就

在北宋后中期文坛上，出现了一位才华横溢的天才作家——苏轼。苏轼在宋代文学上的成就是空前的：代表了宋时的最高成就；苏词开拓了宋词的豪放派；苏文与韩愈、柳宗元、欧阳修并称，为“唐宋八大家”之一；书法为宋代四大书法家之首；首倡“文人画”，自成讲究“神似”、写意的一派。他的著作在当时已享有盛誉：“其为文章，才落笔，四海已皆传诵，下至闾巷田里，外及夷狄，莫不知名，其盛盖当时所未有。”（《东坡集》李绍序）这一切，使苏轼无可置疑的成为北宋文坛的领袖。

苏轼的人品与文品相得益彰。他在政治生涯中刚正不阿的品格，在挫折和困境中自强不息、坦荡旷达的高风亮节，使其文学作品具有极大的思想魅力，成为宋代文人乃至封建时代文人立身处世的楷模，反过来也促进了对其文学作品的学习和传播。

第一节　苏轼的生平和思想性格

一、生平与创作道路

苏轼（1036～1101）字子瞻，号东坡居士，眉山人。出生于一个富有文学传统的家庭，祖父苏序是诗人，父亲是散文家，母亲程夫人也知书达理，曾为苏轼讲解《后汉书·范滂传》，激励苏轼像范滂一样为正义而献身。先后在眉山乡塾和城西寿昌院州学就读，受到系统的学校教育，饱读经史诗文，很早就显示出过人的才华。

苏轼故乡眉山是一个“山不高而秀，水不深而清”（《眉山县志》）的地方，清澈的岷江横贯全境，西南为秀丽的峨眉山。苏轼的家园则为一个竹林掩映粉墙，溪流萦绕亭台的雅致院落。在这样秀丽山水的陶冶下，苏轼从小就养成了热爱大自然、崇尚自然的性格。

嘉祐元年（1056），苏轼已成长为一位“博通经史，属文日数千言”的文学青年。苏洵将苏轼、苏辙兄弟带到汴京参加科举考试，也将自己的著作呈送当时的文坛盟主欧阳修。从此“三苏”步入文坛，闻名天下，苏轼也开始了他坎坷的人生旅程。苏轼的生平与创作道路可分为四个时期。

（一）22～35岁的青年时期

嘉祐二年正月，苏轼参加了由欧阳修为主考官、梅尧臣负责考试事务的礼部考试，并通过同年三月宋仁宗主持的殿试，获进士第二名，苏辙也同科进士及第，这时苏轼年方22岁，苏辙19岁。当时的苏轼雄心勃勃、年少气盛，基本的政治倾向是要求变法，改革当时积贫积弱的政治局面。其文学成就多表现为政治性论文，代表作是科举考试时写的数十篇论文，如《刑赏忠厚之至论》，主张“立法贵严，而责人贵宽”“罪疑惟轻，功疑惟重”。考官梅尧臣看到后，以为似孟子之风，转给欧阳修看，欧阳修“得东坡之文喜，欲取为第一人，又疑为门人曾子固之文，恐招物议，抑为第二”（杨万里《诚斋诗话》）。由于苏轼要求改革的思想与欧、梅等人暗合，他的文风也符合欧阳修等人在诗文革新运动中提出的要求，因而大受称赏。欧阳修收到苏轼的谢书之后说：“读轼书，不觉汗出，快哉！老夫当避路，放他出一头地也”。（《河南邵氏闻见后录》）

由于欧阳修等人的赞誉识拔，苏轼名震京师，“东坡文落笔，辄为人所传诵”（《曲洧旧闻》）。宋仁宗也很赏识苏轼的才华，在殿试苏轼兄弟后，对皇后说：“朕今为子孙得两宰相矣。”宋英宗本想对苏轼委以重任诏入翰林院，但宰相韩琦以资历不够加以反对。而宋神宗“尤爱其文”，“称为天下奇才”（均见《宋史》本传）。后因奔母丧回蜀，守孝三年，嘉祐六年应制科试，入第三等。他任的第一个官职是大理评事、签书凤翔府判官，从此踏上了仕途。三年任期届满，回京任判官诰院，开始了他的京官生活。

在文学方面，这时期是苏轼创作的发轫阶段。他的政论文虽然善于随机生发，翻空出奇，却又多书生之见，议论多流于空泛。如在《商鞅论》中贬斥商鞅变法，认为是破国亡家之术；说诸葛亮只要费十万金离间魏国君臣，便可举兵灭之，都是幼稚之见。王安石对他的应试文章不以为然，曾对人说：“若安石为考官，必黜之。”（《河南邵氏闻见后录》）苏轼的政治论文虽轰动一时，但后世流传不广，也说明苏轼此时思想上和艺术上不成熟。

（二）36～49岁的中年时期

这是苏轼出任地方官和遭贬谪的时期，也是他文学上的黄金季节。

宋神宗熙宁二年（1069），王安石推行变法，苏轼与王安石政见不同，他主张温和改革，认为变法过于激进，会引起社会动乱，在他的《上神宗皇帝书》中全面反对王安石变法，并在《再上皇帝书》中要求废除新政："今日之政，小用则小败，大用则大败，若力行而已，则乱亡随之。"但宋神宗支持王安石变法，苏轼感到在京难以实现自己的政见，要求出任地方官。

自36岁起，他历任杭州通判、密州知州、徐州知州、湖州知州等。每到一处，他都实践自己的"温和改革"政策，关心民生疾苦，组织生产救灾，办了不少利国利民的实事。如在杭州组织民工疏通了六口水井，解决了百姓吃水难的问题；在徐州率众抗洪，过家门而不入等等。但他的改革未触及政治制度，与王安石的变法有质的不同。

此时苏轼，虽有怀才不遇、自请外任的忧伤，但仍有待机雄飞的希冀和守持道义的自豪。因此，这时他的创作气势豪放，锋芒毕露。如《江城子·密州出猎》是典型的豪放词，写在密州任上，表达了建功立业的期待和信心。他的一些诗歌抨击时政，如《吴中田妇叹》批评新法实行后，老百姓没有得到利益，虽有偏颇之处，但表明他对政治的积极参与态度。他的一些极负盛名的写景抒怀诗也写于此时期。如《游金山寺》《望湖楼醉书》《饮湖上初晴后雨》等，表明了他的诗歌创作渐趋成熟。

1079年，苏轼的政治生活发生了重大的转折。御史中丞李定、监察御史舒亶等人在苏轼诗中罗织罪名，诬陷苏轼批评新法是怨谤皇帝，要求对苏轼"大明诛赏，以示天下"，于是苏轼被捕下狱。因为御史台又称乌台，故此事件史称"乌台诗案"。这次文字狱是朝中各派政治势力斗争的反映，苏轼生性坦率，经常用诗直言自己的政治观点，很容易被人陷害。后经章惇、王安石等人的多方营救，加上宋神宗很赏识苏轼的才华，不想落下杀才士的恶名，苏轼终于逃脱杀身之祸，但被贬到黄州，担任团练副使（有名无实）。

他的生活实际上是被监视的，因此作词道："夜阑风静縠纹平。小舟从此逝，江海寄余生。"（《临江仙》）。第二天就有人传说他乘舟而去，郡守以为州失罪人，急忙派人查问，只见他鼾声如雷，方才放心。因薪水微薄，不足生计，他开垦东坡种麦，因而自号东坡居士。在政治上、经济上的困难时期，他的思想趋于成熟，艺术上也进入炉火纯青的阶段，写出了他一生最好的作品，如《念奴娇·赤壁怀古》《赤壁赋》等。前者是豪放词代表作，后者是文赋的名篇；书帖《黄州寒食帖》也是历代书法家称道的佳作。

（三）50~58岁的中老年时期

苏轼50岁时，宋神宗病死，哲宗登位。哲宗年幼，实际执政的是高太后。高太后任用司马光为宰相，尽废新法，持续八年，史称“元祐更化”时期。因苏轼曾反对新法，司马光视为同调，将他召回京师，任为起居舍人、中书舍人、翰林学士等。但苏轼只是反对新法过于激进，并不反对政治改革。因此，他不同意司马光全面废除新法，经常与司马光在朝廷上争执不已，归家后还怒呼：“司马牛！司马牛！”(《铁围山丛谈》)。他与旧党貌合神离，在朝廷上难以立足，再次请求出任地方官。于是元祐四年重到杭州就任，后又任颍州、扬州知府。这时期政绩显著，如杭州发疫情，他捐资建病坊；西湖淤塞，他组织民工开浚，将淤泥堆成堤，上植树，人称“苏堤”，成为西湖一景。这时期也有不少佳作，如《八声甘州》（有情风）《水龙吟》（杨花词）等。散文多为碑记、题跋、随笔等。

（四）59～66岁的晚年时期

绍圣元年（1094）高太后去世，哲宗执政，支持新党，旧党下台。四月，侍御史来之邵以“所做文字，讥刺先朝”为名弹劾苏轼，苏轼先贬英州（广东英德)，未到又贬惠州，3年之后贬琼州、儋州。直到宋徽宗即位，大赦天下，苏轼才得以北归，但不久就病卒于常州，时年66岁。这时期苏轼屡遭贬谪，生活十分艰苦，但他性格开朗，无论走到哪里，都与当地人民友好相处，并教授生徒，施医救治，至今惠州、海南等地仍有许多关于苏轼的故事在流传。这时他虽已年迈，但仍写出许多好的作品。如《荔枝叹》《答谢民师书》（论述文学见解）等。思想仍十分活跃，不见老人衰惫之气。

二、思想性格

（一）政治思想

纵观苏轼的一生，他的政治思想可用“温和改革”或者“改良革新”来概括。在他的科举考试政治论文《进策》中，《课百官》六篇提出了改革吏治的措施；《安万民》六篇一方面主张减轻人民的负担，一方面提出了加强对人民统治的措施；《厚货财》两篇是苏轼为解决朝廷财政危机而提出的改革办法；《策断》三篇则为打击辽和西夏而提出的战略策略。他认为：“方今之世，苟不能涤荡振刷而卓然有所立，未见其可也。”（《策略》第一）主张除旧布新，但他反对王安石的激进骤变，主张“渐变”，“其病之所以由起者深，则其所以治之者，固非鲁莽因循苟且之所能去者”（《策略》)。认为宋朝就像一个危重病人，不能鲁莽用药，使之受不了而死去；也不能不加医治任其病死，而像白天渐渐变成黑夜，黑夜渐渐变成白天一样，逐步进行改革，达到富国强兵的目的。

苏轼的这种政治态度，使他在新旧党争激烈的朝廷中处于一种非常尴尬的地位。以王安石为首的新党执政时，他被视为旧党遭排斥，甚至因有讥讽新法的诗句而下御史台大狱；以司马光为首的旧党上台时，他同样遭到侧目，因自请外放；当新党再次得势时，他再次被贬谪，流放到海南岛。他深知自己的不合时宜，据说他曾在饭后问侍女说："你们说，我肚子里有什么?"他的爱妾朝云说："学士一肚皮的不合时宜。"他听后哈哈大笑，说明他不但深知自己的政见不合潮流，而且为自己有独立的见解而自豪（见《梁溪漫志》）。

（二）哲学思想

苏轼能得到时人和后人的敬仰，更主要的不是在政治舞台上的刚直不阿，而是他被贬之后坚持人生的探索，在困境中表现出的高风亮节。他博览群书，善于从各种哲学著作中寻找自己的思想武器，形成以儒为主儒释道兼备的综合思想，使自己无论身处顺境还是逆境都能游刃有余、自强不息。被贬黄州后，他不得"签署公事"，政治上不能施展自己的抱负，就转而"驰骋翰墨"，写出了大量的文学作品。他牢记父亲的遗训："士生于世，治气养心，无恶于身，推是以施之于人，不为苟生；不幸不用，犹当以其所著之翰墨，使人有闻焉。"（苏辙《历代论》）这是儒家"穷则独善其身，达则兼济天下"的传统观点的进一步发挥。在杭州、密州、徐州任上，他发挥政治才干，解民困苦；在黄州、惠州、儋州贬所，著书立说，吟诗作词，始终不消沉，自强不息。儒家济世报国的思想在他的政治生涯和文学创作中起着主导作用。

苏轼善于从老庄、道家的思想中吸取养料，摆脱政治失意的烦恼，从而保持乐观，在任何困境中都能泰然处之。他幼年曾从眉山道士张易简学道；被贬黄州后，又与道士陆惟忠游。他常用老庄的"天地与我并生，万物与我为一"（《齐物论》）的思想来安慰自己，在大自然中寻找精神寄托，摆脱苦闷情绪。《前赤壁赋》的主客问答便是这种思想的反映。

他的达观思想还带有一定的辩证法，看到事物总是向对立面转化，一切逆境都是暂时的，从而在困难面前始终保持着乐观的情绪。他在《定风波》一词中说道："料峭春风吹酒醒，微冷，山头斜照却相迎。回首向来萧瑟处，归去，也无风雨也无晴。"风雨过去，阳光在前，正如人生既有逆境也有顺境，尽可处之泰然。苏轼吸收了老庄的变化、虚无的观点，用以蔑视世间的困难挫折，但又不同于老庄"心如死灰"的极端厌世，他曾说："吾非逃世之事，而逃世之机。"（《志林·雪堂问潘邠老》）仍然关注现实，他在晚年被贬惠州时，还写出《荔枝叹》这样抨击朝政的杰作。应该说，他是吸收了老庄思想的积极成分，而抛弃了消极因素。

苏轼的达观思想还得力于佛教的影响。苏轼素与僧侣有密切交往：“苏子瞻佐郡时与僧惠勤、惠思、清顺、可久、惟肃、义诠为方外之交，尝同泛西湖。”（《西湖游览志余》）相交最久的是参寥子，有二十余年之谊。苏轼被贬黄州后，曾在城南安国寺“焚香默坐，深自省察，则物我两忘，身心皆空”（《黄州安国寺记》）。他被贬广东时也与广东的僧侣交往密切，广州六榕寺便有东坡参佛的遗迹。他也有不少诗是谈禅之作，如《百步洪》：“我生乘化日夜逝，坐觉一念逾新罗。纷纷争夺醉梦里，岂信荆棘埋铜驼。”“但应此心无所住，造物虽驶如吾何。”取《金刚经》“应无所住而生其心”之意，忘却世间的善恶、争斗，忘却现实的痛苦，取得心灵的平静。

苏轼的性格坦率爽直、诚挚宽厚，而又风趣幽默。苏轼在《密州倅厅题名记》中自称：“余性不慎言语，与人无亲疏，辄输写府藏，有所不尽如茹物不下，必吐出乃已。”他的弟弟苏辙说他：“其于人见善称之如恐不及，见不善斥之如恐不尽。见义勇于敢为，而不顾其害，用此数困于世，然终不以为恨。”（《东坡先生墓志铭》）

他对朋友真诚：在海南岛时听见秦观死讯，难过得两天没有吃饭。他对百姓宽厚：晚年北归，倾尽所有在阳羡（今宜兴）买了一所房子居住，夜间散步见一老妇哭泣，原来不肖子卖了百年故居，正是苏轼所买之房。苏轼“命取屋券，对妪焚之”，“不索其直”（《深雪偶谈》）。将房屋还给老妇，自己租房居住，直到去世。

他极风趣，常和朋友开玩笑。刘贡父晚年患疾断鼻梁，他戏作诗道：“大风起兮眉飞扬，安得壮士兮守鼻梁。”（《渑水燕谈录》）又曾问王安石：“何以谓之波？”王答：“水之皮。”他道：“然则滑者，水之骨也？”（罗大经《鹤林玉露》）滑稽如此。

苏轼的思想以儒为主，博采道、佛而灵活运用，奉儒而不迂执，谈禅而不佞佛，好道而不厌世。以儒家精神从政，以道家精神超然物外，以佛家看破忧患（红尘）的思想对待挫折，从而保持了乐观精神和积极进取的人生态度。这种思想使他的文学创作以积极的思想为主调，以生动自然、豪放旷达为主要风格，在思想内容和艺术上都取得了很高的成就。苏轼诗文有《东坡七集》，词有《东坡乐府》，明人辑有《苏东坡全集》。

第二节　苏轼的诗

苏轼诗现存二千七百多首，题材广泛，风格多样，手法多变。他的诗既继承了唐诗注重意境的特点，又在辉煌的唐诗之外，另辟蹊径，将情感、意象、哲理三者完美结合；宋诗至苏轼，终于形成了议论化、散文化、哲理化的特点，成为唐诗之外的又一重要诗派。

苏轼诗的成就与特色如下。

一、题材极为丰富

叶燮《原诗》说："苏轼之诗，其境界皆开辟古今之所未有；天地万物，嬉笑怒骂，无不鼓舞于笔端，而适如其意之所出。此韩愈后一大变也，而盛极矣。"

他的诗从题材上可分为抒怀诗、写景诗、政治诗、品评诗、风俗诗、谈禅诗几大类，尤以后三类诗具有开拓意义。

由于屡遭贬谪，走遍了半个中国，广泛接触了社会各阶层、各民族的生活，因而诗作内容丰富而新颖，胜于同代诸家诗人。

他的抒怀诗《自题金山画像》《纵笔》等，突出地表达了旷达的性格和潇洒的形象："问汝平生功业，黄州惠州儋州""报道先生春睡美，道人轻打五更钟"。

他的写景诗如《饮湖上初晴后雨》《有美堂暴雨》等生动地描绘了西湖的景色，久负盛名。

他的政治诗反映民生疾苦，揭露官吏贪暴："而今风物那堪画，县吏催租夜打门。"

品评诗是苏轼以诗的形式对他人的诗、书、画、乐作的评价，表现出丰富的美学思想和艺术修养，也是他对诗歌题材的重大开拓。如《书鄢陵王主簿所画折枝》：

> 论画以形似，见与儿童邻。赋诗必此诗，定非知诗人。
> 诗画本一律，天工与清新。……

提出了诗画都应神似的观点。

描写民情风俗的诗也是苏轼诗的新开拓之一。如描写农业生产的《石炭》《秧马歌》，前者写开掘煤炭的场面，后者写新式农具"秧马"，都是前人所未涉及的。

他的谈禅诗文学意味比较淡薄，不为人所重视，但有些诗在禅理中糅入了他深刻的人生体会，仍有可观之处。如《和子由渑池怀旧》：

> 人生到处知何似，应似飞鸿踏雪泥。泥上偶然留指爪，鸿飞那复计东西。

以佛家的虚无思想看待人生，形象生动，体会真切。“雪泥鸿爪”成为熟语。

二、风格多样

有豪迈、有飘逸、有理趣、有幽默，而以豪迈自然为主。他以老庄和禅宗思想来观照诗的创作：“欲令诗语妙，无厌空且静。静故了群动，空故纳万境。”（《送参寥诗》）推崇平淡自然，韵味深长的意境。

喜欢追步陶渊明、王维的诗风，认为陶诗“外枯而中膏，似淡而实美”（《评韩、柳诗》）。

他教导子侄辈学诗说：“渐老渐熟，乃造平淡，其实不是平淡，乃绚烂之至也。”（《与侄儿书》）但他的学陶诗平淡自然中加入了飘逸坦荡的个人风格，具有鲜明的个性特色。

如《月夜与客饮酒杏花下》：

> 杏花飞帘散馀春，明月入户寻幽人。
> 褰衣步月踏花影，炯如流水涵青苹。
> 花间置酒清香发，争挽长条落香雪。
> 山城薄酒不堪饮，劝君且吸杯中月。
> 洞箫声断月明中，惟忧月落酒杯空。
> 明朝卷地春风恶，但见绿叶栖残红。

这是一首七言古体诗，作于徐州任上。全诗将杏花、明月、美酒、幽人交织在一起写，塑造了一个韵味浓厚的优美意境，颇具唐诗风味。而诗中“劝君且吸杯中月”的豪气，又现出“坡仙”超脱飘逸的个人风格。

有些诗则想象丰富，气概豪迈，完全显示出他个人的特色。如《有美堂暴雨》：

> 游人脚底一声雷，满座顽云拨不开。
> 天外黑风吹海立，浙东飞雨过江来。
> 十分潋滟金尊凸，千杖敲铿羯鼓催。

唤起谪仙泉洒面，倒倾鲛室泻琼瑰。

此诗写在杭州西湖旁的有美堂上观暴雨，想象天外黑风掀起狂涛，雨中西湖像洒溢四泻的酒杯，急促的雨点如万鼓齐鸣等，将大自然的景色写得雄奇壮丽，气势不凡。

三、富有才气和学问

赵翼《瓯北史话》称其诗："才思横溢，触处生春。胸中书卷繁复，又足以供其左抽右旋，无不如意。"

（一）他的才气使诗歌生动活泼，富有表现力。如《惠崇春江晚景》：

竹外桃花三两枝，春江水暖鸭先知。
蒌蒿满地芦芽短，正是河豚欲上时。

这是给友人惠崇和尚作的题画诗。诗人选取了几件富有春天特色的景物加以描绘，使看似平淡的景物显得生气勃勃春意盎然。"春江水暖鸭先知"还成为名句。

（二）他的才气还表现在比喻贴切精当而流畅自然，看似信手拈来，读后却不由人不惊叹称赏。魏庆之《诗人玉屑》卷十七说："子瞻作诗，长于比喻。"

如《饮湖上初晴后雨》：

水光潋滟晴方好，山色空蒙雨亦奇。
欲把西湖比西子，浓妆淡抹总相宜。

作者把杭州西湖比作无论怎样打扮都很美的古代美女西施，把西湖描绘得非常美丽，引起了人们的万口传诵。西湖又名西子湖，可见苏轼比喻的魅力。

（三）苏轼的学问表现在善于使事用典，既切当又自然。王十朋《百家分类注东坡先生诗序》："东坡先生之英才绝识，卓冠一世。平生斟酌经传，贯穿子史，下至小说、杂记、佛经、道书、古诗、方言莫不毕究。"胡仔《苕溪渔隐丛话》卷三说："东坡最善用事，即显而易读，又切当。"如《荔枝叹》便是运用史书典故以讽今的例子：

十里一置飞尘灰，五里一堠兵火催。
颠坑仆谷相枕藉，知是荔枝龙眼来。
飞车跨山鹘横海，风枝露叶如新采。
宫中美人一破颜，惊尘溅血流千载。

永元荔枝来交州，天宝岁贡取之涪。
至今欲食林甫肉，无人举觞酹伯游。
我愿天公怜赤子，莫生尤物为疮痏。
雨顺风调百谷登，民不饥寒为上瑞。
君不见武夷溪边粟粒芽，前丁后蔡相笼加。
争新买宠出新意，今年斗品充官茶。
吾君所乏岂此物？致养口体何陋邪恶！
洛阳相君忠孝家，可怜亦进姚黄花。

诗作于惠州。为荔枝而发，说到茶，又说到牡丹，讽古刺今，开阖挥洒，胸中积郁，尽现诗中。荔支，今多写为“荔枝”。

（四）苏轼的学问还表现在有些诗作蕴含哲理、意味深长，显示出思辨的敏锐和见识的卓越。他往往能从平常小事中、自然景物中挖掘出人生哲理，并将这些哲理融汇在生动鲜明的形象当中，使诗既有哲理的深度又有诗意的情趣，前人称之为“理趣诗”。如《题西林壁》：

横看成岭侧成峰，远近高低各不同。
不识庐山真面目，只缘身在此山中。

此诗从不同的方位看到庐山不同的面貌从这一寻常现象出发，提出一个发人深省的道理：局外人有时会比局中人更清楚地看到事物的真相。人生的哲理和游山的情趣巧妙地融合在一起，赢得读者的广泛传诵。

四、苏轼的诗还有亲切近人的特色

他的思想是“万物与我合一”，因而，在他的笔下，万物都好像与人息息相关，融为一体。他往往用拟人的笔法写景物，使景物也带上了人的思想感情。如《新城道中》：“东风知我欲山行，吹断檐间积雨声。”写东风好像诗人的老友，知道他要游山，安排了雨后天晴的好天气。《海棠》：“只恐夜深花睡去，故烧高烛照红妆。”他把海棠写成一位酣睡的美人，突出了海棠花的风韵。拟人化的恰当运用，使苏诗富有人情味、亲切有趣。

五、一些赠与亲朋好友的诗作，幽默诙谐、富有情趣。如《戏子由》：

宛丘先生长如丘，宛丘学舍小如舟。
常时低头诵经史，忽然欠伸屋打头。

又如讥讽友人陈季常怕悍妻：“忽闻河东狮子吼，拄杖落手心茫然。”（《西清诗话》），体现了苏轼幽默的性格。

苏诗是一位天才作家自由翱翔于天地间的吟唱，既博大精深、才华横溢，又平易近人，拨动了一代又一代读者的心弦。

第三节　苏轼的词

苏轼现存词作340首，比起二千多首诗来，数量不多。但在宋词发展史上，苏词具有重要的地位，他是继柳永之后著名的词人，是宋词的第二个里程碑。

一、苏词的贡献

苏词开拓了词境，扩大了词的表现范围和词体的作用。晚唐五代和宋初词的题材局限于艳情、离情，欧阳修、范仲淹等的少量词作开始突破此樊篱，写个人的理想抱负。柳永词写市民生活和羁旅感受，有了进一步的突破。但总体上看，欧、柳等人囿于“词为小道”的观念，词的题材还是较为狭窄的。只是到了苏轼，词才完全摆脱了“词为艳科”“诗言志，词缘情”的限制，广泛地反映社会生活。从传统的爱情离情到亲情友情，从理想抱负到古代英雄，从城市风光到人民生活等等，无不出现在苏轼的词当中。

刘熙载《艺概》认为苏词“颇似老杜诗，以其无意不可入，无事不可言也”。苏轼认为词的本质是诗，是古人“长短句”（《与蔡景繁书》）。因而也可以像诗一样广泛地反映社会生活和全方位地表现作家的自我。他把诗人惯用的怀古、感旧、纪游等题材都运用到词当中，并广泛地引用前人的诗句和经史子集的语句入词，扩大了词的语言，前人称之为“以诗为词”（陈师道《后山诗话》）。苏轼对词境的开拓，使词从专门的应歌发展为可以抒情述志的新诗体，这是他对词的第一大贡献。

苏轼开创了豪放风格的词作。苏轼以前的词作，多为婉转秀美的婉约词；范仲淹、王安石虽然有几首风格疏朗的作品，但总体词风还是比较单一的，到苏轼笔下，这种单一的词风被彻底打破，他开创了豪放中带有清旷的崭新词风，以其艺术魅力风靡词坛，并影响到南宋以辛弃疾为代表的豪放词派。《四库全书总目提要》评东坡词说：“词自晚唐五代以来，以清切婉丽为宗，至柳永一变，如诗家之有白居易；至苏轼而又变，如诗家之有韩愈，遂开南宋辛弃疾等一派。”正道出苏词开拓词风的意义。

苏词提高了词的品格。苏轼以前的词作，多儿女情长、寄情声色的“艳词”，骨力孱弱。有一些恋妓词还有色情的庸俗倾向，格调低下。苏轼不满柳永、秦观词的格调不高，努力开辟雅词。他的豪放词抒发乐观开朗的情怀，笔力刚健；他的婉约词以健笔写柔情，柔而不腻，均能给人以格调高雅之感。陈洵《海绡说词》说："东坡独崇气格，箴规柳、秦，词体之尊，自东坡始。"苏轼对雅词的提倡，提高了词的品格地位，使词体得到了广泛的传播。

苏词使词摆脱了作为音乐附庸的地位，成为一种独立的抒情诗体。词本是应音乐的发展而产生的，须合律歌唱，但当时已经出现了词的内容与形式的矛盾，好词不一定可歌，可歌之词不一定是好词。为了解决这个矛盾，时人要求突破词的一些格律，所以出现了词的"拗体""又一体"。苏轼生性崇尚自然，诗文都主张"行于所当行"，就内容而变化形式，因此，在词意与词律发生矛盾时，往往改乐就词，以免词律束缚其喷涌的思潮。如著名的《念奴娇·赤壁怀古》词中的"小乔初嫁了，雄姿英发"、"多情应笑我，早生华发"等句的句读就与流行的词牌不同，但因为十分出色，得到人们的认可。后来《念奴娇》词牌就多了"又一体"，名为《大江东去》或《酹江月》。

当然，苏轼这种大胆的作法，也遭到时人和后人的非议。李清照的《词论》就讥之为"句读不葺之诗耳"；陈师道也认为"要非本色"（《后村诗话》）。

苏轼的词和他的诗文一样，是自由抒写思想感情的工具，不受什么条条框框的限制，因此，词作风格千姿百态，既有豪放恢宏，也有旷达飘逸，还有婉约清丽等等，而以豪放词最为著名。

二、词创作

豪放词。苏轼豪放词数量不多，只约占其词的十分之一，但极具影响力。最负盛名的是《江城子·密州出猎》《水调歌头·丙辰中秋》《念奴娇·赤壁怀古》。

《江城子·密州出猎》：

> 老夫聊发少年狂。左牵黄，右擎苍。锦帽貂裘，千骑卷平冈。为报倾城随太守，亲射虎，看孙郎。
>
> 酒酣胸胆尚开张。鬓微霜，又何妨。持节云中，何日遣冯唐。会挽雕弓如满月，西北望，射天狼。

《水调歌头·丙辰中秋》（丙辰中秋，欢饮达旦，大醉作此篇，兼怀子由。）：

> 明月几时有？把酒问青天。不知天上宫阙，今夕是何年。我欲乘风归去，又恐琼楼玉宇，高处不胜寒。起舞弄清影，何似在人间。

转朱阁，低绮户，照无眠。不应有恨，何事长向别时圆？人有悲欢离合，月有阴晴圆缺，此事古难全。但愿人长久，千里共婵娟。

《念奴娇·赤壁怀古》：

大江东去，浪淘尽、千古风流人物。故垒西边，人道是、三国周郎赤壁。乱石穿空，惊涛拍岸，卷起千堆雪。江山如画，一时多少豪杰！

遥想公瑾当年，小乔初嫁了，雄姿英发。羽扇纶巾，谈笑间、樯橹灰飞烟灭。故国神游，多情应笑我，早生华发。人生如梦，一尊还酹江月。

《江城子》写于熙宁八年（1075）密州任内，《水调歌头》写于次年，《念奴娇》写于元丰八年（1082）黄州贬所，均是苏轼中年时期的作品。三首词都以豪放著称，但又表现出同中有异的特色。

《江城子》借习武出猎表达渴望为国家守边疆、抗击侵略者的爱国热情，用词刚劲有力，音节响亮激越，气势豪放，是一首较为纯粹的豪放词。

《水调歌头》通过中秋望月怀人，表达了他出世、入世的思想矛盾、佳节思亲的苦闷和善于自我解脱的达观态度；思想较为复杂，艺术上也呈现多色调：既有乘风归去的浪漫想象，又有以月贯穿全词的奇特构思，还有“人有悲欢离合，月有阴晴圆缺”的巧妙说理，形成了豪放中带有飘逸的总体风格，是文学史上著名的中秋词。

《念奴娇》是苏轼受“乌台诗案”打击之后的抒怀之作，借赤壁的雄奇景色、历史英雄的丰功伟绩抒发其功业无成的感慨，全词意境壮阔，气势磅礴，但末尾结束在“人生如梦”的低沉音调上，形成了豪放而沉郁的风格，是他最著名的豪放词。

苏轼是有意开创豪放词风的。他在写完《江城子·密州出猎》后，给友人鲜于子骏写信说：“近却颇做小词，虽无柳七郎风味，亦自成一家。呵呵！数日前猎于郊外所获颇多。得一阕，令东州壮士抵掌顿足而歌之，吹笛击鼓以为节，颇壮观也。”（《与鲜于子骏书》）有意与柳永的婉约词分庭抗礼，自成“壮观”一家。但他的豪放词贯穿着崇尚自然的文学观，根据实际情景而采用不同的表达方式，呈现出多色调，并非一味粗豪。

清旷词。最具苏轼个性的是他的一些风格清旷的词作。

如《卜算子》：

缺月挂疏桐，漏断人初静。谁见幽人独往来，缥缈孤鸿影。

惊起却回头，有恨无人省。拣尽寒枝不肯栖，寂寞沙洲冷。

词的副题是“黄州定惠院寓居作”，是他被贬黄州时期的作品。

全词塑造了一只孤独寂寞的鸿雁形象，寄托了作者遭受政治挫折后孤独、迷惘的心境和孤高不屈的态度，境界凄清，含意深远。

另一首《定风波》也是著名的清旷之作：

> 莫听穿林打叶声，何妨吟啸且徐行。竹杖芒鞋轻胜马，谁怕？一蓑烟雨任平生。
>
> 料峭春风吹酒醒，微冷。山头斜照却相迎。回首向来萧瑟处，归去。也无风雨也无晴。

这是一首即兴感怀之作，作于黄州。“穿林打叶”指雨急风骤；“何妨”，是我行我素；“吟啸”，“徐行”，指态度从容。“竹杖芒鞋”是平民生涯；骑“马”是官宦气派。“一蓑烟雨任平生”，在风雨中行走，乃平生常风，任其自然，有何可怕？表露“我心坦然”的态度。“也无风雨也无晴”，将全词意境和情绪作一总收束。通过冒风雨前行的活动经历，悟出人生哲理，表明处世态度。

苏轼的清旷词往往塑造出清幽空灵的意境，表达出旷达洒脱的情怀，深为文人雅士尤其是隐居山林之士所喜爱。北宋的黄庭坚、晁补之，南宋的张孝祥、朱敦儒等人都追求这种词风。

婉约词。苏轼词中数量最多的是婉约词。这些词既有继承传统婉约词抒情委婉、词语清丽的一面，也有格调高雅、柔中见刚的一面。如写悼念亡妻的《江城子》（熙宁八年写于密州）：

> 十年生死两茫茫。不思量，自难忘。千里孤坟，无处话凄凉。纵使相逢应不识，尘满面、鬓如霜。
>
> 夜来幽梦忽还乡。小轩窗，正梳妆。相顾无言，惟有泪千行。料得年年肠断处，明月夜，短松冈。

传统婉约词拘于“艳科”的观念，多写恋妓的情怀，夫妻之情只入诗不入词。苏轼此词打破惯例，用平易质朴的语言写对逝去十年的亡妻的哀思，并揉入仕途坎坷的身世之感，感情极为深挚，格调高雅健康，是一首出色的悼亡词。

陈廷灼《白雨斋词话》说：“东坡之词纯以情胜，情之至者词亦至。只是情得其正，不似耆卿喁喁私情耳。”苏轼这类词对秦观、李清照都有明显的影响。

第六章 北宋后期诗词

——江西诗派与词的格律化

北宋后期的作家多受苏轼影响，被称为“苏门四学士”的黄庭坚、秦观、张耒、晁补之就是其中著名的作家。苏轼一方面热心培养和团结新进作家，另一方面他生性豁达，崇尚自然，不强求学生对自己亦步亦趋，因而苏门学子在学苏的同时，根据自己的爱好和专长另辟蹊径，自成文风。

黄庭坚开创了宋代影响最大的江西诗派；秦观写景抒情委婉细腻，丰富和发展了婉约词的技巧，成为婉约词的代表作家；张耒和晁补之也在诗词方面各有成就。

在词坛上成就较高的作家还有贺铸、周邦彦。贺铸词以题材广泛、风格多样而为人称道；周邦彦精于词的技巧和音律，崇尚雅正，开南宋姜夔、吴文英等格律词派的先河。北宋后期，无论诗和词都进一步推陈出新，使北宋后期文学出现了新的局面，但也出现了讲究形式的倾向。

第一节 黄庭坚和江西诗派

一、黄庭坚

（一）生平与创作道路：

黄庭坚（1045～1105）字鲁直，号山谷道人，又号涪翁，洪州分宁（江西修水）人。他出身于一个富有文化教养的家庭，父亲黄庶学杜甫、韩愈，舅氏李常（字公择）为著名藏书家。

17 岁时与诗人孙觉的女儿结婚。孙氏卒后，再婚谢景初之女。黄庭坚学诗得二岳父教诲，范温《潜溪诗眼》载：“山谷语传师云：‘庭坚因莘老（孙觉字）之言，遂晓老杜诗高雅大体。’”曾季貍《艇斋诗话》：“山谷诗妙天下，然自谓得句法于谢师厚（谢景初字）。”黄庭坚在这样的家庭环境中，博览群书，博取众家之长，才能向多方面发展，诗、词、文均为宋代大家，而书法则与苏轼、米芾、蔡襄并成为北宋四大家。

英宗治平四年（1067），年方 23 岁的黄庭坚进士登第，调汝州叶县尉。熙宁五年（1072）参加学官考试得中，任北京（今河北大名府）国子监教授。元丰元年，写信呈诗给当时的徐州知州苏轼，从此成为苏门弟子。元丰三年，解北京教职，进京候吏部改官，途经高邮时结识秦观。十月任太和县令，经过舒州（安庆潜山）三祖山的山谷寺，爱其泉林之胜，自号山谷道人，后人称“黄山谷”。

在政治上，黄庭坚受苏轼影响，不赞成王安石变法，但态度较为温和。他在《答洪驹父书》中说：“东坡文章妙天下，其短处在好骂，慎勿袭其轨也。”不同意像苏轼那样用诗文激烈的表达自己的政治观点；而在人品、文学上，他同苏轼一样，对王安石持肯定态度，其《跋王荆公禅简》说：“予尝熟观其风度，真视富贵如浮云，不溺于财利酒色，一世之伟人也。暮年小诗，雅丽精绝，脱去流俗，不可以常理待之。”

元丰八年，宋哲宗即位，高太后听政，司马光等旧党掌权，黄庭坚被召为秘书省校书郎，入京任职，校订《资治通鉴》。后又任检讨官，修《神宗实录》。当时苏轼兄弟、秦观、晁补之均在馆阁中，诗朋文友，往来酬唱，“一时文物之胜，自汉唐以来未有也”（德洪觉范《石门文字禅》卷二十七《跋三学士帖》）。

绍圣元年，哲宗任用新派，章惇、蔡卞等新党对黄庭坚所修的《神宗实录》大加指摘，庭坚被贬至四川涪州等边远之地。在激烈的党争中，他感到心灰意冷，移居戎州（今四川宜宾）南寺时，名其室曰“槁木庵”“死灰寮”。他年轻时在家乡读书，就常与寺庙禅师交往，这时更从宗教中寻求精神解脱，读佛经，与禅师唱和等，思想趋于消极。而在文学上，潜心钻研诗歌技巧，卓然成家。崇宁四年，卒于宜州（今广西宜山）贬所。年 61 岁。著有《豫章黄先生文集》《山谷诗集》《山谷词》等。

（二）黄庭坚诗歌的地位

黄庭坚与苏轼的政治命运相同，文学见解却不相同。尤其在诗歌理论和创作上，黄庭坚俨然同苏轼分庭抗礼，有开一代新风的功劳。清人全祖望在《宋诗纪事序》中说：“庆历之后，欧、梅、苏、王数公出，而宋诗一变。……而涪翁以崛奇之调，力追草堂，所谓江西诗派者，和之最盛，而宋诗又一变。”

（三）黄庭坚的诗歌创作

黄庭坚在诗歌创作中追求一种高雅峻洁的格调。

前人论山谷诗，每许其“格高”。诗中往往表现出作者洁身自好、蔑视功名富贵的清高品格和清新峻拔的语言风格。这是他的诗歌能风靡文坛并被后人钦仰的主要原因。像《登快阁》就是这方面的代表性作品：

痴儿了却公家事，快阁东西倚晚晴。
落木千山天远大，澄江一道月分明。
朱弦已为佳人绝，青眼聊因美酒横。
万里归船弄长笛，此心吾与白鸥盟。

此诗三、四句写景：因为是雨后天晴，空气清朗，所以看到天地之远大，月之分明，气象阔远。五、六句抒发感慨：五句用伯牙、钟子期事，钟子期听伯牙鼓琴，最能知音，子期死，伯牙破琴绝弦，终身不复鼓琴（见《吕氏春秋．本味》）。史容注曰“用钟期事，不知谓谁”，按黄庭坚此处不一定有所专指，只是慨叹自己心怀志事，世无知音，所以如伯牙之绝弦不复鼓琴，而聊借美酒佳人遣怀自娱而已。六句：青眼用阮籍的故事，嵇喜来吊，籍作白眼，喜不怿而退；喜弟嵇康闻之，乃赍酒挟琴造焉，籍大悦，乃见青眼（《晋书·阮籍传》）。“横”字用得生新。

此诗作于元丰五年（1082），时黄庭坚任江西太和县县令。公务之余，他登上了县城东门澄江边上的快阁，览胜抒怀。全诗意境阔大清峻，尤以颔联清新隽永，以疏朗明净的秋色衬托出诗人要摆脱污浊官场的高洁情怀，读后令人顿生灵魂净化之感，

黄庭坚在诗歌理论上主张创新，力避陈词滥调。

他反对西昆派的浮艳文风和盲目模仿李商隐的做法，认为“随人作计终后人”（《苕溪渔隐丛话》），表现了开辟诗歌创新道路的雄心壮志。但诗至盛唐已经达到顶峰，再要创新，谈何容易。苏轼以其丰富的阅历和杰出的天才，开辟了自由抒写怀抱的词境；黄庭坚的生活不如苏轼广阔，性格不如苏轼洒脱，带有更多的学者气质，长期的书斋生活使他只能选择一条在写作技巧上的创新之路。

他主张根据前人的诗意，加以变化改造，“取古人之陈言入于翰墨，如灵丹一粒，点铁成金也”（《答洪驹父书》）。围绕这种“点铁成金”论，又有“夺胎”“换骨”二法，前者是袭前人之意自创新词，后者是指对前人之意加以扩展、更新（见惠洪《冷斋夜话》）。还有“以俗为雅”“以故为新”等。

为了翻空出奇，他主张用僻典、用奇字，在材料选择上避免滥熟。诗人要做到这样，就要多读书，他说：“老杜作诗，退之作文，无一字无来处；盖

后人读书少，故谓韩杜自作此语耳。”（《答洪驹父书》）

黄庭坚十分推崇杜甫，学杜诗的现实主义精神，写过一些反映民生疾苦的诗作，如《流民叹》《上大蒙笼》等，但更多的是学杜诗的形式，认为杜诗最讲究用典和用字出处。这种理论主张，使他的诗有“以学问为诗”的倾向，形成了一种生新瘦硬的独特风格。

如《寄黄几复》“桃李春风一杯酒，江湖夜雨十年灯”之句，用的都是前人所习用的桃李、春风、江湖、夜雨等词语，但作者将它们巧妙的搭配起来，却构成了全新的意境，表达了思念友人的深挚感情。这也是所谓的脱胎换骨法。

又如《次韵刘景文登邺王台见思》：“公诗如美色，未嫁已倾城。”将形容美人的俗语“倾国倾城”，用以赞扬友人的诗，都是“以故为新”“以俗为雅”理论的实践。

但作者有时过分追求新奇，把本来易懂的意思用典故和生僻字来表达，使诗作显得生硬晦涩，影响了作者感情的表达。如《子瞻诗句妙一世，乃云效庭坚体，次韵道之》。这首诗将自己的诗和苏轼的诗对比，说自己的诗比不上苏轼的诗，这本来是很易懂的意思，但黄庭坚化用了韩愈、杜甫、李白等人的诗句来说明，中间部分几乎句句有出处，并用了“曹郐”“庞统”的典故，使诗意变得生硬费解。虽然煞费苦心地敲打文字，仍然不能流畅地表现出对友人的深挚情意。

为了标新立异，黄庭坚在诗歌中还喜用拗律拗句，押险韵，造成音调反常，给人以新颖之感，前人称之为“骨格清奇”。

如《题竹石牧牛》诗中“石吾甚爱之”之句，就打破了五言诗一般的“上二下三”的节奏，变为“石——吾甚爱之”的“上一下四”的节奏。全诗用他人少用的“屋”入声韵，声调短促突兀，给人以俏皮挺拔的感觉。又如《听宋宗儒摘阮歌》中“独雁叫群天拍水”之句，将“水拍天”倒装为“天拍水”，也产生了“瘦硬峭峭”的效果。

（四）江西诗派

形成的原因：黄庭坚清高的人格，反流俗的精神，以及与这种人格精神相配合的瘦劲清奇的诗风，为当时的文人所欣赏，他的诗号“庭坚体”，连苏轼都有“效庭坚体”诗。而他闭门研究诗律，脱离现实的倾向，也为北宋后期厌恶朝廷党争、寻求内心平静的文人所赞同。总之，他的诗集中体现了北宋晚期封建士大夫审美心理的需要，因而倾慕追随者甚众，形成了一个诗歌流派，史称“江西诗派”。

江西诗派名称的由来："江西诗派"的名称始于南宋的吕本中。据《苕溪渔隐丛话》载：他曾作《江西诗社宗派图》，将陈师道、陈与义等二十五人列为江西诗派，"谓其源流皆出豫章也"，并以黄庭坚的籍贯江西为其诗派之名，但并非派中都是江西人。"江西诗派"以学杜甫相号召，以杜甫为一祖，以黄庭坚、陈师道、陈与义为三宗（见《瀛奎律髓》）。

江西诗派的创作特色：江西诗派在创作上追求"格高"，即在清峻刚健的艺术特征中体现出高洁的人格修养，因而作品多写蔑视功名富贵，写亲情友情、自然风光等，而很少涉及时事和艳情；景物描写较少色彩渲染，多用白描手法；抒情方面，一般不作浓烈感情的描绘，多用平淡语言表现深挚的感情，以追求一种高雅的格调。

在语言上，尊崇黄庭坚"以俗为雅、以故为新""脱胎换骨"的理论，多化用前人诗句，喜用僻典奇字，打破了正常的语法规律，常常抛弃向来诗人讲究声律协调和词彩鲜明的艺术手法，以求得生新精警的效果。

二、陈师道（1053～1102）

除了黄庭坚外，陈师道是江西诗派的重要作家，二人合称"黄陈"，但诗风有所不同。黄庭坚诗清峻瘦劲，有韩愈的奇崛风骨；陈师道诗朴拙清苦，有孟郊的苦吟味道。

陈师道　字履常，一字无己，别号后山居士，徐州彭城人，早年曾从曾巩、苏轼受业，30 岁学黄庭坚，曾自云："仆于诗初无诗法，……及一见黄豫章，尽焚其稿而学焉。"（《答秦觏书》）曾任秘书省正字，世称陈正字。他家境困窘而人品清高，终以不受权贵赠袍得寒疾而死，有《后山先生集》。

诗歌理论：陈师道对江西诗派的理论有重要的建树。他尊奉黄庭坚"格高"的主张，并在《后山诗话》提出"宁拙毋巧，宁朴毋华，宁粗毋弱，宁僻毋俗"的主张，成为江西诗派著名的诗歌理论。

诗歌创作：为了达到新奇的效果，他刻意推敲字句诗意，以苦吟著称。据说他作诗时，往往闭门拥被苦吟，连猫狗都要赶出门外。经过潜心创作，写出一些情真意切的好诗。如《寄外舅郭大夫》：

巴蜀通归使，妻孥且旧居。深知报消息，不敢问何如。
身健何妨远，情亲未肯疏。功名欺老病，泪尽数行书。

郭概到蜀后使人报归，诗人知妻儿已安居，作此诗以寄怀念。诗的语言质朴平淡，感情却深厚诚挚，被诗家认为是深得杜诗精髓的江西诗派的代表作品。

但陈师道有时过分锻炼字句，有伤自然之趣；他闭门造车的创作方法，也受到时人和后人的讥讽，黄庭坚就说他“闭门觅句陈无己”（《病起荆江亭即事》）。

第二节　秦观和贺铸的词

苏门四学士的另一重要作家是秦观。

一、秦观（1049～1100），字少游，又字太虚，号淮海居士，扬州高邮人，出身于没落的地主家庭，15 岁父死，家贫不足自养。少年时有建功立业的抱负，“少豪隽，慷慨溢于文词”（《宋史·秦观传》）。但屡试不中，客游于汴京、扬州一带，为歌伎写词。

29 岁在彭城拜谒苏轼，献《黄楼赋》，受苏轼称赏，从此成为苏门弟子。30 岁考试复受挫，心灰意冷，作《掩关铭》。后在苏轼鼓励下再应考，37 岁得中进士。

元祐初，被苏轼推荐于朝廷，历任太学博士、校正秘书省书籍、国史院编修官等职，度过了他一生最快意的一段时期。绍圣初年，新党执政，他受苏轼牵连，被贬杭州、处州、郴州、横州、雷州等地，最后死于藤州，年 52 岁。

秦观诗、词、文、赋俱佳，但词名尤高，有《淮海居士长短句》。他在民间传说和戏曲小说当中是以风流才子的形象出现的。

他早年的生活类似柳永的落拓风流，后期的政治遭遇近乎苏轼的坎坷多艰。因而他的词作既有柳词的风味，也有苏词的品格，但更多的是融会了他本人的个性，形成了婉转凄迷的风格特征。《满庭芳》是他久负盛名的作品：

> 山抹微云，天连衰草，画角声断谯门。暂停征棹，聊共引离尊。多少蓬莱旧事，空回首、烟霭纷纷。斜阳外，寒鸦万点，流水绕孤村。
>
> 销魂。当此际，香囊暗解，罗带轻分。漫赢得青楼，薄幸名存。此去何时见也？襟袖上、空惹啼痕。伤情处，高城望断，灯火已黄昏。

全词将离别时的“伤情”和微云衰草、寒鸦孤村、灯火黄昏等凄迷景色融成一片，创造了感伤、动人的艺术境界，和柳永的《雨霖铃》词相似，由此可见柳词对他的影响。但“山抹微云，天连衰草”等句对景色的精妙描绘、用词色泽清丽，不同于柳永词的注重白描、用词艳俗；“高城望断，灯火已黄昏”等句抒情含蓄，余韵悠长，也别于柳词的抒情直露、一泻无余。更兼在声韵上的刻意经营，运用吐音轻柔的元音作韵脚，以柔曼之音配合恋恋不舍的词情，声情并茂、情韵兼胜。显示出秦观词缠绵凄婉的特有魅力。

秦观词与柳永词对比。柳永慢词，篇幅容量大，尤长于铺叙，但结构是线形的，单一疏散；语言俚俗，过于直露。而五代以来的小令，结构缜密，意境深婉，但体制短小，韵味有余而容量不足。所以秦观取二者之长，赋与比兴结合，而情韵兼胜。譬如说第二阕铺叙到“伤情处”，接着就是景物描写“高城望断，灯火已黄昏”，这样就造成了铺叙与比兴结合，抒情含蓄，余韵悠长，情韵兼胜。

在描写与歌伎相恋的爱情词当中，秦观一反以往轻薄文人视伎女为玩物，依红偎翠、浅斟低唱的写法，往往将被侮辱、被损害的伎女写成有感情、有个性的可爱女性，讴歌了爱情的真挚和纯洁。

这与柳词的多表现封建士大夫对妓女的狎弄，显然是不同的，而更近苏轼的《江城子》等爱情词的品格，在柔情中注入严肃的内容，格高情切。如《鹊桥仙》：

纤云弄巧，飞星传恨，银汉迢迢暗度。金风玉露一相逢，便胜却人间无数。

柔情似水，佳期如梦，忍顾鹊桥归路。两情若是久长时，又岂在朝朝暮暮。

牛郎织女的神话故事，以往的诗人多用以表现爱情受阻的哀怨。秦观却另立新意，认为只要爱情真挚，“金风玉露一相逢，便胜却人间无数”“两情若是久长时，又岂在朝朝暮暮”。久长不衰的爱情，胜过朝夕相处而貌合神离的婚姻。这首爱情词以其新颖的立意和高雅的格调而传诵不衰，与苏轼的爱情词一脉相承。

秦观的词在继承前人的成就上形成了自己的特色，主要是创造凄迷伤感的意境，抒发忧郁落寞的情怀，在词中着力表现一种忧郁的美。

他的词，发展了婉约词的技巧，能够细致地捕捉内心世界的变幻不定、复杂微妙的感觉，如人生无常、年华易逝、命运坎坷、爱情苦恼等等。这些词真实地反映了封建社会受压抑、受摧残的知识分子的痛苦心情。但词人没有自然主义地表现这种痛苦，而是用细腻的形象、真挚的感情和优美的文笔，写出一种极美的境界，深深引起人们的共鸣，就是周济所说的“将身世之感打并入艳情”。这是淮海词历来受人喜爱的重要原因。如《踏莎行》：

雾失楼台，月迷津渡，桃源望断无寻处。可堪孤馆闭春寒，杜鹃声里斜阳暮。

驿寄梅花，鱼传尺素，砌成此恨无重数。郴江幸自绕郴山，为谁流下潇湘去。

这是秦观流放郴州时的作品。政治上受挫的失意情怀，寂寞孤苦的流放生活，使他的词充满了一种浓厚的感伤情调，表现了一种凄婉的忧郁美。王国维《人间词话》以此词为例说："少游词境，最为凄婉。"道出了此词凄婉动人的风格特色。

秦观的词由于过分沉浸在个人的哀怨之中，不免内容狭窄，骨力孱弱。后人李清照便批评他"专主情致，而少故实，譬如贫家美女，虽极妍丽丰逸，而终乏富贵之态"（《词论》）。与同样被贬官而词情旷达的苏轼相比，秦观则是将自己的落魄之感渗透在类型化的情感之中，就是把落魄的潜意识隐藏在类型化的艳情当中，所以秦观的词虽有情致，但消沉无力，表现出封建文人的软弱性。

秦观词在词史上具有独特的地位。其词卓然一家，和婉纯正，典型地体现了婉约词的艺术特征。就婉约词的发展而言，秦观对另外两位婉约词的代表作家周邦彦和李清照有直接影响。陈廷焯说："秦少游自是作手，近亦美成，导其先路"（《白雨斋词话》）；"李易安词独辟门径，居然可观，其源自淮海、大晟来"（同前卷二）。秦词语言清丽淡雅。周邦彦得其丽，而发展为精雕细琢的典雅富丽；李清照则得其清，而朝着更自然本色的方向发展。

二、贺铸

贺铸（1052～1125）与秦观是同时期的优秀词人。字方回，号庆湖遗老，越州山阴（今绍兴）人。他是宋太祖贺皇后的五代族孙，宗室济国公赵克彰的女婿（程俱《宋故朝奉郎贺公墓志铭》）。虽然出身贵族，但家道中落，父亲贺安世只任过低级武官。贺铸相貌威武，"色青黑而有英气"，俗称"贺鬼头"（陆游《老学庵游记》）。性格豪爽，有报国之志，但由于性格刚直，长期屈沉下僚，自神宗熙宁元年（1068）以门荫任武职右班殿直始，23 年一直担任低级武官。哲宗元祐六年（1091）改任文职，也只历任宣义郎、宣德郎等卑微的小官。理想与现实的矛盾，使他常有怀才不遇的感叹和出世入世的思想斗争。徽宗大观三年（1109），58 岁的词人请老归田，此后隐居于苏州、常州一带，宣和七年卒，时年 74 岁。

贺铸虽为武官，但文化修养甚厚，7 岁学诗，博览群书，"俯首北窗下，作牛毛小楷，雌黄不去手，反如寒苦一书生”（《贺方回诗序》）。家中藏书达万卷。厚积薄发，贺铸诗词都有较高的成就，而以词名为盛。

贺铸词在题材和风格上都作过多方面的探索。他的《东山词》既有抒发理想抱负的豪放词，也有描写爱情离愁的婉约词，还有富于民歌色彩的俚俗之作。张耒在《东山词序》中评其词曰：“盛丽如游金、张之堂，而妖冶如揽嫱、施之祛（qū 衣袖），幽洁如屈、宋，悲壮如苏李。”正道出其风格的多姿多态。

豪放词以《六州歌头》最为著名：

少年侠气，交结五都雄。肝胆洞，毛发耸。立谈中，死生同，一诺千金重。推翘勇，矜豪纵，轻盖拥，联飞鞚，斗城东。轰饮酒垆，春色浮寒瓮，吸海垂虹。闲呼鹰嗾犬，白羽摘雕弓，狡穴俄空。乐匆匆。

似黄粱梦，辞丹凤。明月共，漾孤篷。官冗从，怀倥偬，落尘笼，簿书丛。鹖弁如云众，供粗用，忽奇功。笳鼓动，渔阳弄，思悲翁。不请长缨，系取天骄种，剑吼西风。恨登山临水，手寄七弦桐，目送归鸿。

这首词上阕描绘作者少年时弯弓出猎，立志报国的豪情壮志。下阕抒发请缨无路，庸碌度日的苦闷。通篇音调激昂，词情慷慨，充满了悲愤的爱国激情，开爱国词先河，南宋的张孝祥、辛弃疾、刘过都有继作。

婉约词以《青玉案》最有代表性：

凌波不过横塘路，但目送，芳尘去。锦瑟华年谁与度？月桥花院，琐窗朱户，只有春知处。

碧云冉冉蘅皋暮，彩笔新题断肠句。试问闲愁都几许！一川烟草，满城风絮，梅子黄时雨。

这首词情思缠绵，词采清丽，近乎秦观词的感伤情调，是典型的婉约词写法，但作者亦有独到之处。“一川烟草，满城风絮，梅子黄时雨”三句，用具体鲜明的江南烟景，表现抽象的、无边无际的闲愁，把愁情渲染得浓郁而优美。黄庭坚盛赞此词，《寄方回》诗道：“解道江南断肠句，只今惟有贺方回。”贺铸因此词出名，被称为“贺梅子”。

咏物词也写得文采斑斓，寄托深远。如《踏莎行》：

杨柳回塘，鸳鸯别浦，绿萍涨断莲舟路。断无蜂蝶慕幽香，红衣脱尽芳心苦。

返照迎潮，行云带雨，依依似与骚人语：当年不肯嫁春风，无端却被秋风误！

运用比兴的手法，将秋荷比喻为一位不肯媚俗而自苦的高洁女子，寄托了自己一生不肯俯仰世俗、终生潦倒的深沉感慨，优美的形象和深远的寄意融会成动人的意境。清人陈廷焯《白雨斋词话》评此词："骚情雅意，哀怨无端，读者亦不自知何以心醉，何以泪堕。"

贺铸对题材的开拓，主要表现在他写闺妇思念征夫的组词《捣练子》六首。北宋词人多关注内心生活，对外部世界很少反映；苏轼将词境扩大到农村、城市，但未涉及民生疾苦。贺铸这组词对宋朝连年征战给人民造成的痛苦给予了深切的同情，是对宋词题材的一个突破。他的二首《捣练子》写闺妇捣征衣寄戍边的夫婿，见雁归而人未归，人远音书稀，哀怨之情，颇为动人：

收锦字，下鸳机。净拂床砧夜捣衣。马上少年今健否，过瓜时见雁南飞。

边堠远，置邮稀，附与征衣衬铁衣。连夜不妨频梦见，过年惟望得书归。

这种思念戍人题材的词作，在文人词中少见，在民间词中却不乏，如《敦煌曲子词》中就有《凤归云》（征夫数载）等类似的作品。贺铸词吸收了民间词的养料，以质朴自然的语言写思妇征夫的哀怨，丰富了宋词的题材。

贺铸词长于造语，多从唐人诗句中吸取精华。他曾说："吾笔端驱使李商隐、温庭筠当奔命不暇。"由此形成了深婉密丽的语言风格。贺铸在词史上具有独特的地位和影响。他一方面沿着苏轼抒情自我化的道路前进，写自我英雄豪侠气概，开启了南宋辛弃疾豪放词的先声；另一方面，语言上又承晚唐温、李密丽的语言风格，而影响到南宋吴文英等人。

第三节 周邦彦的词

北宋末年另一词大家是周邦彦。他精于词艺和词律，促进了宋词技巧的成熟，与苏轼、柳永齐名，世称"柳俗、苏豪、周律"，并开创了宋词格律派，成为宋词发展的第三个里程碑。

一、生平和创作道路

周邦彦字美成，号清真居士，浙江钱塘人。少年"疏隽少检，不为州里推重，而博涉百家之书”（《宋史·周邦彦传》），是一个柳永式的疏狂才子。

元丰初，至京师太学读书。元丰七年，向朝廷献《汴都赋》，歌颂新法，受神宗赏识，从诸生中提拔为太学正。神宗死后，他被视为新党，外放庐州、溧水等地。

经过这次挫折，他的性格由疏狂变为谨慎，楼钥《清真先生文集序》说：“公壮年气锐，以布衣自结于明主，……而考其岁月，仕宦殊为流落，……盖其学道退然，委顺知命，人望之如木鸡，自以为喜。”绍圣四年，新党重起，他被召回京师，为国子主簿，后又历任秘书省正字、校书郎等职。

政和六年，提举大晟府。大晟府是宋徽宗设立的宫廷音乐机关，主要任务是整理古乐，创制新调，供朝廷典礼的需要，并以雅乐匡正天下俗乐。周在大晟府任职二年，又被外放顺昌府（安徽阜阳）、处州（浙江丽水），宣和三年卒于南京。

周邦彦一生经历了神宗、哲宗、徽宗三朝，青年时代虽以赋歌颂新法，但不过是无名青年为博得皇帝赏识而采取的手段，并未热心支持王安石变法。他与新旧两党均无关系。

遭贬谪后，他从少年的“疏隽少检”变得“如木鸡”一样，对朝廷的党争心有余悸。

他的《片玉词》绝大部分是描写艳情、离情、羁旅的作品，这和他长期过着偎红倚翠、浅斟低唱的放荡生活有关。据说他与宋徽宗都是京都名妓李师师的狎客。对于生活在北宋没落前夜的词人来说，对国家民族的危难极少用词来反映，一味沉浸在吟风弄月之中，不能不说是重大的缺憾。

但周邦彦的创作态度是十分认真的，宋人王灼《碧鸡漫志》评他“语意精心，用心良苦”。他的词的审美价值要高于思想价值。

二、周邦彦词的特点、成就（结北开南、集大成）

浑厚与勾勒的完美统一。清周济《宋四家词选·绪论》中说：“清真浑厚，正于勾勒处见。他人一勾勒便刻削，清真愈勾勒愈浑厚。”“浑厚”指周词创造艺术境界的完整性和生动性；“勾勒”是指达到“浑厚”所采用的技巧和方法，如同中国画中的工笔画，经过精细的勾勒点染，创造出博大精深的艺术境界。周邦彦词，无论是叙事、写景还是抒情，都层层渲染，精心描绘，又前呼后应，浑然一体，形成了“浑厚和雅”（张炎《词源》）“富丽精工”（陈振孙《直斋书录解题》）的独特风格。如《苏幕遮》：

燎沉香，消溽暑。鸟雀呼晴，侵晓窥檐语。叶上初阳干宿雨，水面清圆，一一风荷举。

故乡遥，何日去？家住吴门，久作长安旅。五月渔郎相忆否？小楫轻舟，梦入芙蓉浦。

这首词写夏日的清晨观荷而引起的思乡感情。通篇以荷花为线索，由上片的雨后清晨之荷到下片的想象故乡之荷，浑然一体；而“叶上初阳干宿雨，水面清圆，一一风荷举”之句，写出了沐浴着朝阳，在晨风中摇曳的荷花的风姿，充满了一种动态美。王国维在《人间词话》中称此句“真能得荷之神理者”。描绘荷花生动精工和上下片一线贯串，做到了局部与整体的统一。

将慢词发展到一个新的阶段。周邦彦词继承和发展了柳永词善于铺叙的技巧，将慢词发展到一个新的阶段。柳永词多按自然的顺序作纵向、横向的铺叙，显得自然流畅；周邦彦词则运用转折、跳跃的方法，作逆向的、交叉的铺叙，章法结构曲折多变，技巧更为丰富多彩（这就是叶嘉莹先生提出的周邦彦“以赋为词”。赋有两个含义：一是作为表达方法要直接说；二是作为文体要靠思力安排写词）。如《兰陵王·柳》：

柳阴直，烟里丝丝弄碧。隋堤上，曾见几番，拂水飘绵送行色。登临望故国，谁识京华倦客。长亭路，年去岁来，应折柔条过千尺。

闲寻旧踪迹，又酒趁哀弦，灯照离席。梨花榆火催寒食。愁一箭风快，半篙波暖，回头迢递便数驿，望人在天北。

凄恻，恨堆积，渐别浦萦回，津堠岑寂，斜阳冉冉春无极。念月榭携手，露桥闻笛，沉思前事，似梦里，泪暗滴。

这是一首被称为“渭城三叠”的名作（宋·毛幵《樵隐笔录》），借咏柳送别表达“京华倦客”的抑郁心情。词中以今与昔交叉铺叙，自己之愁与行者之愁交错描写，通过景物和感情的吞吐回环的精细描绘，塑造了一个凄恻动人的艺术境界，集中反映了北宋后期慢词的艺术水平。

音乐性强。《四库全书总目提要·片玉词》说：“邦彦妙解声律，为词家之冠。所制诸词，不独音之平仄宜遵，即仄声中上去入三声，亦不容混淆。”他的词既严守四声规则，又声情并茂，很便于伶工歌唱，因而传播很广。他还是一个著名的作曲家，自创了不少新调，如《拜新月慢》《荔支香近》《玲珑四犯》等，“每制一曲，名流辄为赓和”（沈雄《古今词话》转引《柳塘词话》）。他还增改、合并现有词调为新词调，张炎《词源》说周邦彦与其他大晟词人“增演慢曲、引、近，或移宫换羽，为三犯四犯之曲”。他所整理和创新的新旧调子，都成为后来填词者的规范。

融化前人的诗句入词。由于北宋后期文坛江西诗派盛行，周邦彦也喜欢融化前人的诗句入词，如《瑞龙吟》的“前度刘郎重到”，化用了刘禹锡诗句;《大酺》的“夜游共谁秉烛”化用古诗句等。

他还喜欢别出心裁的雕镂字句，但刻意求工的同时，也带来了造作、晦涩难懂的弊病。如他的《解语花》中的“桂华流瓦”句，王国维《人间词话》认为“境界极妙，惜以‘桂华’代‘月’耳”，是犯了“词忌用代字”之忌。周邦彦屡犯此忌，又如《风流子》用“玉筯”代泪等，就有伤自然流畅之美。

总之，周邦彦对词的技巧和音律的精心研究，在艺术上进一步促进了宋词的成熟。他的创作方法与研究方法，对南宋的姜夔、吴文英、王沂孙、张炎等人影响较大。他们步周邦彦的后尘，形成了一个颇具规模的“格律派”。周邦彦对清代浙西词派也有深远的影响，被奉为填词的最高境界。从这个意义上说，周邦彦堪称宋词发展的第三个里程碑。但周词题材较狭窄，多从理性思索去讲究技巧，失去了北宋词的纯真自然之趣，对后代词坛也带来了不良的影响。

第七章 南宋前期诗词

——爱国文学的高涨与诗词演进

第一节 陈与义及南渡初期诗人

南渡初的诗人，多源自北宋的江西诗派。面对国破家亡的重大巨变，诗人们已不能安居书斋钻研诗学，而是改变诗风，写出反映战乱的民生疾苦的现实作品，其中较有代表性的是江西诗派“三宗”之一的陈与义。

一、陈与义（1090~1138）字去非，自号简斋居士，洛阳人，后人称陈简斋。出身于官宦之家，曾祖父陈公弼是仁宗朝重臣；祖父恂为奉议郎、大理丞；父亲是朝请大夫；母亲为仁宗时宰相张士逊的孙女；外祖父张友正是著名的书法家。他在这样的书香之家薰陶之下，工诗，善书画。宋徽宗政和三年（1113）登进士第，授文林郎，开德府教授。后以《墨梅》诗为皇帝所赏识，升为太学博士、著作郎，皇帝常召对赋诗，诗名震动一时。后因受汝州知州葛胜仲的牵连，被贬监陈留（今开封县）酒税。

靖康之变后，陈与义自陈留南奔，流离襄汉、湖湘一带。宋高宗建立南宋后，陈与义绕道广东、福建抵临安，任兵部员外郎。在这5年的逃难生活中，目睹国破家亡的惨状、广大爱国军民抗击金兵的壮烈斗争事迹，写下了许多忠愤激越的爱国诗篇。在临安任职七年，官至参知政事，后辞官归湖州，1138年病逝，年49岁，有《简斋集》。

陈与义的创作以靖康元年（1126）为界，分为前后两期，前期为北宋时期，诗歌内容多写个人的闲情逸致或牢骚哀怨，很少涉及时政；艺术上喜化用杜甫等前人的诗句，诗风清新淡雅，完全是江西诗派的风范。

南渡之后，在乱离之中，学习杜甫忧国忧民的现实主义诗风，转而突破江西诗派的樊篱，写出许多感怀家国的诗篇，“以简洁扫繁缛，以雄浑代尖巧”（刘克庄《后村诗话前集》卷二），成为南北宋之交的杰出诗人。

陈与义前期诗作多表现个人的生活情趣。他喜爱梅花，其《简斋集》有咏梅诗 29 首，最受人称道的是《和张规臣水墨梅五绝》组诗五首，现录二首：

其四：

含章檐下春风面，造化功成秋兔毫。
意足不求颜色似，前身相马九方皋。

其五：

自读西湖处士诗，年年临水看幽姿。
晴窗画出横斜影，绝胜前村夜雪时。

此诗是为僧人花光仁老所画墨梅而作的题画诗。

“其四”用宋武帝寿阳公主卧含章殿下梅花落额上事，又用春秋时九方皋不辨雌雄颜色，只重内在品质的典故，说明墨梅虽与真梅颜色不同，但得梅的精神气韵，是高明的画法。

“其五”化用林逋《山园小梅》和僧其己《梅》的诗句，造语清丽，意境优美，写出了梅花的高洁风神。

两首诗喜用典故和化用前人诗句，正是江西诗派的常技。

陈与义有一些写景抒怀诗则写得俊逸生动，如《襄邑道中》：

飞花两岸照船红，百里榆堤半日风。
卧看满天云不动，不知云与我俱东。

政和七年（1117）晚春，陈与义登进士第不久，经襄邑（今河南睢县）由汴河入京待选，诗作笔调轻快，“光景明丽”“流荡自然”（刘辰翁《陈简斋集序》），透露出青年诗人踌躇满志、欢愉自信的心情。楼钥《〈简斋诗笺〉叙》说陈与义“少在洛下，已称诗俊”，此诗为证。

陈与义后期的诗作多为反映战乱的伤时之作。

在国破家亡的大动乱中，诗人的心情不可能像前期那样充满闲情逸致，而是在现实的激发下写出爱国主义诗章。这时，他才真正地认识到杜诗的精神实质，不是像黄庭坚说的那样“无一字无来处”，而是忧国忧民。他曾说：“要必识苏黄所不为，然后可以涉老杜之涯涘”（晦斋《简斋诗集引》引）胡仲孺《简斋诗集叙》也说：“况其忧国爱民之意，又与少陵无间，自坡、谷以降，谁能企之?”杨万里评他的“诗风已上少陵坛”（《跋陈简斋奏章》）。都道出了他南渡后诗风的转变。较有代表性的是《伤春》：

庙堂无策可平戎，坐使甘泉照夕烽。
初怪上都闻战马，岂知穷海看飞龙。
孤臣霜发三千丈，每岁烟花一万重。
稍喜长沙向延阁，疲兵敢犯犬羊锋。

宋高宗建炎三年（1129）秋，金兵大举南下，破建康，入临安，宋高宗逃至海上，只有龙图阁直学士向子諲“率军民死守”长沙抗金。次年春，陈与义在邵阳（今属湖南）听此消息，有感而作。诗中直斥朝廷大臣的无能，“坐使”金兵杀到了南宋都城临安，讥讽皇帝指挥逃跑，并化用了李白的《秋浦歌》和杜甫的《伤春》诗句表达了自己对国事的忧虑。最后以“稍喜”向子諲守城抗敌反讽诸将望风而降。诗作既有江西诗派喜化用前人诗句的作风，又有杜甫悲愤沉郁的特色，方回《瀛奎律髓》附纪昀的评语：“此诗真有杜意。”

陈与义有一些爱国诗则以咏物手法委婉抒情。如《牡丹》：

一自胡尘入汉关，十年伊洛路漫漫。
青墩溪畔龙钟客，独立东风看牡丹。

此为诗人咏物怀乡的名篇，时客居浙江桐乡县北青墩溪畔，自靖康之难流离江湖已经十年。一见他乡牡丹，勾起对“天下第一”的洛阳牡丹的回忆，便借牡丹为题，化用岑参《逢入京使》诗“故园东望路漫漫，双袖龙钟泪不干”，抒发了有家难归、体衰多病、无力报国的悲苦之情，感人至深。

陈与义南渡之后的诗作突破了以黄庭坚为首的江西诗风，自立旗帜，号称新体。《四库全书总目提要》卷一五六《简斋集》提要说：“其诗虽出豫章，而天分绝高，工于变化，风格遒上，思力沉挚，能卓然自辟蹊径。”其好友葛胜仲《陈去非诗集序》说：“搢绅士庶争相传诵，而旗亭传舍，摘句题写殆遍，号称新体。”他的诗名很盛，影响长达三十年：“自刘会孟（刘辰翁）尽发古今诗人之秘，江西诗为之一变。今三十年矣，而师昌谷、简斋最盛。”（程文海《雪楼集》卷十五）

与陈与义同时而著名的南渡诗人还有曾几。方回《桐江集续集》卷三十二《送罗寿可诗序》说：“陈简斋、曾文清为渡江之巨擘。”

二、曾几（1084～1166）字吉甫、志甫，江西赣州人。宋徽宗时，由太学博士升任秘书省校书郎。南宋高宗时，历任广南西路转运司、江南西路提点刑狱。绍兴八年（1138）因反对秦桧议和而罢官，寓居上饶茶山寺七年，自号茶山居士。秦桧死后，复为浙东提刑，迁秘书少监，官至敷文阁待制，以奉通大夫致仕，谥文清。有《茶山集》。

曾几是后期江西诗派的中坚分子。其《东轩小室即事》诗说："工部百世祖，涪翁一灯传。"他与江西诗派诗人吕本中也有师友关系，接受了吕本中"活法说"的诗论。他曾在《〈东莱先生诗集〉后序》中回忆他在绍兴元年（1131）向吕本中学诗的经过；又在《读吕居仁旧诗，有怀其人，作诗寄之》中说："学诗如参禅，慎勿参死句"，"居仁说活法，大意欲人悟。"这正是吕本中在《夏均父集序》中提出的"学诗活法"："规矩备具，而能出于规矩之外；变化不测，而亦不背于规矩也"，"谢玄晖（朓）有言'好诗流转圆美如弹丸'"。

曾几以"活法"作诗，讲究句法，而不生硬；喜欢用典，而力避生僻，从而形成清新自然、活泼明快的诗风。如《三衢道中》：

梅子黄时日日晴，小溪泛尽却山行。
绿阴不减来时路，添得黄鹂四五声。

诗以春末夏初景物—黄熟的梅子、繁茂的绿荫、鸣啭的黄鹂，衬托出诗人旅途的愉快。诗风清新明快，读后令人赏心悦目。

另一首《苏、秀道中自七月二十五日夜大雨三日，秋苗以苏，喜而有作》也写得酣畅轻快：

一夕骄阳转作霖，梦回凉冷润衣襟。
不愁屋漏床床湿，且喜溪流岸岸深。
千里稻花应秀色，五更桐叶最佳音。
无田似我犹欣舞，何况田间望岁心。

写久旱逢甘霖的喜悦心情，感情上的痛快淋漓与笔调上的轻快流畅交相辉映，其中化用杜甫《茅屋为秋风所破歌》和《春日江村》"春流岸岸深"的诗句，贴切自如。又善用虚词搭配动词，如："不愁""且喜""何况"作转接，使诗篇轻捷如行云流水，真可谓"流转圆美如弹丸"。

曾几在经历靖康之乱后，成为一个坚定的抗金爱国者，陆游《跋曾文清公奏议稿》说："绍兴末，贼亮入塞，时茶山先生居会稽禹迹精舍。某自敕局罢归，略无三日不进见，见必闻忧国之言。先生时年过七十，聚族百口，未尝以为忧，忧国而已。"他的诗也多忧国之作。如《寓居吴兴》：

相对真成泣楚囚，遂无末策到神州。

但知绕树如飞鹊，不解营巢似拙鸠。

江北江南犹断绝，秋风秋雨敢淹留。

低回又作荆州梦，落日孤云始欲愁。

诗中慨叹南宋朝廷的无能，无计克复中原，抒发自己在战乱中辗转流离的悲酸，对风雨飘摇的国势表达了无限的哀愁。全诗感情深挚悲愤，而文字仍然保持他一贯流畅自然的特色。

曾几对南宋诗坛有较大的影响，陆游、杨万里、萧德藻都曾师事之。不过，陆游等人后来都不同程度地舍弃了江西诗派的创作方法，而更多地继承了曾几的爱国精神和活泼的诗风，各树新风。在宋诗发展史上，曾几与陈与义一样，都属于北南宋之间承上启下的诗人。

第二节　南渡初期词坛

南宋初期，由于国势艰危，有些词人用词为武器，直接参加主战派抗金的政治斗争，表现爱国的思想和奋发有为的精神。他们上承苏轼的思想、艺术传统，下开辛弃疾爱国词派的先河，在词发展史上是过渡性的作家。

一、张孝祥（1132～1169）

张孝祥是南渡前期词人中较有代表性的作家。字安国，别号于湖居士，历阳乌江（安徽和县）人，高宗时举进士第一，曾因得罪秦桧下狱。他积极主张抗金，向朝廷提出许多抗战方略；在任建康留守等地方官时，做了许多备战工作和对人民有利的事情。但南宋统治者实行一条妥协投降的路线，他得不到重用，反而被排斥和打击。乾道五年，以显谟阁直学士致仕。是年病死，年仅38岁。

张孝祥的部分作品近似苏轼的风格。如《念奴娇·过洞庭》，在意境阔大、气度潇洒方面很像苏轼的《赤壁赋》：

洞庭青草，近中秋、更无一点风色。玉鉴琼田三万顷，着我扁舟一叶。素月分辉，明河共影，表里俱澄澈。悠然心会，妙处难与君说。

应念岭表经年，孤光自照，肝胆皆冰雪。短发萧疏襟袖冷，稳泛沧溟空阔。尽吸西江，细斟北斗，万象为宾客。扣舷独啸，不知今夕何夕。

这是作者被谗落职时路过湖南洞庭湖时所作。由于和苏轼有同样政治失意的经历，于是在大自然当中放浪形骸，寻求慰藉。这首词在思想和胸次上与苏轼有相同之处。在艺术上，壮丽的景色和坦荡的胸怀浑然一体，风格也逼近苏轼。

张孝祥生活在金兵不断发动侵略的南宋初年，不可能像承平时代的苏轼那样悠然超脱。国家的危亡、投降派的苟安使他发出愤怒的呼号，写出一些慷慨悲壮的爱国词，与后来的辛弃疾相似。如《六州歌头》就是这方面的代表性作品：

长淮望断，关塞莽然平。征尘暗，霜风劲，悄边声，黯销凝。追想当年事，殆天数，非人力，洙泗上，弦歌地，亦膻腥。隔水毡乡，落日牛羊下，区脱纵横。看名王宵猎，骑火一川明，笳鼓悲鸣，遣人惊。

念腰间箭，匣中剑，空埃蠹，竟何成！时易失，心徒壮，岁将零，渺神京。干羽方怀远，静烽燧，且休兵。冠盖使，纷驰骛，若为情。闻道中原遗老，常南望、翠葆霓旌。使行人到此，忠愤气填膺，有泪如倾。

这首词通过描写边塞守备松弛的景象和敌人的气焰，揭露了投降派屈辱求和的可耻行径，抒发了对国事的深切担忧和报国无门的悲愤。全词在急促的节拍中传达出悲愤的激情，有很强的感染力。据说主战派将领张浚召集义士于建康，上书反对和议，张孝祥在席上赋此词，张浚为之罢席（《朝野遗记》）。

二、张元幹（1091～1175?）

张元幹字仲宗，别号芦川居士，长乐（今福建闽侯）人。当时抗战派官员胡铨（字邦衡）上书请斩卖国贼秦桧，反被除名，贬往新州，张元幹写《贺新郎》（给他送行，支持他向投降派作斗争。送胡邦衡待制赴新州）

梦绕神州路。怅秋风。连营画角，故宫离黍。底事昆仑倾砥柱，九地黄流乱注！聚万落千村狐兔。天意从来高难问，况人情老易悲难诉。更南浦，送君去。

凉生岸柳催残暑。耿斜河，疏星淡月，断云微度。万里江山知何处？回首对床夜语。雁不到，书成谁与？目极青天怀今古，肯儿曹恩怨相尔汝！举大白，听《金缕》。

全词慷慨悲凉，充满磊落之气，被称为是张元幹《芦川词》的压卷之作（《四库全书提要》）。

除了张孝祥一派的爱国词人之外，南渡初期还有一批以抒写隐逸生活为主的词人，其代表作家是朱敦儒。

三、朱敦儒（1081～1159）

字希真，号岩壑，洛阳人。在北宋徽宗时，过着“换酒春壶碧，脱帽醉青楼”（《水调歌头》）的隐士生活，“志行高洁，虽为布衣，而有朝野之望”（《宋史·文苑传》）。靖康之难后，避乱江西、岭南。绍兴二年受诏入京，五年，赐同进士出身，任秘书省正字兼兵部郎中，迁浙东提点刑狱。曾与主战派大臣李光交好，被劾罢官。后又应秦桧之召为鸿胪少卿，被论者认为晚节不保。秦桧死后，敦儒上书请归，长期寓居嘉禾（今浙江嘉兴），泛舟烟波间。有词《樵歌》，多写隐逸生活的闲散乐趣，间有感怀时事的悲歌。

朱敦儒的词与张孝祥、岳飞等人的豪放悲壮的路子不一样，更多的是学习苏轼清雄的一面，以表现隐逸生活的“神仙风致”。如《念奴娇》：

> 插天翠柳，被何人推上，一轮明月？照我藤床凉似水，飞入瑶台琼阙。雾冷笙箫，风轻环佩，玉锁无人掣。闲云收尽，海光天影相接。
>
> 谁信有药长生？素娥新炼就，飞霜凝雪。打碎珊瑚，争似看、仙桂扶疏横绝。洗尽凡心，满身清露，冷浸萧萧发。明朝尘世，记取休向人说。

这首词咏月，笔调清隽雄放，张端义《贵耳集》卷上评首三句“自是豪放”；张正夫也称此词“词意绝奇，似不食烟火人语”（清·阮元《揅 yán 经室外集》卷三转引），这正与黄庭坚评苏轼《卜算子》（缺月挂疏桐）“语意高妙，似非吃烟火食人语”意同。由此可见朱词对苏词的继承关系。

南渡之初，朱敦儒饱尝逃难之苦，唱出了伤时忧国的悲歌。如《相见欢》：

> 金陵城上西楼，倚清秋。
> 万里夕阳垂地，大江流。
> 中原乱，簪缨散，几时收？
> 试倩悲风吹泪，过扬州。

词对北宋被金兵所灭亡的中原变乱、南宋扬州等地饱受金兵侵扰的时局，表达了极为沉痛的心情，反映了家国多难的现实。

宋金对峙局面形成后，朱敦儒辞官，隐居嘉禾城南别墅，他的词又重新表现萧然世外的闲散心情。如《好事近》（渔父词）：

> 摇首出红尘，醒醉更无时节。
> 活计绿蓑青笠，惯披霜冲雪。
> 晚来风定钓丝闲，上下是新月。

千里水天一色，看孤鸿明灭。

陆游记叙朱敦儒此时的生活说：“闻笛声自烟波间起，顷之，棹小舟而至。则与俱归。室中悬琴、筑、阮咸之类。簷间有珍禽，皆目所未睹。室中篮缶贮果实、脯醢，客至，挑取以奉客。”（厉鹗《宋诗纪事》引《澄怀录》）

这首词就是这种悠闲生活的反映。这种优悠毕竟与早年的清高遁世有别，经过政治挫折后的归隐，带有一种看破红尘的消极，表面的优悠不过是求得心理平衡罢了。

与朱敦儒类似的隐逸派诗人还有向子諲。

第三节　杰出的女词人李清照

南渡初期豪放词大盛，但婉约词仍在继续发展，其杰出作家是北南宋之交的女词人李清照。

一、生平与思想性格

李清照（1084～1155），号易安居士，山东章丘人。她出身于一个富有文化教养的士大夫家庭，父亲李格非曾从苏轼学习，是一个著名的散文家。母亲王氏也知书能文。清照五六岁时，李格非做了京官，清照随父亲前往汴京，在京都长大。

李格非与“苏门四学士”的晁补之、张耒都有密切交往，李清照因父之故得以结识晁补之、张耒，与他们诗词唱和，得到称赏（周煇《清波杂记》卷八）。良好的家庭环境使清照自小便才华出众，诗词文皆精，还擅长画墨竹、书法、弹琴，堪称多才多艺的才女。清照18岁嫁给太学生赵明诚，赵是位金石学家，夫妇志同道合，一起整理研究古籍、古董，唱和诗词，并与众多书画家交往。米友仁（米芾子）《米元章（米芾字）〈灵峰行记帖〉跋》说：“易安居士一日携前人墨迹临顾，中有先子留题，拜观不胜感泣。”与男性艺术家的交往，不但使清照增长了见识，突破了普通妇女的局限，而且使自己的气质熏染了一种倜傥的“丈夫气”，像男性一样观照历史、关心国事，并大胆发表自己的见解。

李格非与苏轼交好，属于旧党，被列入元祐党而罢官，清照的公公赵挺之却依附蔡京而晋升为尚书左丞，她献诗公公——“何况人间父子情”，求公公对父亲加以援手。并在另一首诗中尖锐指出赵与蔡的关系是“炙手可热心可寒”，虽然表面上打得火热，实际上危机四伏。果然，赵挺之死后，蔡京便加以诬陷，赵明诚被牵连下狱。经营救，明诚被释放，与清照回老家青州屏居，取陶渊明《归去来兮辞》中“归去来兮”和“审容膝之易安”之意，把书房称为归来堂，把居室称为易安室，清照则号易安居士。夫妇二人潜心于金石研究，编成《金石录》30卷。10年后，赵挺之冤案被昭雪，赵明诚也被重新起用，历任莱州、淄州知州。这时家中藏书甚丰，“积书数十万卷”(《崇祯历城县志》卷十)，渊博的知识，使李清照通晓古今，见解超卓。

靖康元年（1126）金兵南侵，攻陷汴京，宋室南渡，清照与夫举家逃亡南方，他们把大部分衣物行李都留下，而挑了古董、书籍裁载十五车随身。至江西池阳时，赵明诚奉诏到建康见皇帝，夫妇分手时相约与贵重文物“与身俱存亡”，以性命来保卫这批珍宝。不幸，明诚在到达建康后染病身亡，这批文物也在战乱中丧失殆尽。

明诚死后，清照非常哀痛，大病一场。后来到处漂泊，起初投奔赵明诚的妹婿，到了江西洪州。洪州沦陷，又投奔弟弟李迒，至越州、杭州、明州等地，最后定居于临安，在贫困孤独中度过了晚年。

李清照是一位多愁善感的女性，感觉敏锐而纤细。幸福的爱情生活、对丈夫的一片深情是她感情生活的主要内容。当赵明诚因仕外出时，过雁落花、波光月影都会勾起她无限的思恋之情。当赵明诚和她永诀之后，这种思恋则化为时时、处处无所不在的哀痛，使她写出许多咏愁的名篇。

李清照又是一位争强好胜、有强烈事业心的奇女子。虽然在封建社会里，她作为女性无法抛头露面建立自己的事业，但她通过协助丈夫进行学术研究以实现抱负。当赵明诚还是太学生时，她节衣缩食，支持丈夫购买图书古籍，夫妇秉烛校勘古籍，“乐在声色犬马之上”。明诚逝世后，她继续完成丈夫未竟的事业，将《金石录》整理出版。所以洪迈的《容斋随笔》卷五“赵德甫《金石录》”说：“东武赵明诚德甫……其妻易安李居士，平生与之同志。”李清照在诗词创作上也有超越前人的抱负，胡仔《苕溪渔隐丛话》评她的《词论》说：“易安历评诸公歌词，皆摘其短，无一免者。……其意盖自谓能擅其长，以乐府名家者。”她的《渔家傲》中说：“学诗谩有惊人句”，表现出傲视群雄的好胜心和自立旗帜的过人抱负。

凡此种种，造就了一个既柔情似水又争强好胜、才华横溢、识见卓绝的杰出女性，创作出千古流芳的易安词。

二、李清照的词和《词论》

李清照诗词散文俱佳，而以词最著名。她的词集《漱玉词》已经失传，今人辑录的只有七十多首，其中有些还有争议。

（一）词的创作

她的词以南渡为界，分为前后两个时期。

前期词描写了少女时代愉快悠闲的生活，婚后或甜蜜或忧伤的爱情生活，风格清新婉丽。如《如梦令》：

> 常记溪亭日暮，沉醉不知归路。兴尽晚回舟，误入藕花深处。争渡，争渡，惊起一滩鸥鹭。

词中描绘了“沉醉不知归路”流连忘返的词人形象；描绘了归舟惊起水鸟，粉红的藕花上飞翔着雪白的鸥鹭，画面色彩明丽而富有生趣，令人感到词人热爱大自然的情怀和开朗活泼的性格。

《醉花阴》《凤凰台上忆吹箫》《一剪梅》等小词，则是李清照抒写闺情的名篇。她与赵明诚志同道合，感情甚笃，而赵明诚常因仕途之累而外出，因而她常以词来抒写思夫之情。这些词大胆而真实地流露出她对爱情生活的向往，情调缠绵委婉，感情深挚动人。

后期词。靖康之难后，李清照连遭国破、家亡、夫死的巨变，只身飘零江南，生活和精神上都受到很大的打击，词风变得愁苦沉郁。这种愁苦之情是南渡初期许多流亡南方士人的共同感受，有一定的代表性和现实意义。如《永遇乐》：

> 落日熔金，暮云合璧，人在何处？染柳烟浓，吹梅笛怨，春意知几许？元宵佳节，融和天气，次第岂无风雨？来相召、香车宝马，谢他酒朋诗侣。
>
> 中州盛日，闺门多暇，记得偏重三五。铺翠冠儿，捻金雪柳，簇带争济楚。如今憔悴，风鬟霜鬓，怕见夜间出去。不如向、帘儿底下，听人笑语。

此词以南渡后元宵节的愁惨无趣对比往昔元宵节的幸福无忧，表达了对故国的眷念情怀。语言典雅凝重，抒情含蓄委婉，心情愁惨偏写节日的热闹，只有“不如向帘儿底下，听人笑语”，比较明显地透露出忧患余生的寂寞心情。

（二）《词论》

她继承和发展了婉约词的技巧，被称为婉约词的代表人物。清人王士祯认为“婉约以易安为宗”（《花草蒙拾》）。李清照对北宋词人进行了全面的考察研究，她的《词论》说：

> 逮至本朝，礼乐文武大备。又涵养百余年，始有柳屯田永者，变旧声作新声，出《乐章集》，大得声称于世；虽协音律，而词语尘下。又有张子野、宋子京兄弟、沈唐、元绛、晁次膺辈继出，虽时时有妙语，然破碎何足名家。至晏元献、欧阳永叔、苏子瞻，学际天人，作为小歌词，直如酌蠡水于大海，然皆句读不齐之诗尔；又往往不协音律者，何邪？盖诗文分平侧，而歌词分五音，又分五声，又分六律，又分清浊轻重，且如近世所谓《声声慢》《雨中花》《喜迁莺》，既押平声韵、又押入声韵；《玉楼春》本押平声韵，又押上去声，又押入声。本押仄声韵，如押上声则协，如押入声，则不可歌矣。王介甫、曾子固，文章似西汉，若作一小歌词，则人必绝倒，不可读也。乃知词别是一家，知之者少。后晏叔原、贺方回、秦少游、黄鲁直出，始能知之。又晏苦无铺叙。贺苦少典重。秦则专主情致而少故实，譬如贫家美女，虽极妍丽丰逸，而终乏富贵态。黄则尚故实而多庇病，譬如良玉有瑕，价自减半矣。

李清照在此文中对北宋词坛名家一一进行评价，持论尖锐大胆，如批评柳永词“词语尘下”，讥苏轼词“句读不葺之诗”，秦观词“如贫家美女，虽极艳丽丰逸，而终乏富贵态”。虽然有些偏颇之处，但却显示出过人的抱负和卓越的见解。更为可贵的是她提出了“词别是一家”之说，针对当时一些词“不协音律”“不可歌”、模糊了诗词界限的弊病，提出好词必须格调高、有情致、协音律。

李清照重视对前人的研究，重视词本身的规律，使她能综合吸收前人的优点，避免走前人的弯路。她的词作继承了晏殊的闲雅有趣味，秦观的委婉抒情、柳永的白描铺叙、周邦彦的音律谨严等，在此基础上推陈出新，终于成为宋词坛杰出的词人。

（三）词创作特色：

第一，刚柔相济。李清照词能在灿若群星的宋代婉约词中独领风骚，主要在于她能充分发挥词体“要眇宜修”宜于表现女性美、抒情深细的特长，又有精益求精，敢于超越男性词人的雄心壮志，从而在词史上留下了异彩纷呈的一页。（注：“要眇宜修”出自《楚辞·九歌》“美要眇兮宜修”，要眇是一种秀外慧中的女性美；就是说诗内容广泛，而词抒情深细。）

（1）如水柔情的自我表达。

李清照富有女作家感情纤细、敏锐的特点，又有一般封建女性少有的大胆和自信，善于和敢于在词中真率细腻地表达自我的感情世界。

她往往在词中塑造鲜明生动的柔性女子的自我形象。如《点绛唇》：

蹴罢秋千，起来慵整纤纤手。露浓花瘦，薄汗轻衣透。

见客入来，袜刬金钗溜。和羞走，倚门回首，却把青梅嗅。

通过见客羞走、倚门回首、嗅青梅等一系列动作，将活泼而调皮的少女形象刻画得呼之欲出。她词中的自我形象还具有完整性。她的词作，忠实地记录了她不同时期的感情生活，描绘了不同时期的形象，使其词成为她一生心路历程的生动画卷。

清照词善于运用新颖的比喻、贴切的拟人手法，在描写客观景物中，含蓄地抒写出自己的真实感受，形成委婉深挚的风格特色。如《醉花阴》：

薄雾浓云愁永昼。瑞脑消金兽。佳节又重阳，玉枕纱厨，半夜凉初透。

东篱把酒黄昏后。有暗香盈袖。莫道不消魂，帘卷西风，人比黄花瘦。

这是重阳节时，李清照寄给宦游在外的赵明诚的词作。词人没有直接诉说眷恋之情，而是通过词人在重阳节活动的描写，塑造了一个昼夜愁闷、苗条清瘦的思妇形象，将痛苦的思念委婉地道出，感情极为深挚。其中“帘卷西风，人比黄花瘦”之句尤为隽永。菊花既秀美，又是高洁雅士的象征，用以比喻女词人兼思妇，十分贴切传神。

(2) 不让须眉的丈夫气

清照好胜的性格、渊博的知识、过人的抱负使其词在女性的柔情之外，带有一种“丈夫气”。

清人沈曾植《菌阁琐谈》评李词曰：“自明以来，堕情者醉期芬馨；飞想者赏其神骏。易安有灵，后者当许为知己。”“神骏”正是人们所忽视的易安词的特色。

首先，表现在具有一种大家风度，胸怀广阔，思想深邃。她的词往往包含着深刻的人生体验，尤其是她的南渡之作蕴含着深沉的家国之恨和饱经忧患的深切感受，突破了传统婉约词拘于爱情、离情的狭小格局，从而显示出一种内在的坚实和沉博。她的《永遇乐》词道：“如今憔悴，风鬟雾鬓，怕见夜间出去。不如向帘儿底下，听人笑语。”家国之恨，感慨殊深，令辛派词人刘辰翁读之泪下，并和其词。又如《孤雁儿》词：“一枝折得，人间天上，没个人堪寄。”将物在人亡之叹，写得深刻感人。所以清人况周颐说：“李易安时代犹稍后于朱淑真。即以词格伦，淑真清空婉约，纯乎北宋。易安笔情近浓至，意境较沉博，下开南宋风气。”（《蕙风词话》）谓朱淑真词是纯粹的婉约词，而李词在婉约之外，还有“沉博”的一面。“沉博”正是以辛弃疾为首的南宋豪放词的特点之一，故说“开南宋风气”。

其次，清照词抒情有时并不委曲，而是劲直酣畅，洋洋洒洒，富有气势。沈曾植《菌阁琐谈》评道“易安倜傥，有丈夫气，乃闺阁中苏、辛。”正指此。最明显的例子是《渔家傲》：

> 天接云涛连晓雾，星河欲转千帆舞。仿佛梦魂归帝所，闻天语，殷勤问我归何处。
>
> 我报路长嗟日暮，学诗谩有惊人句。九万里风鹏正举。风休住，蓬舟吹取三山去。

借梦境表现理想抱负，境界壮阔，笔力雄健，近似苏辛豪放之作。

最后，《声声慢》词以冷清环境、晚来风急、过雁落花、梧桐细雨等一连串的凄凉景物烘托愁情，富有抒情的气势，陆昶评道：“玩其笔力，本自矫拔，词家少有，庶几苏、辛之亚。”（《历代名媛诗词》卷）均道出清照词柔中带刚的特殊风格。

第二，雅俗兼备。用浅显自然而又清新文雅的语言表达深挚的情思，既格调高雅又贴近普通人的情感，获得文人和平民的一致赞赏。

宋词初起之时，本是一种通俗的市井流行歌曲，柳永的俗词为其代表。但由于传统雅文学观念根深蒂固，跻身于统治阶级的文人多批判柳词的“俗”，竭力将词扭向雅正的道路。宋词坛上这一雅俗之争，被称之为“尊体复雅”。但在文人词“复雅”的同时，民间词仍在通俗文学的道路上发展，而文化水平普遍较低的女性词，是属于民间词的行列的。妇女们没有什么功利目的，多用真率自然之笔，抒发真实情怀。清照身为女词人，她的词也是非功利性的，同样具有一般女性词浅白深挚的特点。另一方面，由于她的家庭教养，她对北宋词坛的雅俗之争十分清楚而且倾向于“雅正”的。她在《词论》中高度评价李煜父子的雅词：“独江南李氏，君臣尚文雅。”批评柳词“语词尘下”，加入了声讨柳词的大军。既要保持女性词浅白深挚的特点，又要顺应词坛“复雅”的倾向，李清照借鉴北宋黄庭坚“以俗为雅”的诗论，兼收雅词与俗词之长而去其短，达到雅俗共赏的佳境。杨慎《词品》卷二说：“山谷所谓‘以故为新，以俗为雅’者，易安先得之矣。”清照受黄庭坚影响当与赵明诚有关，赵明诚喜好苏黄诗，“每遇苏、黄文诗，虽半简数字必录藏”（陈师道《与鲁直书》）。

李清照“化俗为雅”有几方面的特点：

(1) 题材以言情为主，贴近人情，但又重精神生活，格调高雅

写夫妻之情，不涉闺房之乐，多抒别后相思，与柳永多写感官享受的言情词大相径庭。

如《一剪梅》：

红藕香残玉簟秋，轻解罗裳，独上兰舟。云中谁寄锦书来，雁字回时，月满西楼。

花自飘零水自流，一种相思，两处闲愁。此情无计可消除，才下眉头，却上心头。

以生动的比喻和白描的手法描写人物动作，揭示了作者复杂微妙的感情，将深挚的相思之情表达得具体可感，使词作既通俗易懂，又高雅优美。

(2) 词作既抒情深细，结构又一线贯串，既韵味隽永，又流畅自然

如《凤凰台上忆吹箫》：

香冷金猊，被翻红浪，起来慵自梳头。任宝奁尘满，日上帘钩。生怕离怀别苦，多少事，欲说还休。新来瘦，非干病酒，不是悲秋。

休休！这回去也，千万遍阳关，也则难留。念武陵人远，烟锁秦楼。惟有楼前流水，应念我、终日凝眸。凝眸处，从今又添，一段新愁。

此词写思夫之情极为深挚，“多少事，欲说还休”“新来瘦，非干病酒，不是悲秋”都不言情，而深情自见；“惟有楼前流水，应念我终日凝眸”用拟人法反衬作者相思之深。故陈世焜《云韶集》卷十评为：“婉转曲折，煞是妙笔。笔致绝佳，余韵尤胜。”而其结构与柳永《定风波》（自春来）一样，采用线性结构，写女主人公从起床到梳妆至凭栏的一连串活动，流畅明快，但语词较柳词文雅疏朗。故陈世焜又评道：“此种笔墨不减耆卿、叔原，而清俊疏朗过之。”

(3) 语言既浅显通俗，又文雅优美

她的词大量运用市井俚语，通过精心构思，将俚俗语变得清新高雅，又不露斧凿痕迹。

如描写雨后海棠的“绿肥红瘦”（《如梦令》），“肥”和“瘦”是俗字，缺乏美感；李清照通过与“红”“绿”的搭配，使之带有色彩之美，用以形容雨后繁茂的绿叶和凋零的海棠花，显得文雅优美。此外如“柳眼梅腮，已觉春心动”（《蝶恋花》），都是受人称道的奇俊佳句。清照还将书本语言插入口语，而切合自然，天衣无缝，如《南歌子》：“翠贴莲蓬小，金销藕叶稀。

旧时天气旧时衣，只有情怀，不似旧家时。”又如《念奴娇》：“被冷香消新梦觉，不许愁人不起。”彭孙遹《金粟词话》评为：“用浅俗之语，发清新之思。”杨慎也把清照《声声慢》词评为“以故为新，以俗为雅”的范例（《词品》卷二）。这些手法的运用都使她的词具有自然而深刻的特点。

3. 声律和谐优美

她在《词论》中说道：“盖诗分平仄，而歌词分五音，又分五声，又分六律，又分清浊轻重。”可见她很重视词的音调和谐。她的词作，往往用声调韵律的错综变化来衬托感情的起伏变化，使全词旋律优美，饱含感情和韵味。如久负盛名的佳作《声声慢》：

> 寻寻觅觅，冷冷清清，凄凄惨惨戚戚。乍暖还寒时候，最难将息。三杯两盏淡酒，怎敌他晚来风急！雁过也，正伤心，却是旧时相识。
>
> 满地黄花堆积。憔悴损，如今有谁堪摘？守着窗儿，独自怎生得黑。梧桐更兼细雨，到黄昏，点点滴滴。这次第，怎一个愁字了得。

开头三句，用七组叠字组成，是词人在艺术上大胆新奇的创造。宋人张端义《贵耳集》说：“本朝非无能词之士，未曾有一下十四叠字者。”这组用俗字重叠而成的句子，在声律上运用长短音交替配合、轻清的齿舌音反复回旋，塑造出徘徊抽泣的音乐形象，浓烈地渲染出词人在国破夫死之后，长期积郁在心底的深沉的悲哀，具有很强的艺术感染力。

此外，如“阴满中庭，阴满中庭”（《添字采桑子》）运用叠句；“险韵诗成，扶头酒醒”（《念奴娇》）运用对偶句；“人悄悄，月依依”（《诉衷情》）运用对称、叠字等，都加强了词的节奏感，使声调和美流转，圆润如珠。

总之，李清照的词，由于发挥了女性作家和词体的优势，又注意综合前人优点推陈出新，具有柔中带刚、雅俗共赏、声情并茂的特点，而以委婉深挚为最鲜明的色彩，成为词史上独树一帜的“易安词”。

第八章 陆游与中兴四大诗人

——南宋诗歌的高峰

第一节 陆游的生平和创作道路

一、生平与创作

陆游（1125～1210）字务观，中年自号放翁，出身于山阴（今绍兴）一个名宦之家，祖陆佃、父陆宰均至高位。陆游生长于忧患之秋，他记忆幼年时常看到长辈一起谈论国事，“或裂眦嚼齿，或痛哭流涕，人人自期以杀身翊戴王室”（《跋傅给事帖》），这一家庭氛围自小给他以民族意识的熏陶。

陆游的生活和经历大致分为三个时期

45岁以前，陆游的仕途一直不大顺利。29岁那年他曾在省试中名列第一，然而在次年的礼部试中却被秦桧一党黜落。孝宗即位后，主战派占了上风，陆游受到孝宗的赏识，特赐进士出身。后任镇江、隆兴二府通判。但张浚主持的北伐失败，隆兴和议签订，导致主和势力抬头，陆游也遭罢黜，归乡闲居了数年。

乾道六年（1170）陆游46岁时被起用为夔州通判，后应四川宣抚使王炎之请入幕襄理军务，抵达汉中南郑。这里是南宋与金相对抗的西部前线，军旅生活令陆游感到非常兴奋。他骑马走遍汉中一带的军事要塞，考察形势，并积极向王炎“陈进取之策”（《宋史》本传），同时这也是他诗歌创作的重要阶段。但仅仅八个多月后，王炎即被调回临安，陆游也转至成都任职。之后数年，他在四川担任一些闲散官职或代理地方官。倍受挫折的陆游常放浪醉酒，又因此遭攻击，受到处分。他索性自号“放翁”。至淳熙五年（1178），陆游奉调还朝。

离川东归后，陆游曾任提举福建、江西二地常平茶盐公事，又在浙江等地做官。因他坚持抗金，又形于歌咏，遭投降派忌恨，终于再被弹劾罢职。这一时期，他诗歌创作最引人注目的主题，是渴望投身于抗金事业并由此实现个人的功业理想。而由于南宋在与金的军事对抗中处于劣势，主张妥协求和的主张通常占据上风，所以这类诗总是既热情奔放，又充满悲愤。

66 岁时他回到绍兴，此后二十年中他大部分时间赋闲在乡。回家后他主要靠“祠禄”维持生活，相当拮据。他参加一些农业劳动，还给农民看病施药，比较接近农民，因而写出了一些反映人民疾苦和描写农村风光的田园诗，风格倾向于平淡闲适。但是他的爱国之心始终在跳跃，报国的愿望始终未泯灭。宁宗嘉泰初权臣韩侂胄力主北伐，已七十多岁的陆游最后一次复出，官至秘书监、宝谟阁待制。但他终究没有盼到北伐的胜利，85 岁那年一病不起，在临终前留下了一首《示儿》诗：

死去元知万事空，但悲不见九州同。
王师北定中原日，家祭无忘告乃翁。

陆游是古代名诗人中留下作品最多的一位，其《剑南诗稿》收诗九千多首。

二、诗歌创作渊源

陆游早年学诗于曾几，江西诗派的作风对他有一定的影响。对诗歌语言的精细考究、喜欢运用典故、化用前人诗句的习惯，其实到老也未完全消除，只是他不肯把自己禁锢在这一牢笼中，尤其中年之后，他的诗风有了很大的变化。一方面他广泛学习前人的长处，从他的诗中可以看到李白的奔放、杜甫的深沉和精炼，也可以看到白居易闲适诗的轻快的调子；另一方面，如他的名言“工夫在诗外”（《示子遹》）所表示的，他强调诗的妙处来源于丰富的生活经历和对现实世界的深切感受，而不主张模拟古人，所以在广泛吸取他人之长的同时更注意从自身的需要出发灵活运用。

因而陆游诗歌的风格具有多样化的面貌。大体来说，他的好诗以七言为多。其中七言古体往往写得热情奔放；而七言律诗尤为人称道，或以深沉郁勃的气格抒发报国之志、悲愤之情，或以简淡清丽的笔调描述自然景物和日常生活。《书愤》和《游山西村》，可以作为两种类型的代表。

第二节　陆游诗的思想内容和艺术特色

陆游是一个多产的作家，现存诗九千三百多首，自称“六十年间万首诗”。诗的内容丰富多彩，广泛地反映了南宋的社会生活。从题材上可分为爱国诗、田园诗、闲适诗、爱情诗。数量最多的是闲适诗，而质量最高的是爱国诗。清人纪昀评他的《书愤》时说：“此种诗是放翁不可磨出。集中有此，如屋有柱，如人有骨。”（方回《瀛奎律髓》卷三十二）从风格上看，陆游主要有豪放、清新、平淡三种风格，而以豪放悲壮为主调。爱国诗属于豪放一类，田园诗则清新俊逸，闲适诗多平淡自然。

一、爱国诗

感情异常真挚强烈，充满鲜明的个性。

这种感情和个性与人民雪耻御侮、收复失地的愿望、要求紧密地结合在一起，使他的诗歌成为时代的号角，具有震撼人心的艺术力量。

他从小时起，直到生命的最后一刻，都在忧国忧民中度过，不但白天渴望跃马疆场，而且夜晚也梦见冲锋杀敌，收复故土“三更抚枕忽大叫，梦中夺得松亭关。”（《楼上醉书》）不但年轻力壮时要效命沙场，而且在老病交加时仍不忘报国“僵卧孤村不自哀，尚思为国戍轮台。夜阑卧听风吹雨，铁马冰河入梦来。”（《十一月四日风雨大作》）

他甚至表示，生前不能消灭敌人，死后也要化为利剑，清除奸臣和妖孽：“肝心独不化，凝结变金铁。铸为上方剑，衅以佞臣血，……三尺粲星辰，万里静妖孽。”（《书志》）这种时时处处以身许国的强烈的精神，是在其他的诗人作品中找不到的。更为可贵的是，他不以战死沙场为苦，而是作为终生最大的光荣和快乐。

他鄙视在享乐中庸碌度日：“丈夫可为酒色死，战场横尸胜床第。”（《前有尊酒行》）也不满自己作为一个诗人度过此生：“此身合是诗人未？细雨骑驴入剑门，”（《剑门道中遇微雨》）而认为“从军乐事世间无”（《独酌有怀南郑》），这超出了前代边塞诗的思想境界。唐代李颀等人的边塞诗不乏保卫祖国的豪情壮志，但往往也流露出对军旅艰苦生活的埋怨情绪，因而梁启超《读陆放翁集》诗说：“集中什九从军乐，亘古难儿一放翁。”并且自注说：“中国诗家无不言从军者，惟放翁则慕为国殇，至老不衰。”这种终生不渝的爱国热情，以战死沙场为荣的思想性格，使他的诗篇洋溢着大无畏的英雄气概、强烈的战斗精神，形成慷慨激昂的风格特征。

但是，南宋朝廷当权的始终是投降派，尽管陆游抱着万死不辞的报国决心，他的理想抱负还是遭到投降派的扼杀。他屡次被贬官罢职，最后被迫隐居乡间，使他那斗志昂扬的诗篇，往往又带有壮志未酬的愤懑，形成苍凉沉郁的风格特征，他的后期诗作往往多有这个特点。如《书愤》：

早岁那知世事艰，中原北望气如山。
楼船夜雪瓜洲渡，铁马秋风大散关。
塞上长城空自许，镜中衰鬓已先斑。
出师一表真名世，千载谁堪伯仲间！

这首诗追述壮岁在边疆守国土的豪情壮志，自伤今日迟暮，慨叹世事多艰，投降误国，恢复中原的时机不可复得。感情既豪壮又深沉，是一篇意义深刻的力作。

高度的概括性和抒情性。

他很少对客观现实作具体的铺叙、细致的刻画，而是着力抒写个人的主观感受；即使是叙事性很强的题材，他也不写成杜甫“三吏”“三别”式的叙事诗，而写成主观性较强的抒情诗，使诗作具有凝练、抒情的特征。如《关山月》：

和戎诏下十五年，将军不战空临边。
朱门沉沉按歌舞，厩马肥死弓断弦。
戍楼刁斗催落月，三十从军今白发。
笛里谁知壮士心？沙头空照征人骨。
中原干戈古亦闻，岂有逆胡传子孙？
遗民忍死望恢复，几处今宵垂泪痕！

全诗12句，但概括了“隆兴议和”缔结十五年来，南宋文恬武嬉的政治局面，战士亟思报国又虚度年华的怨恨，遗民渴望恢复而不得的痛苦等，可以说对南宋朝政进行了全面而集中的抨击，而字里行间洋溢着诗人对人民的深切同情，对投降派的强烈愤慨。

陆游爱国诗的概括性，有时通过用事表现出来。如“不望夷吾出江左，新亭对泣亦无人”（不望出现管仲、王导之类的霸才，即使连“新亭对泣”的人也没有）（《追感往事》）又如“厄穷苏武餐毡久，忧愤张巡嚼齿空”（张巡是抗击安禄山的功臣）（《书愤》）都是用事精炼的概括现实、抒发感情的例子。陆游初学江西诗派，因此，喜用典的写法也在他的创作中留下痕迹，不过他用得自然贴切。这种手法，一定程度上反映了两宋诗坛“以才学为诗，以议论为诗”的时代风尚。

富有浪漫主义色彩。

他的诗具有强烈的现实主义精神，相当全面地反映了他所处的时代，但在表现方法上，显示出浪漫主义的特征。

他的诗往往借鉴李白的创作方法，运用奇特的夸张、瑰丽的想象、奔放的气势，尽情地抒发他炽热的爱国激情，使诗篇热情洋溢、豪迈奔放，在当时获得了“小李白”的称号。

（1）运用奇特夸张的方法

如《秋夜将晓出篱门迎凉有感》：

三万里河东入海，五千仞岳上摩天。
遗民泪尽胡尘里，南望王师又一年。

用夸张的手法描绘了中原河山的壮丽，更突出了对南宋朝廷不思恢复国土的愤恨，对形成诗歌悲壮奔放的风格起了重要的作用。

（2）陆游的爱国诗歌往往充满丰富而瑰丽的想象

他在现实生活中郁郁不得志，就展开想象的翅膀，上天、入地、下海，摆脱现实的束缚，实现他消灭敌人、统一祖国的理想。如《醉歌》：

手把白玉船，身游水晶宫。
方我吸酒时，江山入胸中。
肺肝生崔嵬，吐云为长虹。

想象自己可以吞江山、吐长虹，气派是多么的雄伟。

（3）陆游的爱国诗更多地用梦境来驰骋想象，实现自己的理想

据清人赵翼统计，这种记梦诗有 99 首之多。如《五月十一日夜且半梦……》：“筑城绝塞进新图，排仗行宫宣大赦”“凉州女儿满高楼，梳头已学京都样”。描绘梦中宋军收复中原的喜庆景象，极为具体。

（4）强烈奔放的气势，也是构成陆游浪漫主义的一个重要因素

他往往运用富有力度的语言，描绘雄伟壮丽的景物、热烈豪迈的行为、狂放难遏的情绪，使诗篇充满了一种勃勃生气。如描写前线战斗生活的《三月十七日夜醉中作》：

前年脍鲸东海上，白浪如山寄豪壮；
去年射虎南山秋，夜归急雪满貂裘。

写的意气雄豪，激情洋溢。

二、田园诗

陆游诗歌的另一重要内容就是反映民生疾苦和描绘田园的秀丽风光。这方面的作品受梅尧臣和陶渊明的影响较深，风格趋向清新自然。他的诗集中有《寄酬曾学士学宛陵先生体……》《过林黄中食柑子有感学宛陵先生体》

等诗篇，《渭南文集》中有《跋渊明集》《梅圣俞别集·序》等散文，都足以说明他对这两位诗人的景仰和追步。

陆游的《农家叹》反映了农民在剥削阶级的残酷掠夺下的痛苦境况，深刻揭露了当时严重的阶级矛盾

有山皆种麦，有水皆种粳。牛领疮见骨，叱叱犹夜耕。
竭力事本业，所愿乐太平。门前谁剥啄，县吏征租声。
一身入县庭，日夜穷笞搒。人孰不惮死，自计无由生。
还家欲具说，恐伤父母情。老人倘得食，妻子鸿毛轻！

诗中用农夫口吻申述劳动的辛苦和受剥削的痛苦，朴素自然而意义深刻，和梅尧臣的《汝坟贫女》《田家语》等诗相比，无论在内容上还是风格上都有异曲同工之妙。

陆游描绘田园风光的作品，以《游山西村》为著名：

莫笑农家腊酒浑，丰年留客足鸡豚。
山重水复疑无路，柳暗花明又一村。
箫鼓追随春社近，衣冠简朴古风存。
从今若许闲乘月，拄杖无时夜叩门。

这首别开生面的诗篇，作于宋孝宗乾道三年（1167）初春。当时陆游正罢官闲居在家。陆游在隆兴二年（1164）积极支持抗金将帅张浚北伐，符离战败后，遭到朝廷中主和投降派的排挤打击，以“力说张浚用兵”的罪名，从隆兴府（今江西南昌市）通判任上罢官归里。诗中描绘了淳厚的民风，掩映在花红柳绿中的美丽山村，语言既浅白自然，又富于美感，近似陶渊明的省净冲淡的诗风，但比陶诗较为凝练，如“山重水复疑无路，柳暗花明又一村”，以对偶工巧和写景如画而闻名。

三、闲适诗

陆游的闲适诗多写日常生活琐事，缺乏社会意义，感情较为深沉，在艺术上刻画景物细致入微，咀嚼出生活深永的滋味，语言平淡自然，仍有一些佳作。

如《临安春雨初霁》：

世味年来薄似纱，谁令骑马客京华？
小楼一夜听春雨，深巷明朝卖杏花。
矮纸斜行闲作草，晴窗细乳戏分茶。

素衣莫起风尘叹，犹及清明可到家。

诗写春日客居京城的无聊寂寞，其中“小楼一夜听春雨，深巷明朝卖杏花”刻画了江南春景的细致优美，据说深得宋孝宗的称赏。

（四）爱情诗

陆游还有一类诗写得缠绵悱恻，这就是描写与发妻唐婉爱情悲剧的爱情诗。陆游于绍兴十四年（1144）20岁时与母舅之女唐婉结婚，伉俪相得，感情很好。但陆游母厌恶儿媳，陆游只好与唐婉分手，各自再婚。绍兴二十五年春，陆游31岁，与唐婉夫妇相遇于沈园，题《钗头凤》一词于壁间。唐婉亦和词一首，归去后郁郁寡欢而死。陆游终生怀念唐婉，多写悼亡诗，75岁写的《沈园二首》最为脍炙人口：

其一

城上斜阳画角哀，沈园非复旧池台。
伤心桥下春波绿，曾是惊鸿照影来。

其二

梦断香消四十年，沈园柳老不吹绵。
此身行作稽山土，犹吊遗踪一泫然。

诗人故地重游，只见沈园已不复当年与唐婉相逢的情景，只有桥下那一池绿水，曾映照过爱妻的容颜，不禁悲从中来。难得的是时隔数十年，诗人垂垂老矣，仍然对唐氏之爱历久弥新，可谓对爱情忠贞不渝。

总之，统观陆游的《剑南诗稿》，风格独特而又多姿多彩，不愧为南宋诗坛自树一帜的大家。但他的诗并非无懈可击，为了打发归隐后的无聊生活，他有时虽无新意而硬作诗，难免蹈袭前作，粗制滥造。有一些诗虽有精彩佳句，但全篇不好；有一些诗句多重复，更为时人和后人诟病。清人朱彝尊在《书剑南集后》说他喜用“身似……”“心似……”等句式多至数十次，如“身似老僧犹有发，门如村舍强名官”“身似在家狂道士，心如退院病禅僧”等等，“句法稠叠，读之终卷，令人生憎”。

第三节　范成大、杨万里和尤袤的诗

在南宋中期词坛上，陆游、范成大、杨万里和尤袤号称“中兴四大诗人”。除了尤袤名不副实外，陆、范、杨的诗歌创作都能跳出前人的窠臼，自创新路，作品的思想艺术各有鲜明的特色。范成大和杨万里是当时齐名的诗人。

一、范成大（1126～1193），字致能，号石湖居士，平江吴郡（今苏州）人。父母早丧，家贫，10岁读于庙寺，直到29岁中进士。乾道四年，宋孝宗为索取河南“陵寝”地，派他出使金国。范成大不畏金主的淫威，慷慨陈词，“全节而归”，为朝野称道。此后官至参知政事。晚年因疾病退隐故乡石湖，因此自号石湖居士。有《石湖居士集》。

（一）诗歌创作

使范成大拥有“中兴四大诗人”之一的声誉，主要是他的使金诗和田园诗。

范成大幼年时期便目睹了金兵焚烧掠夺的故乡的罪行，少年时期，丧权辱国的“绍兴和议”订立，爱国名将岳飞被杀：都激起他对人民苦难的同情，对投降派强烈愤恨。因此当他奉命使金时，便用饱含着爱国热情的笔，如实记录了他途中所见所闻所感，写下了72首使金诗篇。

1. 这些诗有的反映了沦陷区人民的生活悲惨和眷念宋朝的民族感情，含蓄地抨击了南宋朝廷的苟且偷安、不思恢复的政策。如《州桥》：

州桥南北是天街，父老年年等驾回。
忍泪失声询使者：“几时真有六军来？”

州桥，是天汉桥的俗称，建在汴京宫城南的汴河上，是北宋汴京（今河南开封）一条著名的桥。从某种意义上说，这座桥也是当时历史的一个见证人。

2. 有的诗描述了沦陷区城镇的荒芜凄凉景象，抨击了战争对社会经济的破坏，如《安肃军》：

从古铜门控朔方，南城烟火北城荒。
台家抵死争溏泺，满眼秋芜衬夕阳。

3. 有的诗表现了他不避艰险、以身许国的大无畏精神，如《会同馆》：

万里孤臣致命秋，此身何止一浮沤（水泡）。
提携汉节同生死，休问羝羊（公羊，用苏武典）解乳不。

与陆游的爱国诗相比，范成大的爱国诗深沉含蓄，具体可感，而缺乏陆游诗的豪放浪漫、凝练概括。

范成大的田园诗丰富和发展了前代田园诗人陶渊明、王维等人的技巧，不仅描写田园的美丽风光，而且增加了农民受封建剥削的现实内容，表现了农民勤劳、朴实、坚韧的美德，扩大了传统田园诗的表现范围，这可能与他青少年时代生活贫困、比较接近人民有关。

他反映民生疾苦颇为深刻。如《后催租行》：

老父田荒秋雨里，旧时高岸今江水。
佣耕犹自抱长饥，的知无力输租米。
自从乡官新上来，黄纸放尽白纸催。
卖衣得钱都纳却，病骨虽寒聊免缚。
去年衣尽到家口，大女临岐两分首。
今年次女已行媒，亦复驱将换升斗。
室中更有第三女，明年不怕催租苦。

诗以老农的口吻诉说在天灾和官府的逼迫下无以为生的惨状。后半段用“聊免”“不怕”等看似宽慰的反语，道出农民为纳租而年复一年卖儿卖女的辛酸，深刻地表现了苛政猛于虎的主题。

他晚年写的《四时田园杂兴》60首是著名的田园诗。

昼出耘田夜绩麻，村庄儿女各当家。
童孙未解供耕织，也傍桑阴学种瓜。
采菱辛苦废犁锄，血指流丹鬼质枯。
无力买田聊种水，近来湖面亦收租！
新筑场泥镜面平，家家打稻趁霜晴。
笑歌声里轻雷动，一夜连枷响到明。

在田园诗的表现手法上，范成大比前人有所创新。陶渊明、王维的诗多写大自然的静美，表现了一种脱离尘世烦扰之后的恬淡心境；而范成大的诗尽情地描绘出大自然的生机，流露出对生活的热爱。在语言上也能摆脱江西诗派的书斋气，用清新自然的语言抒写真切的感受。

范成大的田园诗以其丰富的内容和独特的风格赢得了读者的喜爱，后人公认他为田园诗的集大成者。许多人模仿他的写法，如宋代的毛珝有《吴门田家十咏》，梁相、杨本然、桑拓区有《春日田园杂兴》，清代许延敬也有《秋日田园杂兴》，都足以说明范成大田园诗的影响。

二、杨万里（1127～1206），字廷秀，自号诚斋野客，江西吉水人。绍兴二十四年，与诗友范成大同年登第。历任赣州、永州等地方官，实行不扰民的政策，颇有政绩。在永州任职时，得见谪居在此的抗战将领张浚，拜为终身之师，并因为张浚曾勉以“正心诚意”，而自号诚斋。著有《诚斋集》。他曾屡次上疏指摘朝政，反对向金国求和，终于得罪权贵，被逼辞官，家居15年，晚年复出，官至宝谟阁学士，年80而卒。

杨万里终生不得大用，无以施展自己的抱负，遂将精力用于钻研诗作。他初学江西诗派，后学晚唐诗人，最后摒弃前学，师法自然。他在《荆溪集自序》中曾说到这种转变的过程：“予之诗，始学江西诸君子，既又学后山五字律，既又学半山老人七字绝句，晚乃学绝句于唐人。……戊戌作诗，忽略有悟，于是辞谢唐人及王、陈、江西诸君子皆不敢学，而后欣如也。”他36岁时，毅然把过去学江西诗派的千余首诗作全部烧毁，走出书斋，向社会和大自然索取诗材，终于独树一帜，写出了一批有独特风格的好诗，时人严羽称他的诗体为“诚斋体”（《沧浪诗话》）。

“诚斋体”的特点：生动活泼、富有奇趣。

他对大自然景物观察得细致入微，逼真地描绘出大自然蓬勃的生机，令人耳目一新、拍案叫绝。前人称他这个特点叫“活法”。周必大说：“诚斋万事悟活法。”（《平园续稿》卷一）刘克庄说：“后来诚斋出，真得所谓‘活法’，所谓流转圆美如弹丸者。”（《江西诗派小序》）都是指此。如《小池》：

泉眼无声惜细流，树荫照水爱晴柔。
小荷才露尖尖角，早有蜻蜓立上头。

首含联用拟人法，写泉水自珍而缓流，树荫爱美而俯水，都将无生命感情的景物写得生气勃勃。末尾联写小蜻蜓立在刚刚萌芽的荷叶尖角上，活泼可爱，玲珑剔透。作者观察之细腻，描写之活脱，使这两句诗久负盛名，后人常用以形容新生事物出现。

奇与活之间，时时流露出幽默风趣。

他往往通过丰富的想象，把自然景物人格化，在人与自然的诙谐打诨中，表现出诗人乐观旷达的生活态度。如《檄风伯》：

峭壁呀呀虎擘口，恶滩汹汹雷出吼。
溯流更着打头风，如撑铁船上牛斗。
风伯劝尔一杯酒，何须恶剧惊诗叟！
端能为我霁威否？岸柳掉头荻摇手。

作者在激流险滩中乘船逆流而上，偏又遇逆风，情景十分险恶。但作者却诙谐地和风神打趣，劝其息怒喝酒。从这种幽默的对话中，可以体会到作者坚强、乐观的性格。

语言浅白自然，生动活泼。他摒弃了江西诗派喜用典故、奇字的作风，而继承白居易、张籍和杜荀鹤等人的传统，大量汲取俚语民歌入诗，因而语言浅显易懂，富有生活气息。如《插秧歌》：

田夫抛秧田妇接，小儿拔秧大儿插。
笠是兜鍪蓑是甲，雨从头上湿到胛。
唤渠朝餐歇半霎，低头折腰只不答。
秧根未牢莳未匝，照管鹅儿与雏鸭。

除了反映日常生活的作品外，杨万里还有一些爱国诗篇。他主张写诗应该像品茗一样，要经过仔细地玩味才能领略感受，而不应该径直浅露地抒发感受："至于荼（茶）也，人病其苦也；然苦未既，而不胜其甘，诗亦如是而已矣。"（《颐庵诗稿序》）因而他的爱国诗多用比兴、寄托之法，含蓄地表达思想感情，而少像陆游爱国诗那样慷慨陈词、激情洋溢。如《初入淮河四绝句》：

两岸舟船各背驰，波痕交涉已难为。
只余鸥鹭无拘管，北去南来自在飞。

诗写宋金交界的淮河两岸，人民不准往来，只有鸥鹭才可以自由飞翔，含蓄地表达了对祖国分裂的沉痛之感。

杨万里诗自成一体，开辟新风，但也有不足之处。他有些诗过分追求谐趣，流于庸俗油滑；有些诗过分强调浅白，变成粗鄙无文。如"一杯至三杯，一二三四五"，就无诗味可言。

第九章　爱国词人辛弃疾

——爱国词的高峰

第一节　辛弃疾的生平

辛弃疾（1140～1207），字幼安，号稼轩，出生于金人统治下的历城。祖父辛赞仕于金，却一直以恢复中原为己志，并以此教育辛弃疾。绍兴三十一年（1161）宋金交战时，22岁的辛弃疾参加了耿京领导的一支反金义军，并代表耿京与南宋朝廷联络。在北归途中得知耿京被叛徒张安国所杀，义军溃散，随即率领少量精锐突袭敌营，把叛徒擒回建康。这一壮举给他带来极大的声誉。

此后辛弃疾开始了在南宋的仕宦生涯。南归后第二年给孝宗皇帝上《美芹十论》。起初并未受重用，但自33岁至42岁的十年间，他从知滁州始，以后接连在江西、湖北、湖南等地担任提点刑狱、转运使、安抚使一类重要的地方官职，这表明统治集团的高层对其才能并非没有认识。然而作为一个从北方归来的人，他的仕途经历在官场中是不合乎常规的；他的豪迈倔强的性格和执著北伐的热情，也使他难以在畏缩而圆滑的官场中立足。淳熙八年（1181）冬，他终于因受到弹劾而被免职，而后在上饶自筑的带湖别墅闲居了整整十年。

绍熙二年（1191），辛弃疾才重新被起用，由福建提点刑狱迁为安抚使。然而仅仅二年光景，他又一次遭弹劾而罢职，这以后他迁居铅山，又闲居了八年。嘉泰三年（1203）主张北伐的韩侂胄起用主战派人士，已64岁的辛弃疾出知绍兴府兼浙东安抚使，继而转任镇江知府。然而韩侂胄的仓促北伐遭到可悲的大溃败，辛弃疾也一再受到攻击。这位一生以英雄自许的词人最后在悲痛与失望中度过衰病晚景（北伐失败第二年，68岁去世）。

第二节　辛弃疾的词

辛弃疾的《稼轩词》存词六十多首，不但数量上超越了前辈和同时代的词人，在质量上也集前人之大成，成为独树一帜的大家，是宋词发展的第四个里程碑，他是继苏轼之后豪放词的又一大家，词史上并称“苏辛”，他的豪放词具有鲜明的个性特征。

一、慷慨激昂的豪放词

辛弃疾曾是一位跃马疆场、冲锋杀敌的武将，并终生以报国为己任。因此，他的词充满了一种强烈的战斗精神，勃勃生机，无论描绘什么人物和景物，都具有强烈的气势，富有跳跃突兀的动感。继苏轼稳健旷达的豪放词之后，开创了慷慨激昂的豪放词，扩大了词境。如《破阵子·为陈同父赋壮词以寄之》：

醉里挑灯看剑，梦回吹角连营。八百里分麾下炙，五十弦翻塞外声，沙场秋点兵。

马作的卢飞快，弓如霹雳弦惊。了却君王天下事，赢得生前身后名，可怜白发生。

这是辛弃疾寄给好友陈亮的一首“壮词”。词的上片到下片结句前，都写梦境，虚构了一支威武雄壮的队伍，描绘了与敌人进行激战的场面，表达了作者与好友重返抗金战场的强烈愿望。

结句从梦境跌回现实，对理想无法实现发出了无可奈何的感叹。除了结句外，通篇都洋溢着高涨的战斗豪情，突兀跳跃的气势，体现了辛词生气勃勃的特点。

另外，在描写景物方面，辛弃疾往往用拟人或拟物的手法将景物写活，用充满动感的语言写静止之景，使景物也灌注了诗人的战斗精神、勃勃生气。如《菩萨蛮》：“青山欲共高人语，联翩万马来无数”“拍手笑沙鸥，一身都是愁”等，都赋予景物以人的灵性，惟妙惟肖地描绘出景物的态势，也含蓄地表达了作者对杀敌报国生活的向往。

二、悲壮沉郁的风格

辛词丰富和发展苏轼开拓的豪放词，还表现在悲壮沉郁的风格上。

辛弃疾生活在南北分裂的南宋时期，国势危急，人民强烈要求抗击金兵，而南宋朝廷却苟且偷安，对抗战派百般阻挠和打击。辛弃疾空有满腔热血、满腹经纶，却没有施展才能、为国捐躯的机会，心情十分抑郁悲愤。在面对祖国的雄伟江山、回忆历史上的英雄人物时，就油然产生怀才不遇、壮志难酬的深沉感慨。因此他的登临怀古之作往往具有悲壮沉郁的风格，别于苏轼的豪放旷达的登临之作。如《水龙吟·登建康赏心亭》：

楚天千里清秋，水随天去秋无际。遥岑远目，献愁供恨，玉簪螺髻。落日楼头，断鸿声里，江南游子。把吴钩看了，栏干拍遍，无人会、登临意。

休说鲈鱼堪脍，尽西风、季鹰归未？求田问舍，怕应羞见，刘郎才气。可惜流年，忧愁风雨，树犹如此。倩何人，唤取红巾翠袖，揾英雄泪？

词的上片借景抒情，遥望祖国大好河山，想到落入敌手的国土无法恢复，抒发壮志难酬的愤懑；下片引用三个典故，表达以身许国、恢复中原的强烈愿望；结句仍归结在理想难以实现的悲愤之中。全词笔力雄健，又以悲壮为基调，是代表辛词风格的词作。

三、刚柔合一

辛弃疾以前的词作，或豪放或婉约，大都界限分明，互不混淆。

李清照词始见柔中有刚的作品，但仍以婉约为主，辛词的部分作品却有刚柔合一的倾向。这一类词表面上运用婉约词惯用的绮丽词句、缠绵情调，但字里行间透露出词人壮烈的情怀、沉痛的感情，具有豪放词的强健骨力，外柔内刚，刚柔相济。辛弃疾之所以写这类词，是因为他力主抗战，又是从北方反正回南方的官吏，备受投降派的猜忌打击，在朝廷中处于孤危的地位，不得不借鉴屈原用香草美人抒写君臣之事的手法，婉转地表达自己的政治抱负、爱国热忱，从而使词作具有外柔内刚的特殊的风格。这方面的代表作品是《摸鱼儿》(淳熙己亥自湖北漕移湖南，同官王正之置酒小山亭，为赋。)：

更能消几番风雨，匆匆春又归去。惜春长怕花开早，何况落红无数。春且住。见说道、天涯芳草无归路。怨春不语。算只有殷勤，画檐蛛网，尽日惹飞絮。

长门事，准拟佳期又误。蛾眉曾有人妒。千金纵买相如赋，脉脉此情谁诉。君莫舞，君不见玉环飞燕皆尘土。闲愁最苦。休去倚危栏，斜阳正在，烟柳断肠处。

这首词表面上写惜春怨春之情、美人遭妒，实质上寄托了作者对风雨飘摇的南宋国势的忧虑，自己遭受投降派倾轧的愤恨不平；词采华美而含意深远，在缠绵悱恻中，露磊落不平之气，是当时一首极负盛名的词作。

四、扩大了词的表现内容

辛弃疾继承苏轼的开拓精神，进一步扩大了词的表现内容，几乎做到无事不可入词的地步。不但写政治抱负、国家大事，也可以写田园风光、农家生活。他在罢官闲居带湖时，写下一批歌咏农村风光的词作，与苏轼的农村词一样，都是对词境的开拓。如《西江月·夜行黄沙道中》：

明月别枝惊鹊，清风半夜鸣蝉。稻花香里说丰年，听取蛙声一片。

七八个星天外，两三点雨山前。旧时茅店社林边，路转溪桥忽见。

与他爱国词的悲壮风格不同，他的农村词心平气和，清新明快，描绘出农村生活的宁静幽美。其他的如《清平乐·村居》都是这样的作品。然而他的农村词只有和平景象的一面，对农民的痛苦生活却很少反映。

五、辛词的语言

辛弃疾继承和发展了苏轼的创新精神，不但以诗为词，而且以文为词，以俚俗语入词，将经、史、诗、文熔为一炉，运用多种文学手段自由抒写怀抱，大大增强了词的表现力。

第一，辛词大量运用了成语、典故，以典雅精练的语言叙事抒情，达到了言简意赅的效果，但有时过分堆砌典故，也招来“掉书袋”的批评。

辛词用典之多，是超越前辈词人的。他学识丰富，用典信手拈来，毫不费力。用典以托古喻今，并与情景紧密结合时，则使全词生色。

如《永遇乐·千古江山》用刘裕和刘义隆的典故，《水龙吟·登建康赏心亭》用张翰、许汜、桓温的典故，《摸鱼儿·更能消几番风雨》用陈皇后、赵飞燕、杨贵妃的典故等，都是借古喻今，并符合登高临远的情景，增添了词的古朴苍凉之感。

但他有些词滥用典故，成为炫耀渊博、卖弄才情之作，如《六么令·用陆氏事，送玉山令》选用了七八个与朋友同姓的古人来颂扬他，就近乎文字游戏了，这样的词说“掉书袋”并非过分。

受江西诗派的影响，辛弃疾也喜将前人诗文语句加以改造，化入词中，往往能做到天衣无缝、不见生搬硬套的痕迹，表现出较高的驾驭语言的能力。如《南乡子·登京口北固亭有怀》：

何处望神州？满眼风光北固楼。千古兴亡多少事？悠悠！不尽长江滚滚来。

年少万兜鍪，坐断东南战未休。天下英雄谁敌手？曹刘！生子当如孙仲谋。

上片结句化用了杜甫《登高》的诗句，下句结语引用《三国志·吴书·孙权传》中的曹操语，都贴切自如，如同己出。

第二，辛弃疾有部分词作完全不用典，用市井俗语进行创作，与其多用典故的雅词形成了鲜明的对比。

这批俗词多为赠妓、应酬的作品，多模仿柳永、李清照词的写法。辛弃疾很推崇李清照的词作，《丑奴儿》下注“博山道中效李易安体”，而词中“骤雨一霎儿价”“风景怎生画”都是用自然质朴的俗语，描画出清新的意境，很像李清照“化俗为雅”的语言风格。辛弃疾的另一首《蝶恋花·赠妓》用了“妆晃子”“巴巴”“些些”等宋代市井口语，与妓女戏谑调笑，则近似柳永某些浅白庸俗的词作。

第三，受宋诗“散文化”“议论化”的影响，以散文笔法入词。

辛弃疾一腔悲愤无可解脱，运用散文笔法写词，可以更自由、更酣畅地倾泻感情，较少受词律的束缚，因而辛词具有更为明显的散文化的特征。这类词作，在感情抒发上横肆强烈，但同时也往往失去音乐美感，直露而少韵味。如《沁园春·将止酒，戒酒杯使勿近》：

> 杯，汝来前，老子今朝，点检形骸。甚长年抱渴，咽如焦釜；于今喜睡，气似奔雷。汝说“刘伶，古今达者，醉后何妨死便埋”。浑如此，叹汝于知己，真少恩哉！
>
> 更凭歌舞为媒，算合作平居鸩毒猜。况怨无小大，生于所爱；物无美恶，过则为灾。与汝成言：“勿留亟退，吾力犹能肆汝杯。”杯再拜道“麾之即去，招则须来。”

通篇写作者与酒杯的对话，借怨酒杯的“少恩”，寄托政治上失意的苦闷。对于这种如同押韵散文的词作，历来褒贬不一。刘体仁《七颂堂词绎》批评这首词“非词家本色”，而另一些人则认为是“异军特起”“别立一宗”（《四库全书提要》），创新的精神值得赞扬。

总而言之，词到辛弃疾，真正进入自由的境界，为后人留下了广阔的发展余地。

由于辛弃疾在政治上和艺术上的巨大声望，他的词在当时就产生了很大的影响，和辛弃疾以词唱和的有陈亮、刘过以及稍后的刘克庄、刘辰翁等，词风都与辛弃疾相近，都喜写爱国内容，并崇尚豪放，形成了南宋中叶以后强大的爱国词派，史称“辛派词人”。不过，他们的艺术水准距辛弃疾很远。

第十章 南宋后期诗词

——诗向唐诗复归与词的清雅化

南宋中期的著名诗人和词人范成大、杨万里、辛弃疾、陆游等在1193年至1209年的十年间相继去世，这标志着一个文学时代的结束。

这时期所发生的政治大事件也对文学的动向有着相当的影响。其一是韩侂胄于宁宗开禧二年（1206）发动的北伐战争遭到惨败，南宋以更为屈辱的条件获得暂时的苟安，这使得朝野士大夫恢复中原的梦想，日益黯淡下去。辛、陆那种富于英雄主义精神的激昂声调虽然还有人继承，却终究是不那么响亮了。其二是史弥远擅权，钳制言论，制造文祸，也促使社会思想文化趋向消沉。南宋后期文学家大多社会地位较低，流连光景、吟咏性情自然更容易成为他们创作的中心。

从生活年代来说，年辈虽然比辛、陆诸人为低而去世时间与之相近的姜夔，本也可以视为中期作家，但其词作以日常生活、自然风光为主要题材，抒情风格委婉而低沉，语言形式讲究工丽精巧的特点，却引导了南宋后期词的方向。活动年代稍后的“四灵”在诗的领域内，也强化了对形式美的追求。

南宋后期诗歌创作成就不高，却显示了一个重要的动向，即摆脱往日宋诗的主流而试图向着唐诗的传统复归，这已开元明诗复古尊唐倾向的先声。正是在这种背景下，出现了文学理论史上的重要著作——严羽的《沧浪诗话》。

严羽的诗论立足于“吟咏性情”的基本性质，而《福建文苑传》亦以“扫除美刺，独任性灵”总括严氏诗论。《沧浪诗话》全书完全不涉及诗与儒道的关系及其在政治、教化方面的功能，而重视诗的艺术性和由此造成的对人心的感发，这与理学家的文学观恰成对立。根据上述宗旨，严羽针对江西诗派的“以文字为诗，以才学为诗，以议论为诗”提出了尖锐的批评，并由此涉及了宋诗的具有普遍性的弊病，认为“本朝人尚理而病于意兴”，对苏轼、黄庭坚都表示了相当的不满。在揭示宋诗主要弊病方面，严羽的批评是很有力的。

同时，他借用禅宗的思想方法和语言，提出“诗有别材，非关书也；诗有别趣，非关理也”，认为作诗之道，在于“妙悟”——即超乎理性认识、逻辑分析的直觉体验，并以盛唐诗为最高标准，要求达到一种“羚羊挂角，无迹可求”即不能从具体文字去追寻而必须从整体上去体味富于言外之韵的浑然高妙的境界。他敏锐地意识到诗歌的构思与欣赏都与逻辑思维不同，既不是知识积累的结果，也不是理论分析的结果；诗歌的语言，在根本上不是说明性的，而是暗示性的。《沧浪诗话》比前人在更深的层面上触及了诗歌理论方面最具核心意义的问题，对后世创作实践和诗歌理论都产生了很大的影响。

第一节　姜夔的词

一、生平与创作道路

姜夔（1155？~1221？）字尧章，别号白石道人，江西鄱阳人。他年轻时曾有过雄心壮志，想通过科举考试出仕，干一番事业，曾写出一些较有现实内容的作品。

他在庆元三年（1197）向朝廷进《大乐议》1 卷《琴瑟考古图》1 卷，庆元五年，又献《圣宋铙歌鼓吹曲》12 章，希望像北宋大晟词人那样，通过研讨雅乐而入仕，但没有成功。

从此，漫游于苏州、杭州、合肥、无锡等地，走上了做豪门清客的道路。他的诗、词、文、书法均称著于时，尤以词擅名，能自度曲。与当时许多著名文人交游，并得到他们的经济支持。

淳熙十三年游长沙，结识诗人萧德藻，受其赏识，并娶其侄女，同往湖州，居苕溪弁山的白石湖下，友人因此号姜夔为白石道人。

萧德藻介绍他向杨万里学诗，杨又介绍他认识范成大，继而与张鉴、张镃、尤袤、辛弃疾等名流往来，并在生活上接受他们的长期资助，依靠最久的是杭州的张鉴。张鉴曾以良田赠给姜夔，但他辞谢了。友人陈造赠诗曰：“姜郎未仕不求田，依赖生涯九万笺。”（《次姜尧章饯徐南卿韵二首》）张鉴去世后，他的生活逐渐贫困，晚年困顿，卒于杭州。

姜夔因才而受到友人以礼相待，还能保持清高的人品，与那些依附豪门的帮闲文人有所不同；但他经济上依赖别人，必然会失去一定的独立性，作品必须研炼词句，吟风弄月，适应有钱的封建士大夫欣赏风雅的需要，而不可能有许多反映国计民生的内容。

另外，由于他多才多艺而屡试不第，对现实怀有不满，作品充满了悲观、凄凉的情调，形成了他的作品风神缥缈而缺乏现实内容的特色。有《白石道人诗集》《诗说》，词集《白石道人歌曲》等。

二、思想艺术特点

（一）抒发身世飘零和情场失意之感

姜夔词绝大多数是纪游与咏物之作，偶有对时事的慨叹，但更多是抒发身世飘零和情场失意之感。

反映现实较为深刻的作品，是他约22岁时写的《扬州慢》：

淮左名都，竹西佳处，解鞍少驻初程。过春风十里，尽荠麦青青。自胡马窥江去后，废池乔木，犹厌言兵。渐黄昏，清角吹寒，都在空城。

杜郎俊赏，算而今，重到须惊。纵豆蔻词工，青楼梦好，难赋深情。二十四桥仍在，波心荡，冷月无声。念桥边红药，年年知为谁生？

这是姜夔的自制曲。他在宋孝宗三年到扬州，目睹金兵两次洗劫后的残破景象，感慨今昔，抒发了国家衰亡的悲痛之感。全词含蓄深沉、情调凄怆，体现了姜词境界凄清的特点。姜词多用色调暗淡、感情哀怨、温度寒冷的字眼来塑造形象，构成凄清的意境，具有“冷美”的独特审美特征。如这首词的“清角吹寒”“波心冷月”；《清波引》的“清夜猿啼，怨人良苦”；《醉吟商小品》的“细柳暗黄千缕，暮鸦啼处”；《疏影》的“篱角黄昏，无言自倚修竹”等，意境都十分幽寂凄清，反映了南渡之后失意落魄文人的心境，对后世失意文人也有很大的吸引力。

（二）“清空”的词风

姜夔词被稍后的词人张炎称为具有“清空”的特色（《词源》）。

“清”是指词中塑造凄清意境；“空”则指其词风神缥缈，不注重对事物作具体细致的刻画，而着重抒发作者对生活的主观感受（按叶嘉莹先生的观点就是不拘着主题写，而多用侧笔即侧面描写）。即使是咏物词，姜夔也只对景物的形态作轻描淡写，通过暗喻、联想的手法赋予所吟咏的事物以种种动人的情态，染上浓重的主观色彩，造成缥缈超脱的境界。

如咏物词《疏影》：

苔枝缀玉，有翠禽小小，枝上同宿。客里相逢，篱角黄昏，无言自倚修竹。昭君不惯胡沙远，但暗忆、江南江北。想佩环、月夜归来，化作此花幽独。

犹记深宫旧事，那人正睡里，飞近蛾绿。莫似春风，不管盈盈，早与安排金屋。还教一片随波去，又却怨、玉龙哀曲。等恁时、重觅幽香，已入小窗横幅。

词中描绘梅花形态仅有“苔枝缀玉”一句，其余均以联想咏梅，有化用杜甫《佳人》诗以落寞美人为比喻，还有以昭君魂兮归来、寿阳公主梅妆、汉武帝金屋藏娇等典故写梅的幽独风神，寄托遥深。有人认为是“伤心二帝蒙尘，诸后妃相从北辕，沦落胡地”（郑文焯《郑校白石道人歌曲》），也有人认为是借梅怀人之作。

张炎评此词：“不惟清空，又且骚雅，读之使人神观飞越。”（《词源》）

他咏荷的“日暮青盖亭亭，情人不见，争忍凌波去”（《念奴娇》），写蟋蟀的“哀音似诉，正思妇无眠，起寻机杼”（《齐天乐》），写山的“数峰清苦，商略黄昏雨”（《点绛唇》）等，都有这个“清空”的特点，被称之为“如野云孤飞，去留无迹”（张炎《词源》）。

但终因缺少对事物的具体刻画，他的词有时给人一种空泛的、难以捉摸的感觉，词作的内容单薄或意思晦涩，王国维先生称之为“如雾里看花，终隔一层”（《人间词话》）。

（三）清新挺拔的特点

沈义父《乐府指迷》称之为“清劲”，周济《宋四家词选绪论》则称之为“清刚”。姜夔学诗初学黄庭坚，后学晚唐陆龟蒙，他写词也吸收了晚唐诗人与江西诗派的写法，避免向来婉约词人平熟软媚的作风，在语言上多用散行单句，声律上间用拗句拗调，在格调上追求高雅脱俗，给读者以新颖、刚劲的感觉。这特别表现在他的自制曲上。他的自制曲大都先成文词后制谱，更可以在句式、声律上舒卷自如、锐意创新。

如《长亭怨慢》：

渐吹尽、枝头香絮，是处人家，绿深门户。远浦萦回，暮帆零乱向何许？阅人多矣，谁得似、长亭树。树若有情时，不会得、青青如此！

日暮，望高城不见，只见乱山无数。韦郎去也，怎忘得、玉环分付。第一是早早归来，怕红萼、无人为主。算空有并刀，难剪离愁千缕。

全词基本上是散行单句，没有一般词人喜用的对偶、对称的整齐句式，下片直接将口语入词，更为自由自在。但姜词用散文句式与辛词的散文化不同，在句式自由的同时，仍然注重词境的塑造、韵味的深长、音律的和谐，不会像辛弃疾这类词给人以枯瘠直露的感觉。如这首词写闺人目送情郎远帆，借无情柳树的青青反衬心情的黯淡愁惨；写行人舟中回望，以柳丝千缕难剪暗喻离愁难断，都精妙隽永、感情真挚。

（四）重视审音协律

姜夔是一位著名的作曲家，对审音协律非常重视。

他继承周邦彦注重音律的传统，但他把词意放在第一位，格律放在第二位，其《长亭怨慢》词序说："予颇喜自创曲，初率意为长短句，然后协以律。"其《扬州慢》词序亦云："入其城则四顾萧条，寒水自碧，暮色渐起，戍角悲吟，余怀怆然，感慨今昔，因自度此曲。"所以，他作词都是有感而发，先写歌词，后制歌谱，二者切合，声情并茂。故《四库全书总目提要》评其词："精浑华妙，尤善自度新腔，故音节文采并冠绝一时。"

姜夔的《白石道人歌曲》（彊村丛书本）有 17 首带有旁谱的词，是现存宋词唯一有乐谱流传的词作。其中 12 首自注为自度曲，5 首为修改旧曲。

前者为《扬州慢》《长亭怨慢》《淡黄柳》《石湖仙》《暗香》《疏影》《惜红衣》《角招》《征招》《秋宵吟》《凄凉犯》《翠楼吟》；后者为：《鬲溪梅令》《杏花天影》《醉吟商小品》《玉梅令》《霓裳中序第一》。这些词谱，经过当代学者夏承焘、阴法鲁等人的研究，已能译为今谱歌唱，使今人能窥见宋词音乐的真面目，在我国古代文学史上有重要的价值。

自从柳永变雅为俗以来，词坛上一直是雅俗并存。无论是苏辛，还是周秦，都既有雅调，也有俗词。姜夔则彻底反俗为雅，下字运意，都力求醇雅。这正迎合了南宋后期贵族雅士们弃俗尚雅的审美情趣，因而姜夔词被奉为雅词的典范，在辛弃疾之外别立一宗，自成一派。清人汪森《词综序》说："鄱阳姜夔出，句琢字炼，归于醇雅。于是史达祖、高观国羽翼之，张辑、吴文英师之于前，赵以夫、蒋捷、周密、陈允衡、王沂孙、张炎、张翥效之于后。"至清代，浙西词派更奉姜词为圭臬，曾形成"家白石而户玉田（张炎）"的盛况，使苏、辛一时黯然失色。

第二节　格律派词人

一、格律词派

姜夔在北宋以来的婉约词派和豪放词派之后，另树"清空""清劲"的旗帜，周济《宋四家词选·绪论》说："白石脱胎稼轩，变雄健为清刚，变驰骤为疏宕。"陈廷焯《白雨斋词话》说："姜尧章清虚骚雅，每于伊郁中饶蕴藉，清真劲敌，南宋一大家也。”既摒弃了婉约派软媚的作风，又避免了豪放派直露的弊病；既保留了婉约词蕴藉的长处，又吸收了豪放词雄健的优点，在艺术上独辟蹊径，在南宋词坛产生了广泛的影响。史达祖、吴文英（以上为南宋中后期）、王沂孙、周密、张炎（以上宋元之际）等人都追步姜夔词的风格，上承北宋周邦彦的余绪，重视音律的和谐和格调的高雅，被称为“格律派”，又称为“清雅派”或“风雅派”。

二、格律派的特点

协合音律是格律派的第一要求。张炎的《词源》自称对音律“用功逾四十年”，并对作词的“五音”“律吕”“制曲”等方面作了详细的阐述，可见他对词的音律的重视。

推崇“雅正”。沈义父《乐府指迷》转引吴文英词论说：“盖音律欲其协，不协则成长短句诗；下字欲其雅，不雅则近乎缠令之体。”张炎《词源》说：“词欲雅而正，志之所之，一为情所役，则失雅正之音。”

追求“清空”的最高境界。“词要清空，不要质实；清空则古雅峭拔，质实则凝涩晦昧。”“白石词如《疏影》……等曲，不惟清空，又且骚雅，读之使人神观飞跃。”（《词源》）吴文英、史达祖等人的词作即被张炎认为“质实”的一类，典雅精致，极妍尽态，但过于胶着于所写的对象，显得较为板滞。故又有人将格律派词人分为“疏”“密”二类。姜夔、张炎等崇尚“清空”的词人为“疏”派，吴文英、史达祖等喜欢精工典丽的为“密”派。

格律派作品的内容比较单薄。多抒写个人的穷愁落魄，有脱离现实的倾向；也有一些思想内容可取的作品，如南宋覆亡之后，王沂孙、张炎的一些词作，将个人的凄凉身世与沉痛的故国之思结合在一起，表达了深挚的爱国情感。

发展了咏物词技巧。格律派词人在艺术上的突出成就，就是对咏物词技巧的发展。

他们常常结社分题咏物，如周密与杨缵等人结吟社于西湖杨氏环碧园，王沂孙、张炎等14人结社吟词，编为《乐府补题》词集等。北宋咏物词如苏轼的《水龙吟·次韵章质夫杨花词》周邦彦的《六丑·蔷薇谢后作》等，主要表现方法还是赋体，着力刻画景物，比兴只是略有提及。南宋格律派词人在继承北宋咏物词的立意新颖、摹写细致的基础上，更加重视词的托意深远，将赋和比兴两种表现方法有机地结合起来，使咏物词在描绘景物、抒情达意两个方面都达到了一个新的高度。

三、代表词人

（一）史达祖（1160～1210?），字邦卿，号梅溪，汴（开封）人。曾为权臣韩侂胄的堂吏，掌文书。韩对金战败被杀，史达祖也被弹劾，遭黥刑，死于贬所。

其词善于咏物，以继承北宋咏物词“赋”的手法为主，以刻画精巧、轻盈柔美见长。著有《梅溪词》。张镃《〈梅溪词〉序》称其词“辞情俱到，织绡泉底，去尘眼中，妥帖轻圆”。其代表作是《双双燕》：

过春社了，度帘幕中间，去年尘冷。差池欲住，试入旧巢相并。还相雕梁藻井，又软语商量不定。飘然快拂花梢，翠尾分开红影。

芳径，芹泥雨润。爱贴地争飞，竞夸轻俊。红楼归晚，看足柳昏花暝。应自栖香正稳，便忘了、天涯芳信。愁损翠黛双蛾，日日画阑独凭。

这首词以燕子的双飞双宿反衬闺中怨妇的孤独愁苦，运用白描的手法，将春燕的形态描绘得细腻逼真，美丽动人。卓人月《词统》评道：“不写形而写神，不取事而取意，白描高手。”王士祯《花草蒙拾》评道：“咏物至此，人巧极天工错矣。”可见史达祖咏物词形神兼备的长处。其词还以善于创造俊语丽词著称，如此词的“翠尾分开红影”“柳昏花暝”等，既清新又美丽，受到时人和后人的好评。

（二）吴文英（1207？～1269?），字君特，号梦窗，又号觉翁，四明鄞县（今浙江宁波）人。他是一位颇为独特的江湖游士，虽放浪江湖，然足迹未离江、浙；虽以布衣终老，却长期充当一些权贵的门客与幕僚，非官又非隐。虽曳裾侯门，但只为衣食生计，而不为仕进投机钻营，尚保持着清高独立的人格。

吴文英一生的心力都倾注在词的创作上。他力求自成一家，但辛弃疾和姜夔这两座艺术高峰横亘眼前，而他胸襟气魄远逊稼轩，才情天赋不及白石，要在情思内容上有所超越突破，已不可能，于是专在艺术技巧上争奇斗胜。

吴文英词艺术成就：

1. 如梦如幻的艺术境界。

在艺术上，改变正常的思维习惯，将实景化为虚幻，将虚无化为实有，通过奇特的艺术想象和联想，创造如梦如幻的艺术境界。

如游苏州灵岩山所作著名怀古词《八声甘州·陪庾幕诸公游灵岩》：

渺空烟四远，是何年、青天坠长星。幻苍崖云树，名娃金屋，残霸宫城。箭径酸风射眼，腻水染花腥。时靸双鸳响，廊叶秋声。

宫里吴王沉醉，倩五湖倦客，独钓醒醒。问苍波无语，华发奈山青。水涵空、阑干高处，送乱鸦、斜日落鱼汀。连呼酒，上琴台去，秋与云平。

开篇打破登高怀古词写眼前实景的思维定势，而以出人意表的想象将灵岩山和馆娃宫等虚幻化，把灵岩山比拟为青天陨落的星辰。这是化实为虚。西施的遗迹本是一片废墟，而作者却以超常的联想，逼真地表现出当年残存的脂香腥味和响屧廊里西施穿着木屐漫步的声响，化虚为实，亦幻亦真，境界空灵。

类似于这种超越时空、将心中的幻觉实有化，在梦窗词中随处可见。如怀念亡姬的名作《风入松》：

听风听雨过清明。愁草瘗花铭。楼前绿暗分携路，一丝柳、一寸柔情。料峭春寒中酒，交加晓梦啼莺。

西园日日扫林亭。依旧赏新晴。黄蜂频扑秋千索，有当时、纤手香凝。惆怅双鸳不到，幽阶一夜苔生。

词的境界似真似梦。“黄蜂”二句，则是亦真亦幻。黄蜂扑秋千，为眼前实景；亡姬生前纤纤玉手在秋千上残留的香泽，本是由于痴迷的忆恋而产生的幻觉，而句首一“有”字，便将幻觉写成实有。

另一首《思佳客・赋半面女髑髅》，更将半面枯骨幻化成风姿绰约的少女：

钗燕拢云睡起时。隔墙折得杏花枝。青春半面妆如画，细雨三更花又飞。轻爱别，旧相知。断肠青冢几斜晖。断红一任风吹起，结习空时不点衣。

这种超常的想象力和幻化的手段，为吴文英所独擅。

2. 纵横交错的章法结构。

吴文英作词师承周邦彦，继承清真词打破时空变化的次序，把不同时空的情景浓缩统摄在同一画面内；或者将实有的情与虚幻的境错综叠映，使意境扑朔迷离。

但二人也有差异，清真词的结构也具跳跃性，但起承转合，或用虚字转折或用实词提示，尚有线索可寻。梦窗词的结构往往是突变性的，时空场景的跳跃变化不受理性和逻辑次序的约束，且缺乏必要过渡与照应，情思脉络隐约闪烁而无迹可求。

这强化了词境的模糊性、多义性，但也增加了读者理解的难度。他长达240字的自度曲，也是词史上最长的词调《莺啼序》，便典型地体现出这种结构的特色：

残寒正欺病酒，掩沉香绣户。燕来晚，飞入西城，似说春事迟暮。画船载、清明过却，晴烟冉冉吴宫树。念羁情，游荡随风，化为轻絮。

译文：暮春的寒冷欺凌着我病酒的身子，紧锁沉香木的绣户。燕子因春寒比往年迟到，至今才飞回西城，似乎在告诉人春已不多。就像被画船匆匆载去一样，清明浓浓春意，只留下晴天的冉冉烟雾和宫苑的翠树。感念我羁旅天涯之情，随风飘荡，仿佛化为万千轻絮。

十载西湖，傍柳系马，趁娇尘软雾。溯红渐招入仙溪，锦儿偷寄幽素。倚银屏、春宽梦窄，断红湿，歌纨金缕。暝堤空，轻把斜阳，总还鸥鹭。

译文：十年西湖岁月，时时系马柳下，趁着娇尘软雾去追随那游春的佳人仕女。泛舟进入落红无数的溪水，遣侍女偷偷传递情书。记得当时她含情倚银屏，我感到无边的春色属于我，又感到春梦不长；她在那儿轻歌一曲金缕曲；扇轻拍，泪水打湿了胭脂。在堤边我们曾相依漫步；天色已晚，人去湖空，轻把眼前的斜阳都付与湖面上翻飞的鸥鹭。

幽兰旋老，杜若还生，水乡尚寄旅。别后访、六桥无信，事往花委，瘗玉埋香，几番风雨。长波妒盼，遥山羞黛，渔灯分影春江宿。记当时，短楫桃根渡。青楼仿佛，临分败壁题诗，泪墨惨淡尘土。

译文：转眼幽兰就要凋零，杜若生出香气，我尚在水乡做一个游子。别后再访西湖寻佳人的踪迹，六桥默默无消息，时过境迁落花萎地，她已经葬骨西湖，坟上不知经历了多少风雨？她秋水盈盈的双眼，曾令西湖长嫉妒；淡淡的娥眉，曾令远山含羞；渔灯点点水光闪烁的江上，我们度过了一个难忘的夜晚。记得当时的情景，就如同王献之泛舟接他的桃根、桃叶一样。当日惟一一座画楼依稀烟雨中，临分别在败壁上题诗，如今和泪留下墨迹已经淹没在灰尘之中。

危亭望极，草色天涯，还叹鬓侵半苎。暗点检、离痕欢唾，尚染鲛绡，亸凤迷归，破鸾慵舞。殷勤待书，书中长恨，蓝霞辽海沉过雁。漫相思、弹入哀筝柱。伤心江南千里，怨曲重招，断魂在否？

译文：今日我来登亭极望，芳草萋萋连万里，叹两鬓已半白。暗暗想来，这儿还有她临分赠给我的手帕，那上面还留下她伤心的泪痕和欢情的唾痕，登楼人如同迷路失意的凤凰，又像懒于在破镜前起舞的鸾鸟。我本想殷勤修一封书信，信中表达我绵长的离恨，但蔚蓝的天空和辽阔的大海，没有大雁的踪迹。只有将满腹相思，谱入哀弦急管之中。千里江南尽是伤心处，尽管我重新吟起一首招魂曲，她的灵魂还在吗？

全词分四段，主要写对亡故恋人的思念，相思中又含有羁旅之情，时空多变，反复穿插。第一段写独居伤春情怀。主导空间是绣户，随着思绪的翻腾流动，空间意象从西城跳到湖上画船又转换到吴宫。第二段回忆十年前的艳遇，而“春宽梦窄”又包含着现实的感受。第三段总写别后情事。过片思绪回到现实的水乡寄旅，接着又跳到别后寻访往事和当时分别的情景。时空上有三次跳跃变化。第四段总写相思，又穿插着别后的眺望与期待，相聚时的欢情和离别时的泪痕，时间又是几度变化，空间也是从眼前跳到辽海又回复到江南。时空突变，情怀隐约闪烁。他不是按惯例将一段情事写完后再续写另一情事，而是交错穿插，词的结构是一个个缺乏逻辑和理性联系的片段组成，其内在的联结点是跳荡的思绪。这种结构方式带有一定的超前性，类似于现代的意识流手法，古人不易理解，因此指斥为“如七宝楼台，眩人眼目，拆碎下来，不成片段”（张炎《词源》卷下）。

3. 新奇的语言文字。

第一是语言的搭配、字句的组合，打破正常的语序和逻辑，与其章法结构一样，凭主观的心理感受随意组合。如“飞红若到西湖底，搅翠澜、总是愁鱼”（《高阳台・丰乐楼分韵得如字》）和“落絮无声春堕泪”（《浣溪沙》）等，都是将主观情绪与客观物象直接组合，无理而奇妙。

第二是语言的色彩感、装饰性和象征性特点鲜明。

他描摹物态、体貌、动作，很少单独使用名词、动词或形容词，而总是使用一些情绪化、修饰性、动感极强的偏正词组。如写池水是“腻涨红波”（《过秦楼・芙蓉》）；写云彩是“倩霞艳锦”（《绕佛阁・赠郭季隐》）或“愁云”“腻云”；写花容是“腴红艳丽”（《惜秋华》）、“妖红斜紫”（《喜迁莺・同丁基仲过希道家看牡丹》）；甚至写女性的一颦一笑或一种情绪，也爱用色彩华丽的字眼来修饰，如“最赋情、偏在笑红颦翠”（《三姝媚》），“红情密”（《宴清都・连理海棠》），“剪红情，裁绿意”（《祝英台近・除夜立春》）。梦窗词字面华丽，意象密集，含意曲折，形成了密丽深幽的语言风格。但雕绘过甚，时有堆砌之病、晦涩之失，故不免为后人所诟病。

尽管吴文英的词作多达340首，比姜夔多出4倍，其题材内容却与姜夔一样，仍不出恋情、咏物、伤今怀古应酬唱和的范围。从艺术的独创性来看，梦窗足与白石抗衡。清人戈载《宋七家词选》说梦窗词“以绵丽为尚，运意深远，用笔幽邃，炼字炼句，迥不犹人”；《四库全书总目》卷一九九《梦窗稿提要》说“词家之有文英，亦如诗家之有李商隐”，都是平实公允的评价。

（三）张炎（1248～1320），字叔夏，号玉田、乐笑翁，临安人。原为世家公子，循王张俊六世孙，南宋亡前过着诗酒风流的生活。入元之后，落拓漂泊，至元二十八年（1291）曾游元都谋职，失意而归。晚年漫游苏州、杭州一带，与王沂孙、周密是词友，有《山中白云词》。

他的早期词多反映贵公子优游的生活，后期词多反映身世之感和故国之思。张炎十分推崇姜夔“清空”的词风，被认为是“疏”一派的杰出代表。张炎还有系统的词论，其《词源》一书，对词的音律、技巧、风格都有独到的论述。其词以咏物为佳，与吴、史的咏物词偏重“赋”的手法不同，他的词以比兴为主，以“赋”为次。《解连环》（孤雁）是他的代表作：

> 楚江空晚，怅离群万里，怳然惊散。自顾影、却下寒塘，正沙净草枯，水平天远。写不成书，只寄得、相思一点。料因循误了，残毡拥雪，故人心眼。
>
> 谁怜旅愁荏苒，漫长门夜悄，锦筝弹怨。想伴侣、犹宿芦花，也曾念春前，去程应转。暮雨相呼，怕蓦地、玉关重见。未羞他、双燕归来，画帘半卷。

这首词咏孤雁，实则借孤雁寄托宋亡后的伤感，也反映了宋遗民的普遍生活体验及感触，具有典型意义。上阕前三句写孤雁失群；接着写失群后的孤独。“写不成书”两句，是说雁群飞行，排成一字或人字，孤雁单飞排不成字，故说写不成书信，只能成一点，带回一点相思，从而巧妙地表达出遗民对前朝的思念。

下阕承前，叹息北去的南宋宫室艰难险恶的处境。而孤雁只能在夜雨中哀鸣，若是能在玉门关重新见到离失的伴侣，该是何等的惊喜！全词多处用典。将咏物与抒情紧密地结合在一起，堪称咏雁佳句。

张炎还以善于炼字、体悟巧妙著称。孔行素《至正直记》载：“张炎尝赋孤雁词，有云‘写不成书，只寄得、相思一点’。人皆称之曰张孤雁。”以语意相关为人称赏。

（四）王沂孙（1230？～1291？），字圣与，号碧山，又号中仙、玉笥山人，会稽人。南宋亡后，入元曾任庆元路学正，不久归隐。与周密、张炎等遗民往还，结词社唱酬词作。

其词追步姜夔词风，张炎称其“琢语峭拔，有白石意度”（《山中白云词》卷一《琐窗寒》词序），也被认为是“疏”派的词人。多抒怀身世、感叹兴亡之作，哀怨蕴藉，寄托遥深，以咏物词为最佳。但有时有词意晦涩之弊。有词集《花外集》，又名《碧山乐府》。他的名篇是《齐天乐》（蝉）：

> 一襟余恨宫魂断，年年翠阴庭树。乍咽凉柯，还移暗叶，重把离愁深诉。西窗过雨，怪瑶佩流空，玉筝调柱。镜暗妆残，为谁娇鬓尚如许？
>
> 铜仙铅泪似洗，叹携盘去远，难贮零露。病翼惊秋，枯形阅世，消得斜阳几度。余音更苦，甚独抱清商，顿成凄楚。漫想熏风，柳丝千万缕。

这首词借咏秋蝉托物寄意，表达国破家亡、末路穷途的无限哀思。开始由蝉的形象联想到宫女形象；由宫妇含恨而死，尸体化为蝉长年攀树悲鸣的传说，为全词笼罩悲剧气氛。“病翼”“枯形”，是形容饱尝苦难的遗民形象。最后以寒蝉“漫想”二字，一笔将希望抹去；酸楚之至，有含蓄不尽之势。全词以寒蝉的哀吟写亡国之恨，词人哀吟，宛如寒蝉悲鸣；将赋与比兴的手法结合，既赋物写形、写声，又超物写意，不失为一首咏物佳作。故张惠言《词选》卷二说：“碧山咏物诸篇，并有君国之忧。”周济《宋四家词选·绪论》更指出他的词“咏物最争托意，隶事处以意贯串，浑化无痕”的特点。意境幽深而感情沉痛，将咏物与抒情巧妙地结合起来，而语言精工优美。

姜夔等格律派词人对清代词坛有重要的影响。以朱彝尊为首的浙西词派崇尚醇雅，宗法南宋，尤为推崇姜夔、张炎。朱彝尊在《〈黑蝶斋诗余〉序》中说：“词莫善于姜夔。”以张惠言为代表的常州派推崇比兴寄托的手法，也是对格律派咏物词技巧的继承和发展；周济将王沂孙推为宋词四大家之一，比之诗中杜甫。这些评论或有溢美之词，但南宋格律派词人对词艺的研讨，进一步促进了宋词的成熟，被后世词坛作为学习的楷模，却是无法抹煞的事实。

第三节 四灵诗派与江湖诗派

南宋中叶之后，诗坛上出现了四灵诗人和江湖诗派，以自然率真见长，代表了南宋后期诗歌创作的一种新倾向。

一、陈起与“永嘉四灵”和“江湖诗派”

南宋宁宗、理宗年间，杭州书商陈起成为诗坛上一个核心人物，是文学史上引人注目的现象。作为富商兼诗人，陈起喜欢结交文人雅士，喜欢刊印诗集，又常借书、送书给人，他的书铺遂成为许多诗人来来往往的联络枢纽。叶茵《赠陈芸居》诗说他“得书爱与世人读，选句长教野客吟”，又称赞他“江湖指作定南针”，可见他在所谓“江湖诗人”心目中的地位。

在南宋后期重要的诗人群体中，陈起刻印了叶适所编的《四灵诗选》，搜集选择了一部分诗人的集子，以《江湖集》的总名刻印，以后又续刻了《江湖后集》《续集》，前人统称为《江湖诗集》。分别来说，“永嘉四灵”和“江湖派”不是同一概念，但广义上前者也被归为“江湖诗人”。

二、永嘉四灵

指赵师秀、徐玑、徐照、翁卷四人。他们都是古永嘉郡地域的人，字或号中都有一个“灵”字，遂有斯称。四人或仅为薄宦（赵师秀、徐玑），或终生未仕。他们的诗歌主张与江西诗派针锋相对，反对依据书本知识来作诗，但也不走“诚斋体”轻快滑易的路子，而是以贾岛、姚合为楷模，崇尚“苦吟”。所以他们的诗作，在体式上以五律为主，题材上多写自然景物，喜欢在清远幽寂的意境中表现淡泊脱俗的人生情趣。

“四灵”写诗苦心雕琢推敲，有些诗句写得很精巧，像赵师秀的“地静微泉响，天寒落日红”（《壕上》），徐玑的“殿静灯光小，经残磬韵空”（《宿寺》），翁卷的“数僧归似客，一佛坏成泥”（《信州草衣寺》），徐照的“千峰经雨后，一雁带秋来”（《山中即事》），都能写出细致的感觉。但他们的诗情感收敛、境界狭窄，意境、词语雷同重复，难以有杰出的创造。“四灵”本因叶适的表彰而出名，但叶适后来批评他们是“敛情约性，因狭出奇”（《题刘潜夫南岳诗稿》）。

四人中以赵师秀享誉最高，他的诗面目略为丰富，七绝《约客》尤以富于韵味而广为传诵：

黄梅时节家家雨，青草池塘处处蛙。
有约不来过夜半，闲敲棋子落灯花。

“四灵”只是一个小的诗人群体，但在当时影响颇为广泛。因为他们代表了一种反拨宋诗主流风格、向唐诗复归的努力；他们对诗歌形式美的高度重视，也具有隔断道统文学观之侵蚀的意义。所以尽管成就有限，在整个诗史的演变中却是一个值得注意的环节。

三、江湖诗派

“江湖诗派”由陈起刊行《江湖集》而得名。这些诗人其实是一个关系非常松散的群体，其中如姜夔不仅年辈较早，而且与陈起等人并无交往；他们也没有明确提出过大家公认的诗学主张，所以并不是一个严格意义上的诗歌流派。大概而言，这些诗人都有漂泊江湖的经历，一般都不大喜欢江西诗派的作风，是他们的共同特点。在这一群诗人中，以戴复古、刘克庄最著名。

戴复古（1167～?），字式之，号石屏，一生以布衣的身份游历四方。

他的诗有不少反映民间疾苦和抨击朝政之作，像《织妇叹》《庚子荐饥》等，指责时弊都很尖锐。

在诗歌艺术方面，他主张“须教自我胸中出，切忌随人脚后行”（《论诗十绝句》），取式较广而不专主一宗一派。从体式上看，他虽然五律写得最多，但也不专注于此，歌行体、五古、五七言近体诗都有。他对诗歌语言更不像“四灵”用力雕琢，反而是常用俗语、口语，虽然有时显得粗糙，但有时则能在浅白中写出浑厚的韵味达到相当高的境界。

如《三山宗院赵用父问近诗……》篇中“利名双转毂 gū，今古一凭栏。春水渡旁渡，夕阳山外山”，就是这种佳例。

又像下面这首《夜宿田家》：

> 簦笠相随走路歧，一春不换旧征衣。
> 雨行山崦黄泥坂，夜扣田家白板扉。
> 身在乱蛙声里睡，心从化蝶梦中归。
> 乡书十寄九不达，天北天南雁自飞。

诗中写飘泊浪游的生活和情感非常真实，这种题材很容易走到杜甫的套路上去，但此诗却毫无模仿的痕迹，让人感到亲切有味。

刘克庄（1187～1269），字潜夫，自号后村居士，莆田（今福建）人。早期多年任低级官职或为人做幕僚，淳祐间赐同进士出身，官至工部尚书。在以“江湖”为名称的诗人中，他是少有的达到显达地位的诗人。

其诗最初学“四灵”，后来嫌他们格局太小，于是广泛汲取唐宋各家。刘克庄似乎对诗的看法很通达，感觉唐人的诗很好，“本朝”的诗也很好，没有偏好偏恶。

他的诗从好处说就是格局较大，气势较开阔，题材较丰富并较多触及到社会重大问题。但从缺点来说就是没有自己的个性特征；由于他贪多务得，草率之作也不少。

《乌石山》诗回忆少时的生活并感慨人生，写得朴素而有情趣：

儿时逃学频来此，一一重寻尽有踪。
因漉戏鱼群下水，缘敲响石斗登峰。
熟知旧事惟邻叟，催去韶华是暮钟。
毕竟世间何物寿，寺前雷仆百年松。

刘克庄的词也有名，风格颇受辛弃疾的影响。但和一般学辛词的人一样，有以粗率为豪爽的毛病。

作为江湖派的核心人物，所作之诗也有写得很不错的。如《买花》：

今早神清觉步轻，杖藜聊复到前庭。
市声亦有关情处，买得秋花插小瓶。

文字不够精致，但通过一件日常琐事所表现的生活情趣却真实而有味；写“市声关情”令人想到作者的商人身份，这颇有意思。

叶绍翁，在江湖诗人中不算出名，但他的《游园不值》清丽而带有理致，是妇孺皆知的名作。

应怜屐齿印苍苔，小扣柴扉久不开。
春色满园关不住，一枝红杏出墙来。

第四节　文天祥与汪元量

在南宋覆亡的日子里，文天祥作为殉国者，汪元量作为移民，以不同的声调写下了宋诗最后的篇章。

文天祥（1236～1283），字宋瑞，别号文山，庐陵（今江西吉安）人。20岁中进士第一名，蒙古大军进逼临安时，被委任为右丞相兼枢密使，随后即至元军中谈判，被扣押。后脱险南逃，继续从事复国活动，再度因兵败被俘，押到大都囚禁四年，因不肯屈降，终于被杀。

对南宋的覆亡无可逆转这一严酷的现实，文天祥是有认识的，甚至他也并不反对自己的亲人出仕元朝，认为这在道义上是各有所取（见《狱中家书》）。即便如此，他仍然坚持自己的人生选择，鞠躬尽瘁，继之以死。这种高贵的人格精神在其相关的诗篇中有着强烈的表现。如著名的《过零丁洋》：

辛苦遭逢起一经，干戈寥落四周星。

山河破碎风飘絮，身世飘摇雨打萍。
惶恐滩头说惶恐，零丁洋里叹零丁。
人生自古谁无死，留取丹心照汗青。

文天祥于景炎三年（1278）十二月十日中午在广东海丰县五坡岭被擒，祥兴元年（1279）正月初二日张弘范将文天祥拘禁在舟中，初六日发潮阳，十二日经零丁洋作此诗。十三日至崖山，十五日张弘范派副元帅李恒请文天祥写信招降张世杰，文天祥以此诗显志，表明殉国死节的决心。

诗中将个人身世之悲与国家危亡之悲融为一体，交织着悲怆、哀婉、激奋、绝望等种种复杂的心情，给人以很深的感动。另外还有他的《正气歌》等。

汪元量是供奉内廷的琴师，元灭宋后，跟随宋王室被掳至北方，后来当了道士，南归钱塘，不知所终。

在这种特殊的经历中，他的《醉歌》10 首、《越州歌》20 首、《湖州歌》98 首，用七绝联章的形式，每一首写一事，分别记述了南宋王室投降的情形，战乱对江南的破坏，和他北上途中的所见所闻，有“宋亡之诗史”（李珏《湖山类稿跋》）之称。

这类诗歌多以朴素的语言白描叙事，却每每内含着深重的伤痛，如《醉歌》中的一篇：

乱点连声杀（煞）六更，荧荧庭燎待天明。
侍臣已写归降表，臣妾签名谢道清。

诗中据实直书谢太后屈辱签署降表一事，而讥刺之意、悲悯之情，以及作为宋人的耻辱感，尽在其中。

此外他还有许多诗篇以怀古伤今的方式抒写了心中的悲哀，如《彭州》之感慨：“歧路茫茫空望眼，兴亡滚滚入愁肠”《戏马台》之悲叹“欲吊英灵何处在，髑髅无数满长洲”等等。汪元量本非修养深厚的诗人，所作并不以修辞的精深见长，但诗中那种沧桑感和亡国之痛，没有亲身经历这一切的人是难以感受到的。

参考书目

游国恩等:《中国文学史》,人民文学出版社。
袁行霈等:《中国文学史》,高等教育出版社。
章培恒等:《中国文学史》,复旦大学出版社。
郭预衡:《中国古代文学史长编》,高等教育出版社。
过常宝等:《中国古典文学接受史》,山东教育出版社。
刘大杰:《中国文学发展史》,百花文艺出版社。
郑振铎:《中国文学史》,北京出版社。
董乃斌:《中国文学史学史》,河北人民出版社。
李小龙等:《中国文学史》,中国文史出版社。
罗宗强等:《中国古代文学史》,华东师范大学出版社。
罗斯宁等:《宋辽金文学》,中山大学出版社。
骆玉明:《简明中国文学史》,复旦大学出版社。
杨义:《中国古典文学图志》,三联书店。
王兆鹏:《唐宋词名篇讲演录》,广西师范大学出版社。
莫砺锋:《杜甫诗歌讲演录》,广西师范大学出版社。
上彊村民:《宋词三百首》,安徽人民出版社。
唐圭璋:《词话丛编》,中华书局。
吴熊和:《唐宋词通论》,中华书局。
中国社科院文学所:《唐宋词选》,人民文学出版社。
丁放:《金元词学研究》,中国社会科学出版社。
王兆鹏:《唐宋词史论》,人民文学出版社。
邱世友:《词论史论稿》,人民文学出版社。
王兆鹏:《唐宋词汇评》,浙江教育出版社。
黄昭寅等:《唐宋词史论稿》,山东大学出版社。

田建民:《诗兴智慧》,河北教育出版社。
周汝昌等:《唐宋词鉴赏辞典》,上海辞书出版社。
叶嘉莹等:《元明清词鉴赏辞典》,上海辞书出版社。
肖占鹏:《隋唐五代文论汇编》,南开大学出版社。
范晓燕:《宋词三百首赏析》,湖南人民出版社。
张毅:《词林观止》,岳麓书社。
吴丈蜀等:《古诗文常识》,上海古籍出版社。
袁闾琨等:《全唐诗》,辽宁人民出版社。
刘乃昌等:《全宋词》,辽宁人民出版社。
王力:《古代汉语》,中华书局。
钱钟书:《谈艺录》,中华书局。
夏承焘:《读词常识》,中华书局。
王国维:《人间词话》,齐鲁书社。
启功:《汉语现象论丛》,中华书局。
陈廷焯:《白玉斋词话》,人民文学出版社。
赵崇祚:《花间集·尊前集》,华夏出版社。
涂宗涛:《诗词曲格律纲要》,天津人民出版社。
张毅:《宋代文学研究》,北京出版社。
杨荫浏:《中国古代音乐史稿》,人民音乐出版社。
余甲方:《中国古代音乐史》,上海人民出版社。
霍然:《宋代美学思潮》,长春出版社。
舒梦兰:《白香词谱》,上海古籍出版社。
龙榆生:《词曲概论》,北京出版社。
王力:《汉语史稿》,中华书局。
王力:《诗词格律》,中华书局。
王国维:《宋元戏曲史》,上海古籍出版社。
陈迩冬:《苏轼词选》,人民文学出版社。
柳永:《柳永集》,山西古籍出版社。
辛弃疾:《辛弃疾集》,山西古籍出版社。
李煜:《李煜集》,山西古籍出版社。
王安石:《王安石集》,山西古籍出版社。
葛晓音:《唐诗宋词十五讲》,北京大学出版社。

叶嘉莹：《南宋名家词讲录》，天津古籍出版社。
叶嘉莹：《古典诗词讲演录》，河北教育出版社。
张再林：《唐宋士风与词风研究》，人民文学出版社。
龙榆生：《词学十讲》，北京出版社。
龙榆生：《唐宋词格律》，上海古籍出版社。
吉川幸次郎：《中国诗史》，复旦大学出版社。
王力：《古体诗律学》，中国人民大学出版社。
姜夔：《姜夔词》，人民文学出版社。
张少康：《中国历代文论精品》，时代文艺出版社。
何文焕：《历代诗话》，中华书局。
丁福保：《历代诗话续编》，中华书局。
杜若明释：《诗经》，华夏出版社。
黄凤显释：《离骚》，华夏出版社。
沈德潜：《古诗源》，华夏出版社。
徐陵：《玉台新咏》，华夏出版社。
陆侃如译注：《文心雕龙译注》，齐鲁书社。
袁枚：《随园诗话》，人民文学出版社。
锺嵘：《诗品注》，人民文学出版社。
司空图：《诗品》，人民文学出版社。
袁枚：《续诗品注》，人民文学出版社。
《旧唐书》，中华书局。
《宋史》，中华书局。